sich dem alpha unterwerfen

The Submission Trilogy

emilia rose

Herausgeberin: Evelyn Marunde

Umschlagdesigner: Covers by Christian

Erste Druckausgabe 2022

Emilia Rose

emiliarosewriting@gmail.com

www.emiliarosewriting.com

1
isabella

„ICH BIN BESSER IM BETT."

„Aber ich habe einen größeren Arsch. Und er liebt Ärsche, also …"

„Naja, hast du schon mal jemandem einen gebl…"

Ich holte tief Luft und schloss die Augen. *Jemand muss mich retten, bitte.*

Ich hatte keine Lust auf einen weiteren Zickenkrieg zwischen Schlampe E ins und Schlampe Z wei hinter mir, wer die besseren Chancen bei Alpha Roman hat. Keine von ihnen hatte wirklich eine Chance bei ihm; sie waren beide extrem nervig und ich bezweifelte, dass er so jemanden in seinem Haupthaus haben wollte.

„Seid ruhig", sagte Dr. Jakkobs vor meiner Anatomieklasse, „I ch weiß, dass ihr alle aufgeregt seid, weil es die letzte Woche des Abschlussjahres ist, aber wir müssen das Unterrichtsmaterial durchgehen." Er schaute die Klasse durch seine dicke Gleitsichtbrille an und hob dann eine Braue, wobei sich die Falten auf seiner Stirn vertieften. „Nach der Benotung eurer letzten Klausuren benötigen die meisten von euch die Nachprüfung. "

Ich starrte auf die Klausur auf dem Tisch vor mir und seufzte.

Oben drüber hatte Dr. Jakkobs mit roter Tinte wieder groß und fett *100 %* mit einem Smiley gekritzelt.

Schlampe E ins beugte sich in ihrem Stuhl vor, bis sie mir fast im Nacken saß. Den Spitznamen hatten mein bester Freund und ich einem der beliebten Mädchen, Vanessa, gegeben. Nachdem sie sich in der Sekundarschule über uns lustig gemacht hatte, weil wir besessen davon waren, Kriegerwölfe in Romans Rudel zu werden. „Was lernen wir heute?", fragte sie und ihr aufdringliches Erdbeerparfüm ließ mich würgen. „Wenn es um das weibliche Fortpflanzungssystem geht, kann ich mich auf jeden Fall als Modell zur Verfügung stellen."

Was zum Teufel …

Derek drehte seinen Stift zwischen den Fingern und rollte mit den braunen Augen. „Niemand will dich nackt sehen, Vanessa."

Die Klasse brach in schallendes Gelächter aus. Ich presste die Lippen zusammen und versuchte, mir ein Kichern zu verkneifen. Derek lehnte sich auf seinem Stuhl zurück und warf mir sein berüchtigtes Grinsen zu.

Dr. Jakkobs ging um seinen Schreibtisch herum, die Arme verschränkt, und starrte Derek und Vanessa unverwandt an. „Genug!", sagte er, „Ich bezweifle, dass ihr so spät im Schuljahr noch im Büro des Direktors landen wollt. "

Vanessa schnaubte und lehnte sich zurück. Der Mondgöttin sei Dank konnte ich endlich wieder durchatmen.

Wiederholung Anatomie schrieb Dr. Jakkobs mit rosafarbener Kreide in großen Buchstaben auf die Tafel. „Fangen wir an".

Ich sank auf meinem Stuhl zusammen und starrte auf mein Notizbuch, in dem kein einziger Anatomieeintrag zu finden war. Stattdessen war es gefüllt mit den Bezeichnungen von Takedowns und Umkehrungen beim Ringen, verschiedenen Boxkombinationen und einer Liste von Judowürfen, die Derek und ich pausenlos geübt hatten.

Da die Schule diese Woche endete, würde Alpha Roman uns aufgrund unserer akademischen und körperlichen Leistungen Positionen in seinem Rudel zuteilen. Und trotz der vielen perfekten Noten, die ich in diesem Jahr bekommen hatte, war ich fest entschlossen, eine Kriegerin zu werden.

Seit ich vier Jahre alt war, trainierte ich fast jeden Tag mit Derek. Ich kannte das *Kampfhandbuch des Mondes* auswendig, das alle herausragenden Krieger gelesen haben sollten. Und letztes Jahr hatte ich sogar die Gelegenheit, mit den Kriegern unseres Rudels zu trainieren, als Roman nicht in der Stadt war.

Naja, Roman hatte mir das nie offiziell erlaubt. Ich hatte mich einfach ins Training geschlichen und gehofft, dass ihm niemand etwas über meine Anwesenheit sagen würde. Dereks Nachbar und pensionierter Krieger, Herr Beck, hatte mich gedrängt, mit ihnen zu üben. Er hatte mir erzählt, dass er sich während seiner Ausbildung zum Krieger nachts hinausgeschlichen hatte, um gegen Gesetzlose zu kämpfen und es mir nicht schaden würde, mich ins Training zu schleichen.

Jemand klopfte an die Tür und Direktor Hackle betrat den Raum. „Ich hoffe, ich störe nicht."

Dr. Jakkobs hob eine Augenbraue in Richtung von Derek und Vanessa und wandte sich dann an Rektor Hackle. „Nein, ganz und gar nicht."

Die Tür öffnete sich weiter und in diesem Moment sah ich *ihn*.

Alpha Roman stand direkt hinter Hackle. Groß, braun gebrannt und erschreckend angespannt. Seine Muskeln zeichneten sich unter seinem weißen Shirt ab und ich hielt die Luft an. Niemand sagte ein Wort, als er den Raum betrat.

Sein Blick war auf mich und nur auf mich gerichtet.

Ich schaute auf meine Notizen hinunter und versuchte, beschäftigt auszusehen. Versuchte, nicht an letzte Nacht zu denken.

„Hi, Alpha!" Vanessa quietschte wieder mit ihrer nasalen Stimme in meinem Ohr.

Ich konnte spüren, wie sie mit den Spitzen meines braunen Haares spielte. Sie war so … verdammt … verzweifelt. Aber, verflucht nochmal , das war ich gestern auch gewesen.

Hackle sagte noch ein paar Worte und verschwand dann

wieder im Flur. Roman ging weiter in den Raum und blieb stehen, als er meinen Schreibtisch erreichte.

War es hier drin heiß geworden? Mein Körper fühlte sich an, als stünde er in Flammen, als wüssten alle, was passiert war.

Er räusperte sich.

Bitte geh. Bitte geh.

Je stärker ich versuchte, meine schmutzigen Gedanken an Roman zu verdrängen, desto mehr erröteten meine Wangen. Er musste jetzt gehen, damit ich mehr über das plötzlich sehr interessante Thema des weiblichen Fortpflanzungssystems lernen konnte. Von mir aus konnte Vanessa auch als Beispiel dienen. Das wäre so viel angenehmer, als von jemandem angestarrt zu werden.

„Isabella", sagte Alpha Roman.

Scheiße.

Ich sah durch meine Wimpern zu ihm hoch und fummelte an meinem Stift herum. „Ja, Alpha Roman?"

„Vor die Tür. Sofort."

Ohne ein weiteres Wort ging er zur Tür und hielt sie für mich auf.

Verdammt noch mal. Ich steckte die Klausur in mein Notizbuch und klappte es zu, damit Dr. Jakkobs nicht sah, dass ich nicht aufgepasst hatte.

Derek sah mich mit hochgezogenen Augenbrauen an, aber ich zuckte mit den Schultern und warf ihm einen Blick zu, der sagte: *Als du mich gestern Abend dreizehnmal angerufen hast und ich nicht ein einziges Mal rangegangen bin, habe ich wirklich nichts Schlimmes getan, das verspreche ich dir.*

Nachdem ich tief durchgeatmet hatte, ging ich aus dem Klassenzimmer. Die Tür schloss sich hinter mir, aber ich wagte nicht, mich umzudrehen. So hatte ich mir meinen Montagnachmittag nicht vorgestellt. Ganz und gar nicht.

Roman trat näher an mich heran und ich konnte seine Körperwärme hinter mir spüren. Sie wärmte mich an Stellen, an denen sie es nicht hätte tun sollen.

Ein Kind ging den Flur entlang und verschwand dann in einem Klassenzimmer.

Sobald sich die Tür schloss, drückte er mich gegen einen Spind, nahm mein Kinn von hinten in seine schwielige Hand und fuhr mit seiner Nase an meinem Hals entlang. „Was soll ich nur mit dir machen?", flüsterte er mir ins Ohr. „Die ganze verdammte Woche lang hast du mich geärgert."

Ich schüttelte den Kopf. Aber es stimmte . Ich hatte mich zu oft berührt, um es zu zählen, und dabei an ihn gedacht. Wie er mich gegen das Kopfteil meines Bettes stieß, an seinen Schwanz in mir, an seine Lippen auf jedem Zentimeter meines Körpers.

Es war falsch, diese sündigen Gedanken über meinen Alpha zu haben.

„Leugne es nicht", knurrte er in mein Ohr, während seine Eckzähne meine Schwachstelle streiften.

Er drückte sich gegen meinen Hintern und ich verkrampfte mich. Er war mir noch nie so nahe gewesen – zumindest nicht auf diese Weise.

Seine Finger wanderten mein Bein hinauf und glitten unter meinen Rock. „Ich weiß, dass du deine Vorhänge nachts für mich offen lässt. Du willst, dass ich zusehe, wie du deine empfindliche kleine Perle reibst."

„Nein …", sagte ich atemlos, „das … das mache ich nicht."

„Lüg deinen Alpha nicht an", sagte er, wobei der Duft von Minze überwältigend stark war. Genau wie er.

Ich schluckte und wippte von einem Fuß auf den anderen. Seine Finger schwebten nur Millimeter über meinem Kitzler und mein ganzer Körper sehnte sich nach seiner Berührung.

Eine seiner Hände legte sich sanft um meinen Hals und er zog mich zu sich. „Lüg mich nicht an", sagte er an meinem Ohr.

Alles in mir krampfte sich zusammen; ich wartete nur darauf, dass er seine Finger in mein Höschen steckte und spürte, wie feucht ich für ihn war. Es war mir egal, dass es nur noch Minuten waren, bis die Schulklingel läuten und alle in den Flur strömen würden. Es war mir egal, dass er mein Alpha war und dass es falsch war, mit ihm zu spielen. Ich brauchte ihn so verdammt dringend.

„Tue ich nicht", sagte ich.

Lüge.

Er gluckste leise in mein Ohr. „Ich wette, du denkst an mich, während du es tust, nicht wahr?"

„Nein."

„Nein?"

Er schob mir eine Haarsträhne hinters Ohr und presste seine Hüften gegen meine. „Du denkst nicht an meine Zunge zwischen deinen Beinen, die dich leckt, bis du zitterst?"

Nein.

„Du denkst nicht an meinen Schwanz in deinem Mund?" Sein Daumen berührte meine Lippen.

Nein.

„Du denkst nicht an meine Hand, die sich um deinen Hals legt, während ich immer und immer wieder in dich stoße?"

Ich schloss meine Augen und stellte meine Beine dichter zusammen. *Oh Göttin. Oh Göttin. Fass mich an , verdammt noch mal.* Ich brauchte es.

„Bitte sei leise", sagte ich atemlos. Die Wände waren dünn und ich wollte nicht, dass uns jemand hörte, vor allem nicht Vanessa. Sie würde mir das Leben zur Hölle machen und jedem in unserer Kleinstadt erzählen, dass ich die neue Rudelschlampe war. „Die Leute werden uns hören."

„Das ist mein Rudel, Isabella. Es ist mir egal, wer dich meinen Namen stöhnen hört." Er zog seine Finger weg, atmete tief durch und stieß sich von mir ab. „Mach nächstes Mal die Vorhänge zu."

„Oder was?", fragte ich und drehte mich um, um ihn anzusehen.

Das war mein erster Fehler an diesem Tag.

Er packte mich grob am Kinn und drückte mich wieder gegen den Spind. „Oder du wirst die Konsequenzen zu spüren bekommen." Er starrte auf meine Lippen, als er sprach, sein Daumen strich unsanft darüber und mir wurde warm ums Herz.

Die Art und Weise, wie er mich berührte, verriet mir eines: dass er meinen Körper wollte. Aber seine Augen, die zwischen einem sanften Grün und einem stechenden Gold wechselten, sagten mir, dass das nicht alles war. Er wollte mehr.

Er holte tief Luft, seine Brust hob und senkte sich gegen meine. Auf meinen Lippen kribbelte es und ich schloss für einen kurzen Moment die Augen. Ich wusste nicht, warum mich seine Nähe so erregte, aber es war so.

Als die Schulklingel ertönte, schüttelte er den Kopf, stieß mich weg, ging den Flur hinunter und durch die Doppeltür hinaus. Ich stand da, sog seinen Duft ein und starrte völlig schockiert den Flur hinunter.

Ich wusste nicht, was für eine Drohung das war. Aber er hatte gesagt, dass ich die Konsequenzen zu spüren bekomme, wenn ich die Vorhänge beim nächsten Mal, wenn ich mich für ihn berührte, wieder nicht schließen sollte. Da ich ein braves Mädchen war, wusste ich, was ich tun würde, sobald ich nach Hause kam.

Die Vorhänge so weit öffnen, wie nur möglich.

2
isabella

DIE SCHÜLER STRÖMTEN aus den Klassenzimmern, warfen mir seltsame Blicke zu und eilten durch die Eingangstüren hinaus. Ich stieß mich von den kalten blauen Spinden ab und atmete tief ein. Roman hatte noch nicht einmal etwas mit mir gemacht und ich sehnte mich nach ihm. *Und ... warum kribbelten meine Lippen schon wieder so?*

„Was sollte das denn?", fragte Derek ein paar Minuten nach dem Läuten der Glocke und warf mir meinen Rucksack zu.

Ich ging mit ihm den Flur entlang. „Nichts", sagte ich, während mir die Hitze in den Nacken kroch. Überhaupt nichts.

Er hob eine Augenbraue. „Alpha Roman holt nicht *einfach so* Schüler aus dem Unterricht." Ein kleines Grinsen huschte über sein Gesicht. „Also ... was hast du gemacht?"

Die letzten Schüler drängten sich an uns vorbei und ich zog Derek zur Seite.

„Ich habe etwas getan", sagte ich und senkte meine Stimme. „Eine wirklich schlimme Sache."

Eine Sache, die ich heute Abend wieder tun wollte.

Vanessa stürmte aus dem Klassenzimmer, ihre schwarzen Samtabsätze klapperten auf dem beigefarbenen Fliesenboden. Sie tippte auf ihrem Handy, ihre kurzen, manikürten Fingernägel schlugen mit hundert Kilometern pro Minute auf den Bildschirm.

Ich beruhigte mich und wartete darauf, dass sie vorbeikam, aber das tat sie nicht. Stattdessen blieb sie ein paar Meter von uns entfernt im Flur stehen. Sie hatte uns den Rücken zugedreht und an ihrem Unterarm hing ihre Tasche mit einer kleinen rot-pink-lila Anstecknadel, die an dem Riemen befestigt war.

„Isabella, die Miss Perfekt, hat etwas Schlimmes getan?", fragte Derek und keuchte gespielt.

Vanessa hob ihren Blick von dem Handy auf den leeren Gang vor uns. Ich wusste, dass sie jedes einzelne unserer Worte hörte. Wahrscheinlich versuchte sie herauszufinden, wie sie mitten im Unterricht ebenfalls von ihrem Schwarm Roman herausgerufen werden konnte.

Ich zerrte Derek den Flur hinunter und zu seinem Auto, weg von ihren neugierigen Ohren. „Okay, also …", sagte ich und schwärmte von der letzten Nacht. Ich erzählte ihm alles, von der vergangenen Woche, der Tatsache, dass ich all meinen Mut zusammengenommen hatte, um ihm direkt in die Augen zu sehen, als ich mich gestern berührte, bis hin zu dem Kribbeln, das ich vor ein paar Augenblicken gespürt hatte.

Roman hatte mich seit Wochen beobachtet. Jede Nacht konnte ich seinen Minzduft riechen, der durch mein offenes Fenster hineinwehte. Jede Nacht konnte ich seine goldenen Augen sehen, die den Wald durchdrangen. Jede Nacht konnte ich mir nur vorstellen, wie er sich in mir anfühlen würde.

„Du bist so eine Nutte", sagte Derek, als ich fertig war, und zog an einem seiner Zöpfe.

Ich schubste ihn spielerisch weg. „Bin ich nicht … aber du musst mich nach Hause bringen."

Derek gluckste und öffnete seine Autotür. „Damit du dich heute Abend für deinen Alpha ausziehen kannst?"

„Hör auf damit! Es ist nicht meine Schuld. Er ist derjenige, der mich beobachtet; ich habe ihn nicht darum gebeten, es zu tun."

Derek stützte einen Unterarm auf die Motorhaube seines verbeulten weißen 95er Chryslers und lehnte sich darüber. „Ich bin dafür, Izzy, aber sei vorsichtig mit Roman. Er hält immer, was er verspricht. "

„Ist das etwas Schlimmes?", fragte ich, lehnte mich gegen das heiße Auto und klimperte mit den Wimpern.

Er hob eine seiner dicken braunen Augenbrauen. „Das werden wir sehen."

„Was meinst du?"

„Das werden wir sehen, wenn du in ein paar Wochen achtzehn wirst und herausfindest, wer dein Partner ist."

———

„Wir sehen uns morgen", sagte ich und stieg aus dem Auto.

„Vergiss nicht, morgen deine Trainingssachen mitzubringen. Wir haben das Probetraining für die Krieger", rief Derek vom Fahrersitz aus.

„Du weißt, dass ich das nicht vergessen werde, Derek." Ich winkte ihm zu und ging die Auffahrt zum Haus hinauf. „Vergiss *deine* Sachen nicht", rief ich über die Schulter. „Mit deinen Noten wird Roman dich weder ins Krankenhaus noch sonst wohin zuteilen. "

Er zeigte mir durch die Windschutzscheibe den Mittelfinger und lächelte.

Ich lächelte zurück und betrat das ruhige Haus. Mama und Papa waren immer noch im Krankenhaus und arbeiteten, sie würden wahrscheinlich noch bis heute Abend bleiben.

Nachdem ich meinen Rucksack auf das Bett geworfen hatte, setzte ich mich an meinen Schreibtisch und studierte zum hundertsten Mal das *Kampfhandbuch des Mondes*. Ich hatte jede Bewegung auswendig gelernt und mindestens tausendmal geübt; ich träumte sogar hin und wieder von ihnen.

Nichts würde mich davon abhalten, meinen Traum zu verwirklichen, eine Kriegerin zu werden und jedes Mitglied dieses Rudels zu beschützen. Vor allem diejenigen, die sich nicht selbst beschützen konnten ... so wie Romans Mutter es nicht gekonnt hatte.

Mein Blick wanderte von meinem Notizbuch zu dem Wald draußen. Auf der Fensterbank standen sieben Töpfe mit Mondblumen, die heller leuchteten, als ich es je gesehen hatte. Ich strich mit den Fingern über ihre weichen Blätter und lächelte.

Papa scherzte immer, ich hätte zu viele in meinem Zimmer. Aber seit ich ein kleines Mädchen war, liebte ich es, sie immer heller leuchten zu sehen, wenn sich der Vollmond jeden Monat näherte. Und außerdem durfte Papa gar nichts sagen. Er hatte einen ganzen Garten voll von diesen Blumen. Rund um meinen Geburtstag leuchteten sie besonders hell, aber nie so wie jetzt. In letzter Zeit leuchteten sie mit einer solchen Intensität, dass man sie für den Mond selbst halten konnte.

Dort lag ein kleiner Mondblumen-Schlüsselanhänger, den mir Luna Raya – Romans Mutter – vor ihrem Tod geschenkt hatte. Sie hatte mir gesagt, ich solle meine Träume nie aufgeben, egal, wie schwer sie erreicht werden könnten. Und das hatte ich auch nicht vor.

Nachdem ich mich an bessere Tage erinnert hatte, als Luna Raya noch lebte und mich zum Spielen mit dem achtjährigen Roman einlud, kletterte ich ins Bett. Ich versuchte, den Stress der morgigen Probetrainings abzuschütteln und ... vielleicht wollte ich Roman heute Abend wieder ein wenig ärgern.

Seit er mich aus der Klasse geholt hatte, konnte ich nicht mehr aufhören, an ihn zu denken. Seine starken Arme, die sich um mich legten, sein Schwanz, der sich gegen meinen Hintern presste, seine Finger, die meiner Muschi so verdammt nahe waren, die Art und Weise, wie er mein Herz schneller schlagen ließ, als es das jemals getan hatte.

Ich schob eine Hand zwischen meine Beine, rieb meinen Kitzler und stellte mir vor, wie eine seiner rauen, schwieligen Hände seinen Schwanz umschloss und ihn streichelte, während er mich vom Wald aus beobachtete.

War das falsch? Ja. Ich wusste noch nicht einmal, ob wir zusammengehörten; ich würde es herausfinden, wenn ich achtzehn wurde.

Obwohl Sex zwischen zwei Werwölfen, die keine Partner waren, verpönt war und von Werwölfen erwartet wurde, dass sie bis zur Paarung Jungfrauen blieben, neigten Alphas dazu, von dieser Regel abzuweichen. Sie waren dafür bekannt, dass sie mit einer Handvoll Frauen schliefen, bevor sie ihre Partnerin fanden.

Ich wusste nichts über Romans Sexleben. Alles, was ich wusste, war, dass ich mich bei ihm nicht zusammenreißen konnte. Jedes Mal, wenn ich ihn trainieren sah, mit seinen prallen Muskeln, die in der Sonne glänzten, wollte ich nur, dass er mich gegen den nächsten Baum drückte und mich fickte, bis ich nicht mehr konnte konnte.

Eine Welle der Lust schoss durch meinen Körper. Ich fuhr fort, meinen Kitzler in kleinen, schnellen Kreisen zu reiben und dachte dabei an ihn. Seine Hand in meinem Nacken, die mich mit jedem Stoß an sich zog. Er pumpte rein und raus und rein und raus.

Oh Mondgöttin. Ich klammerte mich an das Bettlaken und stöhnte leise.

Sein Minzduft kroch in meine Nase, doch ich sah ihn nicht im Wald. Es roch, als wäre er näher.

Jemand klopfte an die Haustür, doch ich ignorierte es und beschloss, stattdessen tiefer in meine seidengrauen Laken zu sinken. Mama und Papa hatten mir immer gesagt, ich solle niemals Fremden die Tür öffnen, also hatte ich vor, einmal in meinem Leben auf ihren Rat zu hören.

Die Hitze wärmte mein Inneres und ließ meinen ganzen Körper kribbeln. Ich war so kurz davor zu kommen, ich wollte nicht aufhören.

Plötzlich wurde meine Tür aufgeschlagen. Ich zog meine Hand aus meinem Höschen, setzte mich auf und zog die Decke über meinen Körper, mein Herz raste. Roman stand in der Tür, mit goldenen Augen, die mich verschlangen. Ich schluckte und zog die Laken näher an mich heran, als er zu meinem Bett ging.

Natürlich war es in Ordnung, wenn er mich von tief aus dem Wald heraus beobachtete. Aber jetzt war er hier. So nah und so verdammt wütend.

Er knurrte: „Was habe ich dir verdammt noch mal gesagt?" Sein Kinn zuckte. „Du hörst nicht zu."

Warum war er hier? Draußen war es noch nicht einmal dunkel. Er sollte im Haupthaus sein, Alphakram erledigen – Leute trainieren, jemanden durch sein Telefon anschreien, seinen Wachen Befehle geben. Er sollte nicht in meinem Schlafzimmer sein, nicht an mich heranpirschen, als wäre ich seine Beute, nicht meinen Körper anstarren, als wollte er ihn zerstören.

Er zog mir die Laken weg, sein Blick verweilte auf meinen Brustwarzen, die sich durch mein dünnes weißes T-Shirt abzeichneten. „Und ich dachte schon, du wärst ein süßes, unschuldiges Mädchen." Er setzte sich auf das Bett, sodass es sich neigte, und zog mich über sein Knie. Er rieb mit seiner großen, schwieligen Hand über meinen Hintern. „Ich werde dir zeigen, wie ich mit Leuten in meinem Rudel umgehe, die keine Befehle befolgen."

Er hakte einen seiner Finger in mein Höschen und zog es von meinen Schenkeln. Nachdem er meinen Hintern noch einmal sanft gerieben hatte, schlug er ihn hart. Ich biss mir auf die Lippe und versuchte, ein Stöhnen zu unterdrücken. Dann tat er es wieder. Und noch einmal. Und noch einmal. Bis meine Muschi tropfnass war. Ich schlug ein Bein über das andere, damit er nicht sehen konnte, wie sehr mich das erregte.

„Wirst du von nun an ein braves Mädchen sein?", fragte er.

Sein Schwanz war hart an meinem Bauch. Ich hielt inne, mein Innerstes zog sich zusammen.

„Antworte mir, Isabella", sagte er und fasste mit seiner Hand an meinen Hintern.

„Nein", flüsterte ich.

„Nein?" Er zog mir ein paar Haare aus dem Gesicht und zwang sie grob zurück. „Nein?"

„Nein."

Er griff nach meinen Schenkeln, zwang meine Beine auseinander und drückte zwei Finger gegen meine Falten. „Macht es dich so verdammt feucht, wenn du mir nicht gehorchst?", fragte er und ließ seine Finger zu meinem Kitzler gleiten. Er rieb kleine Kreise um ihn und atmete meinen Duft tief ein.

„Ja", stöhnte ich.

„Sieh mich an, wenn du redest."

Ich blickte zu seinen goldenen Augen auf und zog die Brauen zusammen. „Ja, Alpha."

Seine Finger bewegten sich schneller und ich schloss meine Augen. Das musste ein Traum sein. Das musste ein verdammter Traum sein. Hier war ich ... lag über dem Knie meines Alphas und ließ zu, dass er meine Muschi berührte, als gehöre sie ihm, während mein Inneres vor lauter Lust pulsierte.

Die Spannung in mir wurde immer größer, so groß, dass ich spürte, dass ich kurz davor war zu explodieren. Aber er verlangsamte seine Bewegung und der Druck ließ etwas nach. Er schaute auf meine geteilten Lippen hinunter und fing wieder an, seine Finger bewegten sich schneller als zuvor. Meine Augenbrauen zogen sich zusammen und seine Lippen verzogen sich zu einem Grinsen.

Ich wusste nicht, wie oft er aufgehört und wieder angefangen hatte. Meine Muschi sehnte sich nach Erlösung und ich wollte für ihn kommen.

„Bitte, Alpha. Bitte lass mich kommen", sagte ich und grub meine Nägel in einen seiner muskulösen Oberschenkel.

„Ist es das, was du willst? Kommen?", fragte er.

Ich nickte und er legte den Kopf schief, sein Grinsen wurde breiter.

„Nur gute Mädchen dürfen kommen."

Ich starrte mit zusammengezogenen Brauen zu ihm hoch. „Ich werde ein gutes Mädchen sein, ich verspreche es."

Seine Finger beschleunigten sich ein letztes Mal und ich verkrampfte mich. Ich wollte ... ich wollte ...

Er zog seine Hand von meiner Muschi und warf mich auf das Bett. „Das werden wir ja sehen." Er nahm mein Kinn in seine Hand, seine Lippen berührten meine. „Wenn du mir beweist, dass du gut sein kannst, werde ich dich belohnen, meine liebe Isabella."

Die Luft blieb mir weg und ich nickte vage mit dem Kopf, als wäre ich wie betäubt. Ich wusste nicht, wie er es gemacht hatte. Es *war* falsch. So falsch. Und doch fühlte es sich so richtig an.

Ich lehnte mich gegen das Kopfende des Bettes und wollte, dass er ging, damit ich beenden konnte, was er begonnen hatte, aber er blieb mit mir in meinem Zimmer, länger, als er sollte. Er begutachtete meine Mondblumen. Sah sich die Zeitschriften und Lehrbücher über das Kämpfen an. Er schaute ein paar Mal in meine Richtung.

Dann stand er auf und ging im Zimmer umher. „So sieht also das Schlafzimmer der selbsternannten Kriegerin aus." Er lächelte über das Handbuch. „Das habe ich auch nicht anders erwartet."

„Pass auf, was du tust", sagte ich und zog die Decke über meinen Körper. „Ich will nicht, dass du irgendetwas durcheinanderbringst. Ich habe genau die Seite aufgeschlagen, mit der ich lernen muss, wenn du weg bist."

„Immer noch dieselbe alte Isabella." Er blätterte es durch und tat genau das, was ich ihm verboten hatte. „Immer im Training, um die Beste zu sein."

„Immer noch derselbe alte Roman. Versucht immer, mich zu ärgern."

Er ging um das Bett herum, setzte sich hin, stützte die Unterarme auf die Knie und sah mich an. Lange Zeit sagte er nichts und meine Muschi pulsierte weiter. Ich schloss kurz die Augen, um seinen Duft zu genießen, und öffnete sie wieder.

Mondlicht flutete durch mein Fenster in den Raum und eine kühle Sommerbrise wehte durch das Fenster. Ich hörte, wie er seine Handflächen aneinander rieb, sank weiter in mein Bett und beobachtete, wie sich seine Rückenmuskeln unter dem Shirt abzeichneten. Er sah mich mit so sanften Augen an, dass ich wieder dieses Kribbeln spürte.

„Weißt du noch, als wir die ganze Nacht unterwegs waren?", fragte er und lächelte sanft vor sich hin.

Ich spielte mit meinen Fingern. „Als deine Mutter mich zu sich einlud, um bis Mitternacht zu spielen und du mich dann nach Hause begleiten musstest?"

Sein Lächeln schwankte für den Bruchteil einer Sekunde und dann leuchteten seine Augen vor Aufregung auf. „Weißt du noch, als du mich einmal gebissen hast?"

„Ich habe dich nicht gebissen."

Er rückte näher an mich heran, legte seinen Oberschenkel auf das Bett und ließ sein Knie meines streifen. „Doch, das hast du, Isabella." Er schüttelte den Kopf und berührte mit dem Finger einen seiner Bauchmuskeln. „Ich habe immer noch die Narbe, die es beweist."

„Nein, hast du nicht."

„Du willst Beweise?"

„Du willst nur dein Hemd für mich ausziehen, damit ich sehen kann, wie trainiert mein Alpha wirklich ist. Wenn du so fest entschlossen bist, mir diese Narbe zu zeigen , dann...", mein Herz raste, „...ja, dann ist das wohl so."

Er hob eine Augenbraue, zog sein Hemd hoch, wodurch sein straffer Bauch zum Vorschein kam, und strich mit einem Finger über einen seiner Bauchmuskeln, als hätte er das schon so oft getan. „*Wenn du so fest entschlossen bist*, mir nicht zu glauben, was ist dann das hier?"

Die kleine Narbe glitzerte im Mondlicht und ich verdrehte die Augen. „Das ist einfach ..."

Er grinste und rückte näher an mich heran. „Einfach was?"

„Einfach nur ... eine Linie. "

Er schüttelte den Kopf und sein Blick fiel für einen kurzen Moment auf meine Lippen. Ich hielt den Atem an. Dieser Blick. Derselbe Blick, den er mir vorhin bei den Schließfächern zugeworfen hatte. Dieser Blick, der meine Lippen zum Kribbeln gebracht hatte, der mich dieses seltsame Gefühl spüren ließ, das alle Wölfinnen empfinden müssen, die von Alphas verfolgt werden.

Nach einem weiteren Moment zog er sein Hemd herunter und stand auf. „Nach wie vor Unsinn im Kopf, Isabella.“

„Immer Unsinn im Kopf, Roman.“

3
roman

SONNENLICHT FLUTETE durch die Fenster hinter meinem Schreibtisch und traf auf eine der hundert benutzten Seiten in meinem Notizbuch. Mein Bleistift glitt über eine Seite . Jede Linie, die ich zeichnete, ahmte Isabellas Kurven fast perfekt nach. Ich hatte sie schon so oft skizziert, aber noch nie so.

Nicht nackt. Nicht mit ihren Fingern in ihrer Muschi. Nicht mit geschlossenen Augen in völliger Glückseligkeit. Nichts von dem, was ich letzte Nacht gesehen hatte.

Ihr Vanilleduft haftete noch immer an meiner Kleidung und ich spürte, wie sich ihre Finger in meine Brust krallten. Ich liebte die Art, wie sie mich mit diesen großen blauen Augen angestarrt hatte, als ich ihr Zimmer betrat, aber noch mehr liebte ich die Art, wie sie mich angelächelt hatte, als ich sie über den kleinen Liebesbiss aus der Kindheit, den sie bei mir hinterlassen hatte, geneckt hatte.

Gestern Abend hatte ich mich nicht beherrschen können. Ich hatte sie probieren müssen, sehen müssen, wie sie sich in meinen Händen anfühlte. Sie hatte mich seit Monaten in den Wahnsinn getrieben. Ich hatte mich selbst auf die Folter gespannt, indem ich ihr zugesehen hatte, wie sie sich selbst berührt hatte, hatte ihr Stöhnen gehört. Ich wusste, dass ich das nicht sollte. Ich wusste, dass es falsch war.

Jemand klopfte an meine Tür und ich klappte schnell mein Notizbuch zu.

Mein Beta, Cayden, steckte seinen Kopf in den Raum. „Ryker ist hier, um dich zu sehen."

Ich stand auf, biss die Zähne zusammen und nickte. Ryker, das Arschloch und Anführer der Lykaner, war hier, um mir die nächste Stunde lang ein Ohr wegen der Gesetzlosen abzukauen und mehr Leute zu verlangen, die sich seinem Team von Kriegern anschließen sollten, um sie abzuwehren.

„Hör zu", sagte ich und schloss das kastanienbraune Ledernotizbuch in meinem Schreibtisch ein. „Was auch immer er sagt, erwähne Isabella nicht."

Cayden hob die Augenbrauen. „Aber …"

„Hast du mich verstanden, Cayden? Erwähne ihren Namen nicht", sagte ich und verhärtete meinen Blick.

Er nickte und verschwand auf dem Flur. Wenige Augenblicke später erschienen Cayden und Ryker an meiner Tür.

Ich setzte ein falsches Lächeln auf und schüttelte seine Hand. „Ryker, was führt dich hierher?"

„Roman", sagte Ryker und setzte sich mir gegenüber. „Es ist immer eine Freude, dich zu sehen."

Ich wette, das war es.

Er lehnte sich in seinem Stuhl zurück. „Die Gesetzlosen sind verbreiteter denn je. Ich bin hier, um die stärksten Krieger aus jedem Rudel in der Gegend zu rekrutieren, damit sie sich den Lykanern anschließen."

„Ich dachte, ich hätte dir bereits gesagt, dass die Gruppe der Auszubildenden dieses Jahr nicht so viel Potenzial hat wie meine früheren Jahrgänge." Ich sah in die dünne Akte auf meinem Schreibtisch, in der die Namen aller Schulabsolventen dieses Jahres standen, außer Isabellas, und reichte sie ihm. „Du kannst sie durchsehen … aber ich bezweifle, dass es jemanden gibt, der deinen Ansprüchen genügt."

Lüge.

Ryker nahm die Akte, lehnte sich zurück und öffnete sie. Tätowierungen von Mondblumen – der offiziellen Blume unserer Mondgöttin – bedeckten seine Unterarme. Jede Einzelne stand für einen Gesetzlosen, den er getötet hatte, um die Werwolfsrudel zu schützen. Jede Einzelne war ein Grund dafür, dass ich nicht wollte, dass er von Isabellas außergewöhnlichen Fähigkeiten erfuhr.

„Alle unsere Wölfe sind durchschnittlich", sagte ich.

Lüge . Lüge , um sie davor zu bewahren, sich einer Gruppe von Lykanern anzuschließen, die jeden Tag gegen blutrünstige, übergriffige, dreckige Gesetzlose kämpften. Lüge, um sie vor ihm zu schützen.

Nachdem er die Akte wieder auf meinen Mahagoni-S chreibtisch gelegt hatte, schwang Ryker einen Fuß auf sein Knie und verschränkte die Hände ineinander. „Welcher von ihnen ist der fähigste Kämpfer?"

Ich schaute Cayden an und schüttelte den Kopf. „Derek wahrscheinlich."

Eine weitere Lüge.

Meine Schwester Jane betrat das Zimmer. „Derek? Auf keinen Fall. Isabella tritt jeden Tag allen im Training in den Arsch."

„Warum bist du nicht in der Schule, Jane?", fragte ich mit zusammengebissenen Zähnen.

Sie war dabei, mir alles zu vermiesen. Alles, was ich in den letzten drei Jahren so sehr versteckt hatte.

Ryker starrte sie an, seine Augen verweilten auf ihren Hüften. Ich knurrte leise vor mich hin.

Was für ein verdammtes Schwein. Es widerte mich an, wie er jede Frau ansah, besonders nach den Gerüchten darüber, was er Michelle – seiner angeblichen Partnerin – angetan hatte.

Ich stand von meinem Schreibtisch auf und eilte zu ihr, um sie am Arm zu packen. „Was würden Mama und Papa davon halten, dass du die Schule schwänzt?", fragte ich und versuchte, sie zur Vernunft zu bringen.

„Spiele diese Karte nicht gegen mich aus", sagte sie und riss ihren Arm aus meinem Griff. „Ich werde jetzt gehen. Ich wollte dir nur das hier geben … du hast es auf dem Küchentisch liegen lassen."

Sie reichte mir eine Skizze, die ich Isabella gestern Abend geben wollte, aber ich war zu ängstlich und zu geil gewesen, um daran zu denken. Verdammt, ich war zu sehr abgelenkt gewesen, um an irgendetwas zu denken, als sie auf ihrem Bett saß und dachte, sie könnte sich mir einfach widersetzen, indem sie sich selbst berührte.

Jane verschränkte die Arme vor der Brust. „Du weißt, dass es Isabella furchtbar ähnlich sieht …"

„Schule. Jetzt."

Sie stapfte den Flur hinunter und ich knallte die Tür zu. Sie musste mir alles verderben, wie immer.

Ryker sah mich fragend an. „Isabella? Du hast sie nicht erwähnt."

Natürlich hatte ich sie nicht erwähnt. Sie war noch nicht einmal achtzehn, nicht mal in dem Alter, um als Lykanerin in Frage zu kommen. Ryker brauchte nichts von ihr zu wissen. Nicht jetzt. Niemals.

„Ich habe sie kämpfen sehen", sagte ich. „Sie ist gut …" Ich hasste es, über sie zu lügen. Ich wollte, dass jeder weiß, wie toll sie ist. „… aber nicht großartig. Sie hat noch viel zu lernen."

Ryker nickte und stand auf. „Das werde ich selbst beurteilen." Er legte die Akte auf meinen Schreibtisch. „Du veranstaltest diese Woche ein Auswahlverfahren für deine Krieger, nicht wahr?"

Ich biss mir auf die Zunge. Wenn ich mich nicht um ein Rudel kümmern müsste, würde ich ihn auf der Stelle umbringen, weil er die Idee, Isabella zu rekrutieren, überhaupt auf den Tisch brachte.

„Ja", sagte ich.

Er klopfte mir kräftig auf den Rücken und drückte meine Schulter, als wären wir Freunde. „Ich werde diese Woche vorbeikommen, um sie zu sehen." Und damit ging er aus dem Zimmer.

Ich stand einfach nur da und starrte auf die offene Tür.

Nein. Nein, er würde mir Isabella nicht wegnehmen. Das würde ich nicht zulassen.

Ich musste etwas tun, irgendetwas, um sie in Sicherheit zu bringen. Selbst wenn es bedeutete, sie zu verletzen.

4

isabella

„KOMMST DU MIT?", fragte Derek und lehnte sich gegen seinen Chrysler.

Ich seufzte und warf meinen Rucksack auf den Rücksitz, immer noch frustriert von der letzten Nacht. Wie konnte Roman mich so verzweifelt zurücklassen?

„Hallo?", fragte Derek und wedelte mit der Hand vor meinem Gesicht. „Erde an Izzy …"

Ich schüttelte den Kopf, verdrängte meine schmutzigen Gedanken und befestigte Luna Rayas Schlüsselanhänger an meiner Tasche. Ich musste mich heute auf eine Sache konzentrieren und nur auf die eine: die Krieger überzeugen und mir einen Platz im Team sichern. Obwohl sich im Vergleich zum letzten Jahr mehr Leute beworben hatten, war ich nicht nervös.

Ich hatte dreizehn Jahre lang für diese Woche trainiert.

Und Roman wusste, dass ich eine der besten Anwärter und Anwärterinnen war. Nachdem er gestern Abend gegangen war, hatte er mir eine Nachricht geschickt und gesagt, dass er mich heute hier sehen wollte.

Vanessa joggte an mir vorbei zu ihrem Auto. Sie trug einen kleinen, pinkfarbenen Sport-BH, aus dem ihre Brüste bei jedem

Lauf fast heraushüpften, und ein Paar elastische Shorts. „Ihr wollt euch für die Krieger bewerben?"

„*Du* etwa auch?", fragte Derek mit hochgezogener Augenbraue.

Sie lächelte mich breit an und klimperte mit den Wimpern. „Ich glaube, ich habe das Zeug dazu." Sie öffnete die Fahrertür und winkte uns zu. „Wir sehen uns bei Roman."

Ich rieb mir die Schläfen. Das würde ein langer Nachmittag werden, wenn sie auch da wäre. Ich konnte mir nur vorstellen, dass sie die ganze Zeit mit Roman flirten und ihm so nahekommen würde, dass sie mit ihren Fingern über seine Brust fahren könnte während sie mich dabei angrinste.

„Du bist praktisch nackt, Vanessa", sagte Derek.

Sie legte einen gelb manikürten Finger auf ihre Lippe. „Bin ich das?" Sie sah an sich herunter und zuckte dann mit den Schultern. „Na ja. Ich bin sicher, Roman hat nichts dagegen." Dann zwinkerte sie mir zu, sprang in ihr Auto und raste vom Schulparkplatz.

Ich biss mir auf die Zunge. Sie wollte nicht einmal eine Kriegerin sein. Sie wollte mir nur auf die Nerven gehen. Das war schon seit der Mittelschule ihr Ziel gewesen.

„Wenn sie einen Platz bekommt, nur weil sie ihre Titten an den Kriegern reibt, drehe ich durch", sagte Derek und ballte seine Hand zu einer Faust, als er sich zu mir umdrehte. „Aber wenn du es tust, würde es mir nichts ausmachen."

„Ich muss nicht mit ihm flirten, um einen Platz zu bekommen."

Es war arrogant zu sagen, aber es stimmte. Alle, auch Roman, wussten, dass ich von den gesamten Schülern, die sich beworben hatten, das meiste Potenzial hatte. Verdammt, sogar Herr Beck, der sich für den besten Krieger aller Zeiten hielt, glaubte an mich.

Derek stieß mit seiner Schulter gegen meine, die Sonne traf auf seine braune Haut und brachte sie zum Glänzen. „Das war nur ein Scherz."

———

Als wir ankamen, warteten fast zwanzig Schüler aus meiner Abschlussklasse auf dem Rasen des Haupthauses. Ich wippte auf meinen Zehen auf und ab und sah zu Vanessa hinüber, die mit gespreizten Beinen auf dem Boden saß und sich *dehnte*.

Oh, *Mondgöttin*.

Die Kriegerwölfe verließen das Haupthaus und begutachteten die neuen Anwärter und Anwärterinnen. Einige der Frauen und Männer trugen Halsketten mit Anhängern in Form des Mondes auf der Brust – ein kulturelles Symbol dafür, dass sie sich mit jemandem verpartnert hatten, den sie liebten. In unserem und in den umliegenden Rudeln war es Tradition, jemandem eine Halskette zu schenken, zusammen mit einem Bisszeichen am Hals. Sie symbolisierten die Liebe zwischen dem Wolfsteil und der menschlichen Seite.

Ich lächelte Kerrie und Henry an, zwei der besten Kriegerwölfe. Sie waren verpartnert und jeder hatte sein eigenes persönliches Halsband. Ich konnte es kaum erwarten, meinen Partner zu finden, von dem ich wusste, dass er ein starker Kämpfer, wie ich sein würde. Ich wartete auf meinen Partner, seit ich ein kleines Mädchen war und jede Nacht Mamas Halskette im Mondlicht funkeln sah. Nur noch zwei Wochen, dann würde ich ihn offiziell finden können.

Die Wölfe gingen die Treppe hinunter und warfen ihre Trainingsausrüstung neben das Haus, dann standen sie vor uns. Ich starrte sie neugierig an, während Vanessa verführerisch lächelte.

Ich warf einen Blick auf sie, lehnte meine Stirn an Dereks Arm und versuchte, mir ein Lachen darüber zu verkneifen, wie dumm sie aussah. Es war unreif, ja. Aber ich mochte sie nicht und sie mochte mich nicht. Es war immer ein sinnloses, kindisches Drama mit ihr gewesen.

Wenn sie sich nicht so anstrengen würde, könnte sie wahrscheinlich jeden bekommen, den sie wollte. Sie war schön – groß, blond, kurvig. Ich war für Flirten und Selbstermächtigung, aber das … das war zu viel.

„Findest du etwas komisch?"

Meine Augen weiteten sich und ich holte tief Luft. *Verdammt noch mal.* Alpha Roman stand vor mir, sein graues Shirt schmiegte sich an seinen wohlgeformten Körper. Er starrte mich mit diesen unheimlichen, goldenen Augen an. Dieselben Augen, die letzte Nacht meinen Körper begehrt hatten.

„Ich habe dich etwas gefragt."

Alle starrten uns an und warteten darauf, dass ich ihm antwortete.

„N-nein, Alpha", sagte ich und versuchte, seinen Minzduft nicht einzuatmen und schwach zu werden.

„Und warum lachst du dann?" Er verschränkte die Arme vor der Brust und spannte seinen Bizeps an.

Ich blickte mich um und versuchte, mir etwas einfallen zu lassen, um aus der Sache herauszukommen. Aber er packte mein Kinn und zwang mich, ihm in die Augen zu sehen.

Seine pure Dominanz machte mir Lust darauf, ihn zu testen. Ich legte meine Hände an meine Seite und ballte sie zu Fäusten, um nicht vor dem ganzen Rudel eine Dummheit zu begehen. Aber dann, weil ich nicht anders konnte, zuckte ich mit den Achseln.

Er machte einen drohenden Schritt auf mich zu. „Wenn du das nicht ernst nimmst, kannst du gehen." Er presste seine Lippen zu einem festen Strich. „Ich kann es nicht gebrauchen, dass eine Welpin wie du meine Zeit verschwendet."

Vanessas Mundwinkel kräuselten sich. Ich konnte gerade noch hören, wie sie auf ihre versnobte Art verächtlich in meine Richtung *schnaubte*, wie sie es immer tat.

Roman packte mein Kinn fester, seine Finger gruben sich in meine Haut. Seine goldenen Augen funkelten mich an, als wäre ich genau da, wo er es wollte, als hätte er die pure Kontrolle über mich. „Habe ich mich klar ausgedrückt?"

„Ja, Alpha."

Er löste seinen Griff und wandte sich wieder den Kriegerwölfen zu, wobei er seinem Beta, Cayden, etwas zuflüsterte. Cayden nickte und sah mich neugierig an. Ich atmete aus, richtete meinen Blick auf das aufgewühlte Gras unter meinen Füßen und ballte meine Fäuste auf dem Rücken.

Verflucht sei er.

„Acht-Kilometer -Lauf. Nur in menschlicher Form." Roman starrte auf das dichte grüne Gebüsch hinaus. „Wenn ihr wieder hier seid, werden wir Trainingspartner zuteilen und beginnen."

Die Krieger führten den Lauf durch den Wald an, einige setzten sich ab und liefen schneller als die anderen. Ich starrte Derek an und wollte am liebsten an allen vorbeisprinten und mein eigenes Tempo gehen, aber ich wollte nicht respektlos sein.

Cayden wurde langsamer, bis er neben uns herlief. „Halte mit", sagte er zu mir und lief schneller, „wenn du kannst!"

Ich warf Derek einen Blick zu und rannte hinter Cayden her, wich den anderen Kriegern aus, sprang über umgestürzte Baumstämme und strengte mich mehr an als je zuvor. Cayden rannte an Roman vorbei und ich folgte ihm.

Mein Atem war schwer, meine Lungen aufgebläht, mein Kopf fühlte sich so frei an. Ich hatte das Gefühl, der Wald und ich waren eins. Das Laufen war schon immer ein Weg gewesen, mich mit meiner Wölfin zu verbinden. Als wir klein gewesen waren, hatten Roman und ich es geliebt, uns im Wald zu verlaufen und stundenlang zu rennen, nur um nirgendwo anzukommen.

Cayden wurde langsamer, als wir die Lichtung in der Nähe des Haupthauses erreichten. Er zog sein Hemd aus, sein Unterleib glänzte vor Schweiß, und zeigte auf mich. „Bist du bereit?"

Ich drehte mich um, stützte meine Hände auf die Knie und schnappte nach Luft. „Müssen wir nicht warten, bis …"

Er stürzte sich auf mich, erwischte mich unvorbereitet und schlug mich auf den Boden. „Nein. Krieger warten auf niemanden. Sie kämpfen, wenn sie kämpfen müssen."

Ohne eine weitere Sekunde zu warten, sprang ich wieder auf und ging in Kampfstellung. Naja … ich schätze, wir warteten nicht. Ich umkreiste Cayden und versuchte, eine Gelegenheit zum Angriff zu finden. Aber jedes Mal, wenn ich ihn zu Fall bringen wollte, fing er mich ab und warf mich zu Boden.

Als die anderen den Garten betraten, beobachtete ich, wie Cayden ihnen ständig sein Ohr zuwandte, als ob er ihnen zuhörte und nicht so genau auf mich achtete, wie er es hätte tun sollen. Ich schlug ihm mit der Faust hart in den Magen, trat auf ihn zu und warf ihn über meine Schulter.

Das war der einzige Takedown, den ich in den letzten zehn Minuten geschafft hatte.

Fast sofort sprang er wieder auf, grinste und wandte seine Aufmerksamkeit wieder mir zu. Wir kämpften die nächsten fünfzehn Minuten weiter und er ließ nicht ein einziges Mal nach, forderte mich mehr heraus als jeder andere bisher.

Aber es schien, als würden alle anderen eine Sonderbehandlung bekommen. Derek. Melissa aus Geometrie. Sogar Vanessa, die sich sehr bemühte, gegen Roman zu kämpfen. Er ließ sie ihre Angriffe machen – egal, ob die darin bestanden, sich an ihm zu reiben oder tatsächlich eine Art Takedown zu versuchen.

Als ich mich zu sehr mit ihr beschäftigte, warf Cayden mich zu Boden. Ich lag einen Moment lang auf der Erde, atmete tief durch und beneidete alle anderen darum, wie leicht sie es hatten.

Roman sprang von Vanessas Takedown auf, half ihr hoch und sah zu mir hinüber. Mein Herz raste vor Wut, Eifersucht und dem Bedürfnis, mich ihm gegenüber als würdige Kriegerin zu beweisen. Ich stieß mich mit meinen Handflächen vom Boden ab und sprang auf.

„Komm schon, Isabella. Du bist stärker und schlauer als das", sagte Cayden zu mir.

Ich knurrte vor mich hin und stürmte auf ihn zu. Als ich eine Chance sah, stürzte ich mich mit allem, was ich hatte, auf ihn, hob ihn in die Luft und warf ihn auf den Boden. Hart.

Als sein Körper auf dem Boden aufschlug, stöhnte er: „Verdammt." Er holte tief Luft, als hätte man ihm den Wind aus den Segeln genommen. „Ich wusste nicht, dass du das in dir hast."

Nach dem Training knurrte ich und warf mein verschwitztes T-Shirt auf meine Sporttasche.

Dumm. Dumm. Dumm.

Niemand war nachsichtig mit mir – nicht, dass ich das gewollt hätte. Ich wollte nur nicht so aussehen, als wüsste ich nicht, was ich tat. Denn ich wusste es. Ich hatte länger gelernt und trainiert als alle anderen. Trotzdem waren sie härter mit mir umgegangen – absichtlich.

„Knurren bringt dich nicht weiter", sagte Roman, der ein paar Meter links von mir stand.

Die meisten Krieger und Anwärter waren in den Wäldern verschwunden, um für die Nacht nach Hause zu gehen.

Ich presste die Lippen aufeinander und wünschte mir nichts sehnlicher, als in meine Laken zu sinken und die ganze Anspannung des heutigen Tages abzubauen. Ich warf mir die Tasche über die Schulter, ballte die Faust um den Gurt und drehte mich zu ihm um.

Er war mit einer Schweißschicht bedeckt, die seinen ganzen Körper zum Glänzen brachte, die Arme vor der Brust verschränkt, der Bizeps schwoll durch den enormen Druck an, den das heutige Training auf ihn ausübte. Er starrte mich mit zur Seite geneigtem Kopf und einem Grinsen auf diesen verdammt vollen Lippen an.

„Du hast dich heute scheinbar gequält. Vielleicht ist es nicht das Richtige für dich, eine Kriegerin zu sein." Seine goldenen Augen schimmerten in der untergehenden Sonne.

Meine Nasenflügel blähten sich. All das Gerede darüber, ein gutes Mädchen zu sein, weil gute Mädchen belohnt werden. Ich knurrte leise. Scheiß drauf, ein gutes Mädchen für ihn zu sein. Ich wollte böse sein.

Vanessa, das einzige andere Rudelmitglied, das noch hier war, ging zu ihrem Auto. „Tschüss, Roman! Tschüss, Izzy!" Sie rieb sich mit einem Handtuch den Schweiß von den Brüsten und ich rümpfte die Nase. „Wir sehen uns morgen."

Roman nickte und schenkte ihr ein Lächeln und ein kurzes Winken. Ich sah ihn aus zusammengekniffenen Augen an.

Was glaubte dieser Mann, wer er war? Warum zum Teufel war er so nachsichtig mit *ihr*?

Als sie aus der Einfahrt fuhr, schob ich mich an ihm vorbei.

Er packte mich am Handgelenk und zog mich zurück. „Ich habe dich nicht entlassen."

„Du brauchst mich nicht zu entlassen ..."

Er legte eine Hand um meinen Hals, drückte fest zu und schob mich gegen die Hauswand. „Habe ich dir nicht gesagt, dass du mich respektieren sollst?"

Ich ergriff seine Hand, meine Finger kribbelten. „Ich brauche keine Belohnung von dir", sagte ich mit zusammengebissenen Zähnen.

Er drückte mich mit aller Kraft gegen die Fassade und presste seinen Steifen gegen meinen Oberschenkel. Wärme breitete sich zwischen meinen Beinen aus und ich verfluchte mich für die Reaktion. Er schob seinen Schwanz weiter mein Bein hinauf, bis er vorne in meine Leggings drückte. Ich schluckte schwer und schloss die Augen, mein Inneres pulsierte.

Seine Lippen streiften mein Ohr. „Du scheinst dir da nicht so sicher zu sein." Er schob zwei Finger vorne in meine Hose und massierte meinen Kitzler.

Ich spreizte meine Beine, mein Kopf fiel leicht zurück. *Gib ihm nicht so leicht nach, Isabella.*

„Du bist nicht einmal ... verdammt ... gut darin." Ich schob seine Hand weg.

Er starrte mich an, die Augen dunkler als je zuvor, die Eckzähne zeichneten sich unter seinen Lippen ab. Er packte mein Kinn und schob es zur Seite. Seine Finger glitten in mein Höschen und stießen in meine feuchte Muschi. „Nicht gut, hm?"

„Cayden könnte mich wahrscheinlich besser befriedigen als du."

Seine Finger stießen grob in meine Muschi und drückten mich mit jedem Stoß weiter und weiter gegen die Hauswand.

„Seine Hand um meine Kehle", sagte ich.

Roman drückte meinen Hals fester.

„Seine Finger – diese langen, rauen Finger – zerstören meine enge, kleine Muschi."

Roman führte einen dritten Finger in mich ein und ich

verkrampfte mich. Seine Hand wanderte meinen Hals hinunter und er fasste mir grob an die Brust.

Heilige…

Ich schloss meine Augen und griff nach seinem Handgelenk. „Seine Finger … Mondgöttin, seine Finger ziehen an meinen Brustwarzen."

Roman kniff meine Brustwarze zwischen zwei Finger und zog an ihr. Ich lehnte meine Stirn an seine Schulter und wimmerte, während mein ganzer Körper zitterte. Und als Romans Eckzähne die Schwachstelle an meinem Hals berührten, konnte ich mir ein Stöhnen nicht verkneifen. Eine Welle der Ekstase nach der anderen überrollte mich. Ich hatte mich noch nie so gut gefühlt.

Nach einigen Augenblicken schubste er mich unsanft zurück und trat von mir weg, um sich zu sammeln. Obwohl er wütend war, schimmerten seine Augen in einem hellen Goldton, genau wie die Sonnenstrahlen am frühen Morgen.

Ich strich meine Leggings glatt, atmete tief durch und hängte mir die Sporttasche höher auf die Schulter. Roman war … er gab mir das Gefühl …

Wir standen da und starrten uns einen langen Moment lang an. Nein, so hatte ich mich noch nie gefühlt, niemand hatte mich jemals so fühlen lassen, wie Roman es tat. Mit ihm zusammen zu sein, war gefährlich und so aufregend.

Er ließ mich nicht allein im Garten zurück, wie er es in der Schule getan hatte. Stattdessen blickte er zu Boden und ballte seine Hände zu Fäusten. „Was ist das?", fragte Roman, als er den Schlüsselanhänger an meiner Tasche bemerkte und griff danach. In einem Augenblick der Erkenntnis weitete er seine Augen. „Der Schlüsselanhänger meiner Mutter? Du hast ihn noch?" Sein Gesicht verzerrte sich vor Schmerz.

Ich schenkte ihm ein schüchternes Lächeln und blickte darauf hinunter, wobei mich ein Gefühl der Wärme überkam. „Ja."

Es kam mir vor, als wäre es gestern gewesen, dass sie ihn mir in die Hand gedrückt, meine kleinen Finger darum geschlossen und mir gesagt hatte, ich solle es niemandem erzählen, weil dieser Schlüsselanhänger unser kleines Geheimnis sei.

Er verzog seine Lippen zu einem kleinen – einem sehr kleinen – Lächeln und schwieg lange Zeit. „Du weißt, dass sie dich immer geliebt hat." Er sah aus, als wolle er noch etwas dazu sagen, aber dann schüttelte er den Kopf. „Manchmal sogar mehr als mich." Er lachte leise und sah auf seine Füße hinunter. „Sie hat mir immer gesagt, ich soll mich um dich kümmern."

„Um mich?", fragte ich mit hochgezogener Braue. „Nur um mich?"

„Um alle, Isabella."

„Aber besonders um *mich*?" Ich stichelte.

Er schaute mich an, seine Augen leuchteten. „Besonders um dich."

Nach einer weiteren Sekunde des Schweigens und einem gequälten Gesichtsausdruck ergriff er meine Hand. „Komm mit. Ich möchte dir etwas zeigen. "

5
isabella

ROMAN HIELT mir mit den Händen die Augen zu und führte mich durch den Wald, wobei er darauf achtete, dass ich nicht gegen irgendwelche Äste oder Bäume stieß.

„Wohin gehen wir?", fragte ich und versuchte, durch seine Finger hindurchzusehen.

„Geduld, Isabella", sagte er.

Wir gingen noch fünf Minuten weiter, ich in völliger Dunkelheit. Und dann blieb er plötzlich stehen.

Als er seine Hände zurückzog, schnappte ich nach Luft. „Du hast mich zur Höhle zurückgebracht?", fragte ich und ging herum.

Wir waren nicht mehr hier gewesen, seit wir Welpen waren, als Luna Raya mich zu Spielstunden mit Roman eingeladen hatte und wir uns im Wald verirrt hatten.

Es war so lange her. So verdammt lange.

Mondblumen hingen von der Spitze, wuchsen zwischen Steinen und Erde und funkelten sanft. Ich lächelte sie an, hielt eine an meine Nase und atmete ihren Duft ein.

„Roman", sagte ich atemlos.

Er starrte mich an, versuchte, ein Grinsen zu unterdrücken und verschränkte die Arme vor der Brust. „Erinnerst du dich an diesen Ort?"

„Natürlich tue ich das!"

Sein Grinsen wurde breiter. Er ging zu einer Seite der Höhle und strich mit den Fingern über den Stein und über die dummen kleinen Zeichnungen, die wir hier immer gemacht haben. „Am liebsten bin ich hergekommen, um diese Dinge zu zeichnen."

Ich ging zu ihm hinüber, schaute ihm über die Schulter und seufzte leise. „Ist das eine Schildkröte?", fragte ich und versuchte, das in den Fels geritzte, entstellte Tier zu erkennen.

„Sag du es mir", antwortete er. „Das war deine Zeichnung."

„War es nicht!"

„Doch !" Er ging ein paar Schritte vorwärts zu der letzten Zeichnung, die wir hier gemacht hatten. Obwohl sie alle ein wenig ruiniert waren, war diese Zeichnung deutlicher zu erkennen als die anderen. „Das hier ist meine."

Es handelte sich um eine wunderschön detailliertes Bild mit einem Kreis, der den Mond darstellte, und der Silhouette einer Frau davor.

Ich starrte es lange an und lächelte. „Die Mondgöttin."

Er verkrampfte sich, als ob es nicht die Mondgöttin wäre, er aber nicht zugeben wollte, wen er gezeichnet hatte. Er starrte auf mich herab, öffnete den Mund, aber es kamen keine Worte heraus. Stattdessen beugte er sich hinunter, hob einen kleinen Stein auf und reichte ihn mir.

„Willst du noch eins zeichnen?", fragte ich.

„Um der alten Zeiten willen", sagte er und lächelte.

Er setzte sich auf den staubigen Boden, nahm ebenfalls einen Stein in die Hand und ich setzte mich neben ihn.

„Was willst du zeichnen?", fragte ich, lehnte mich über seine Schulter und atmete seinen Minzduft ein.

Er setzte den Stein an die Wand und ritzte. Ich sah ihm aufgeregt zu und stellte hin und wieder Vermutungen an. Er kicherte jedes Mal und als ich vermutete, dass er ein Strichmännchen zeichnete, fragte er mich, ob seine Zeichnung *so* schlecht sei, fuhr dann aber fort.

Ich starrte zwischen Roman und der Zeichnung hin und her,

mein Herz raste. Die Art und Weise, wie seine Augen mühelos über den Felsen glitten, wie er seine Hand so geschmeidig bewegte, das Funkeln in seinen Augen ... da fühlte ich mich wieder wie früher.

Er schaute zu mir hinüber und ich wusste, dass er es auch spürte. Es war wie das Kribbeln, das er bei mir verursacht hatte, aber mehr, es ging tiefer.

Sein Blick wanderte zu meinem Lächeln und dann zu dem Stein in meiner Hand. „Lass mich dir helfen", sagte er und rückte näher an mich heran.

Er legte ein Bein neben meinen Oberschenkel und eines hinter mich, so dass ich direkt zwischen seinen Beinen saß.

Als er meine Hand nahm, verkrampften wir beide. Aber dann lehnte er sich näher zu mir und legte meine Hand gegen die Steinwand, wobei er mein Handgelenk in alle möglichen Richtungen bewegte, um die Zeichnung eines Werwolfs entstehen zu lassen.

Ich spürte seinen Atem an meinem Hals, sein Herz schlug gegen meinen Rücken, sein Duft umhüllte mich. Wir waren uns nah und doch nicht so nah, wie wir es früher waren.

Ich bewegte mich leicht, ließ ihn sein Kinn auf meine Schulter legen und genoss es, als er einen großen Atemzug von mir nahm.

Nachdem wir mit der Zeichnung fertig waren, ließ er meine Hand zögernd los und legte den Stein weg. Wir bewegten uns lange Zeit nicht, blieben einfach nah beieinander, so nah, dass wir den Atem des anderen spüren konnten.

Und ich wollte, dass die Nacht nie zu Ende ging .

6

isabella

AM NÄCHSTEN TAG sank ich auf den Boden, den Rücken gegen das Haupthaus gelehnt, die Beine vor mir ausgestreckt. Alles tat weh. Mein Rücken, meine Beine, meine Arme, meine Bauchmuskeln, sogar mein Nacken. Aber natürlich hatten Vanessa und alle anderen dieses Problem nicht. Sie waren alle wie normale Werwölfe mit normalen Fähigkeiten behandelt worden. Ich war gefordert worden. Hart.

Zwei braune, muskulöse Beine traten in mein Blickfeld. „Muskelkater?", fragte Cayden, dem seine schwarze Adidas-Turntasche von der Schulter hing. Er warf sie hin und setzte sich vor mich.

„Was hat es verraten?", fragte ich und zeichnete die blauen Flecken auf meinen Oberschenkeln nach.

Wenigstens taten sie nicht mehr so weh wie letzte Nacht. Nach meiner Nacht mit Roman, hatte Mama mich in ein warmes Bad, in dem Mondblumen schwammen, gesetzt, um die Schmerzen zu lindern. Es hat ein bisschen geholfen, aber … nicht so sehr, wie ich gehofft hatte.

Cayden kramte in seiner Tasche und grinste. „Dieser Ausdruck von Elend auf deinem Gesicht."

Ich hob eine Augenbraue und zeigte auf mein Gesicht. „Oh, nein. Ich sehe nicht so elend aus, weil ich Muskelkater habe. Ich habe einfach keine Lust, noch einen Tag durch die Hölle zu gehen, während alle anderen einen verdammten Spaziergang im Park machen."

Nachdem er sein Shirt ausgezogen hatte, rückte er näher an mich heran. „Alpha Roman mag Gehorsam."

Roman mag Gehorsam.

Ich verkniff mir ein Lachen. Ich würde dem widersprechen. Ungehorsam schien ihn zu erregen. Ich hatte das schon oft ausprobiert, und jedes Mal war das Ergebnis dasselbe – er drückte seinen harten Schwanz auf jede erdenkliche Weise gegen mich.

„Ich denke, du hast das gestern gut gemacht", sagte er.

Der Minzduft stieg mir in die Nase, also rückte ich näher an Cayden heran – wohl wissend, dass es in Romans Augen ein Akt des Ungehorsams sein würde – und lächelte: „Nun, ich vertrage Bestrafungen sehr gut."

Roman knurrte und mein Herz raste. Aber ich drehte mich nicht um. Stattdessen saß ich da und bedachte Cayden mit einem Lächeln, das etwas mehr als eine bloße Bestrafung vorschlug.

Irgendetwas daran, Roman auf die Nerven zu gehen und ihm auf jede erdenkliche Weise nahe zu kommen, hat mich immer gereizt.

„Ich meine es ernst, Isabella", sagte Cayden, der meinen Flirt gar nicht bemerkte. „Du bist verdammt stark. Das Training mit uns wird *noch mehr* aus dir herausholen. Du wirst mir in kürzester Zeit in den Arsch treten. Du bist kurz davor."

Roman kam zu uns herüber. Caydens Augen verweilten eine Sekunde lang auf mir, dann richteten sie sich auf Roman.

„Cayden", sagte der mit zusammengepressten Kiefern, „F ühre den Lauf an."

Cayden stand auf und streckte eine Hand aus. „Komm schon. Du kannst es schaffen."

Ich ergriff seine Hand und hob eine Augenbraue, um Roman zu testen. Oh Mann, ich liebte es, ihn herauszufordern.

Roman musterte uns, die Hände zu Fäusten geballt. Als

Cayden meine Hand losließ und auf die Menge zuging, folgte ich ihm.

Doch bevor ich wie gestern den Lauf mit ihm anführen konnte, hielt mich Roman am Arm fest. „Du gehst nicht mit."

Cayden sah Roman an, nickte mit dem Kopf und verschwand im Wald. Die übrigen Krieger und Auszubildenden – mit Ausnahme von Vanessa – folgten ihm, ihre Füße stampften auf die Erde wie ein donnerndes Echo.

„Alpha, du kommst nicht mit?", fragte Vanessa. Ihre Titten fielen wieder aus ihrem weißen Sport-BH. Sie stützte sich auf einen Fuß und streckte ihre Hüfte vor.

Meine Wölfin knurrte in mir und wollte, dass ich meine Zähne gegen sie fletsche. Sie war zu nah an ihm dran, viel zu nah. Das gefiel mir nicht.

Roman starrte mich mit hartem Blick an, dann sah er zu Vanessa und verzog den Mund zu einem Grinsen. „Lasst uns zusammen laufen. Wir drei."

Ich spannte mich an und drehte mich in Richtung des nebligen Waldes. „Nein."

Roman ergriff meine Hand, seine Haut auf der meinen gab mir ein gewisses Gefühl. Ohne ein Nein als Antwort zu akzeptieren, zog er mich auf die Laufbahn. Ich riss meine Hand weg und rieb sie sanft. Ich hatte keine Zeit, mich von ihm ablenken zu lassen. Ich musste mich konzentrieren.

Vanessa stand auf der anderen Seite von ihm und strich mit ihren gelben Nägeln über seine nackte Schulter. Ich rannte los durch den Wald, Roman dicht auf meinen Fersen und Vanessa hielt tatsächlich mit.

Es würde mich nicht wundern, wenn sie *aus Versehen* über eine Ranke stolpern und sich *aus Versehen* den Knöchel verstauchen würde, nur um mehr Aufmerksamkeit zu bekommen.

Sie fing an zu plappern, dass sie diese Woche sehr, sehr hart arbeiten wollte, weil sie davon träumte, die stärkste Kriegerwölfin in diesem Rudel zu sein. Als ob sie mich in der Sekundarstufe nicht schikaniert hätte, weil ich das Gleiche wollte. Sie würde kein einziges Training durchhalten, wenn sie die Intensität für sie erhöhen würden, so wie sie es mit mir gemacht hatten.

Roman schenkte ihr seine volle Aufmerksamkeit, lächelte, starrte sie an und flirtete sogar mit ihr. Ich knurrte leise vor mich hin, sprang über eine Ranke und duckte mich unter einem Ast durch.

Ich strengte mich mehr an, rannte schneller und weiter von ihnen weg. Ich wollte nicht einmal mehr einen Satz ihrer Unterhaltung hören. Ihre Stimme war schrill, so schrecklich schrill.

Als wir den Übungsplatz erreichten, dehnten sich bereits alle.

Ich presste die Lippen aufeinander, atmete schwer durch die Nase und ging direkt auf Derek zu. „Wenn ich noch ein Wort aus ihrem Mund höre, schwöre ich, dass ich mir die Ohren abschneiden werde."

Derek beobachtete Vanessa und Roman, als sie sich endlich auf den Weg zum Übungsplatz machten. Sie starrte mich an, wobei ihre Finger seinen Unterarm berührten.

Was war ihr Problem?

„Ist da jemand eifersüchtig?", fragte Derek und zog sein Knie an die Brust, um sich zu dehnen.

Ich verschränkte die Arme. „Eifersüchtig auf sie?", fragte ich und sah zu, wie sie mit einigen anderen Kriegerwölfen sprach. Wenigstens hing sie nicht mehr an Romans Arm. „Nein, sie ist einfach nur nervig."

Er legte seinen Unterarm auf meine Schulter und zupfte an einer Strähne meines Haares. „Mmhmm, das sagen sie alle."

„Weißt du, manchmal hasse ich dich", sagte ich.

Derek schenkte mir ein freches Grinsen und ich konnte nicht anders, als zurückzulächeln.

Roman räusperte sich. „Sucht euch Trainingspartner. Ein Kriegerwolf mit einem Anwärter."

Er schaute mich kurz an und ich dachte, er würde zu mir rübergehen und sich mit mir zusammentun. Aber dann drehte er sich zu Vanessa um.

Ich unterdrückte ein Knurren, weil ich nicht eifersüchtig

wirken wollte. Denn das war ich nicht. Nein, ich war nicht eifersüchtig auf die nervigste Streberin hier.

Sie packte ihn an der Taille, ihre Hände krallten sich in seinen Rücken und versuchten, ihn zu Boden zu bringen. Ihre Brüste drückten gegen seine Brust und rieben sich an ihm, als gehöre sie ihm.

Ich hasste sie.

Meine Wölfin sprang in mir herum und flehte mich an, sie freizulassen, damit sie mit Vanessa machen konnte, was sie wollte. Ich kontrollierte meine angeborenen Triebe und sah Cayden von der anderen Seite des Feldes aus an.

Ich ging zu ihm hinüber, fest entschlossen, weder Vanessa noch Roman beim Zeigen von dem, was ich gestern Abend in der Badewanne studiert hatte, in die Quere kommen zu lassen. Ich ließ mich nicht von Cayden herumschubsen, wie er es gestern getan hatte. Ich würde mich zur Wehr setzen.

Er stürmte auf mich zu, umklammerte meine Knie und versuchte, mich zu Boden zu bringen. Ich zwang meine Arme unter seine, drehte ihn auf den Rücken und schleuderte ihn auf den Boden, so dass sein Kopf fast auf dem Boden aufprallte. Er rollte sich auf den Bauch und grub seine Fingernägel in die Erde, während er versuchte, mein Körpergewicht von sich zu schieben.

„Verdammt", sagte er. „Ich hatte erwartet, dass du mich so schonen würdest wie gestern." Er zwinkerte mir zu und drehte mich auf den Rücken.

Ich hielt mit all meiner Kraft stand und entkam seinem Griff. Bevor er mich wieder auf den Boden werfen konnte, stand ich ganz auf und schüttelte den Kopf. „Heute bin ich vorbereitet."

Er holte zu einem weiteren Angriff aus, diesmal eine Schlag-Hieb-Haken -Kombination. Ich duckte mich unter jedem Schlag weg und vermied den Kontakt. Er packte mein Handgelenk und versuchte, meine Haltung zu brechen, aber ich konnte ihm weiterhin standhalten.

Sicher, ich hasste es, wenn man mich fertig machte, während alle anderen es leicht hatten. Aber wenn mich jemand hart rannehmen würde, dann wollte ich, dass es Cayden war. Nach Roman war er der zweitstärkste Krieger in diesem Rudel. Wenn ich gegen ihn kämpfen konnte, konnte ich gegen jeden anderen hier kämpfen.

Wir kämpften die nächste halbe Stunde und hörten nicht einmal auf, als alle anderen sich ausruhten. Vielleicht lag es daran, dass seine Lippen so nah an meinem Hals waren oder daran, dass sich sein Körper bei jeder Bewegung an meinem reiben musste, aber ich ertappte Roman dabei, wie er uns beim Training anstarrte. Jedes Mal, wenn er hinübersah, wurde er wütender.

Als Roman ankündigte, dass wir in zwei Minuten aufhören würden, täuschte ich Cayden einen weiteren Takedown vor und warf ihn stattdessen über meine Hüfte.

Er landete mit einem Aufprall auf dem Boden und lächelte zu mir hoch. „Da ist diese Kriegerin, von der Roman immer spricht."

Ich zog eine Augenbraue hoch und half ihm auf. Roman hatte über mich gesprochen, über meine Fähigkeiten als Kriegerin? Seit wann? Was hatte er gesagt?

„Ich erwarte, dass du mich morgen noch mehr herumwirfst." Wir gingen zu unseren Taschen hinüber und Cayden schnappte sich ein Shirt. „Du bist die geschickteste Rekrutin hier."

„Nun, *Caydee* …", sagte ich und blickte über meine Schulter zu Cayden. Roman stand ein paar Meter entfernt und starrte mich mit diesen goldenen Augen an. „Dann bin ich bereit, wenn du mich morgen besonders hart rannimmst." Ich warf mir meine Sporttasche über die Schulter, zwinkerte und verließ den Trainingsbereich in Richtung Dereks Auto und weg von einem wütenden Alpha, von dem ich wusste, dass ich ihn heute Abend noch sehen würde.

7

isabella

ICH STRICH MIT den Fingern über die Mondblumen auf meiner Fensterbank, lächelte und atmete ihren natürlichen, frischen Duft ein. Unten waren Mama und Papa früh zu Hause und sprachen über das Krankenhaus. Die Welt draußen war still, der Wald dunkler und unheimlicher als zuvor. Aber ich wusste, dass er da draußen war und mich beobachtete.

Das hier ist für dich, Alpha.

Nachdem ich noch einmal eingeatmet hatte, damit sein Minzduft meine Wölfin beruhigte, kroch ich auf das Bett und lehnte mich mit dem Rücken an das Kopfteil. Die perfekte Aussicht für ihn.

Ungehorsam. Ungehorsam. Ungehorsam.

Ich schob meine Finger in meine Unterwäsche und massierte meinen Kitzler in kleinen, schnellen Kreisen. Meine Brustwarzen drückten gegen mein weißes Tank-Top. Ich stöhnte leise auf und drückte meinen Rücken durch.

Er muss so wütend sein, so verärgert, so hart wegen mir, wegen der Art, wie ich mich ihm weiterhin widersetzte, wegen meines aufkeimenden Interesses an seinem Beta.

Bis in mein Schlafzimmer hinein konnte ich seinen intensiven Blick auf mir spüren, konnte den Mond sehen, der sich in seinen

Augen im Wald spiegelte. Zwei furchterregende, unheilvolle Augen, die mich noch mehr erregten.

Ich warf meinen Kopf zurück, denn ich wusste, wenn ich schon von ihm bestraft werden würde – und zwar hart – dann wollte ich auch etwas tun, wofür es sich die Bestrafung lohnt. Also drückte ich meine Brustwarze zwischen meinen Fingern und stöhnte: „Cayden."

Ein Moment verging. Dann zwei. Dann schwang die Tür zu meinem Zimmer auf und Roman stand in der Tür. Seine Augen waren dunkel, verschleiert und von einem erdrückenden Gold. Er sagte kein Wort, stand nur da, mit aufeinander gepressten Lippen.

Meine Augen weiteten sich. „Roman", sagte ich leise.

Oh Mondgöttin, er war wütend. Ich hatte erwartet, dass er sauer sein und mich dafür bestrafen würde, dass ich den Namen seines Betas stöhnte und nicht seinen, aber ich hatte nicht erwartet, dass er tatsächlich in meinem Zimmer auftauchen würde, während meine Eltern unten waren.

Ich wollte, dass er vor Wut kocht, ich wollte, dass er sich so fühlt, wie er mich fühlen ließ.

Eifersüchtig.

Er betrat mein Zimmer und schloss sanft die Tür hinter sich, aber ich wusste, dass er alles andere als sanft mit mir umgehen würde.

„Steh jetzt auf."

Ich schluckte schwer und presste meine Knie zusammen.

Du hast etwas Schlimmes getan, Isabella. Eine schlimme, schlimme Sache. Jetzt wirst du dafür bezahlen.

Meine Wölfin sprang in mir auf und ab, rannte herum, wedelte mit dem Schwanz, streckte die Zunge heraus wie ein verdammter Hund, als wäre sie bereit, diese Strafe von unserem Alpha entgegenzunehmen.

Als ich mich nicht bewegte, packte Roman mich am Arm und zog mich hoch. „Ich sagte, jetzt!", raunte er.

Ich kam stolpernd auf die Füße, machte meinen Rücken gerade und hielt meinen Blick auf ihn gerichtet.

„Ich habe dir gesagt, was passiert, wenn du nicht damit aufhörst."

„Was habe ich getan?", fragte mein innere verzogene Göre.

Ich sah durch meine Wimpern zu ihm hoch. Ein Teil von mir wusste, dass er ausflippen würde, wenn ich mit diesem Mist weitermachte, aber ich konnte mich nicht zurückhalten. Er war zu leicht zu verärgern. Und meine Wölfin und ich liebten einen aufgebrachten Roman.

Er knurrte und drückte mich runter auf meine Knie. „Du weißt, was du getan hast." Er griff in meinen Nacken und zwang mich, zu ihm aufzusehen. Nachdem er seine Jeans aufgeknöpft hatte, zog er seinen riesigen Schwanz heraus und presste ihn an meine Lippen. „Öffne deinen Mund."

Ich presste meine Lippen zusammen und schüttelte den Kopf. Er verstärkte seinen Griff um meinen Hals wegen meiner unverhohlenen Respektlosigkeit und ich verkrampfte mich. Das würde sich zu gut anfühlen, meine Muschi pulsierte bereits.

„Also, Isabella", sagte er in seinem Alpha-Ton.

Es kostete mich alles, meine Lippen geschlossen zu halten.

Zwischen meinen Beinen wurde es feucht. Ich war nur Sekunden davon entfernt, dass er mir seinen Schwanz in den Mund steckte, dass er mich nahm, statt mickrige Forderungen zu stellen. Ich war im Begriff, ihn zu bekommen – und ich war im Begriff, ihn hart zu bekommen.

Er drückte seinen Schwanz gegen mich und benetzte meine Lippen mit seinen Lusttropfen. Ich drehte mich von ihm weg.

Als er schließlich die Nase voll hatte, knurrte er: „Willst du dieses Scheißspiel wirklich so spielen?"

Ich lächelte, klimperte mit den Wimpern und betrachtete die Mondblumen, die sich in seinen goldenen Augen spiegelten. Sein Haar war ein zerzaustes, braunes Durcheinander. Und seine Beherrschung machte es nicht einfacher, sich ihm zu widersetzen.

Bevor ich etwas tun konnte, hielt er mir die Nase zu, so dass ich nicht atmen konnte. Ich presste meine Lippen aufeinander und verspürte alle paar Sekunden den Drang, sie zu öffnen. Meine Wangen erröteten.

Er drückte seinen Schwanz noch fester gegen mich. „Isabella", sagte er. „J etzt."

Ich schüttelte den Kopf, meine Augen tränten. Ich hatte nicht erwartet, heute Abend für ihn zu knien und ich hatte nicht erwartet, es so sehr zu genießen.

Als ich schließlich nach Luft schnappte, zwang er seinen Schwanz in meinen Mund und schob ihn ganz in meinen Hals. „Da hast du's. Das war doch nicht zu schwer für dich, oder?"

Meine Lippen trafen auf den Ansatz seines Schwanzes und ich würgte. Spucke tropfte mir aus dem Mund und lief über mein Kinn. Ich legte meine Hände auf seine Oberschenkel und grub meine Nägel in seine Haut.

Mit langen, harten und schnellen Stößen fickte er meinen Mund und brachte mich immer wieder zum Würgen. „Wenn du die ganze Zeit wolltest, dass ich dein hübsches kleines Gesicht ficke, hättest du nur fragen müssen, Isabella. Aber da du es mir schwer machen willst, werde ich es dir schwer machen ."

Er packte mich seitlich am Kopf und zog seinen Schwanz ganz aus meinem Mund. Ich starrte zu ihm hoch, meine Augen waren wässrig und meine Lippen geschwollen.

„Fick dich", sagte ich.

Er schob seinen Schwanz wieder in meinen Hals, bis meine Lippen den Ansatz berührten. Er zog mich an den Haaren und zwang mich, zu ihm aufzublicken. Ich drückte meine Hände gegen seine Oberschenkel, um ihn wegzuschieben, aber er hielt mich fest.

„Willst du wieder respektlos sein?", fragte er.

Hitze kochte zwischen meinen Beinen auf, als seine Augen dunkler wurden.

„Antworte mir, Isabella."

Ich schüttelte den Kopf und versuchte verzweifelt, wieder zu atmen. „Mm-mm."

„Das glaube ich dir nicht."

Ich versuchte zu sprechen, aber ich konnte nur noch würgen.

„Was war das?" Er grinste und begann dann, sich wieder in meinen Mund zu schieben, wobei er jedes Mal den hinteren Teil meiner Kehle traf.

Ich starrte ihn an, flehte ihn an, mich nur einen Moment lang atmen zu lassen, aber ich liebte jede einzelne Sekunde, in der er so war.

Das wilde, ungezähmte, dominante Alphatier.

Mein wildes, wildes, dominantes Alphatier.

Meine Muschi zog sich zusammen. Alles, was ich wollte, war, dass er seinen Schwanz darin versenkte, dass er mit seinen Eckzähnen meinen Hals streifte, dass er kurz davor war, sie in meinem Fleisch zu versenken und mich als sein Eigentum zu beanspruchen. Meine Wölfin schnurrte bei dem Gedanken.

Er riss mir mein Top herunter, die kühle Nachtluft ließ meine Nippel sofort hart werden, und nahm meine Brust in seine Hand. Mit zwei Fingern kniff er in meine Brustwarze. Eine Welle der Lust überrollte mich und ich stöhnte auf seinem Schwanz.

Er griff mit seiner anderen Hand in mein Haar, stieß seinen Schwanz ganz in meine Kehle und hielt inne. „Stöhne noch einmal für mich, Isabella."

Er kniff mir in die Brustwarze und ich stöhnte auf. Er ächzte schwer atmend, sein warmes Sperma füllte meinen Mund.

Als er sich zurückzog, sank ich auf meine Hände und schnappte nach Luft, meine Spucke und sein Sperma tropften von meinen Lippen.

„Setz dich auf", sagte er.

Ich lehnte mich zurück, meine Brust hob und senkte sich. Sein Blick wanderte an meinem Körper hinunter –von meinen Augen über meine Lippen zu meinen Titten. „Wer hätte gedacht, dass du so sexy aussiehst, wenn mein Sperma aus deinem hübschen kleinen Mund tropft?"

Er strich mit einem Finger über meine Unterlippe, wischte das Sperma von ihr und steckte ihn in meinen Mund. Ich schlang meine Lippen um ihn und saugte sein Sperma von seinem Finger ab.

Sein Blick wurde für einen kurzen Moment etwas weicher, seine Augen einladend golden. Er presste die Lippen zusammen, holte tief Luft und schüttelte den Kopf.

Wieder hielt er inne und sah angestrengt aus, als sei er hin- und hergerissen zwischen einem weiteren Kehlenfick und etwas anderem. Aber ich wusste nicht, was dieses andere war.

Ohne ein weiteres Wort zog er den Reißverschluss seiner Hose zu und ging zur Tür. „Es ist traurig, Isabella. Wenn du nur so gut kämpfen könntest, wie du meinen Schwanz lutschst."

8
roman

ICH GING SOFORT aus Isabellas Zimmer, nachdem ich versucht hatte, nicht in ihre tränenverschleierten Augen zu starren. Dadurch fühlte ich mich nur noch schlechter. Sie war so verdammt gut im Kämpfen, fast besser als ich.

Aber ich musste sie für den morgigen Tag wütend, zornig und wild machen. Ryker würde auftauchen und ich musste sie dazu bringen, es zu vermasseln. Ich musste sie zum Stolpern bringen. Ich musste sie scheitern lassen.

Ich wollte sie Stück für Stück auseinandernehmen – das hatte ich schon die ganze Woche versucht, damit er sie für genauso schwach hielt wie den nächsten Anwärter in der Reihe. Und damit ich sie für mich behalten konnte.

Ihr Duft haftete noch immer an meinem Körper und ich rückte in meiner Hose alles zurecht. Ich wollte ihr nie wehtun. Ich wollte sie lieben. Wir hatten uns bereits vor Jahren auseinandergelebt ... und ich wollte sie zurück.

Aber das – *sie zu verletzen* – war mir zu viel. Sogar der Dom in mir wollte es zurücknehmen. Es machte ihm keinen Spaß, sie zu erniedrigen, wo er doch wusste, dass sie das Schönste war, was es auf dieser Erde gab.

Mein Handy brummte in meiner Tasche, als ich das Haupthaus betrat.

Ich werde morgen beim Training sein, um Isabella zu sehen stand in Rykers Nachricht.

Ich seufzte, schnappte mir mein Notizbuch und ging in die Höhle. Das tat ich fast jede Nacht, wenn ich wusste, dass ich nicht schlafen konnte.

Zeichnete sie und dachte darüber nach, wie sich unser gemeinsames Leben entwickeln würde.

9
isabella

ICH HASSTE ROMAN SO SEHR.

Ich hasste nicht, wie er mich gestern zu Boden geworfen hatte. Ich hasste nicht, wie er sich in meine Kehle gezwungen hatte. Ich hasste nicht, wie er meine Kleidung zerrissen und verlangt hatte, dass ich alles tue, was er wollte.

Aber dieser Mann hatte die Frechheit, mir zu sagen, dass ich schlecht im Kämpfen sei. Jeder wusste, dass er mich bei jedem Training durch die Hölle gehen ließ, während sie es nicht einmal versuchen mussten. Niemand – *niemand* – aus meiner Klasse würde es wagen, mich zu einem Kampf herauszufordern.

Ich warf meine Sporttasche neben das Haupthaus und durchwühlte wütend den Inhalt, um zu finden, was ich brauchte – ich konnte mich nicht einmal mehr erinnern.

Er tat es, um mir auf die Nerven zu gehen, um meinen Willen zu brechen. Seine Aufgabe war es, sein Rudel an Ort und Stelle zu halten. Und er wusste genau, was er tun musste, damit ich mich seinem Befehl beugte. Meine Kampffähigkeiten herausfordern.

„Was hat Izzy heute so wütend gemacht?", fragte Vanessa, deren Blick einen Moment länger auf mir verweilte, als es nötig gewesen wäre.

Sie stemmte eine Hand in die Hüfte und schlenderte zu mir

herüber. Ich presste meine Lippen aufeinander und versuchte, mich zusammenzureißen.

„Liegt es daran, dass du im Kämpfen nicht besser wirst?"

Ich erstarrte und blickte zu ihr hinüber. *Diese Schlampe.*

Sie kicherte und zwirbelte eine meiner Haarsträhnen um einen Finger, holte tief Luft und schloss die Augen. „Du weißt, dass ich dir ein paar Tipps geben kann. Es scheint, als bräuchtest du wirklich …"

„Ich bin verdammt noch mal nicht in der Stimmung, Vanessa."

„Ich will damit nur sagen, dass du es vielleicht wenigstens versuchen solltest."

Ich legte meine Hände um ihren Hals. Ich war fertig mit dieser Scheiße. Ich hatte es satt, mich von ihr und Roman runtermachen zu lassen. Dieser kranke Wichser hatte ihr das wahrscheinlich gesagt, um mir auf die Nerven zu gehen.

Ihre großen grünen Augen weiteten sich. Sie krallte sich an meinen Fingern fest und versuchte, sie wegzudrücken.

Das ist für die letzten sechs Jahre, in denen ich mich mit deiner Scheiße herumgeschlagen habe, Vanessa.

„Isabella!", sagte Derek von der anderen Seite des Feldes. Er rannte zu uns rüber, schlang seine Arme um meinen Oberkörper und zog mich von ihr weg. „Isabella! Hör auf damit!"

Vanessa überschlug sich, hustete und machte eine größere Szene als nötig.

Mondgöttin, was für eine verdammte Drama-Queen.

Derek zerrte mich auf die Seite des Hauses. „Bist du verrückt? Wenn du so etwas machst, fliegst du raus!"

Ich verschränkte die Arme vor der Brust. „Das ist mir egal. Ich bin fertig damit."

„Sag so etwas nicht, Izzy. Du wolltest das schon seit Jahren." Er legte seine Hände auf meine Schultern und strich mit dem Daumen über meine Wange.

„Ich werde jeden Tag, den ich herkomme, von ihm schikaniert."

„Er treibt dich nur an, stärker zu werden."

„Er treibt niemanden so sehr an wie mich."

Derek legte den Kopf schief und verzog die Lippen zu einem Grinsen. „Nun, nicht alle von uns können unter dem zweiten Wolfsmond geboren sein wie du. Wir können nicht von Natur aus stärker sein, Arschloch", sagte er sarkastisch.

Ich zog eine Augenbraue hoch und schnaubte. Es war einfach verdammt frustrierend. Roman trainierte mich nicht einmal, er trieb mich einfach an meine absoluten Grenzen.

„Wir haben noch einen Tag zu überstehen … also bitte … " Er spähte um die Ecke. Roman, Cayden und ein paar andere Krieger standen um Vanessa herum und schauten zwischen ihr und uns hin und her. „Scheiße ."

Roman stürmte auf uns zu. Seine Augen wechselten zwischen einem sanften Grün und einem glühenden Gold. „Hast du Vanessa angegriffen?", fragte er.

Ich presste meine Lippen zusammen. Wenn ich ihm die Wahrheit sagte, würde er mich rausschmeißen. Ich wusste, dass er das tun würde. Es schien, als hätte er seit dem ersten Tag nach einer Ausrede gesucht, um mich rauszuschmeißen.

„Nein", sagte ich.

„Lüg mich nicht an", sagte er mit zuckendem Kinn.

Ich wollte ihn anschreien. Ich wollte meine Hände um seine Kehle legen. Ich wollte ihn ausschimpfen, weil er so mit mir geredet hatte, wie er es gestern getan hatte. Meine Wölfin hatte mich die ganze Nacht nicht schlafen lassen. Sie hatte immer wieder gejammert, dass unser Alpha uns nicht für gut genug für ihn hielt.

An der Art, wie sich Romans Lippen zu einem Grinsen verzogen, konnte man erkennen, dass er mich genau da hatte, wo er mich haben wollte. Ich konnte keine Szene machen, sonst hätte ich riskiert, rausgeschmissen zu werden. Ich musste auf ihn hören, musste ihn respektieren.

„Lüge ich ihn an, Derek?", fragte ich und starrte Roman an.

Derek hielt inne und spannte sich hinter mir an. „Nein." Seine

Stimme war leise und ich konnte erkennen, dass Roman seine Lüge spürte.

Doch anstatt etwas zu sagen, blickte Roman zwischen uns hin und her, wobei sein Blick auf Dereks Händen auf meinen Schultern verweilte, und presste dann seine Kiefer zusammen.

„Du kannst jetzt gehen", sagte ich, „das Training beginnt erst in fünfzehn Minuten. Sieh doch mal nach, was mit Vanessa los ist." Die nervige Schlampe, die ihre Hände nicht von ihm lassen konnte. Ich wandte mich von ihm ab und stampfte mit dem Fuß auf den Boden.

War ich eifersüchtig? Ja. Er machte mich verrückt. Ich wusste nicht, was zwischen uns los war, wie ich es überhaupt nennen sollte. Waren wir Fick-Freunde? Freundschaft plus?

Das hatte ich gedacht, aber dann hatte er mich in der Nacht in die Höhle gebracht. Das war nicht nur irgendein Ort. Das war unser Platz gewesen, als wir jünger waren, und dann war da all das Gerede über die Zeit, als wir Kinder gewesen waren und dass seine Mutter mich gemocht hatte und er mir einen der wertvollsten Besitztümer seiner Mutter überlassen hatte. Das hatte mich glauben lassen, dass da vielleicht doch mehr war, weil ich all diese seltsamen Gefühle hatte, die ich bisher nicht kannte. Aber … jetzt … ich wusste nicht, was ich denken sollte.

Im Wald rechts von uns brach ein Ast. Ich blickte hinüber und sah, wie sich ein Wolf mit dickem schwarzem Fell in einen Menschen verwandelte. Mondblumentätowierungen bedeckten seine Unterarme. Eine große Narbe verlief an der Seite seines Halses. Der Mann hatte die natürliche Ausstrahlung eines Kriegers – stark, stoisch und steinern. Seine Augen waren kalt, seine Arme verschränkt und er starrte mich direkt an. Ich holte tief Luft.

Roman knurrte leise und sah ihn an, dann wandte er sich wieder mir zu. „Ich hoffe, du gibst dir heute ein bisschen mehr Mühe, Isabella. Versuche, mir nicht auf die Nerven zu gehen, versuche, dich nicht zu blamieren … versuche es einfach."

Ich drehte meinen Kopf zu ihm. „Dir auf die Nerven gehen? Ich denke, du solltest dich selber neu einschätzen, bevor du anfängst, mir zu sagen ..."

„Du solltest einfach gehen", unterbrach er plötzlich, „wenn du mich nicht respektieren willst, wenn du dieses kleine Spielchen, das du mit Cayden treibst, weiterführen und die Sache nicht ernst nehmen willst, dann solltest du gehen."

Derek legte einen Arm um meine Schultern und legte *spielerisch* seine Hand auf meinen Mund, um mich zum Schweigen zu bringen. „Sie wird es heute versuchen, Alpha. Dafür werde ich schon sorgen."

Roman sah zwischen uns hin und her und dann wieder zu dem nackten Mann, der durch den Wald kam. Ohne ein weiteres Wort drehte er sich um und ging ihm entgegen.

Derek gab mir einen Klaps auf den Arm. „Also gut, hör zu. Ich weiß nicht, was zwischen euch beiden vorgefallen ist, aber du kannst nicht so mit ihm reden." Er schüttelte den Kopf. „Bitte ... beherrsche dich heute. Gib alles, ohne jemanden zu verletzen, vor allem nicht Vanessa."

Ich presste meine Lippen aufeinander. „Keine Versprechungen."

———

Roman hat nicht mit uns geübt. Stattdessen schaute er mit seiner nervtötenden Art von der Seite aus zu, zusammen mit dem Wolf. Sie sahen sich kaum an; Roman nickte nur ab und zu mit dem Kopf.

Der Mann hob seine Hand, um über die Stoppeln an seinem Kinn zu streichen. Meine Augen weiteten sich, als ich die Silhouette eines Werwolfs sah, die auf den Handrücken tätowiert war. Es war das Symbol der Lykaner-Krieger.

Die Kämpfer der Lykaner waren eine Gruppe der besten Krieger aller Rudel. Körperlich gab es keinen Unterschied zwischen einem Werwolf und einem Lykaner, aber die Lykaner waren schlauer und besser im Kampf. Sie widmeten ihr Leben dem Schutz der Werwölfe vor bösartigen Gesetzlosen, wie denen, die Romans Eltern getötet hatten.

Cayden warf mich auf den Boden und landete auf mir, aber ich konnte nicht aufhören zu glotzen. Lykaner waren all das, worauf ich hintrainiert hatte, aber noch mehr. Seit ich klein war, träumte ich davon, mein Rudel zu beschützen. Ich habe sogar zur Mondgöttin gebetet, dass ich eines Tages so stark wie ein Lykaner werden könne.

Ich stieß mich vom Boden ab und drehte mich wieder zu Cayden um.

Warum war der Lykaner-Krieger hier? Lykaner besuchten selten Rudel, um die Praktiken zu überwachen.

Was auch immer der Grund war, ich wollte nicht, dass er sah, wie Cayden mich so einfach herumschubste. Auch wenn ich ihn nicht kannte, respektierte ich ihn. Mehr als ich im Moment Roman respektierte. Ich wollte diesem Lykaner meine Fähigkeiten zeigen, ihn vielleicht sogar dazu bringen, mich zu rekrutieren.

Cayden stürzte sich auf mich, aber ich wich zurück, schob einen Arm unter seine Achsel, drehte ihn auf den Rücken und drückte ihn zu Boden. Er wehrte sich unter mir, aber ich ließ ihn nicht aufstehen. Ich rammte seine Schultern weiter in den Boden, bis Roman mich anknurrte und mir sagte, ich solle aufhören.

Während des gesamten Trainings habe ich Cayden immer wieder zu Boden gebracht. In den ganzen zwei Stunden ließ ich mich nur zweimal von ihm schlagen. Ich habe gekämpft, als ginge es um mein Leben, und zwar härter als alle anderen aus der Gruppe.

Als das Training zu Ende war, verschwanden Roman und der Lykaner im Haupthaus und stritten miteinander, aber nicht bevor Roman mich erneut mit einem zwiespältigen Gesichtsausdruck zähneknirschend ansah.

„Wollt ihr euch uns anschließen?", fragte Cayden, der neben Derek und mir saß und in seiner Tasche nach seinen Klamotten kramte. „Wir gehen alle zusammen ins Night Raider's Café, um etwas zu trinken. Es ist eine Tradition, dass die Krieger und die

Anwärter am Abend, bevor Roman die Positionen zuteilt, ausgehen.

Ich blickte über den Hof und sah, wie Vanessa eine weibliche Wolfskriegerin angrinste. Meine Hand ballte sich zu einer Faust. „Wird sie dort sein?"

Cayden folgte meinem Blick und seufzte. „Leider." Er drehte sich wieder zu mir um und tippte mir leicht auf die Schulter. „Aber hey … es ist der letzte Tag, an dem sie dich belästigen wird."

„Letzter Tag?", fragte Derek.

Cayden zupfte an seinem Shirt und schaute sich um, um sicherzugehen, dass niemand zuhörte. „Glaubst du, sie schafft es ins Team? Sie kann kaum einen Sit-up machen, ohne sich zu beschweren. Roman kann ihren Scheiß schon nicht mehr ertragen." Er glättete sein Shirt und warf sich seine Tasche über die Schulter. „Also, kommt ihr?"

10
isabella

„ALSO …", sagte Vanessa und nippte an ihrem zweiten Brawl Brew des Abends im Night Raider's Café, einem großen, von Bäumen beschatteten Café zwischen fünf verschiedenen Rudeln, das in den frühen Morgenstunden auch als Kneipe diente. Sie beugte sich näher zu mir rüber, ihre Brüste berührten meinen Unterarm. „Was läuft da zwischen dir und Roman?"

Ich presste meine Lippen aufeinander. „Nichts", sagte ich. Nicht, dass es sie etwas angehen würde.

Der Kellner kam herüber und stellte ein weiteres Getränk vor sie.

„Isabella braucht auch eins!", sagte sie.

Der Typ zog fragend eine Augenbraue hoch und ich schüttelte den Kopf. Mondgöttin, ich wollte nicht so enden wie Vanessa, die die beiden obersten Knöpfe ihres Hemdes geöffnet hatte und mit dem Kopf im Takt der Musik nickte.

Sie lehnte sich noch mehr rüber und ich drückte mich gegen Dereks Arm, um so viel Abstand wie möglich zwischen uns zu bringen. Ich wollte nicht wieder ausrasten und meine Chancen, eine Kriegerin zu werden, zunichte machen, nur weil Vanessa mir auf die Nerven ging.

Nach einem Moment senkte sie ihren Blick auf meine Lippen und runzelte die Stirn. „Ich weiß, dass etwas vor sich geht."

Sie stützte ihren Arm auf dem Tisch vor uns ab und seufzte. Ich sah runter und bemerkte die glänzenden Narben auf ihrer Haut, die von etwas anderem zu stammen schienen als von einem Wolfskampf. Sie sahen fast zu gerade, zu *geplant* aus.

„Komm schon", sagte ich leise, griff nach Dereks Hand und drückte ihn an den Rand der Sitzecke, denn ich wollte so schnell wie möglich von hier weg. „Wir sehen uns morgen. Danke, dass ihr uns eingeladen habt."

Sobald Derek stand, sprang ich auf und zerrte ihn zur Tür. Vanessa hatte heute Abend mit jedem geflirtet, mit dem sie konnte, sogar mit *mir*. Sie war verzweifelt und ein Teil von mir hatte Mitleid mit ihr. Verdammt, alles in mir hatte Mitgefühl und ich wusste nicht, warum. Es machte mir nichts aus, dass sie mit anderen flirtete, aber es war ihr Flirt mit Roman, der mich und meine Wölfin beunruhigte.

„Tschüss, Leute!", rief Vanessa von der anderen Seite der Bar, als ich mit Derek zur Tür eilte. „Tschüss, Isabella!"

„Ich weiß nicht, wie ihre Eltern mit ihr zurechtkommen", sagte Derek, als wir zu seinem Auto gingen.

Der Himmel war dunkelblau und der Mond leuchtete so hell über uns. Ich konnte mir nur vorstellen, wie schön meine Mondblumen auf der Fensterbank leuchteten.

„Ich auch nicht", sagte ich.

Derek öffnete seine Tür, erstarrte und sah hinter mich. „Alpha."

Ich umklammerte den Türgriff, meine Knöchel wurden weiß und ich sah ihn an. Er musste mir einfach den Abend verderben, oder? Hierher kommen, wie ein verdammter Sexgott aussehen und wahrscheinlich mit Vanessa flirten, da er vorhin keine Zeit dazu gehabt hatte.

Roman ging den Bürgersteig hinauf, die Augen dunkel wie die Nacht. „Ich bringe Isabella nach Hause", sagte er, ohne seinen Blick von mir zu nehmen.

„Derek bringt mich nach Hause."

Er kam auf mich zu und presste die Kiefer zusammen. „Derek wird in sein Auto steigen und allein nach Hause fahren, oder, Derek?"

Derek spürte die Spannung und sah zwischen uns hin und her. Roman fragte ihn erneut, diesmal in seinem Alpha-Ton, und er senkte den Kopf.

Oh, auf keinen Fall. Ich würde nicht mit Roman nach Hause gehen. Keine Chance.

Ich zog an der Türklinke. „Derek, mach das Auto auf."

„Tut mir leid, Izzy."

„Derek, mach es auf!"

Er setzte sich hinein, schloss die Tür und startete den Motor. Ich grummelte und starrte ihm hinterher, als er vom Parkplatz fuhr. Er würde es später zurückkriegen. Oh Mann, er würde …

„Isabella", knurrte Roman.

Ich kniff die Augen zusammen und beobachtete, wie das Mondlicht auf seine verdammt perfekte Haut fiel. „Was?", fragte ich durch meine Zähne.

„Komm mit."

Er streckte seine Hand aus und wollte, dass ich sie nehme, aber ich machte auf dem Absatz kehrt und ging in die entgegengesetzte Richtung – direkt in den Wald. Dieser Mann hatte wirklich Nerven. Ja, ich war immer noch wütend wegen vorhin. Ja, ich wollte meine Faust direkt in seinem hübschen Gesicht parken. Ja, ich wollte, dass er mich an sein Bett fesselte und mir endlich das gab, was er mir seit einer Woche verweigerte.

Ich konnte nicht bis zu meinem Geburtstag warten. Bis ich meinen Partner fand. Bis ich endlich bekam, was ich verdiente. Einen Mann, der mich aufrichten würde, anstatt mich runterzumachen. Einen Mann, der nicht so verwirrend war, wie Roman. In einem Moment nahm er mich mit zu unserem Platz und erzählte mir Geschichten über seine Mutter und im nächsten schob er mir seinen Schwanz in den Hals und sagte mir, ich wäre eine Enttäuschung.

„Isabella, ich bin nicht in der Stimmung für deine Spielchen. Komm mit", sagte er streng.

Ich stolperte über einige Äste und ließ meine Finger über die Rinde der Bäume im Wald gleiten. Er könnte die ganze Nacht dort stehen und versuchen, mich zu überreden, mit ihm zu gehen, von mir aus.

„Verdammt noch mal", knurrte er und folgte mir, wobei er Äste abknickte und Lianen durchtrennte, um Schritt zu halten. „Warum hörst du nicht auf mich?"

Er packte mein Handgelenk, seine ganze Hand umschloss es, und hielt mich auf. Ich versuchte, mich loszureißen, aber er drückte mich einfach gegen den nächsten Baum und hielt beide Handgelenke über meinem Kopf fest.

„Hör verdammt noch mal auf, mich zu bekämpfen."

Ich knurrte. *Dummes, Scheiß-Alphatier, das immer denkt, es könnte mir einfach sagen, was ich zu tun und zu denken habe und … und …*

Er war so nah. Der Duft von Minze und nasser Rinde machte meine Wölfin wild. Sie sprang in mir herum, lief im Kreis, so verdammt erregt. Er wanderte mit seiner Nase an meinem Hals entlang und atmete ein, seine Lippen streiften meine Schwachstelle

.

„Lass mich los, Roman", sagte ich.

„Nein", sagte er atemlos, „ich war den ganzen verdammten Tag gestresst."

Ich presste meine Lippen aufeinander. Jetzt war weder die Zeit noch der Ort für so etwas.

„Was wirst du tun?", fragte ich. „Mich wieder auf die Knie zwingen, damit ich meinen *lieben Alpha* von all seinem Stress befreien kann?"

Er drückte seinen Steifen gegen mich und ich presste meine Knie zusammen. Ich wünschte mir die Feuchtigkeit weg, die sich zwischen meinen Beinen bildete.

Hör auf, Isabella. Halte ihn auf. Ich war wütend auf ihn. So verdammt wütend. Wütend, dass er mich nicht schon längst ausgezogen und so berührt hatte, wie ich es seit Wochen von ihm erwartete.

„Ist es das, was du willst, Isabella", fragte er an meinem Ohr, „dass ich dich auf die Knie zwinge?" Als ich nicht antwortete, ließ er eines meiner Handgelenke los und fuhr mit seinen Fingern meinen Körper hinunter, um sie in meine Hose zu schieben. „Es ist gut, dass ich dir nicht gerne gebe, was du willst, oder?"

Er rieb meinen Kitzler in kleinen, schnellen Kreisen. *Verflucht sei er.* Ich schloss die Augen, versuchte, meinen Atem zu beruhigen, und verfluchte ihn dafür, dass er immer genau wusste, wie er mich berühren musste.

„Ich gebe dir, was du brauchst, Isabella. Nicht was du willst."

Er streifte meinen Hals mit seinen Lippen und saugte die Haut in seinen Mund. Meine Muschi spannte sich an und ich griff nach seinem Bizeps.

„Ist es das, was du brauchst?"

Ich wimmerte.

„Benutze deine Worte." Er fuhr mit seinen Fingern durch mein Shirt leicht über meine Brustwarze und zog dann an ihr. „Ist es das, was du brauchst?"

Eine Welle der Ekstase durchflutete mich und meine Muschi zog sich zusammen. *Oh Mondgöttin.* „Ja."

Seine Finger bewegten sich schneller. „Ja, was?"

Ich schloss meine Augen. „Ja, Alpha."

Er drückte mich weiter gegen den Baum, während seine Finger in mich eindrangen. Sie kreisten wild in mir, immer und immer wieder und – *oh Göttin* . Eine Welle der Lust nach der anderen durchströmte meinen Körper und ließ meine Finger kribbeln.

„Komm für mich, Isabella."

Er kniff meine Brustwarze zwischen seinen Fingern und ich biss mir auf die Lippe, um nicht laut zu stöhnen.

Ich warf meinen Kopf zurück. „Ja, Alpha." Ich grub meine Fingernägel in seine Schulter und mein Körper zitterte gegen ihn.

Meine Atemzüge kamen kurz und stoßweise. Ich schaukelte vor und zurück gegen den Baum und hatte das Gefühl, auf

Wolken zu schweben. Es fühlte sich so gut an, er fühlte sich so gut an. Ich hasste mich dafür, dass ich ihm nachgegeben hatte und ich mich so leicht von ihm reizen ließ.

Ich konnte es einfach nicht lassen.

Als ich fertig war, nickte Roman zu seinem Truck, der auf dem Parkplatz des Night Raider's stand. „Komm schon." Er nahm meine Hand und zog mich zum Parkplatz. „Ich bringe dich nach Hause."

Ausnahmsweise ohne mich bei ihm zu beschweren, setzte ich mich in sein Auto und atmete seinen Duft ein. Der Innenraum war tadellos aufgeräumt – keine leeren Wasserflaschen oder nicht bestandene Matheklausuren auf den Sitzen wie in Dereks Auto. Das Armaturenbrett war glatt, fast funkelnd. Zwischen uns lag ein kastanienbraunes Notizbuch, aus dem ein paar Blätter Papier herausguckten. Als er bemerkte, dass ich es sah, schob er die Papiere zurück in das Notizbuch.

„Du machst es mir nicht leicht", sagte er, als er mich nach Hause fuhr. Seine Stimme war sanft, obwohl er das Lenkrad fest im Griff hatte.

„Was soll das bedeuten?", fragte ich.

Seine Augen flackerten zwischen Gold und Grün hin und her und er starrte aus der Windschutzscheibe. Ruhig. Er war so verdammt ruhig.

Ich zuckte mit den Schultern und lehnte mich zurück. „Okay, sag es mir halt nicht."

Er parkte in meiner Einfahrt und ich öffnete die Tür. Ich wünschte mir nichts sehnlicher, als in meine Laken zu sinken und endlich einmal zu schlafen. Diese Woche hatte mich ausgelaugt und ich war endlich zufrieden.

„Warte", sagte er und tippte mit den Fingern auf sein Notizbuch.

Ich starrte ihn einige Augenblicke lang an, mein Herz raste.

Er presste die Lippen zusammen und sah auf sein Notizbuch hinunter. „Ich …"

Ich wartete darauf, dass er etwas sagen würde, dass er mir

sagen würde, ich solle länger bleiben, dass er mich am Handgelenk packen und in den Wald zerren würde, bis es Mitternacht war. Aber er tat nichts von alledem.

Er seufzte und starrte niedergeschlagen auf seinen Schoß hinunter. Diesen Gesichtsausdruck hatte er seit dem Tod seiner Eltern nicht mehr gehabt und selbst dann hatte ich ihn nie aus der Nähe gesehen. Ich hatte nie gefühlt, was ich jetzt für ihn empfand.

„Schönen Abend, Isabella", sagte er.

Ich blieb noch einen Moment im Auto sitzen und hoffte, dass er nachgeben würde. Als ich merkte, dass er es nicht tun würde, schloss ich die Tür und ging zum Haus, ohne zurückzublicken, obwohl meine Wölfin mich anflehte, ihn ein letztes Mal anzusehen.

Mein Magen dreht sich um. Wir lagen falsch. Das hier – was auch immer es war – war falsch. Wir sollten uns nicht nahekommen . Ich sollte nicht so fühlen. Es sollte nur körperlich sein, rein körperlich.

Eine emotionale Bindung würde von meinem Partner – wer auch immer er war – missbilligt werden, denn so etwas für meinen *Alpha* zu empfinden, war mehr als falsch.

Als ich mein Schlafzimmer erreichte, schaute ich aus dem Fenster und sah seinen Truck noch in der Einfahrt stehen. Er sah zu mir hoch und schenkte mir ein kleines, bemühtes Lächeln.

Gute Nacht, Roman.

11
isabella

DER MONDGÖTTIN SEI DANK, war es Freitag, denn ich war fertig mit Vanessa, die hinter mir auf ihrem Stuhl auf und ab hüpfte. Ihr warmer Atem war wieder an meinem Hals und ließ mich erschaudern.

Ich ignorierte es und starrte auf meine Krieger-Notizen. Alle Ringkampfbewegungen, Schlagkombinationen und Trittarten, die Derek und ich immer wieder geübt hatten, an die ich mich nach heute Abend immer erinnern würde.

Nach dem Unterricht, wenn mein Name aus Romans Mund kam, gefolgt von dem Wort *Kriegerin*, würde ich dieses Notizbuch umklammern und dankbar für alles sein. Sogar für all die Nächte, in denen wir aufgeblieben waren, um unter dem Mond unsere Fähigkeiten zu verbessern. Und für all die Male, in denen der alte Herr Beck über Dereks Gartenzaun geschaut hatte, während wir übten, und uns von den guten alten Zeiten erzählte, als er noch ein Krieger gewesen war.

Mein Blick hob sich zu Dr. Jakkobs, der an seinem Schreibtisch saß, in seinem Handy scrollte und sich nicht einmal die Mühe machte, Unterricht zu geben. Da es der letzte Schultag war, versuchte er wahrscheinlich nur, das Jahr friedlich zu beenden –

ohne störende Kommentare von Vanessa, dass sie sich vor allen Leuten ausziehen wollte.

Derek murmelte von seinem Tisch die Worte: *„Drei Minuten"*, in meine Richtung und fuhr sich mit der Hand über den Haaransatz, wodurch seine Zöpfe sanft wippten.

Drei Minuten, bis die Schule für immer vorbei war. Drei Minuten, bis wir uns auf den Weg zum Haupthaus machten und uns endlich den Kriegern anschlossen. Drei Minuten, bis ich mir nicht mehr jeden Tag Vanessas schrille, überdrehte, nörgelnde Stimme anhören musste.

Roman würden sie wahrscheinlich als Krankenpflegerin im Krankenhaus einsetzen, damit sie sich um Herrn Beck kümmert. Oder vielleicht würden er sie an einen noch schlimmeren Ort versetzen. Solange sie nichts mit Kriegern zu tun hat, wäre das in Ordnung.

Die Schulglocke läutete und alle standen auf. Sie jubelten. Lachten. Und rannten aus dem Raum. Ich warf das Notizbuch in meinen Rucksack, während Schmetterlinge in meinem Bauch herumflatterten, und ging mit Derek zur Tür. Ich konnte nicht länger warten. Dreizehn Jahre waren lang genug gewesen.

„Isabella!", sagte Dr. Jakkobs und stand auf. Er lächelte mich mit seinen perfekt geraden Zähnen an und schob seine Brille höher in sein Gesicht. „Kann ich dich einen Moment sprechen?"

Nachdem ich Derek versichert hatte, dass ich ihn im Haupthaus treffen würde, ging ich zu ihm hinüber. Meine Wölfin konnte es nicht abwarten, so schnell wie möglich von hier wegzukommen, damit wir Roman sehen und eine seiner Kriegerinnen werden konnten. „Ja, Dr. Jakkobs?"

„Du hast dieses Jahr phänomenale Leistungen erbracht", sagte er.

Alle meine Prüfungen waren auf seinem Schreibtisch verteilt. Einhundert Prozent. Einhundertein Prozent. Siebenundneunzig Prozent. Achtundneunzig Prozent.

„Danke."

„Ich glaube, du würdest gut in das Rudelkrankenhaus passen."

Ich knabberte an der Innenseite meiner Wange. Ich hätte wissen müssen, dass er mir genau das sagen wollte. Ich hatte zwar hart für gute Noten in seiner Klasse gearbeitet und die Arbeit im Krankenhaus lag in meiner Familie, aber dieser Weg war nichts für mich.

„Danke für das Kompliment, Dr. Jakkobs. Ich mag Anatomie wirklich, aber ich wurde zum Kämpfen geboren."

Er lächelte und nickte. „Deine Mutter sagt mir immer, dass es dein Ziel ist, Kriegerin zu werden, seit du ein Mädchen warst. Aber falls du merkst, dass das nichts mehr für dich ist, bist du im Krankenhaus immer willkommen. Wir könnten jemanden wie dich dort gebrauchen." Er klopfte mir auf die Schulter, sammelte meine Prüfungen ein und sagte: „Viel Glück bei der Zuteilung heute."

Als ich aus seiner Klasse ging und die Schule hinter mir ließ, ging ich langsam durch den Wald zum Haupthaus. Alles schien heute so viel besser zu sein. In der Ferne zwitscherten blaue Vögel. Das Sonnenlicht brach durch die Bäume und zeichnete Muster auf den Weg vor mir. Ich ging mit einem Hüpfer im Schritt.

Anders als in den letzten Tagen verspürte ich nicht den Drang, jemandem den Kopf abzureißen. Vielleicht lag es daran, dass heute der Tag war, auf den ich hingearbeitet hatte, seit ich vier war. Vielleicht lag es daran, dass Roman mich gestern Abend endlich hatte kommen lassen. Vielleicht lag es daran, wie Roman mich angeschaut hatte, nachdem er mich nach Hause gebracht hatte. Wie er in meiner Einfahrt saß, selbst nachdem ich ins Haus gegangen war und die Tür geschlossen hatte. Sein Blick blieb für einen kurzen Moment auf meinem Fenster haften.

Grüne Augen, sanft. Die Haare lagen auf seiner Stirn. Die Finger umklammerten sein Notizbuch, als ob er etwas darin hatte, das er mir nicht zeigen wollte. Diesen Blick hatte ich noch nie gesehen. Er sah fast verletzlich aus, nicht wie der Alpha, der in mein Zimmer gestürmt war und von mir verlangt hatte, seinen Schwanz zu lutschen.

Was auch immer mich so fühlen ließ, ich wusste, dass nichts

meine Stimmung trüben konnte. Heute war der beste Tag meines Lebens.

Als ich ankam, warteten Derek und die anderen Anwärter und Anwärterinnen in einem großen Raum im Haupthaus. An der Wand hingen Bilder der größten Krieger unseres Rudels seit Anbeginn der Zeit und in einem Rahmen daneben befanden sich Listen mit ihren Erfolgen. Viele Schlachten gewonnen, zu viele Leben verloren.

Heute gab es kein offizielles Training, also machte ich mir nicht die Mühe, mich umzuziehen. Stattdessen umklammerte ich den Mondblumen-Schlüsselanhänger und wartete. Obwohl Luna Raya nie eine Kriegerin gewesen war, hatte sie immer die Stärke und den Kampfgeist in mir gesehen.

„Was wollte Jakkobs?", fragte mich Derek.

„Er dachte, ich würde gut in das Krankenhaus passen, aber ich habe abgelehnt."

„Das Krankenhaus?", fragte Vanessa, die vor mir stand und die Hand in die Hüfte stemmte.

Ich rümpfte die Nase, ihr Erdbeerparfüm war wieder einmal unerträglich stark.

„Ekelhaft", sagte sie, „Ich weiß nicht, wie deine Mutter und dein Vater es immer mit diesem Ort aushalten. Da gibt es einen Haufen stinkender alter Männer und Blut und …", sie erschauderte, „E infach eklig."

Anstatt wütend auf sie zu werden, nur weil sie Vanessa war, lächelte ich und hielt mein Temperament unter Kontrolle. Nichts würde mir den Tag verderben, nicht einmal *sie*.

„Pech, dass du wahrscheinlich dort landen wirst", sagte Derek zu ihr.

Sie hob eine Braue. „Das werden wir ja sehen. Ich glaube, ich habe mir einen Platz im Team gesichert."

Fast hätte ich losgeprustet. *Einen Platz in der Mannschaft gesichert?* Sie konnte kaum drei Meilen joggen, ohne aus der Puste zu kommen.

Die Kriegerwölfe betraten den Raum und alle wurden still. Ich umklammerte den Schlüsselanhänger fester. Roman kam als letzter herein und meine Wölfin schnurrte. Sie konnte es kaum erwarten, dass er sie so berührte, wie er es letzte Nacht getan hatte. Nachdem Roman unseren Namen gesagt hatte, alle das Haupthaus verlassen hatten und nur noch er und ich da waren … wir konnten es kaum erwarten.

Vielleicht würden sich die Dinge zwischen uns ändern, wenn ich mehr Zeit mit ihm verbrächte. Vielleicht würde er mich wieder in die Höhle mitnehmen und wir könnten uns auf den Bauch legen und uns unsere tiefsten, dunkelsten Geheimnisse zuflüstern, so wie wir es früher getan hatten.

Roman stand mit dunklen Augenringen und einem harten Gesichtsausdruck vor den angehenden Kriegern. „Heute ist der Tag der Zuteilungen", sagte er.

Ich versuchte, ein Lächeln zu unterdrücken und drehte den Schlüsselanhänger um meinen Finger.

Einen Moment lang starrte er ihn an und presste die Kiefer zusammen. Dann wandte er sich von mir ab. „So gern wir euch auch alle bei uns hätten, wir haben nicht genug Platz im Team, damit alles reibungslos abläuft. Nach reiflicher Überlegung habe ich euch dort eingeteilt, wo ihr meiner Meinung nach am besten hinpasst. Ich habe viele dieser Entscheidungen aufgrund eurer Leistungen in dieser Woche getroffen."

Vanessa lächelte Roman an, ihre Augen füllten sich mit Erregung und Roman … sah sie an und lächelte zurück? Ich blickte zwischen den beiden hin und her, meine Augen verengten sich.

Was zum Teufel war das? Meine Wölfin knurrte leise und starrte Vanessa an.

Derek bemerkte den subtilen Austausch und stupste mich an. „Hast du das gesehen?"

Ich krampfte zusammen, zwang mich dann aber, wieder zu entspannen. *Nichts würde heute meine Laune trüben*, wiederholte ich das Mantra, bis ich mich beruhigte.

„Also gut, fangen wir an." Er räusperte sich. „Alberto, Krieger. Alice, Kriegerin. Gene, Krankenschwester. Derek, Krieger."

Ein Grinsen breitete sich auf meinem Gesicht aus und ich lehnte mich an Derek, so stolz war ich auf meinen besten Freund. Wir haben das mehr verdient als jeder andere hier.

„Kelly, Geschäftsfrau. Niko, Arzt." Roman fuhr fort, den Auszubildenden ihre Positionen zuzuweisen. Er hielt einen Moment inne und knirschte mit den Zähnen. „Vanessa, Kriegerin."

Meine Augen weiteten sich. *Kriegerin? Vanessa wurde als Kriegerin eingesetzt?*

Vanessa kreischte und klatschte in die Hände, eine Welle ihres Erdbeerparfüms traf mich wie eine Wand. Cayden verzog den Mund und warf Roman einen verwirrten Blick zu. Roman sagte nichts dazu, sondern rief einfach weiter Namen auf. Einige unserer Klassenkameraden begannen zu tuscheln.

Niemand konnte glauben, was Roman gerade gesagt hatte. Vanessa war keine Kriegerin. Das musste ein Irrtum sein.

Roman räusperte sich und brachte den Raum zum Schweigen. „Lasst mich fortfahren." Er schaute einige Leute an und ließ seinen Blick schließlich auf mir ruhen. Sein Gesicht war frei von jeglicher Emotion. „Isabella, Krankenschwester."

12
isabella

DEREK KEUCHTE. Cayden trat vor. Vanessa lachte. Und ich blinzelte überrascht, unfähig zu begreifen, was Roman gerade gesagt hatte.

Plötzlich ging ein Gemurmel durch den ganzen Raum. Die Leute starrten von mir zu Roman und zu Vanessa, die mit ihrem Sieg prahlte. Ich drückte den Schlüsselanhänger fester in meiner Hand.

„Ihr seid entlassen. Diejenigen von euch, die jetzt Krieger sind, bleiben bitte für eine weitere Sitzung hier. Wir werden eine fünfminütige Pause einlegen." Roman verließ den Raum, ohne mir einen weiteren Blick zu schenken.

Cayden schüttelte den Kopf, fluchte und folgte ihm.

Das kann nicht richtig sein. Nein ... nein, das kann nicht sein. Roman wusste, dass ich eine der besten Kämpferinnen hier war. Auf keinen Fall würde er Vanessa vor mir akzeptieren. Auf keinen verdammten Fall.

„Geht es dir gut?", fragte Derek und legte mir eine Hand auf die Schulter.

Ich presste meine Lippen aufeinander. „Das ist ein Fehler. Es muss einer sein."

Entschlossen, Roman zu finden, schob ich die Leute beiseite

und eilte zur Tür. Die Krieger, die alle selbst überrascht waren, machten mir einen Weg frei, durch den ich gehen konnte.

Romans Geruch führte mich bis in sein Büro. Anstatt höflich anzuklopfen, marschierte ich mit einer Hand in die Hüfte gestemmt direkt in den Raum. Er saß hinter seinem Schreibtisch und starrte auf ein paar Papiere, mit Cayden neben ihm.

„Kann ich dir helfen?", fragte Roman und sah mich mit einem starrem Blick an.

„Du verarschst mich doch, oder?"

Er setzte sich auf, stützte sich mit den Unterarmen auf den Schreibtisch und presste die Lippen aufeinander. „Cayden, geh."

„Aber …", sagte Cayden.

„Geh."

Cayden ging aus dem Zimmer, schenkte mir ein mitfühlendes Lächeln und schloss die Tür hinter sich.

Romans Blick blieb die ganze Zeit an mir haften. „Warum bist du noch hier, Isabella?"

Ich schüttelte den Kopf. „Ich bin die beste Kriegerin, die du hast, und das weißt du." Meine Stimme wurde mit jedem Wort lauter und pure Wut durchfuhr mich. „Warum zum Teufel hast du mich als Krankenschwester eingesetzt?"

Sein Blick war hart. „Deine Leistung diese Woche war enttäuschend."

„Das ist Blödsinn!" Ich knallte meine Hand auf seinen Schreibtisch.

Er log. Jedes Wort, das aus seinem Mund kam, war eine Lüge. Es musste so sein. Es konnte nicht wahr sein.

Meine Wölfin hatte Schmerzen.

In seinen Augen war keine Reue zu erkennen, nicht einmal der leiseste Anflug des Bedauerns. Es war kein Fehler. Es war seine Entscheidung. Es war das, was er für das Beste hielt.

„Ich bin die härteste Kriegerin, die du hast, Roman. Glaubst du, die kleine Vanessa könnte gegen jemanden kämpfen, der stärker ist als ein Welpe? Einen Scheißdreck kann sie!"

Er stand auf und blickte mich an. „Darum geht es also."

Ich knallte meine Handfläche wieder auf seinen Schreibtisch und trat näher an ihn heran. „Nein! Darum geht es hier nicht."

Glaubte er wirklich, es ginge um Vanessa? Um die Art, wie sie immer mit ihm flirtete, wenn ich in der Nähe war, und versuchte, mir unter die Haut zu gehen, um die Art, wie meine Wölfin immer so bösartig auf sie reagierte? Nein, es ging nicht um sie.

„Ich bin jeden Tag zum Training gekommen und habe alles gegeben, was ich hatte, und das hat alles übertroffen, was du mir hättest zutrauen können. Ich habe auf diese Position hingearbeitet, seit ich vier Jahre alt bin, Roman! Und du nimmst sie mir einfach weg und sagst mir, dass meine Leistung schlechter war als die von Vanessa?"

Er presste seine Kiefer zusammen. „Ich gebe dir eine Chance, meine Entscheidungen nicht mehr zu missachten. Das nächste Mal, wenn du deine Stimme erhebst ..."

Ich knurrte: „Was wirst du tun, Roman? Wirst du mich bestrafen?" Ich schüttelte den Kopf und ging durch den Raum, unfähig, ihm noch in die Augen zu sehen.

Obwohl er normalerweise sehr ordentlich war, herrschte in Romans Büro ein totales Chaos – überall lagen Papiere herum, die Farbe an den Wänden war abgeplatzt, die Schubladen des Schreibtisches standen offen.

„Ich bin fertig mit diesem kleinen Spiel, das wir gespielt haben. Ich schere mich einen Dreck um dich und deine dummen Strafen."

Lüge.

Ich schüttelte den Kopf, stürmte hinaus und knallte die Tür hinter mir zu. Das Geräusch hallte durch das ganze Haus. Wahrscheinlich hatte es jeder gehört. Ich drängte mich an Derek, Cayden und Vanessa vorbei und versprach mir selbst, dass keine Tränen fließen würden.

Keine. Ich würde keine dafür verschwenden.

Mich im Bett zu bestrafen ... das war eine Sache. Diese Bestrafung war die schlimmste und ich würde ihm nicht die Genugtuung geben, mich so zu sehen, wie er es letzte Nacht getan hatte. Verletzlich, glücklich, intim. Wenn er dachte, ich sei nur eine weitere Hure aus dem Rudel, mit der er herumvögeln konnte und der er kein bisschen Respekt entgegenbrachte, dann wollte ich ihn nicht mehr sehen. Es war mir egal.

Außer, dass ich es doch wollte.

Meine Wölfin hatte solche verdammten Schmerzen. *Warum wollte er uns nicht als Kriegerin? Warum wollte er uns nicht?* Ich wusste nicht, welcher Teil von mir am schlimmsten verletzt war – mein Stolz, meine Wölfin, die auf die Ablehnung meines Alphas reagierte, oder ich, die irgendwie gedacht hatte, er könnte mich und meine Wölfin mögen.

Sobald ich aus dem Haupthaus trat, zerriss ich meine Kleidung, verwandelte mich in meine Wölfin und rannte in den Wald. Ich musste atmen, mich wieder mit meinem inneren Selbst verbinden und sicherstellen, dass es ihr gut ging.

Der Wind peitschte durch mein Fell, der Regen begann durch die Bäume zu nieseln und traf mein Gesicht. Das Wasser, das mir über die Wangen lief, war nur Regen, keine Tränen. Auf keinen Fall Tränen.

Dieser Mann hat mich nicht einmal genug respektiert, um mich eine Ausbildung zur verdammten Ärztin machen zu lassen. Er wollte, dass ich eine Krankenschwester werde. Eine Krankenschwester.

Der Donner grollte über mir, Blitze schlugen ein paar hundert Meter entfernt in den Boden ein. Ich hasste ihn dafür.

Es war nichts Falsches daran, Krankenschwester zu sein. Papa war Krankenpfleger. Aber ich wollte seinen Job nicht. Ich wollte mehr – mehr machen, mehr Blut, mehr Gewalt. Mehr. Einfach mehr.

Nasse Äste kratzten durch mein Fell und schnitten mir in die Seite. Ich sprang über Äste, unter Blättern hindurch und um Bäume herum, wobei ich an meine Grenzen stieß. Meine Wölfin heulte auf und hob ihre Nase in den dunkler werdenden Himmel. Das Laufen war eine süße Erlösung für sie.

Nicht für mich.

Nichts würde mir die Laune verderben, von wegen. Dieser Tag

hatte sich zum Schlechten gewendet und ich dachte, dass ich jahrelang nicht darüber hinwegkommen würde. Ich hatte mich auf diesen Tag vorbereitet. Hatte jeden Abend mit Derek die Kampfbewegungen geübt und sie in mein Muskelgedächtnis geprügelt. Ich hörte mir Herr Becks dumme Geschichten über die Kriege von vor Jahren an. Dachte jede Nacht über Luna Rayas Tod nach, um mich zu motivieren zu beschützen.

Dachte Roman wirklich, ich würde nicht gut in das Team passen? Hatte er nur gelogen, um mich zu verletzen? Warum sollte er lügen? Warum wollte er mich verletzen?

Ich verstand es nicht und ich wusste nicht, ob ich es überhaupt wollte. War das alles nur ein Spiel für ihn? Wollte er in mir Gefühle entfachen und mich dann in Stücke reißen? Denn wenn es so war, hatte er gewonnen. Er hatte alles gewonnen.

Nach Stunden ununterbrochenen Laufens ging ich nach Hause und schämte mich, dass ich nicht den Kriegern zugeteilt worden war, schämte mich dafür, wie kindisch ich im Haupthaus reagiert hatte. Ich hätte nicht zulassen dürfen, dass er mich so wütend sieht. Ich war stärker als das.

Derek saß draußen, den Kopf gegen die Hauswand gelehnt und döste vor sich hin. Mein Schlüsselanhänger lag zwischen seinen Fingern. Ich muss ihn fallen gelassen haben. Er öffnete die Augen, sprang auf und wischte sich den Schlaf weg.

„Isabella!", sagte er und warf mir ein paar Ersatzklamotten zu, die er in seiner Sporttasche hatte.

Ich zerrte an ihnen und versuchte, meine Tränen vor ihm zu verbergen, aber er durchschaute mich sofort. Er schlang seine Arme um mich und zog mich an seine Brust.

„Mir geht es gut", sagte ich und presste meine Lippen aufeinander.

Er zog mich noch näher zu sich und legte sein Kinn auf meinen Kopf. Seine Brust hob und senkte sich sanft und ich lehnte meinen Kopf dagegen.

„Das war eine blöde Idee, Isabella. Du darfst wütend sein."

Mein Körper wogte hin und her. Dumme, nasse Tränen liefen

mir über die Wangen. „Er … er … ich kann es nicht … glauben." Ich klammerte mich so fest an seine Schultern, dass ich dachte, ich würde zusammenbrechen, wenn ich es nicht täte. „Er wusste, dass es mir wehtun würde. Er wusste es."

Mein Herz krampfte sich zusammen. Warum war das überhaupt passiert?

„Willst du, dass ich ehrlich zu dir bin?", fragte Derek und zog sich erst zurück, als ich aufhörte zu weinen. Er sah mich stirnrunzelnd an und strich mit dem Daumen über mein Kinn. „Er ist der Alpha. Ihm muss es egal sein, ob dir seine Entscheidung wehtut."

Aber Roman schien sich doch für mich und meine Meinung über ihn zu interessieren – er kam in mein Zimmer, nachdem ich Caydens Namen gestöhnt hatte, benutzte mich wie eine verdammte Puppe zu seinem Vergnügen und gab mir letzte Nacht, was ich brauchte. Der Blick in seinem Gesicht, als ich sein Notizbuch anstarrte. Das Lächeln, das er mir schenkte, bevor ich aus seinem Auto stieg. Die Art, wie er meiner Wölfin das Gefühl gab, so … so verdammt besonders zu sein.

„Ich verstehe einfach nicht, warum. Ich war die ganze Woche über die Beste dort. Jeder wusste das."

Derek zuckte mit den Schultern. „Ich weiß nicht. Vielleicht dachte er, es wäre das Beste für das Rudel." Er stupste mich an und versuchte, die Stimmung aufzulockern. „Vielleicht dachte er, ihr würdet danach heißen, wütenden Sex haben."

„Danach wird es keinen Sex mehr geben." Ich schlang meine Arme um seine Taille, zog ihn ein weiteres Mal in eine Umarmung und atmete seinen vertrauten Duft ein. „Danke, dass du auf mich gewartet hast, aber du solltest jetzt schlafen gehen."

Er rollte mit den Augen. „Ich weiß … ich muss früh aufstehen und mir den ganzen Tag Vanessas Gejammer anhören."

„Ich freue mich für dich", sagte ich und schenkte ihm mein bestes Lächeln. Wie könnte ich nicht stolz auf meinen besten Freund sein, weil er alles erreicht hat, was er sich jemals gewünscht hatte? Ich hoffte, dass er jede Minute davon genoss und es nie als selbstverständlich ansah. „Das tue ich wirklich."

Als Derek durch den Wald verschwand, blieb ich noch ein paar Augenblicke draußen, hörte dem Regen zu, der auf die Blätter der Bäume prasselte, und roch den frischen Duft des Waldes. Ich rieb den Schlüsselanhänger mit der Mondblume in meiner Hand und ging in das ruhige Haus.

Mama und Papa schliefen wahrscheinlich schon. Und ich war froh darüber. Ich wollte ihnen heute Abend nicht gegenübertreten.

Die Tränen liefen mir über die Wangen, als ich meine Zimmertür schloss. Endlich konnte ich allein weinen, ohne mich verurteilt zu fühlen. Aber bevor ich mich gehen ließ, tat ich das Einzige, was ich seit Wochen nicht mehr getan hatte.

Ich zog die Vorhänge zu.

13
roman

ICH HATTE das leere Haupthaus nicht verlassen.

Nachdem Isabella aus meinem Büro gerannt war, bin ich zurück zu den neuen Rekruten gegangen, habe eine halbherzige Rede gehalten und dann in meinem Schlafzimmer gesessen. Ich habe auf die geschlossene Tür gestarrt. Mich gefragt, ob das die richtige Entscheidung gewesen war. Es hat mir noch mehr wehgetan als ihr.

Der Schmerz hatte nicht nachgelassen. Nicht, als ich am nächsten Tag das Training geleitet hatte. Nicht, als ich durch den Wald gelaufen war und ihre geschlossenen Vorhänge gesehen hatte. Nicht, als ich mich in meinem Büro eingeschlossen hatte und mich nicht lange genug auf eine Aufgabe hatte konzentrieren können, um sie zu beenden.

Es war neun Uhr abends am Samstag. Das Mondlicht flutete durch die offenen Fenster in mein Büro. Wenn ich mich stark konzentrierte, konnte ich ihren süßen Duft auf meinem Schreibtisch riechen. Ich riss ein Blatt Papier aus meinem Notizbuch. Die fünfte Zeichnung von ihr, die ich heute angefertigt hatte.

Ich versuchte, sie nicht zu zeichnen, weil ich wusste, dass es nur noch mehr schmerzen würde, aber ich tat es trotzdem. Sie war die Einzige, die mich beruhigte.

Ich trommelte mit meinem Stift auf den Schreibtisch und blickte aus dem Fenster in den dunklen Wald. Ich musste laufen gehen. Noch ein Lauf. Laufen. Mein Wolf wollte zu ihrem Haus laufen. Ich wollte zu ihrem Haus laufen.

Ich schüttelte den Kopf. *Nein. Nein, ich sollte nicht gehen.* Ich sollte wirklich nicht gehen.

Ich saß in der Dunkelheit an meinem Schreibtisch, trommelte mit dem Fuß auf das Parkett und beschloss zu lesen, um mich von ihr abzulenken.

Lies etwas. Lies irgendetwas. Ich las das gebrauchte Anatomie-Lehrbuch, das Dr. Jakkobs mir gegeben hatte, damit ich meine Ausbildung beenden konnte. Las den Abschnitt über die Paarung. Stellte fest, dass das Lehrbuch nach ihr roch. Es war ihr Lehrbuch. Ich las ihren Namen, den sie vorne in das Buch geschrieben hatte. Atmete ihren Duft ein. Tat so, als wäre es die richtige Entscheidung gewesen. Unser Rudel brauchte Krankenschwestern. Sie würde eine der besten sein. Sie war stark, aber sie war so verdammt klug. Ich dachte an sie. Dachte an meine Isabella.

Mondgöttin, ich konnte nicht aufhören, an sie zu denken.

Ich klappte das Buch zu, warf es wütend zur Seite, schlug eine weitere leere Seite meines Notizbuches auf und ließ meine Hand skizzieren, was sie wollte. Eine Kurve. Haare, die in der Brise wehen. Wie sie gestern Abend durch das Fenster meines Wagens den Wald beobachtete.

Ich wünschte, ich hätte mich nie mit ihr eingelassen. Ich wünschte, Ryker wäre nie hergekommen, um zu versuchen, sie mir wegzunehmen. Dann hätte ich nicht die ganze Nacht aufbleiben und einen Plan nach dem anderen schmieden müssen, um sie hier zu behalten, nur, damit sie sauer auf mich war.

Aber meinetwegen wütend zu sein, war besser, als wenn sie tot wäre, wie Mama und Papa.

Es war auch besser, als dass sie in den Händen einer männlichen Hure landete, die Michelle, eine unverpaarte Frau, ohne ihr Einverständnis markiert hatte. Es war mir egal, ob die Gerüchte stimmten oder nicht; ich würde Isabella nicht in Gefahr bringen.

Ich sagte mir, dass ich die richtige Entscheidung getroffen hatte. Sie würde im Krankenhaus arbeiten, wo ich sie in Sicherheit wusste. Sie war die klügste Wölfin, die ich kannte. Das war der beste Ort für sie. In eine Führungsposition gedrängt zu werden – noch dazu als Lykanerin – würde ihr Leben ruinieren, wenn sie so jung war. Mit fünfzehn ein Alpha zu werden, hatte meines fast ruiniert.

Isabella würde mit dem richtigen Training stärker werden als ich. Sie war eine perfekte Kriegerin, aber es war meine Aufgabe, sie zu beschützen, nicht umgekehrt. Ich war das Alphatier und sie war … sie gehörte mir.

Ein unbekanntes Heulen hallte tief in der Nacht wider und meine Gedankenverbindung wurde plötzlich aktiviert. *Gesetzlose. Zwei von ihnen. Südliche Grenze.*

Ich klappte mein Notizbuch zu und verließ eilig den Raum. Südliche Grenze, in der Nähe von Isabellas Haus. Zwei verdammte Gesetzlose.

Nachdem ich weniger als eine Minute gesprintet war, erreichte ich die Grenze und sah, wie zwei meiner Männer sie erledigten. Ich presste meine Lippen zusammen. Es waren zwei Gesetzlose zu viel. Zwei Gesetzlose zu nahe an Isabellas Haus.

Sieben Jahre lang hatten die Gesetzlosen nicht mehr in dieser Gegend herumgeschnüffelt – als sie Mama das Herz aus der Brust gerissen hatten, als sie mir Papa weggenommen hatten, als sie mein Leben ruiniert hatten. Und jetzt, plötzlich, waren sie wieder da.

Aus Isabellas Zimmer schien Licht durch ihre Vorhänge. Ich knurrte leise. Nichts würde sie mir wegnehmen. Ich würde alles tun, um sie in Sicherheit zu bringen. Alles.

Ich bereue diese Entscheidung nicht mehr. Es war die richtige Entscheidung. Würde es immer sein. Ich musste sie nur dazu bringen, zu erkennen, dass sie mir mehr bedeutete, als sie dachte.

14
isabella

AM FRÜHEN MONTAGMORGEN spähte Mama mit einem sanften Lächeln in mein Zimmer. „Morgen, mein Schatz. Ich bin auf dem Weg ins Krankenhaus. Möchtest du heute mit mir kommen?"

Ich wollte nicht gehen. Ich wollte *ihn* nicht im Vorbeigehen sehen. Ich wollte seine Stimme nicht hören. Ich wollte nicht einmal an ihn denken, aber ich konnte nicht aufhören. Jede einzelne Nacht an diesem Wochenende saß ich am Fenster und starrte auf die Mondblumen, die auf den Vorhängen leuchteten. Ich wollte sie einfach nur aufreißen, um den Mond zu sehen, um etwas Trost im Wald zu finden, aber ich konnte mich nicht dazu durchringen.

Ohne das Licht des Mondes leuchteten die Mondblumen nicht mehr so hell. Sie waren matt und ihre Blätter fühlten sich brüchig an. Ich musste immer wieder an seinen finsteren Gesichtsausdruck denken, als er mir gesagt hatte, dass ich für den Rest meines Lebens Krankenschwester sein würde.

Ich knabberte an der Innenseite meiner Lippe, sank tiefer in meine grauen Laken und fummelte an meinem Schlüsselanhänger herum. „Nein."

Sie setzte sich neben mich auf das Bett, legte einen Arm um

meine Schultern und zog mich näher an sich heran. „Vielleicht ist das ein Segen im Verborgenen, Izzy", sagte sie.

Ich schüttelte den Kopf, eine dumme Träne lief aus meinem Auge.

Das war kein Segen. Nicht einmal die Mondgöttin würde es einen Segen nennen. Sie würde es einen Fehler nennen. Dass eine Wölfin, die unter dem zweiten Wolfsmond geboren wurden, Krankenschwester und nicht Kriegerin wurde. Das war falsch.

Welpen, die unter dem zweiten Wolfsmond im Mai geboren wurden, galten als die besten Krieger in einem Rudel. Es hieß, dass diese Wölfe die Kraft hatten, die dem ursprünglichen Werwolf verliehen worden war, und sogar Kräfte besaßen, die denen der Mondgöttin glichen.

„Dein Vater und ich arbeiten im Krankenhaus ... vielleicht dachte Alpha Roman, dass es das Beste für uns wäre."

„Nein", sagte ich mit zusammengebissenen Zähnen, „Er wollte mich nur leiden sehen."

Sie schaute skeptisch. „Aber warum sollte er das tun? Er hat sich diesem Rudel verschrieben und das schon, seit er fünfzehn ist. Er will, dass alle glücklich sind."

Nein, er wollte den Roman in seiner Hose bei Laune halten.

Sie seufzte und lehnte ihren Kopf an meinen. „Komm schon, Izzy. Heute starten alle mit ihren Jobs."

„Ich gehe nicht ins Krankenhaus, Mama. Ich gehöre da nicht hin. Ich sollte jetzt mit dem Rudel trainieren und nicht im Krankenhaus sitzen und mich zu Tode langweilen."

Nachdem sie mich in eine weitere Umarmung gezogen hatte, stand sie auf. „Bitte denk darüber nach, Süße." Sie lächelte und warf mir ein Kissen zu, ihre blauen Augen leuchteten so hell und lebendig wie der Mond. „Kopf hoch ... du kannst doch an deinem Geburtstag nicht traurig sein! Es sind doch nur noch ein paar Tage! Vielleicht findest du deinen Partner."

Wenn sie das noch einmal sagen würde, würde ich wahrscheinlich schreien. Das ganze Wochenende über hatte sie mich an meinen besonderen Tag erinnert. Aber in Wahrheit war es mir egal, dass mein Geburtstag nur noch wenige Tage entfernt war und ich vielleicht meinen Partner finden würde.

Als sich die Haustür leise hinter Mama schloss, rollte ich mich auf die Seite. Obwohl heute der erste Tag im Job war, konnte ich mich nicht aus dem Bett quälen, um hinzugehen. Es war nicht nur mein innerer Schweinehund, der mich schlecht fühlen ließ. Ich fühlte mich schrecklich. Meine Eingeweide verdrehten sich immer wieder, schrumpften, drückten sich fest zusammen und machte mir das Atmen schwer. Ich hatte mein ganzes Leben für diesen einen Moment geopfert, aber er fand, dass ich nicht gut genug für ihn war.

Meine Wölfin ließ mich seinen Namen nicht einmal denken. Sie hatte die meiste Zeit des Wochenendes geweint und mich dazu gebracht, mich in meinem Bett zusammenzurollen und über alles nachzudenken, was ich hätte tun können, um ihm zu gefallen. Damit er mich mehr mochte. Nicht mehr so eine Göre sein. So tun, als würde ich ihn nicht von ganzem Herzen hassen.

Scheiß auf ihn. Ich hasste ihn von ganzem Herzen.

Meine Wölfin wimmerte, die Zurückweisung durch unser Alphatier traf sie hart.

Nein. Wir würden nicht länger schmollen. Wir würden laufen, durch den Wald rennen, den Wind in unserem Fell spüren, den süßen Duft des Waldes einatmen. Dann würden wir ins Krankenhaus gehen.

Nachdem ich mich umgezogen hatte, rannte ich aus dem Haus und verwandelte mich in meine Wölfin. Mit Dreck an den Pfoten und einer Brise, die durch mein Fell strich, sprintete ich in den Wald und verließ den Pfad, den unser Rudel im Wald angelegt hatte.

Das war genau , was ich brauchte. Das ganze Wochenende über hatte ich mich geweigert, meine Wölfin frei laufen zu lassen; ich hatte sie für Romans dumme Entscheidung bestraft. Aber damit war ich jetzt durch.

Sie hatte nichts falsch gemacht. Ich hatte sie im Stich gelassen, nicht andersherum.

Die pralle Sonne schien durch die Bäume, auf mich und meine Wölfin.. Ich stieß ein kleines Heulen aus und joggte zum Haupthaus. Von den Bäumen aus beobachtete ich, wie die Krieger ihren letzten Lauf des Tages absolvierten. Ich hatte ihnen zugesehen, seit ich ein kleines Mädchen war, aber dieses Mal war es anders. Diesmal hatte ich keine Hoffnung, einer von ihnen zu werden. Ich war leer.

Alle Wölfe rannten auf die Lichtung direkt hinter dem Haupthaus zu, sogar Vanessa, die einen halben Meter hinter allen anderen war.

Als sie sich alle verwandelten, runzelte ich die Stirn, weil ich ihn nicht entdecken konnte. Plötzlich stieg mir sein Minzduft in die Nase. Er war ganz in *meiner* Nähe. Ich biss die Zähne zusammen und sprintete durch den Wald zurück. Pfoten schlugen auf dem Boden auf. Äste zerkratzten meine Beine. Blätter fielen um mich herum. Ich rannte schnell, aber nicht schnell genug.

Sein Geruch verfolgte mich und ich wusste, dass er mir dicht auf den Fersen war. Ich zwang mich, schneller zu laufen. Er knurrte bösartig und seine Laute hallten durch meinen Kopf und befahlen mir, aufzuhören. Aber ich tat es nicht.

Er krallte sich mit seinen Eckzähnen in meinem Nacken fest und bohrte sich in mein Fleisch. Ich wand mich in seinem Griff, meine Haut riss. Bevor ich mich losreißen konnte, bohrte er seine Zähne noch tiefer in meine Muskeln – in die eine Stelle, in die Alphas beißen können, um jeden Wolf zur Verwandlung zu bewegen – bis ich wieder unwillig zu meinem Menschen wurde.

Als er sich umdrehte, schaute er mich mit harten grünen Augen an. „Warum bist du nicht im Krankenhaus? Dein Job hat heute begonnen."

„Verpiss dich", sagte ich und fasste mir in den Nacken, um das Blut zu stoppen.

„Überdenke deine nächsten Worte, Welpin."

„Ich sagte, verpiss dich."

Er griff meine Kehle mit seiner Hand und drückte mich gegen

einen Baum. „Ich befehle dir, ins Krankenhaus zu gehen. Dein Job hat heute begonnen."

„Ich gehöre nicht ins Krankenhaus." Ich riss mich aus seinem Griff los. „Ich gehöre hierher."

Nachdem er mich wieder am Hals gepackt hatte, hielt er mich fest. „Du wirst ins Krankenhaus gehen und dich nicht mehr bei mir beschweren. Hast du das verstanden? Das ist der Befehl eines Alphas."

Das Blut lief mir den Hals hinunter, der Biss tat weh, aber sein Duft und das Gefühl seiner Finger beruhigten meine Wölfin.

Es mochte sie beruhigt haben, aber nicht mich.

„Du solltest inzwischen wissen, dass ich keine Befehle befolge, die du mir gibst", sagte ich. „Das habe ich nie getan und werde es auch nie tun, vor allem nicht nach dem, was du getan hast."

Der Gedanke, eine Gesetzlose zu werden, kam mir für einen kurzen Moment in den Sinn. Im Alleingang? Draußen in den Wäldern leben? Alleine Gesetzlose töten, um alle in Romans Rudel zu beschützen? Das war mehr als verlockend.

„Neulich Abend hast du meine Befehle befolgt, nicht wahr?" Er trat näher an mich heran und drückte mich gegen den Baum, sein Minzgeruch war so verdammt stark. „Und ich habe dir genau das gegeben, was du gebraucht hast." Seine andere Hand wanderte meinen nackten Körper hinunter und strich über die Vorderseite meiner schmerzenden Perle. „Sei ein braves Mädchen und mach es noch mal."

Ich fluchte leise vor mich hin und versuchte, einen klaren Kopf zu behalten. Er wusste genau, ganz genau, was mir auf die Nerven gehen würde.

„Hör auf, Roman", sagte ich. Ich presste meine Knie zusammen und spürte, wie sich die Nässe zwischen ihnen sammelte. *Verdammt sei meine Wölfin, die diese Folter genoss. Verflucht sei sie.*

Er rieb fester und ich hätte fast ein Stöhnen von mir gegeben. Fast. Sein Gesicht war in meiner Halsbeuge vergraben, seine Eckzähne berührten meine Schwachstelle . Mein Schoß pulsierte heftig, die Lust wurde immer größer und größer.

Scheiße. Ich schloss meine Augen. *Ich mag das nicht. Ich mag das nicht. Ich mag das nicht.*

Aber ich mochte es.

Es war verdammt großartig, sich gut zu fühlen, nachdem, was am Freitag passiert war. Ich wollte nicht, dass er aufhörte, aber ich würde ihm keine Genugtuung geben, ich würde ihn nicht damit durchkommen lassen.

Also packte ich sein Handgelenk und zog es von mir weg. „Ich sagte: Stopp!"

Roman hörte auf, hob erstaunt die Brauen und öffnete den Mund. Seine Augen waren eine Mischung aus Gold und Grün und seine Eckzähne verlängerten sich noch mehr, während er darum kämpfte, ein Mensch zu bleiben.

Sicher, ich hatte ihn schon früher weggestoßen, aber das war etwas anderes.

Ich holte tief Luft, als ich seine großen Eckzähne sah. Wenn ich nicht wütend gewesen wäre, wäre ich wahrscheinlich erregt. „Fass mich nie wieder an." Ich kochte. „Wenn du mich gewollt hättest, hättest du mich hier behalten sollen, aber du hast mich weggestoßen, also mache ich das nicht mehr mit."

Ich nahm allen Mut zusammen, den ich noch hatte, verwandelte mich wieder in meine Wölfin und rannte weiter in den Wald hinein.

Innerhalb weniger Minuten würde Roman Wölfe auf meine Fährte ansetzen, weil ich das Gelände des Rudels ohne seine Erlaubnis verlassen hatte und mich ganz offensichtlich weigerte, zur Arbeit zu gehen. Aber das war mir scheißegal.

Die Sonne brannte hell über mir und wärmte mein Fell. Ich wusste nicht, wie weit ich gelaufen war; ich rannte einfach, bis ich hinter mir Äste knacken hörte.

Nachdem ich noch zehn Minuten schneller durch den Wald gesprintet war, hoffte ich, die von Roman auf mich angesetzten Wölfe abgehängt zu haben. Ich hielt an einem kleinen Bach und hielt meine Nase in das Wasser, um zu trinken.

Weitere Äste knickten ab.

Ein großer Wolf mit sattbraunem Fell stand am Rande des Waldes. Ich hob den Kopf, starrte ihn an und fragte mich, ob er sich mir nähern würde. Eine große Narbe durchzog das Fell in der Nähe seiner Kehle. Er kam mir vage bekannt vor, aber ich konnte mich nicht erinnern, wo ich seinen Wolf gesehen oder den Geruch gerochen hatte.

Langsam pirschte er sich an mich heran, mit gesenktem Kopf, als würde er jeden Moment zuschlagen. Ich knurrte und warnte ihn, wegzubleiben, aber er kam weiter auf mich zu. Ich ging in eine ähnliche Haltung wie er und wartete darauf, dass er einen Schritt machte, damit ich sein Leben beenden konnte.

Obwohl er größer war als ich, würde ich ihn töten, wenn es nötig wäre. Er brauchte nur auf mich zuspringen und ich würde meine Eckzähne in seinem Hals versenken, das Blut auf uns beide herabregnen lassen.

Nachdem er die Zähne gefletscht hatte, knurrte er, und das Geräusch hallte durch den Wald. Doch er machte keine Anstalten, mich anzugreifen. Es war, als wollte er mich erschrecken.

Plötzlich verwandelte er sich in einen Menschen. Meine Augen weiteten sich und ich bemerkte die Tätowierung eines Wolfes auf seinem Handrücken. Der Lykaner aus dem Training von neulich. Was hatte er hier zu suchen? Hatte Roman ihn geschickt, um mich zu finden und zurückzubringen?

Der Mann starrte auf mich herab, die Lippen zusammengepresst, und nickte. „Verwandle dich." Mit einer Stimme voller Autorität und einer Präsenz, die Gehorsam forderte, wartete er geduldiger auf mich als Roman es je getan hatte.

Ich stand auf, verwandelte mich in einen Menschen und bedeckte meinen Körper mit den Armen.

Er schaute hinter mich. „Carrie", sagte er.

Eine andere Wölfin trat hinter einem Baum hervor, mit Kleidung zwischen den Zähnen. Sie legte sie ihm zu Füßen und senkte den Kopf. Nachdem er sie entlassen hatte, schnappte er sich die Kleidung und reichte mir ein T-Shirt und Shorts, die seltsamerweise genau meine Größe hatten.

„Was ist hier los?", fragte ich und zerrte an der Kleidung.

„Ich muss mit dir reden, Isabella." Er ging zum Bach und gab mir ein Zeichen, ihm zu folgen.

Ich runzelte die Stirn, unsicher, ob ich ihm vertrauen sollte oder nicht. Woher war er überhaupt gekommen? Und woher kannte er meinen Namen?

„Kommst du mit?"

Ich presste meine Lippen aufeinander und folgte ihm, wobei ich versuchte, Abstand zu halten. Seine Autorität übertraf bei Weitem die von jedem Wolf, dem ich je begegnet war, und doch hatte er etwas an sich, das ich nicht recht einordnen konnte.

„Mein Name ist Ryker", sagte er, „und ich bin der Anführer der Lykaner."

„Okay …", sagte ich und nickte langsam.

Was hatte das mit mir zu tun? Ich konnte keine Lykanerin sein, jetzt, wo Roman mich als lausige Krankenschwester eingesetzt hatte.

„Du hast enorme Fähigkeiten. Ich glaube, dass du eine große Bereicherung für die Lykaner sein würdest."

Ich blieb stehen und starrte ihn an. „Ich?"

Als er lächelte, blieb mir fast die Luft weg. Trotz der Narbe an seinem Hals waren seine Augen hell und so erfrischend.

„Ja, du." Er lächelte und legte eine Hand auf meinen Rücken, um mich vorwärts zu führen.

„Ich kann nicht", sagte ich. „Ich erfülle die Anforderungen nicht." Noch etwas, das Roman mir weggenommen hatte. „Ich bin keine Wolfskriegerin."

Er klopfte mit den Fingern auf die Mitte meines Rückens, was beruhigend war. „Wir sind bereit, das zu übersehen. Deinen Werten nach zu urteilen, hättest du es schaffen müssen. Du rangierst knapp unter Beta Cayden, und wenn du richtig trainiert wärst, würdest du höher rangieren als Alpha Roman. Ich bin mir nicht sicher, warum du nicht als Kriegerin eingeteilt wurdest, aber wir glauben, du würdest dich perfekt als eine von uns eignen."

Ich fühlte sowohl intensive Wut als auch Stolz. Anhand der

Statistik könnte ich höher eingestuft werden als Cayden – der verdammte Beta! Ich konnte es nicht glauben. Es war verrückt zu denken, dass das möglich war. Andererseits war ich wütend, dass Roman mich als Krankenschwester eingeteilt hatte. Ich wusste nicht, warum ich heute Morgen an mir gezweifelt hatte; ich wusste nicht, warum *er* an mir gezweifelt hatte.

„Da du noch nicht achtzehn bist, können wir dich nicht offiziell bitten, bei uns mitzumachen. Aber wir möchten dich in unser Rudel einladen, damit du einen Rundgang machen und mehr Informationen über diese Position erhalten kannst. Und wenn du feststellst, dass dir gefällt, wer wir sind und wie wir arbeiten, werden wir dich an deinem achtzehnten Geburtstag eine Testmission absolvieren lassen. Wenn alles gut läuft, laden wir dich ein, dich für ein Jahr an uns zu binden. Hört sich das nach etwas an, das dich interessiert?"

„Ja! Ja!" Ich zögerte nicht. Das war meine Chance. „Oh Göttin , ich kann das nicht glauben." Mein Herz klopfte gegen meine Brust.

Die Mondgöttin hatte meine Gebete erhört. Vielleicht war es Schicksal, dass Roman mich als Krankenschwester einsetzte. Ich war für größere Dinge bestimmt.

„Gut." Er schenkte mir ein atemberaubendes Lächeln. „Fürs Erste musst du das zwischen dir und mir geheim halten. Geh zu deiner Arbeit im Krankenhaus und halte dich vom Radar deines Alphas fern. Du kannst uns gerne in zwei Nächten besuchen kommen. Ich werde dich gegen zwölf Uhr nachts von deinem Rudel abholen. Aber wenn Alpha Roman das herausfindet ..."

„Ich weiß", sagte ich.

Er würde mich nicht gehen lassen. Er würde nicht einmal darüber nachdenken. Ich wusste genau, wie er reagieren würde, also würde ich es geheim halten und meinen Alpha anlügen.

Ich war sicher, dass es ihm nichts ausmachen würde. Es hatte ihm ja auch nichts ausgemacht, mich am Freitag nicht zu respektieren.

15
isabella

„ISABELLA." Dr. Jakkobs stand hinter der Rezeption des Krankenhauses, die Lippen ungläubig zusammengepresst. Er beendete sein Gespräch mit einer Krankenschwester und kam auf mich zu. „Ich hätte nicht gedacht, dass du auftauchst."

Das Krankenhaus war in einem tristen Weiß gehalten und unheimlich still, was mich an die Momente erinnerte, kurz bevor Romans Vater mit der toten Luna Raya in den Armen in das Gebäude gestürmt war und verzweifelt nach Hilfe gesucht hatte. Ich strich mit den Fingern über den Tresen und wurde traurig. Seitdem war ich nicht mehr hier gewesen. Zu viele herzzerreißende Erinnerungen waren in diesen Hallen gefangen.

Ich schenkte Dr. Jakkobs ein sanftes, bemühtes Lächeln. „Nun, ich bin hier."

Wenn ich die Wahl hätte, wäre ich bereits bei den Lykanern. Aber leider saß ich in diesem Gefängnis fest, das nach Blut und Bleiche stank.

Nur ein paar Tage. Das hatte ich mir heute Morgen auf dem Weg hierher immer wieder gesagt. *Ein paar Tage. Ein paar verdammte Tage der Folter.* Dann könnte ich Alpha Roman hinter mir lassen.

Meine Wölfin wimmerte, aber ich schüttelte sie aus meinen Gedanken. Sie wollte seine Aufmerksamkeit und ich auch. Wir wollten – *brauchten* – sie, aber wir konnten nicht mehr. Vielleicht würde es einen anderen Lykaner geben, der unsere Aufmerksamkeit erregte. Vielleicht würde er nicht so ein Arschloch sein. Vielleicht würde er mich tatsächlich respektieren.

Ich folgte Dr. Jakkobs durch die leeren Krankenhausflure in sein Büro. Mama und Papa waren in einem der Zimmer und untersuchten Herrn Beck, der neulich über Dereks Zaun gestürzt war, nachdem er ihm dazu gratuliert hatte, ein Krieger zu werden.

Jakkobs reichte mir einen weißen Arztkittel.

„Alpha Roman hat mich als Krankenschwester eingesetzt", sagte ich.

„Das hat er." Er half mir trotzdem, den Kittel anzuziehen. „Aber ich teile dich neu ein. Du wirst unter mir arbeiten, bis du die Prüfung zur Ärztin ablegen kannst. Aber lass uns das für uns behalten. Kein Grund, mir Roman auf den Hals zu hetzen."

Ich grinste und zog den Kittel fester zu. „Dr. Jakkobs ist ein Rebell." Ich schüttelte den Kopf. Das hätte ich nie vermutet.

Nachdem er mich über alles informiert hatte, was innerhalb und außerhalb des Krankenhauses vor sich ging, über die Praxen und die Notfallverfahren, stellte er mir eine junge Frau namens Rachel vor. Sie lächelte mich von einem Schreibtisch im hinteren Teil des Raumes aus an und zwirbelte einen schwarzen Stift in ihr schokoladenbraunes Haar. Sie war eine Kriegerin, die Krankenschwester wurde, nachdem sie erkannt hatte, dass das Kämpfen nichts für sie war.

Nach der Arbeit lud sie mich auf einen Kaffee in das Night Raider's Café ein, aber ich lehnte ab. Es war nicht sinnvoll, Freundschaften zu schließen, wenn ich in ein paar Tagen abreisen würde. Außerdem hatte ich noch zwei Nächte, bis ich die Lykaner besuchte.

Die wollte ich auf eine besondere Art verbringen und Alpha Roman ein dickes „Fick dich" dafür geben, dass er mich nicht respektierte. Das würde lustig werden. Wirklich verdammt lustig.

Nachdem ich meinen Kittel in den Rucksack gesteckt und Rachel versprochen hatte, ein anderes Mal mit ihr Kaffee trinken zu gehen, ging ich zurück zum Haus. Der dunkle Wald war fast noch ruhiger als das Krankenhaus, Schatten der Bäume ragten über mich hinweg.

Hoffentlich würde Roman heute Nacht seine nächtliche Route durch diese Wälder laufen. Ich hatte ihn seit meinem gestrigen Zusammenstoß mit Ryker nicht mehr gesehen und der *Huren*teil in mir war tatsächlich verärgert. *Ich* war definitiv nicht verärgert und meine Wölfin auch nicht. Nicht. Im. Geringsten.

Es war uns egal, dass wir letzte Nacht nicht seinen Minzduft durch unser Fenster riechen konnten. Es war uns egal, dass wir nicht diese goldenen Augen in der Dunkelheit gesehen hatten. Er war uns egal.

Mama und Papa warteten mit einem breiten Grinsen an der Haustür auf mich.

„Wie hat dir dein erster Tag gefallen?", fragte Papa.

„Es war gut."

Mama klatschte in die Hände. „Wir haben gehört, dass du befördert wurdest", sagte sie und mit gesenkter Stimme.

Ich öffnete meine Tasche und zeigte ihnen den weißen Arztkittel.

Sie quietschte: „Eine Ärztin, genau wie ihre Mama!"

Papa zerzauste mein Haar, wie er es immer tat, als ich fünf war. „Was hat deine Meinung über das Krankenhaus plötzlich geändert?"

Ich schluckte und spielte mit meinen Fingern. „Nichts. Ich dachte nur, dass … ich meinen Beitrag in diesem Rudel leisten sollte."

Lüge. Offensichtliche Lüge. Und ich fühlte mich schrecklich dabei.

Mein Blick wanderte von ihm zum dunklen Fenster und mein Herz raste aus irgendeinem seltsamen Grund. Zwei goldene Augen durchdrangen die Nacht und starrten mich direkt an. Ich presste meine Lippen zusammen und starrte zurück.

„Ich gehe nach oben", sagte ich und lehnte höflich den nach

nassem Hund riechenden Hackbraten ab, den Papa zum Abendessen gekocht hatte. „Ich hatte einen langen Tag."

Ich eilte die Treppe hinauf zu meinem Schlafzimmer, schloss die Tür und starrte auf die Vorhänge, die ich heute Morgen aufgezogen hatte. Die Mondblumen leuchteten hell auf meiner Fensterbank, aber seine Augen im Wald leuchteten noch heller.

Ich habe das nicht getan, weil ich wollte, dass er mich beobachtet. Ich habe es getan, weil ich ihm zeigen wollte, dass ich ihn nicht brauche. Nicht um meine Ziele zu erreichen. Nicht, um einen Orgasmus zu haben, der meine Beine zum Zittern brachte.

Doch als ich mich zum Bett drehte, stockte ich. Anders als heute Morgen war mein Bett gemacht und in der Mitte meiner schwarzen Decken lag ein Stück Papier, das aus einer Zeitschrift herausgerissen worden war. Ich hob es auf und faltete es auseinander, meine Augen weiteten sich.

Es war eine Skizze von mir, wie ich zwischen den anderen Kriegern des Rudels stand. Mit nach hinten geflochtenen Haaren stand ich an der Spitze des Rudels, das Mondlicht spiegelte sich in meinen Augen und ich hatte ein Mal am Hals.

Das Bild war atemberaubend schön. Ich war sprachlos. Am liebsten hätte ich es den ganzen Tag lang angestarrt, aber etwas in mir zerbrach, als ich bemerkte, dass Roman auf dem Bild war und mich mit so viel Liebe ansah.

Es war, als würde sich jemand über mich lustig machen, weil ich keine Kriegerin geworden bin und weil ich etwas mit Roman hatte. Ich zerknüllte das Papier in meiner Faust. *Verflucht sei er.* Ich wette, es war diese Schlampe Vanessa; sie war darauf aus, mein verdammtes Leben durcheinander zu bringen.

Ich warf das Papierknäuel auf meinen Schreibtisch und zog mein Hemd aus. Verdammter Roman. Er hatte ihr wahrscheinlich gesagt, dass sie das tun sollte. Verletze Isabella mehr. Tu ihr richtig weh. Damit er sich an meinem Schmerz erfreuen konnte, damit ich ihn brauchte, um mich besser zu fühlen.

Meine Wölfin wimmerte in mir, sagte mir, dass er das nicht tun würde, aber er hatte mich schon einmal verletzt. Ich zweifelte nicht daran, dass er mich wieder verletzen würde.

Er stand vor meinem Schlafzimmerfenster, immer noch tief im Wald, mit einem verdammten Grinsen auf seinem dämlichen Gesicht.

Das war nicht mehr für ihn. Das war für mich. Ich brauchte diese Befreiung. Ich brauchte ein gutes Gefühl nach all dem Schmerz. Ich lehnte mich an mein Kopfteil zurück, spreizte meine Beine und schob eine Hand dazwischen.

Letzte Show für dich, du verdammtes Alpha-Arschloch.

Meine geschlossenen Augen flatterten, als ich harte, raue Kreise um meinen Kitzler rieb. Das war es, was ich brauchte. Ich stöhnte. Ein langer Tag im Krankenhaus, die Schlampe Vanessa, die sich für witzig hielt, und ein Alpha, der mir den letzten Nerv rauben wollte.

Roman kam aus dem Wald heraus, stand auf der Wiese und starrte mich an. Das Mondlicht traf auf sein Fell und ließ es glitzern. Meine Zehen krallten sich in die Bettlaken.

Ich stellte mir vor, wie wir in der Höhle waren, wie ich mich in seinen Arm schmiegte, wie seine Finger über meine Wange strichen, wie sich mein Herz in meiner Brust zusammenzog und ich so verdammt viel Schmetterlinge im Bauch hatte.

Ich spreizte meine Lippen und kniff leicht in meine Brustwarze. Eine Welle der Lust durchfuhr mich. Sein minziger Duft drang durch das Fenster herein und ich atmete ihn ein. Er roch gut; sogar meine Wölfin schnurrte.

Ich stellte mir uns in der Nacht vor, als er mich gegen den Baum gedrückt, seine Finger in mich hineingestoßen und wieder herausgezogen hatte, als er mich immer und immer wieder hatte kommen lassen, bis ich kaum noch geradestehen konnte.

Es gab so viele unerwünschte Seiten an diesem Mann und ich fühlte mich von jeder einzelnen angezogen.

Roman stieß ein leises Knurren aus und ich verkrampfte mich. Ich wollte, dass er mich grob gegen das Kopfteil stieß, mir seine

Finger in den Mund schob, damit ich sie lutsche, an meinen Haaren zog.

Mein Inneres verkrampfte sich.

Ich wettete, er würde sich in mir fantastisch anfühlen. Sein harter Schwanz, der sich in meine enge Muschi drängte. Meine Finger, die sich in seinen Rücken gruben.

Er knurrte wieder, dieses Mal lauter. Ich wurde langsamer und starrte aus dem Fenster, die Augen glasig vor Lust. Mein Alpha wollte, dass ich aufhöre. Zu dumm, dass es mich nicht interessierte, was er wollte.

Meine Muschi zog sich plötzlich zusammen. Ich warf meinen Kopf zurück, sank in die Laken und schlug mir eine Hand vor den Mund, um mich daran zu hindern, zum Mond zu schreien. Nach ein paar Augenblicken, in denen die pure Lust aus mir herausströmte, atmete ich ein paar Mal tief durch.

Ich versuche, mich zu beruhigen. Ich versuche, zu Atem zu kommen. Ich versuche, meine rasenden Gedanken zu sammeln.

Mein ganzer Körper kribbelte. Ich presste meine Lippen zu einem Lächeln zusammen und kicherte. Es fühlte sich an, als würde ich mit der Mondgöttin selbst auf Wolken gehen. Ich zog meine Knie zusammen und starrte ihn an.

Er stand vor meinem Fenster mit diesen sündigen goldenen Augen. Ich wickelte eine Decke um meinen Körper und ging zum Fenster.

„Roman …", sagte ich.

Er knurrte erneut, kam aber näher.

„Ich hoffe, die Show hat dir gefallen. Es ist die Letzte , die du je von mir bekommen wirst. Ich brauche dich nicht mehr, um mir zu gefallen."

16
isabella

WÄHREND ICH DIE KRANKENHAUSFLURE HINUNTERGING, starrte ich auf die zerknitterte Skizze in meinen Händen. Es war lächerlich, dass ich sie noch nicht weggeschmissen hatte. Aber immerhin war das besser, als auf den öden, weiß gekachelten Boden zu starren.

Scheiß drauf.

Die Skizze war schön. Verdammt schön.

Eine Haarsträhne wehte gegen meine Wange. Auf meinem Schlüsselbein befand sich eine winzige Narbe von damals, als Vanessa mich in der fünften Klasse im Sportunterricht geschubst hatte. Auf meinen Lippen lag ein Lächeln. Ich sah geschätzt und respektiert aus, so stark und glücklich.

Obwohl ich in das linke Drittel des Bildes gezeichnet worden war, starrten mich alle Wölfe erstaunt an. Sogar Roman. Seine dunklen Augen waren mit größtem Respekt auf mich und nur auf mich gerichtet.

Schade, dass er mich im wirklichen Leben nicht respektiert hatte.

Alles, was er wollte, war Sex.

Meine Wölfin wimmerte.

Das wollte ich auch, aber ein Teil von mir wollte mehr. Als ich neulich abends in seinem Wagen gesessen und bewundert hatte, wie entspannt er gewirkt hatte, die Lippen leicht aufeinander gepresst, das dunkle Haar auf seiner Stirn liegend, dieses Lächeln, das er mir geschenkt hatte – da habe ich mich gefragt, ob wir mehr sein könnten.

Aber nicht jetzt. Sex war alles, was ich von ihm brauchte, alles, was ich jemals von ihm gebraucht hatte. Er und ich konnten nicht mehr sein, als das, was wir waren.

Als ich Rachels Schreibtisch erreichte, faltete ich die Skizze zusammen und steckte sie in meine Tasche.

Rachel grinste mich an und klickte mit ihrem Stift. „Morgen, Isabella."

Ich lächelte und lehnte mich gegen den Tisch. „Wie geht es Herrn Beck?"

Sie schrieb etwas auf ein Klemmbrett und reichte es mir. „An den Rollstuhl gefesselt." Sie zog eine Grimasse und schüttelte den Kopf. „Er hat den ganzen Morgen nach dir gefragt. Dr. Jakkobs hat mir gesagt, ich soll dir sagen, dass du zu ihm gehen sollst, wenn du …" Sie schaute hinter mich und neigte den Kopf. „Guten Morgen, Alpha."

Mondgöttin.

Ich erstarrte. Es war erst neun Uhr morgens. Ich konnte seinen Scheiß jetzt nicht gebrauch en, besonders, nachdem er mich in diesem weißen Arztkittel gesehen hatte.

Sollte er nicht das Training der Kämpfer leiten?

Anstatt mich umzudrehen, um meinen *Alpha* zu begrüßen, blieb ich ganz still stehen. In der Hoffnung, er würde einfach verschwinden. In der Hoffnung, dass er nicht einmal ein Wort zu mir sagen würde.

Rachel bemerkte mein Unbehagen und schaute wieder zu Roman. „Ich werde nach ein paar Patienten sehen." Sie erhob sich von ihrem Platz und verschwand durch die Tür.

Was für eine tolle Freundin.

Roman räusperte sich, aber ich drehte mich nicht um. Sein

Minzduft war verlockend, aber ich würde nicht noch einmal auf seinen Trick hereinfallen.

Ich starrte auf mein Klemmbrett und blätterte die Seiten durch. „Tut mir leid, ich habe noch zu tun."

Bevor ich zur Tür hinausging, packte er mich am Handgelenk – ein Kribbeln schoss meinen Arm hinauf – und knurrte. „Wir müssen reden."

„Und worüber müssen wir reden, Roman?", fragte ich, drehte mich um und drückte das Klemmbrett an meine Brust.

„Das kleine Kunststück, das du letzte Nacht abgezogen hast."

„Ich weiß nicht, wovon du sprichst." Ich klimperte mit den Wimpern. „Wie auch immer", ich schaute auf mein Handgelenk und auf meine vorgetäuschte Uhr, „S cheint, als würde ein Patient auf mich warten." Ich schob mich durch die Doppeltür und ging den Flur entlang.

Er folgte mir. „Halt, Isabella."

Zimmer 405. Zimmer 406. Zimmer 407.

„Stopp."

Patienten und Ärzte blickten auf den Flur, den ich ziellos entlang eilte. *Zimmer 408. Zimmer 409.* Mondgöttin, der Korridor hörte einige Zimmer später auf. *Wo zum Teufel war Zimmer 423?*

„Isabella, zwing mich nicht, es noch einmal zu sagen."

Scheiße. Scheiße. Scheiße. Am Ende des Flurs blieb ich stehen. Zimmer 421, Mamas Büro. Die Tür war leicht geöffnet, ihre Lampe warf ein fahles gelbes Licht auf ihren verlassenen Schreibtisch.

Roman packte mein Handgelenk. „Ich sagte, du sollst anhalten."

Ich drehte mich auf dem Absatz um und drückte ihm einen Finger in die Brust. „Du solltest inzwischen wissen, dass ich nicht auf dich höre."

Krankenschwestern und Patienten blickten keuchend herüber. Der alte Mann Beck lachte in einem der anderen Zimmer und verhöhnte mich.

Roman knurrte und alle kehrten zu ihrer Arbeit zurück.

Er schob mich in Mamas leeres Büro und schlug die Tür zu. Innerhalb eines Augenblicks hatte er mich gegen die Wand gedrückt. „Ich kann dich dazu bringen, auf mich zu hören. Merk dir das, Isabella."

Was war das Schlimmste, was er tun konnte, was mir nicht gefallen würde? Mich in einen silbernen Käfig sperren? Allen im Krankenhaus sagen, dass ich auch nicht klug genug war, um als Ärztin zu arbeiten? Mich zwingen, mich ihm zu unterwerfen? Keine dieser Bestrafungen war schlimmer als die, die er mir bereits auferlegt hatte.

Ich knurrte, drehte mich zu ihm um und trat ihm gegen das Schienbein. „Sprich nicht so mit mir." Ich schnaubte in sein dummes, perfektes Gesicht.

Die Gefühle, die ich hatte, bevor er mich verletzte, waren alle noch da. Die Erregung. Das Vergnügen. Die Leidenschaft.

„Weißt du, wegen der Nummer, die du abgezogen hast, hat jemand ein Bild von mir gemalt." Ich ziehe das Bild aus meiner Tasche und halte es ihm ins Gesicht. „Sie machen sich über mich lustig, Roman. Sie verhöhnen mich, weil ich keine Kriegerin geworden bin, und das ist deine Schuld."

Er starrte auf das Bild hinunter, dann auf mich und dann wieder zurück. Über sein Gesicht huschten nacheinander eine Vielzahl von Emotionen. „Gefällt dir das Bild nicht?"

Natürlich gefiel mir das verdammte Bild.

„Das ist nicht der Punkt." Ich trat näher an ihn heran. „Es geht darum, dass sich die Leute über mich lustig machen, wegen dem, was du getan hast."

Er glättete die Falten mit seinen Fingern, steckte die Zeichnung in seine Jeanstasche und schüttelte den Kopf. „Ich habe dich hergeschickt, weil du klug bist, Isabella. Du solltest dankbar sein, dass du hier bist und nicht irgendwo anders. Du solltest dankbar sein, dass du Menschen helfen kannst, anstatt ihnen weh zu tun. Das Leben, von dem du glaubst, dass du es willst, ist nur ein Leben voller Schmerz."

„Du weißt nicht, was ich will."

„Mondgöttin, Isabella! Wenn ich an deiner Stelle wäre, würde ich die Schnauze halten, was das alles angeht. Du hast eine Ausbildung. Nutze sie." Er presste die Lippen aufeinander, um nicht noch etwas Schlimmeres zu sagen.

„Ich weiß meine Ausbildung zu schätzen", sagte ich. Weil ich wusste, dass er sie nicht zu Ende bringen konnte, weil das Rudel ihn brauchte, um Alpha zu werden. Obwohl er erst fünfzehn war. Aber darum ging es hier nicht. Ich trat auf ihn zu und starrte ihm direkt in seine grünen Augen, mein Herz raste. „Aber ich will eine Kriegerin sein."

„Das bist du aber nicht!", sagte er und seine Augen wurden zu einem dunklen, goldenen Durcheinander. Er kam näher an mich heran und starrte mich mit so viel Wut an. „Und warum trägst du diesen Kittel?" Er griff nach dem Kragen meines Kittels und rieb sie zwischen seinen Fingern. „Ich habe dich doch nicht beauftragt, unter Jakkobs zu arbeiten, oder?"

Ich riss mich aus seinem Griff los und drehte mich weg, um seinem berauschenden Minzduft zu entkommen. Ich konnte nicht ertragen, wie er mein Herz zum Rasen brachte. „Naja, Roman, wenn du mich nicht darin sehen willst, dann zieh ihn mir halt aus."

Er stieß ein leises Knurren aus, das mich vor … Entzücken … erzittern ließ und drückte mich gegen die Tür. Seine Bartstoppeln rieben an meinem Nacken. Sein warmer Atem an meinem Ohr. Seine Finger glitten an meinen Hals. Scheiß drauf, dass ich letzte Nacht gesagt hatte, ich würde ihn nicht brauchen.

„Verdammt, Isabella", hauchte er, während seine Nase an meinem Hals entlangfuhr. „Bring mich nicht in Versuchung, sonst beuge ich dich über den Schreibtisch deiner Mutter und reiße dir jedes einzelne Stück deiner Kleidung vom Leib. Ich halte das nicht mehr aus."

„Du redest doch nur."

Nein, was auch immer zwischen uns war, würde nie wieder dasselbe sein … aber dass er mich berührte, selbst auf diese Weise, machte meine Wölfin glücklich. Sie wollte ihn, auch wenn es falsch war, und ich wollte meinen alten Freund Roman zurück. Wenn diese Art der Berührung die einzige Möglichkeit war, seinen Duft zu riechen oder mich in seinen Armen wohl zu fühlen … dann soll es so sein.

Er knurrte und zog mich mit einer Handbewegung in meinem Haar näher zu sich heran. „Alles nur Gerede?", fragte er verächtlich.

Mit einem Ruck riss er meinen Kittel hoch, zog meine Hose herunter und drückte sich von hinten an mich, sodass ich seinen Schwanz durch die Jeans hindurch an meinem Hintern spürte. „Ich würde dich genau hier nehmen, Isabella. Du würdest mich anflehen, aufzuhören. Ich würde dich aus diesem verdammten Zimmer stolpern lassen."

Er grinste in meinen Nacken und ich verkrampfte mich.

„Aber du hast gesagt, du brauchst mich nicht."

Ich grub meine Fingernägel in die Tür und fluchte leise vor mich hin.

Er steckte einen Finger in meine Muschi. „Brauchst du das nicht?", fragte er.

Ich zog mich um seinen Finger zusammen und er fügte einen weiteren hinzu.

„Hm?"

„Roman", sagte ich und umfasste sein Handgelenk, hielt ihn aber nicht auf.

Er krümmte seine Finger und fand meinen G-Punkt.

„Heilige …" Ich atmete aus, eine Hitzewelle breitete sich in meinem Bauch aus und ich presste meine Knie zusammen.

Er knurrte leise, seine scharfen Zähne rieben an meinem Hals und hinterließen bestimmt eine kleine Spur, die ich später bewundern konnte, er schob seinen Fuß zwischen meine Füße, um sie auseinander zu drücken.

„Roman", stöhnte ich. Meine Muschi zog sich zusammen, der Druck wurde fast unerträglich. Ich schloss meine Augen. „Oh meine Mondgöttin."

„Sag mir, was ich hören will, Isabella."

„N-nein." Ich griff hinter mich, um seinen Schwanz durch die

Hose zu berühren und streichelte ihn im gleichen Tempo, wie er mich fingerte. „Fuck, ich will dich in mir haben."

Er fluchte leise vor sich hin, seine Lippen streiften mein Kinn. Seine Finger bewegten sich schneller. Ich verkrampfte mich, die Spannung in meinem Inneren stieg.

„Ich wette, du schmeckst so verdammt gut."

Ich spreizte meine Lippen, meine Beine sackten zusammen. Meine Finger gruben sich in die Tür und versuchten, irgendetwas zu finden, um mich aufrecht zu halten. Mein Inneres pulsierte immer und immer wieder mit ihm in mir, bis ich alle meine Säfte freigab.

Als ich fertig war, zog er seine Finger aus mir heraus. Jemand rüttelte an der Türklinke und meine Augen weiteten sich. Ich zog meine Hose hoch und sah zu, wie Roman seine Finger in den Mund nahm und seine Augen verdrehte, als wäre ich das Süßeste, was er je gekostet hatte.

Plötzlich wurde die Tür aufgerissen und Mama stand da. Sie zog ihre dunklen Augenbrauen zusammen, als sie zwischen uns hin und her schaute. Dann neigte sie den Kopf in Richtung Roman und lächelte angespannt. „Alpha, ich hoffe, meine Tochter ist nicht lästig …"

Ich blickte zu ihm hinüber. Er kämpfte darum, seinen Wolf im Zaum zu halten, dessen goldene Augen durch die grüne Iris von Roman leuchteten.

Er presste seine Kiefer zusammen. „Natürlich nicht." Dann ging er aus dem Zimmer und ließ mich vor Mama stehen. Ich versuchte, nicht zu zittern. „Wir sehen uns heute Abend bei der Absolventenparty, Isabella."

17
isabella

SEIT DEM TOD seiner Eltern veranstaltete Roman jedes Jahr eine Party für die Absolventen, auf der nicht nur die Zuteilungen, sondern auch der Schulabschluss gefeiert wurde. Die Partys wurden jedes Mal größer und besser als im Jahr zuvor und heute war es nicht anders.

Die Mondblumen waren im Hinterhof des Haupthauses verstreut und durch den ganzen Wald hindurch, führten zum Rudelsee, wo Vanessa wahrscheinlich schon halbnackt mit einigen Kriegern flirtete.

„Ich werde Derek suchen", sagte ich zu Mama und Papa, nachdem wir angekommen waren.

Als ich in der Menge verschwand, steckte ich mein Haar zu einem hohen Dutt zusammen, sodass der rosafarbene Fleck zu sehen war, den Roman vorhin an meinem Hals hinterlassen hatte.

Derek stand am Grill und stapelte drei Hamburger auf seinem Teller übereinander. Ich schnappte mir einen Teller von einem der Tische, auf denen Essen stand, das Rudelmitglieder für diesen besonderen Anlass gekocht hatten. Mels Hotdogs. Tonis Hühnchen im Speckmantel. Bobs Kasserolle. Wenigstens hatte Papa nicht seinen Hackbraten mitgebracht.

Roman stellte sich neben mich und sah sich am Tisch nach Essen um. Er schaute in meine Richtung, sein Duft war so süß.

„Was?", fragte ich und nahm eine große Portion des Auflaufs.

„Nichts", sagte er und betrachtete den rosa Knutschfleck an meinem Hals. „Habe ich etwas gesagt?"

Ich holte tief Luft, als er mir den Löffel aus der Hand nahm und sich unsere Finger berührten. Es war eine so sanfte, leichte Berührung. Nicht so wie früher. Nicht wie an jedem anderen Abend, den wir zusammen verbracht hatten. Ich schaute auf meinen Teller und schluckte.

Er brauchte nichts zu sagen, damit ich mir wünschte, dass die Dinge anders wären, damit ich mich an diese Zeichnung erinnerte. Die Art, wie er mich ansah. So, wie er mich in der Nacht in seinem Truck angesehen hatte.

Wenn er mich nicht als Krankenschwester eingesetzt hätte, hätte ich nicht daran gedacht, zu den Lykanern zu gehen. Ich wollte hierbleiben, bei meinen Freunden und meiner Familie und ihm.

Seine Finger verweilten an meinen, meine Knöchel an seinen. Wir sprachen kein einziges Wort, standen einfach nur da und genossen schweigend die Gegenwart des anderen. Dann, als ich es nicht mehr aushielt, löste ich mich von ihm und ging zum Grill. Weg von ihm. Weg von dem Mann, der meine Wölfin Dinge fühlen ließ, die sie niemals fühlen sollte.

Derek stand nicht mehr am Grill. Ich hielt inne und sah mich um. Rachel kam in einem kastanienbraunen einteiligen Badeanzug auf mich zu, ihr dunkles Haar war nass vom See.

„Hey", sagte sie und wickelte ein Handtuch um ihren Körper. „Was ist passiert, als ich heute Morgen das Zimmer verlassen habe?", sie blickte zu Roman hinüber, der ihr den Rücken zugewandt hatte, „M it Alpha Roman?"

Ich hob eine Augenbraue, ein leichtes Lächeln breitete sich auf meinem Gesicht aus. Sie wollte also tratschen.

„Nichts", sagte ich.

„Isabella!" Vanessa kam in einem winzigen weißen String-

Bikini zu uns herüber, ihre Brüste wurden von dem kleinen Stück Stoff kaum bedeckt. Wasserperlen tropften von ihrer gebräunten Haut. „Kommst du mit rein?"

Nachdem ich Vanessa ignoriert hatte, wandte ich mich wieder an Rachel.

Sie schubste mich leicht. „Ach, komm mir nicht so. Was ist denn zwischen euch beiden los? Ich konnte die Spannung zwischen euch beiden spüren."

Ich zog ein paar Haare über meinen Knutschfleck. „Zwischen uns läuft nichts."

„Was läuft da zwischen wem?", fragte Vanessa und schüttelte ihr nasses Haar aus, ihre Brüste wippten dabei. Sie zog ihre roten Lippen in Falten und wölbte eine Braue. „Hat Isabella einen heimlichen Freund?"

Oh, meine verdammte Göttin . Was war nur los mit ihr?

„Hast du? Ist es dein Partner?", fragte sie mit plötzlich leerem Blick. „Wie sieht er aus?"

„Vanessa, ich möchte jetzt nicht darüber reden."

Sie schaute hinter mich. „Alpha Roman! Derek!" Sie winkte den beiden zu.

Derek lächelte mich an und winkte. Er legte seinen Arm um meine Schultern, nachdem sie zu uns herübergekommen waren.

Sowohl Roman als auch Vanessa starrten auf seinen um mich gelegten Arm.

Dann wandte sich Vanessa an Roman und legte ihre Finger auf sein Handgelenk. „Isabella hat ihren Partner getroffen."

Roman starrte auf seinen Arm hinunter und befreite sich aus ihrem Griff, seine Augen waren ein grün-goldenes Durcheinander. „Hat sie das?"

„Nein", sagte ich zwischen zusammengebissenen Zähnen.

Vanessa sah Rachel an. „Ist er in unserem Rudel?"

Rachel erstarrte neben mir.

Wage es nicht, etwas zu sagen. Wage es nicht, es zu sagen. Ich presste meine Lippen zusammen.

Derek und Rachel wussten beide, dass ich etwas mit Roman hatte, aber wenn Vanessa das herausfinden würde …

„Ja", sagte ich, bevor Rachel es ruinieren konnte. Meine Hand schloss sich um Dereks Handgelenk und ich hoffte, dass sie zwei und zwei zusammenzählen würde.

Ihre Augen weiteten sich und sie blickte zwischen uns hin und her. „Ihr seid Partner? Ich dachte, ihr wärt nur Freunde?", sagte sie und schaute fragend.

Sie öffnete den Mund, um wieder zu sprechen, und schlang dann die Arme um ihren Körper, als ob sie sich vor uns schützen wollte. Keine typische Vanessa-Reaktion, aber …

Derek schüttelte den Kopf. „Wir sind keine Partner."

„Wir treffen uns einfach."

„Aber du darfst es niemandem erzählen", setzte Derek meine Lüge fort und ich dankte ihm durch die Gedankenverbindung tausend Mal.

„Wir versuchen nur, es unauffällig zu halten", sagte ich.

Vanessa schob ihre Hüfte zur Seite und stützte eine Hand darauf. „Das glaube ich nicht", sagte sie und sah mich an. „Küss ihn, wenn ihr zusammen seid." Sie starrte mich an, ihr Blick wanderte zu meinen Lippen und ihr Gesicht verkrampfte.

Manchmal fühlte ich mich mit ihr wie im Kindergarten . Egal, ob wir uns küssten oder nicht, sie würde wahrscheinlich jedem erzählen, dass Derek mein *Partner* war und nicht nur jemand, mit dem ich mich *traf*.

Roman war angespannt, seine goldenen Augen starrten mich direkt an. Ich warf einen Blick auf Derek. Wir hatten uns geküsst, als wir zwölf waren, aber ich würde Derek jetzt auf keinen Fall küssen, schon gar nicht, wenn Roman daneben stand. Ich brauchte Vanessa nichts zu beweisen.

Rachel räusperte sich und zerrte an Vanessas Arm. „Vanessa, wir haben noch nicht viel geredet. Lass uns etwas trinken gehen und uns unterhalten!"

Vanessa würde dazu nicht N ein sagen und ich bedankte mich

im Stillen bei Rachel, als sie beide weggingen. Danach würde ich mich auf jeden Fall mit ihr auf einen Kaffee verabreden müssen.

Romans Blick brannte sich in mich und mir wurde plötzlich heiß. Äußerst heiß.

Ich ergriff Dereks Hand. „Nun, mein Liebhaber, lass uns einen Nachtisch besorgen." Denn ich brauchte etwas Raum, um mich abzukühlen.

Bevor ich Derek irgendwohin schleifen konnte, legte Roman seine Hand um meinen Arm und warf mir einen strengen Blick zu, der schließlich in etwas Sanfteres überging. Er sagte nichts, aber das brauchte er auch nicht. Mein Arm kribbelte wieder und ich wettete, seiner auch.

Es gab etwas Unausgesprochenes zwischen uns und wir beide akzeptierten es, ohne es zu hinterfragen. Keiner von uns wollte es dem anderen gegenüber erwähnen, aber es wollte auch keiner von uns damit aufhören – was auch immer es war.

Er ließ mich los und ging weg.

———

Zwei Stunden später zerdrückte Derek ein Marshmallow zwischen zwei Graham Crackern und verzichtete auf Schokolade in seinen S'mores, weil er für die Krieger *schlank* sein musste. Ich schnappte mir das Stück Schokolade, das Papa ihm für sein S'more gegeben hatte, zerdrückte es am Gaumen und seufzte genießerisch.

Der Mond leuchtete hoch am Himmel und in ein paar Stunden würde ich Ryker an der Grenze treffen. Ein seltsames Gefühl machte sich in meiner Magengrube breit. Ich wollte nicht alle über das anlügen, was vor sich ging, aber ich musste es tun.

Vanessa saß mir gegenüber, neben Romans Schwester, Jane. Vanessa hatte ihren Blick nicht mehr von mir abgewandt, seit sie zu dem Schluss gekommen war, dass Derek und ich miteinander fickten. Sie verbrannte ihren Marshmallow im Feuer, wobei das Licht von ihren Augen reflektiert wurde.

Ich rutschte auf meinem Platz hin und her, weil ich mich unter ihrem Blick unwohl fühlte, und lehnte mich näher an Derek. „Ich gehe mal auf die Toilette."

Derek sah zu Roman hinüber, der an der Hintertür mit Cayden sprach. Roman hatte gerade ein Bad im See genommen, sein weißes Shirt hing ihm über die Schulter und Wasserperlen kullerten über seinen gebräunten Bauch.

„Nein, das tust du nicht", sagte Derek.

Nein, das tat ich nicht. Ich konnte Roman nicht mehr ertragen. Ihm dabei zuzusehen, wie er die ganze Nacht mit einem Hemd herumlief, das an seinem Körper klebte, wie er aus dem Wasser stieg und sein nasses, dunkles Haar zurückwarf, wie seine Augen jedes Mal, wenn er mich ansah, golden aufflackerten. Das war gerade genug, um meine Wölfin anzustacheln.

Nach dem ganzen Vorfall mit Vanessa war Roman stinksauer. Ich könnte schwören, dass er geknurrt hatte, als Derek und ich mit ein paar Welpen gespielt haben und er seine Arme um mich gelegt hatte. Alles an Roman machte mich heute Abend aus irgendeinem Grund wahnsinnig, besonders seine Eifersucht.

Ich gab Derek meinen verbrannten Marshmallow-Stock und ging zum Haupthaus hinüber.

Cayden nickte mir lächelnd zu. „Du siehst glücklich aus. Gefällt es dir im Krankenhaus?"

„Ist aushaltbar." Ich zuckte mit den Schultern und blieb in der Nähe der Tür.

Roman schenkte mir ein sanftes, echtes Lächeln, das meine Wölfin zum Schnurren brachte.

„Roman sagte, dass du jetzt unter Jakkobs arbeitest", sagte Cayden.

Hat er das? Hat er nicht verheimlicht, dass ich eigentlich Kranken-schwester und nicht Ärztin sein sollte?

Ich schaute ihn mit hochgezogenen Augenbrauen an, aber Roman sagte nichts. Stattdessen stand er da, seine riesigen Arme über der Brust, das Wasser von seinem dunklen Haar tropfend und seine Augen in einem sanften Gold.

Der Inbegriff der Verwirrung.

Er hatte nicht gewollt, dass ich Ärztin werde. Es war ihm egal, dass die Leute wussten, dass ich es war.

Er hatte mich nicht als Kämpferin eingeteilt. Er hatte erwartet, dass ich während der Probewoche trainiere.

Er wollte mich loswerden. Er konnte mich nicht allein lassen.

„Das bin ich", ich streichelte sanft Caydens Unterarm, die Finger strichen über seine Haut. „Was bedeutet, dass ich dich behandeln werde, wenn du im Krankenhaus landest."

Roman knurrte, seine Augen wechselten von einem sanften Grün zu einem scharfen, beißenden Gold. Er stand aufrecht, die Fäuste geballt und die Eckzähne traten unter seinen Lippen hervor. Nun, das war mein Stichwort.

„Ich sollte jetzt gehen." Ich lächelte den beiden zu und trat ins Haus, wobei ich Roman einen kurzen Blick zuwarf. Ich ging den Flur entlang und strich mit den Fingern über die Wände, um meinen Duft zu hinterlassen, damit er mir folgen konnte.

Alles in mir krampfte sich zusammen, als ich seine Schritte hinter mir hörte, die immer näher kamen, sein Minzgeruch war so verdammt intensiv. Ich könnte davon high werden, wenn ich nicht aufpasse. Ich öffnete seine Bürotür und betrat den Raum.

Als ich das letzte Mal hier gewesen war, hatte ich ihn ange-schrien. Jetzt wollte ich *für* ihn schreien.

Er schloss leise die Tür hinter uns und ich hüpfte auf seinen Mahagonischreibtisch, wobei mein Rock an den Seiten meiner Beine hochrutschte. Sein Blick wanderte an meinem Körper hinunter und dann wieder hinauf. Er warf sein Hemd auf einen Stuhl und schlich auf mich zu, jeder Schritt furchtbar langsam.

„Will der Alpha wieder reden?", fragte ich und saugte meine Unterlippe zwischen den Zähnen.

Mondgöttin, er war so verdammt sexy.

Seine Finger tanzten über meine Knie und ließen ein Kribbeln in meinen Schenkeln entstehen. Er spreizte meine Beine, trat zwischen sie und drückte seinen Steifen gegen meine dünne schwarze Bikinihose. Er griff grob nach meinem Kinn, sein

Daumen strich über meine Unterlippe. „Ich werde mehr tun, als nur mit dir zu reden."

Ich fuhr mit meinen Fingern über seine angespannte Brust. „Und was wird der *ach so furchterregende* Alpha mit mir machen?"

Mit einer schnellen Bewegung zog er mich an die Kante des Schreibtischs. Ich stützte meine Unterarme auf das Holz, lehnte mich zurück und sah zu, wie er mir die Bikinihose herunterzog und sie auf die andere Seite des Raumes warf.

Er beugte sich hinunter und seine Zunge fand sofort meine Perle. Ich zog meine Knie zusammen, aber er drückte sie auseinander und drückte meine Schenkel auf den Schreibtisch. Er atmete tief ein, seine Augen wurden ganz golden.

„Scheiße", murmelte er, „ich habe so lange darauf gewartet, dich zu schmecken."

Er schob einen Finger in mich hinein und fuhr fort, an meiner Perle zu spielen. Ich hielt mich an der Tischkante fest und versuchte, meinen zitternden Körper zu beruhigen. Meine Muschi zog sich um ihn und ich biss mir auf die Lippe, um mein Stöhnen zu unterdrücken.

Er starrte mich an, goldene Augen wie die Sonne. Forderte mich heraus, ihn wegzustoßen.

Ich fuhr ihm mit der Hand durchs Haar und zog ihn noch näher zu mir. Ich konnte ihn nicht wegschieben. Ich brauchte ihn, brannte darauf, ihn in mir zu spüren, genau hier auf seinem Schreibtisch. Dass sein Wolf von so viel verdammtem Verlangen überwältigt wurde, dass er sich nicht zurückhalten konnte, seinen harten Schwanz direkt in meine enge kleine Muschi zu stoßen und mich als sein Eigentum zu beanspruchen.

Das war es, was ich wollte. Dass er mich beansprucht.

„Roman", sagte ich zwischen zittrigen Atemzügen.

Er saugte meinen Kitzler in seinen Mund, seine Zunge bewegte sich immer noch in quälenden Kreisen und stieß zwei Finger tief in mich hinein.

Jemand klopfte an die Tür und ich presste die Lippen aufeinander, meine Augen weiteten sich. Mein Inneres schmerzte durch den steigenden Druck.

Roman hörte nicht auf. Er verschlang mich weiter – seine Bartstoppeln kitzelten meine Innenschenkel, seine Hände drückten meine Beine auf den Schreibtisch, seine verdammten Augen nahmen jeden Zentimeter meines Körpers in sich auf. Ich starrte besorgt zur Tür.

Es klopfte erneut und ich biss mir auf die Lippe, um mein Stöhnen zu unterdrücken.

„Roman", flüsterte ich. Meine Beine begannen zu zittern und ich wusste, dass ich kurz davor war, mich fallenzulassen. „Roman, bitte hör auf."

„Alpha!" Vanessas nasale Stimme ertönte durch die Tür.
Oh meine Mondgöttin.

Ich schluckte und versuchte, meine Beine wieder zusammenzuziehen, aber Roman drückte sie nach unten.

„Stopp", befahl er, „S ieh mich an."

Ich blickte auf ihn hinunter und dann wieder zur Tür.

Er knurrte und griff nach meinem Kinn. „Mich", sagte er mit einer Stimme voller Dominanz.

Ich biss auf die Innenseite meiner Wange. „Sie wird reinkommen", sagte ich mit leiser Stimme.

Ich hatte keinen Zweifel daran, dass sie in ihrem kleinen verdammten Bikini direkt in Romans Büro spazieren würde.

Er ließ mein Kinn los, schob einen Finger zurück in meine Muschi und sah zu, wie ich mich wand. „Ich werde beenden, was mir gehört. Sie wird mich nicht unterbrechen."

Er schnalzte mit seiner Zunge gegen meinen Kitzler. Eine Hand wanderte meinen Oberkörper hinauf zu meiner Brust, er umfasste sie und kniff meine Brustwarze zwischen seinen Fingern.

Ich spreizte meine Lippen, schlug eine Hand auf meinen Mund, um mein Stöhnen zu unterdrücken, und kam. Eine Lustwelle nach der anderen pulsierte aus mir heraus und ließ mich höher fliegen, als ich je zuvor getan hatte. Mein Verstand war benebelt, mein ganzer Körper kribbelte. Dennoch hörte er nicht auf, meine Klitoris mit seiner Zunge zu massieren.

Wieder stieg der Druck in mir auf. Ich wickelte eine Hand in sein Haar und runzelte die Stirn. „Roman", ich warf den Kopf zurück, „I ch werde …"

Er schlang einen Arm um meine Taille und hob mich vom Schreibtisch hoch. Ich krallte meine Finger in seine Schultern, als er in meine Muschi stieß, hart und schnell und so verdammt rau. Seine Eckzähne streiften meinen Hals und stießen nur ganz leicht in die Haut.

„Ja", stöhnte ich leise in sein Ohr. Eine Hitzewelle durchflutete mich. Verdammt, ich wusste nicht einmal, was ich gesagt hatte, was er getan hatte oder was er tun würde. Ich wusste nur, dass es sich verdammt gut anfühlte und ich wollte mehr. „Bitte."

„Alpha Roman!", sagte Vanessa.

Er knurrte laut und sie wurde ruhiger, ihre Schritte wurden leiser und leiser.

Roman presste seine Lippen auf mein Ohr. „Ich will dich schreien hören, Isabella. So verdammt laut, dass dich jeder auf dieser verdammten Party hört." Er strich mit seinem Daumen über meine geschwollene Klitoris. „Komm für mich."

Ich spreizte meine Lippen, meine Zehen krümmten sich und ich stöhnte seinen Namen, unfähig, es zurückzuhalten.

„Fuck, Baby", sagte er und seine Finger wurden immer langsamer, bis ich in seinen Armen völlig zusammensackte. Er setzte mich auf seinem Schreibtisch ab, beugte sich über mich und stütze seine Hände zu beiden Seiten meiner Oberschenkel. Er ließ seinen Kopf tief hängen und atmete tief ein, um seinen Wolf zu kontrollieren.

Nachdem ich mit den Fingern durch sein Haar gefahren war, um es zu bewundern, hob er den Blick, um meinem zu begegnen. Seine Augen waren von einem atemberaubenden Gold.

Alles, woran ich denken konnte, war, für den Rest meines Lebens in diese Augen zu starren. Es machte mir Angst, denn Alphas waren dafür bekannt, dass sie mit mehr als nur ein paar

Mädchen schliefen, bevor sie sich verpartnern und – es war so verdammt falsch – aber ich wollte eines dieser Mädchen sein. Ich würde gern zu den Glücklichen gehören, die ihn im Mondlicht sehen, mit den Fingern über seine Wangen streichen konnten, wenn er schlief, und wegen ihm solche Dinge fühlen durften.

Wir sahen uns ein paar intime Augenblicke lang an, dann zog er sich zurück. Ich schaute auf meinen Schoß und ließ dann meinen Blick über seinen Schreibtisch schweifen.

Dieser Blick, den er mir zuwarf … er war so … so … anders.

Die zerknitterte Skizze von mir lag auf seinem Schreibtisch, neben seinem Notizbuch und das Bild einer Mondblume, dem Lieblingsbild seiner Mutter. Ich strich mit den Fingern über die Zeichnung, sah zu, wie er meinen Bikini von der anderen Seite des Zimmers holte und versteckte das Papier schnell unter dem Bund meines Rocks.

Nein, ich würde nie die Frau auf der Skizze sein, die er mir vorhin abgenommen hatte. Aber das Bild war schön und ich wollte es aus egoistischen Gründen behalten.

Roman kam zurück und reichte mir meine Bikinihose. Er lehnte sich gegen seinen Schreibtisch und sah mir zu, wie ich sie anzog. „Isabella", sagte er weich, „D anke."

„Wofür?"

Er hielt einen langen Moment inne. „Dafür, dass du es im Krankenhaus versuchst." Seine Worte waren aufrichtig, als ob er glaubte, dass ich ihm zum ersten Mal in meinem Leben gehorcht hatte. „Es freut mich wirklich, dass es dir besser gefällt, als du dachtest."

Ich blieb lange Zeit still und mein Herz tat plötzlich weh. Ich starrte in seine Augen, die von so viel Leidenschaft erfüllt waren, und auf sein Lächeln, das mein Herz in Millionen Stücke zerbrach. Ich hasste mich selbst dafür, dass ich ihn hintergangen hatte, dass ich heute Abend zu Ryker gehen würde, dass ich uns aufgegeben hatte.

Was auch immer wir waren.

18
roman

SIE STARRTE mich mit den schönsten Augen an, die ich je gesehen hatte. Sie schimmerten im Mondlicht, das durch die Fenster meines Büros flutete. Und dieses Lächeln. Mondgöttin, ihr Lächeln bezauberte mich jedes Mal.

Aber statt eines freudigen oder koketten Lächelns, die ich kennen und lieben gelernt hatte, war dieses Lächeln von Traurigkeit erfüllt, und ich wusste nicht, warum. Vielleicht gefiel ihr das Krankenhaus nicht so sehr, wie ich gedacht hatte. Sicher, ich hatte nicht erwartet, dass sie es lieben würde. Aber heute Morgen, als ich sie besucht hatte, schien sie sich mit allen gut zu verstehen.

Die Art, wie sie im Krankenhaus herumlief, erinnerte mich an Mama, so einfühlsam, so fürsorglich. Sie würde eines Tages eine perfekte Luna abgeben. Ja, ich hatte es gehasst, an den Ort zurückzukehren, an dem ich Mama das letzte Mal gesehen hatte, aber Isabella hatte es mir so viel leichter gemacht.

Sie öffnete ihre prallen Lippen und schob sich an mir vorbei. „Ich muss gehen."

Ich wollte sie zurückholen, sie hier bei mir behalten, ihr alle meine Zeichnungen von ihr zeigen. Vielleicht hat ihr das erste Bild nicht gefallen, oder vielleicht war sie nur verletzt. Wenn sie die anderen sehen würde, wenn sie alle Bilder sehen würde, die ich jede Nacht gezeichnet hatte, würde sie sie lieben. Sie sah auf den Bildern so stark aus, so wie sie war.

Anstatt sie zurückzuhalten, sah ich ihr nach und seufzte. Ich konnte es nicht erwarten, bis sie achtzehn wurde. Jeder Tag, an dem ich sie nicht sah, war eine reine Qual. Und jede Nacht war eine reine Qual, wenn ich in den Wäldern in der Nähe ihres Hauses Gesetzlose tötete und wusste, dass sie bei mir in meinem Haupthaus sicherer war.

Gesetzloser an der Grenze gesichtet , meldete eine Wache durch meine Gedankenverbindung.

Ich presste meine Kiefer zusammen und atmete ihren anhaltenden Duft ein. *Töte ihn* , befahl ich.

Heute Nacht würde es wieder mehr geben, wie jede Nacht. Sie mussten nur lange genug wegbleiben, damit Isabella und ihre Familie sicher nach Hause kommen konnten.

Nachdem ich meinen Kopf frei gemacht hatte, verließ ich mein Büro.

Vanessa wartete in der Küche auf mich. „Was hast du vor?", fragte sie mit hochgezogenen Augenbrauen.

„Das geht dich nichts an."

„Du warst mit Isabella zusammen."

Ich hob eine Augenbraue. „Wie ich schon sagte, das geht dich nichts an."

Sie stemmte eine Hand in ihre Hüfte. „Warum warst du bei ihr?"

Ich knurrte. *Hat sie kein Wort von dem gehört, was ich gerade gesagt habe?*

Sie hatte kein Recht, nach meiner Isabella zu fragen. Sie war nicht in der Position, Fragen zu stellen.

„Warum bist du so besessen von ihr?"

Vanessa verschränkte die Arme vor der Brust, presste die Lippen zu einem schmalen Strich, schnaubte und ging aus dem Haus.

Diese Frau war verrückt. Völlig verrückt.

Ich schnappte mir ein Ersatzhemd aus meinem Schlafzimmer,

warf es mir über die Schulter, hörte meinen Wächtern über die Gedankenverbindung zu, wie sie über die wachsende Zahl von Gesetzlosen außerhalb der Grenzen sprachen, und verließ das Haus.

Fünf im Norden gesichtet , sagte ein anderer Wachmann über die Verbindung.

Es waren so verdammt viele von ihnen.

Drei im Westen.

Zwei weitere im Westen.

Ich schaute Isabella durch das Fenster an. Das war ein weiterer Beweis. Ein Beweis dafür, dass ich die richtige Entscheidung getroffen hatte, Isabella als Krankenschwester zu behalten. Egal, wie weh es mir tat. Papa konnte Mama nicht beschützen, aber ich würde Isabella beschützen.

Isabella schaute in Richtung des Hauses, ihr Blick blieb an meinem hängen.

Bewacht den Wald , sagte ich über die Verbindung, *Kein Gesetzloser darf sich dem Gebiet auf weniger als fünfzehn Meter nähern, bis alle wieder zu Hause sind.*

Nach dem Tod meiner Eltern hatte ich alle Gesetzlose gejagt, die ich finden konnte, und sie getötet. Jetzt, nach sieben Jahren, waren sie wieder da. Und ich würde es nicht riskieren, auch Isabella an sie zu verlieren. Sie hatten es schon einmal auf meine Familie abgesehen und ich würde ihnen zutrauen, es wieder zu tun.

19
isabella

NACHDEM ICH GEHÖRT HATTE, wie Roman mich für meine Lüge lobte, verließ ich den Raum, ohne ein Wort zu sagen. Ich konnte ihm nicht zuhören. Ich konnte sein Lächeln und die Sanftheit in seinen Augen nicht länger sehen.

Mir drehte sich der Magen um. Ich hasste jede Sekunde davon. Wenn er herausfand, dass das alles eine Lüge war, würde er so verletzt sein. Er würde mich nicht mehr so ansehen wie früher.

Ich schüttelte den Kopf und machte mich auf den Weg zu Mama und Papa. Das war nicht meine Schuld. Hätte er mich einfach als Kriegerin akzeptiert, hätte ich nicht einmal in Erwägung gezogen, eine Lykanerin zu werden. Sicher, zu den Lykanern zu gehören war immer ein Ziel, aber ich wollte nur beschützen. Es hätte gereicht, eine Kriegerin zu sein, weil ich gerne in Romans Rudel war, unter seinem Kommando, mit ihm.

Mama lag in Papas Sweatshirt eingerollt am Feuer und starrte ihn an, während die Flammen in ihren Augen reflektierten. Alles, was ich wollte, war eine Beziehung wie ihre und ich hoffte, die Mondgöttin würde mir das bald mit einem Partner schenken. Dann würde ich vielleicht kein schlechtes Gewissen haben, Roman zu verlassen.

„Da bist du ja, Izzy", sagte Mama.

„Deine Mutter und ich gehen jetzt", sagte Papa.

Gut, ich musste von hier verschwinden. Ich musste mich bald mit Ryker treffen.

„Du kannst noch ein bisschen bei Derek bleiben, wenn du …"

„Nein, lass uns nach Hause gehen."

Ich beobachtete Roman, wie er mit weicher Miene aus dem Haupthaus kam. Für einen kurzen Moment trafen sich unsere Blicke. Aber ich sah weg, die Schuldgefühle erdrückten mich.

———

Als wir endlich wieder zu Hause ankamen, war es fast elf Uhr abends. Ich zog mich in mein Zimmer zurück, schloss die Tür und atmete den erfrischenden Duft der Mondblumen ein. Sie funkelten auf meiner Fensterbank und erhellten mein Zimmer wie Weihnachtslichter. Ich strich mit dem Finger über Luna Rayas Schlüsselanhänger und lächelte.

Ich tat das Richtige. Ich tat das Richtige. Ich tat das Richtige.

Meine Wölfin wollte vielleicht bleiben, aber ich wollte gehen. Das war mein Traum.

Um 23.50 Uhr begann Papa, zu schnarchen. Ich wartete ängstlich an meiner Zimmertür und hielt den Schlüsselanhänger in der Hand. Wenn mir irgendetwas Kraft geben könnte, um mein Schicksal zu erfüllen, dann wäre es Luna Raya.

Nach zwei weiteren Minuten holte ich tief Luft und spähte aus dem Zimmer. Die Tür von Mama und Papa war geschlossen und ich konnte hören, wie Mama die Mondgöttin verfluchte, weil sie einen Partner hatte, der lauter schnarchte als ihr Vater.

Ich übergoss mich mit einem übelriechenden Parfüm, um meinen Geruch vor den Wachen zu übertünchen, schlich auf Zehenspitzen die Treppe hinunter, wobei ich die knarrenden Dielen übersprang, und schlüpfte dann zur Tür hinaus. Der Mond leuchtete so hell am Himmel, dass sein Licht durch die Blätter der Bäume auf den Waldboden fiel. In der Ferne knurrten Wölfe bösartig – in Richtung des Haupthauses.

Im Westen waren die Wachen verdoppelt … also beschloss ich, mich Richtung Osten zu schleichen. Ich eilte durch den Wald und achtete darauf, nicht viel meines Parfüms auf Bäumen oder Büschen zu hinterlassen.

Gefahr lag in der Luft. Ich schaute mich um und vergewisserte mich, dass jeder Schritt in die richtige Richtung ging – weg von der Gefahr und nicht auf sie zu.

Ein weiterer Wolf knurrte und ich duckte mich hinter einen Baum. Dieser war näher und er klang anders als jedes andere Knurren, das ich jemals gehört hatte. Vielleicht Gesetzlose? Ryker hatte aus einem bestimmten Grund nach neuen Rekruten gesucht.

So oder so, ich musste vorsichtiger sein. Wenn mich *irgendjemand* sehen würde, wäre ich erledigt. Sie würden Alpha Roman erzählen, dass sich jemand über die Grenzen hinausgeschlichen hat. Roman würde den Geruch meines Parfüms aufspüren und mich zurück in mein Zimmer schleifen, wenn nicht sogar in das Gefängnis des Rudels sperren, weil ich zum zweiten Mal ohne Erlaubnis weggegangen war.

Als ich dachte, dass niemand in der Nähe war, ging ich vorsichtig und leise durch den Wald in Richtung der Grenzen. Drei Wachen liefen angespannt umher und sahen sich überallhin um, als ob sie etwas suchten. Oder jemanden.

Nichts kann jemals einfach für mich sein.

Auf meinem Telefon leuchteten die Zahlen *11:58* auf. Ich tippte mit den Fingern auf den Bildschirm und wartete gespannt darauf, dass die Wachen um zwölf Uhr von ihren Posten abgelöst wurden. Ich hatte das schon mehrfach getestet, als ich mich mit Derek nach der Schule in das Night Raider's Café geschlichen hatte. Ich musste einfach leise sein.

Dann ergriff ich eine Chance und sprintete über die Grenze. Ich wollte Ryker nicht warten lassen. Heute Nacht war die einzige Gelegenheit, mich zu beweisen.

Nachdem ich mich hinter einen anderen Baum gekauert hatte, presste ich meine Lippen zusammen. *23:59.*

Ich starrte durch den Wald, um einen versteckten Durchgang

zu finden, als ich Ryker erblickte. Er stand etwa zweihundert Meter von unserem Gelände entfernt und sah mich direkt an. Er wartete darauf, dass ich eine Reaktion zeigte. Er bewertete meine Handlungen.

Ryker stand nahe genug, damit sein Geruch wahrgenommen werden konnte, aber Lykaner waren dafür bekannt, dass sie eine Fülle von Fähigkeiten besaßen, um sich zu verstecken, wie etwa das Tarnen ihres Geruchs. Er bewegte sich nicht, lehnte nur an einem Baum mit einem Grinsen im wunderschönen Gesicht und ich wusste, dass dies meine erste Prüfung war. Ich würde entweder unbemerkt entkommen oder von Roman erwischt werden.

Um zwölf Uhr nachts gingen die Wachen nicht weg, sondern liefen weiter an den Grenzen entlang und beobachteten. Ryker blickte auf sein Handgelenk und tippte es an, als wolle er sagen, *Es wird Zeit.*

Scheiß drauf. Ich musste von hier verschwinden. Und zwar sofort.

Ich trat hinter dem Baum hervor, hörte Romans Stimme und huschte zurück in mein Versteck. *Verdammt noch mal, Roman.* Was machte ausgerechnet er hier?

Er sollte im Haupthaus oder an meinem Fenster sein. Aber nicht hier. Auf der anderen Seite des Gebiets. Das lag nicht einmal auf seinem Laufweg.

Er stand auf der Lichtung und unterhielt sich mit einer Wache; seine Muskeln waren vom Laufen angeschwollen, der Schweiß lief ihm den Nacken runter und von seinen Lippen tropfte Blut.

War er verletzt? Hatte ihn jemand angegriffen?

Meine Wölfin knurrte in mir.

„Gibt es noch mehr Gesetzlose?", fragte Roman die Wache.

Der Wachmann schüttelte den Kopf. „Nein."

Roman suchte langsam den Wald ab, als wüsste er, dass jemand hier draußen war, und hielt inne, als er in meine Richtung sah. Nachdem er seine Nase in die Luft gehoben und tief eingeatmet hatte, presste er die Lippen aufeinander.

Ich erstarrte. Er hielt einige Augenblicke inne und wandte sich dann schließlich wieder dem Mann zu. Der Wachmann ging weg und Cayden tauchte hinter Roman auf. Seine Hände waren blutgetränkt, fast noch mehr als die von Roman.

„Geht es allen gut?", fragte Cayden Roman.

Roman nickte.

„Allen?", fragte Cayden.

Roman seufzte laut und fuhr sich mit der Hand durch sein dichtes braunes Haar. „Ja, Isabella ist zu Hause, in Sicherheit." Sein Mund zuckte und ich merkte, dass er noch mehr sagen wollte.

Cayden hob eine Braue. „Und darüber bist du verärgert?"

Das Mondlicht spiegelte sich in Romans Augen. „Nein. Sie schien nur ... anders zu sein, als sie ging. Sie hat sich nicht einmal von mir verabschiedet." Roman ging ein paar Schritte auf das Haupthaus zu, die Faust an seiner Seite geballt. „Sie mag das Krankenhaus."

Danke, dass ich mich deswegen jetzt noch schlechter fühle.

„Ist es nicht das, was du wolltest?", fragte Cayden.

Roman holte tief Luft. „Ja, das wollte ich auch, aber ..."

„Aber?"

Roman knurrte. „Aber sie hat kein Problem damit", schnauzte er, wobei die Eckzähne unter seinen Lippen hervortraten und die Nägel sich zu Krallen verlängerten. „Es stört sie nicht einmal mehr. Sie wehrt sich nicht."

Ich sah ihn mit zusammengekniffenen Augen an. *Wollte er, dass ich mich mit ihm anlegte? Hat er mich deshalb als dumme Krankenschwester eingesetzt?*

Cayden schüttelte den Kopf und ging auf das Haupthaus zu. „Warum bist du immer so sauer auf sie?" Er drehte sich um und ging mit ausgestreckten Armen rückwärts. „Du bist sauer, weil sie das Krankenhaus hasst. Du regst dich auf, weil sie das Krankenhaus mag. Als Nächstes bist du sauer, weil sie heiß ist. Es ist, als würdest du Gründe suchen, um dich mit ihr anzulegen."

Roman knurrte und fletschte die Zähne gegen seinen Beta, aber Cayden wich nicht zurück.

„Du wolltest sie im Krankenhaus haben. Sie ist im Krankenhaus. Vielleicht solltest du sie in Ruhe lassen."

Vielen Dank, Cayden.

Ausnahmsweise redete mal jemand vernünftig auf ihn ein. Vielleicht würde er zuhören. Vielleicht würde er mich in Ruhe lassen.

Nein, das wollen wir gar nicht.

Roman biss die Zähne zusammen und stürmte auf ihn zu. „Ich habe getan, was ich tun musste."

Cayden schnaubte. „Du musstest unsere beste Kriegerin ins Krankenhaus schicken." Er nickte. „Ergibt Sinn."

Roman packte ihn am Kragen und drückte ihn gegen einen Baum. Nachdem er ihm leise etwas in diesem bedrohlichen Alpha-Ton zugeflüstert hatte, stürmte er davon. Ich drückte den Schlüsselanhänger an meine Brust. Irgendetwas stimmte nicht, aber ich hatte jetzt keine Zeit, mich damit zu befassen.

Als sie den Wald verließen und die anderen Kriegerwölfe ihre Posten einnahmen, holte ich tief Luft und rannte auf Ryker zu, wobei ich mich ruhig und außer Sichtweite hielt.

20
isabella

NACHDEM WIR FAST EINE Stunde gelaufen waren, näherten Ryker und ich uns dem Gebiet der Lykaner. Die Bäume krümmten sich in alle Richtungen, kein einziger stand gerade, Wurzeln verzweigten sich über den Waldboden und unheimlicher dichter Nebel umgab uns.

Ryker verwandelte sich in einen Menschen und reichte mir ein paar Kleider, die er in einem Baumstumpf versteckt hatte. Ich zog mir das Hemd über den Kopf und folgte ihm durch den Nebel, während ich dem Jaulen und Heulen lauschte, das tief aus dem Wald kam.

Als sich die Bäume lichteten und der Nebel sich plötzlich auflöste, starrte ich auf Hunderte, wenn nicht Tausende von Häusern, die in den Berghang gebaut waren. Wir standen auf dem Gipfel eines Berges mit der Gemeinschaft der Lykaner unter uns. Obwohl es bereits ein Uhr nachts war, brannte in jeder Hütte Licht. Ganz unten befand sich ein Plateau, wo die Lykaner auf einem offenen Feld trainierten, das sich über viele Kilometer erstreckte.

Am Fuße des Hügels befand sich das prächtigste Haus – weiße Backsteine, riesige Fenster und an der Seite gestapeltes Brennholz. Die Aussicht war beeindruckender als alles, was ich je gesehen hatte.

Vor der Hütte loderte ein Lagerfeuer, um das einige Krieger saßen. Jeder von ihnen hatte Narben, Mondblumentätowierungen und einen Blick in den Augen, der mir den Tod versprach, wenn ich mich mit ihnen anlegte.

Mein Herz klopfte gegen meine Brust, als ich alles aufsog. Obwohl jeder andere Wolf Angst vor den Lykanern gehabt hätte, war ich begeistert . So verdammt begeistert .

Ryker führte mich zum Feuer. Als wir an den Lykanern vorbeikamen, starrten sie mich an – einige sahen aus, als wollten sie töten, andere warfen mir diesen ach- so- verführerischen Blick zu, den ich immer von Roman bekam.

Es war ein seltsames Gefühl, diese Aufmerksamkeit von ihnen zu bekommen und nicht von Roman. Sicher, sie waren heiß und berüchtigt für ihre wildes Benehmen im Bett, dafür, dass sie mit so viel Leidenschaft fickten und liebten, weil sie nicht wussten, ob sie den nächsten Tag mit all den Gesetzlosen und dem Terror, dem sie ausgesetzt waren, überleben würden. Aber das war nicht Roman.

Ich setzte mich auf einen Holzstumpf in der Nähe des Feuers, um mir das Gesicht zu wärmen, und Ryker setzte sich neben mich. Obwohl mir diese verführerischen Blicke nichts ausmachten und ich genauso leidenschaftlich lieben wollte wie der nächste Lykaner, wanderten meine Gedanken immer wieder zu Roman zurück.

Sein blödes, schiefes Grinsen. Dieses blöde Leuchten in seinen Augen. Das blöde Gefühl, das ich hatte, wenn ich bei ihm war. Ich wollte nicht darüber nachdenken, dass ich ihn einfach belogen hatte und dass dies keine Notlüge war. Das war *die* Lüge. Die Lüge, die jede Art von Beziehung, die ich mit ihm hatte, zerstören würde. Die Lüge, die mich direkt aus meinem gefürchteten Krankenhausleben herausholen würde. Die Lüge, die mich zu einer verdammten Kraft machen würde, mit der man rechnen musste.

Ryker stützte seine Unterarme auf die Knie und beugte sich näher zu mir. „Das sind meine Krieger. Wir jagen normalerweise nachts, wenn die Gesetzlosen am aktivsten sind. Wie du sehen kannst, trainieren wir gerne in der Umgebung, in der wir auch kämpfen." Er lächelte mich an und legte eine Hand auf mein Knie. „Folge mir. Wir werden uns das Training ansehen."

Wir gingen auf das offene Feld zu, wo sich die Krieger dehnten. Als sie Ryker sahen, verneigten sie sich, als wäre er ihr Alpha. Wir standen am Rande des Feldes. Mein Blick wanderte herum, während ich die Lykaner analysierte, die gegeneinander kämpften. Muskel gegen Muskel. Gehirn gegen Gehirn. Herz gegen Herz.

„Raj", sagte er zu einem Mann mit verschränkten Armen, „Du bringst deinen Wurf nicht zu Ende."

Raj schaute mich an, fuhr sich mit der Hand durch sein schwarzes Haar und zwinkerte mir zu. „Ich bringe immer alles zu Ende", sagte er mit einem leichten Akzent in der Stimme.

„Bringe den Wurf zu Ende", sagte Ryker mit der ihm vertrauten Aura der Autorität.

Ich sah ihn an und sah, wie sich seine Kiefer leicht zusammenzog. Er erinnerte mich an Roman.

„Ich wette, Isabella würde den Wurf für dich zu Ende bringen."

„Ich?", fragte ich mit großen Augen.

Seine Augen leuchteten wie der Mond. „Wenn du heute Abend nicht kämpfen willst, kann ich …"

„Nein!" Ich joggte zu Raj hinüber. „Ich will kämpfen." *Ich war zum Kämpfen geboren.*

Raj zeigte an seinem Körper hinunter. „Ich weiß nicht, ob du ein Stück von –"

Ich packte sein Handgelenk mit einer Hand, drehte mich auf dem Absatz um und warf ihn über meine Schulter, wobei ich einen der Hunderte von Judowürfen ausführte, die ich mir in den letzten dreizehn Jahren eingeprägt hatte.

Er landete mit einem harten Aufprall auf dem Boden und hüpfte dann auf. „Okay, sie ist gut. "

Ryker grinste und strich mit den Fingern über seine Stoppeln. „Ich weiß."

Raj schüttelte seine Arme aus und beugte sich in eine Kampfhaltung vor. „Nun, mach dich bereit, Killerin. Du hast noch nichts gesehen."

Schläge, Tritte, Takedowns und Würfe – er hat sie alle an mir ausprobiert. Er landete etwa die Hälfte seiner Moves und ging fast eine Stunde lang auf mich los, wobei er alles zeigte, was er hatte.

Das Training mit Cayden hatte mich auf meine Schwächen aufmerksam gemacht und mich auf diesen Moment vorbereitet. Jeden Abend nach dem Probetraining hatte ich die Positionen analysiert, in die ich mich gebracht hatte, und wusste, wie ich aus ihnen herauskommen konnte. Ich war auf alles vorbereitet, was Raj mir vorlegen konnte.

Für den Rest der Nacht beobachtete mich Ryker und nickte zustimmend, als ich Raj zu Boden brachte. Es fühlte sich gut an, dass jemand an mich glaubte und dachte, ich sei so gut wie diese Lykaner.

Jedes Mal, wenn ich ihn dabei erwischte, wie er mich anstarrte, strengte ich mich noch mehr an. Das war meine einzige Chance, ihn zu beeindrucken und ich wollte sie nicht verpassen.

Nach dem Training saß ich auf dem Boden, stützte mich auf meine Hände und atmete tief durch. Der Schweiß tropfte mir von der Stirn, lief mir den Hals hinunter und durchnässte mein Shirt. Alle gingen zurück zu ihren Häusern auf dem Berg.

Ryker blickte auf mich herab und zog sein Shirt aus, wobei sich seine Muskeln anspannten. Narben waren in seine Brust geätzt und Tattoos bedeckten seine Unterarme. Das Licht des Lagerfeuers spiegelte sich auf seinem Körper so verdammt perfekt wider. „Bist du bereit?"

„Bereit für was?", fragte ich und stand auf.

Er schmunzelte. „Für mich." Er nahm eine kämpferische Haltung ein. „Hast du gedacht, du wärst fertig?"

Ich lächelte ihn an, mit Schmetterlingen im Bauch. „Niemals", sagte ich, stand auf und ahmte seine Haltung nach.

Roman hat nie gegen mich gekämpft, er hat nicht einmal darüber nachgedacht. Er gab mir nie eine Chance, aber Ryker schon.

Anders als bei Raj konnte ich bei Ryker nicht mithalten. Er trickste mich mit einer Bewegung aus, um dann zu einer anderen zu wechseln. Täuschte einen Takedown vor, führte einen Knöchel-Pick aus. Täuschte eine Schlag-Kreuz-Kombination vor, landete einen Tritt zur Seite.

Adrenalin pumpte durch meinen Körper. Pure Aufregung. Pures Hochgefühl. Pure Kraft.

Ryker schoss für einen Takedown vor, packte aber stattdessen mein Handgelenk und warf mich über seine Hüfte. Ich landete auf dem Boden – hart – und er landete auf mir. Sein Körper an meinem, seine Brust an meinen Brüsten, seine Lippen an meinem Hals. Ich holte tief Luft.

Nach ein paar langen Momenten sprang er auf und zog mich vom Boden hoch. „Komm, wir machen dich sauber, bevor wir zu deinem Rudel zurücklaufen." Er warf sich sein Hemd über die Schulter und führte mich in Richtung Haupthaus. „Das hast du gut gemacht heute."

„Nur gut?", fragte ich und runzelte die Stirn.

„Ja", sagte er, „E infach gut." Er öffnete mir die Tür zum Haupthaus. „Du solltest nicht erwarten, dass ich dir Komplimente mache oder dich schonen werde, wenn du bei uns anfängst."

Ich lächelte und ich spürte die Aufregung in meinem Bauch. „Wenn ich bei euch anfange?"

„Isabella", sagte er und schenkte mir ein atemberaubendes Lächeln, „D u wirst eine Lykanerin".

21
isabella

ICH GING DURCH DAS KRANKENHAUS, das Klemmbrett in der einen und die Blutproben von Herrn Beck in der anderen Hand. Meine Gedanken hatten seit heute Morgen nicht aufgehört zu rasen.

Nachdem Ryker mir gesagt hatte, dass ich eine Lykanerin werden würde, hatte ich meine Arme um seinen Hals geschlungen und ihn fest umarmt. Ich konnte verdammt noch mal nicht glauben, dass das alles wirklich passierte. Mein ganzes Leben lang hatte ich für diesen Moment trainiert und gedacht, Roman hätte mir diese Gelegenheit genommen. Aber jetzt würde ich eine der am meisten respektierten Kriegerinnen aller Zeiten sein. Eine gottverdammte Lykanerin!

Nachdem ich die Blutproben in einen Wagen gelegt hatte, um sie von Dr. Jakkobs untersuchen zu lassen, hüpfte ich mit einem breiten Lächeln im Gesicht zurück in Herrn Becks Zimmer. Statt in seinem Zimmer zu sitzen, wo ich ihn zurückgelassen hatte, war er den ganzen Weg bis zum Ende des Flurs gerollt. Er saß in seinem Rollstuhl, schaukelte vor und zurück und starrte auf die Kardinäle vor dem Fenster.

„Du solltest mich hier rausholen", sagte er. „Ich muss diese Grünschnäbel in Form bringen."

Ich hob eine Augenbraue zu ihm. „Grünschnäbel?"

„Diese Krieger. Ich sehe sie jeden Morgen hier vorbeilaufen. Zu meiner Zeit sind wir stundenlang gelaufen, nicht nur einmal um das Gebiet."

Oh Mondgöttin. Es geht weiter mit einer seiner Geschichten.

Er drehte sich zu mir um. „Ich wette, Roman trainiert dich richtig gut." Er stieß mich mit dem Ellbogen und grinste mich an. „Du weißt, was ich meine."

„Ich habe Ihnen gesagt, dass ich keine Kriegerin bin", sagte ich. Wenn ich einer wäre, wäre ich nicht hier bei ihm.

Er klopfte auf die Armlehne seines Rollstuhls und brach in Gelächter aus. „Ich rede nicht vom Kämpfen. Ich rede vom Schlafzimmer."

Ich blinzelte ein paar Mal. *Hat er gerade … hat er gerade wirklich gesagt …*

„Herr Beck, wir sind nicht …"

Plötzlich hörte er auf zu lachen und sah mich mit ernster Miene an. „Isabella."

Ich runzelte die Stirn und nahm seine Hand in meine. „Was ist los? Tut Ihnen etwas weh? Geht es Ihnen gut?"

„Er ist hier."

„Wer ist hier?"

„Isabella", sagte Roman, als er mit einem umwerfenden Lächeln durch die Tür des Krankenhauses trat.

Herr Beck brach wieder in Gelächter aus und ich verfluchte ihn im Stillen dafür, dass er mir fast einen Herzinfarkt beschert hatte.

Roman ging den ganzen Weg auf mich zu und sein Blick fiel auf mein Kinn. „Was ist mit dir passiert?"

„Was?"

„Du siehst … müde aus, verletzt? Was ist passiert?" Seine sanften Augen suchten meine.

Ich löste mich von Roman, Herr Becks Lachen noch immer im Ohr, und starrte auf das Klemmbrett, um so zu tun, als wäre ich beschäftigt. „Es ist nichts passiert. Ich habe letzte Nacht gut geschlafen, ohne dass du wie sonst reingeplatzt bist."

Er knurrte, nahm mein Gesicht in seine Hand und kippte es zur Seite. „Warum hast du einen blauen Fleck am Kinn?"

Fast sofort legte ich eine Hand auf den blauen Fleck, um ihn zu verdecken, falls es einen gab. Er schmerzte ein wenig, aber nicht so sehr, dass ich ihn heute Morgen bemerkt hätte. Und ich war so spät nach Hause gekommen, dass ich mir nicht einmal die Mühe gemacht hatte, in den Spiegel zu schauen, bevor ich heute Morgen losgehetzt war. Ryker muss ihn mir verpasst haben.

Ich löste mich von ihm und beugte mich zu ihm. „Ich weiß es nicht. Vielleicht hast du mir den auf der Party verpasst", flüsterte ich, damit Herr Beck es nicht hören konnte.

Er war schwerhörig … hoffentlich.

„Das ist kein Knutschfleck", sagte Roman und in seinen goldenen Augen erschienen schwarze Flecken. „Was hast du getan?"

„Ich habe nichts getan."

Er trat näher an mich heran, seine Augen wurden intensiver. „Was hast du getan, Isabella?"

Ich presste meine Lippen aufeinander. „Warum glaubst du mir nie?"

Er kam noch näher und ich zog die Papiere an meine Brust und wich zurück, weil ich Angst hatte, er würde mich durchschauen.

„Was ist passiert?"

„Nichts."

„Bist du letzte Nacht losgezogen und hast einen Gesetzlosen getötet?"

„Alpha Roman lässt Gesetzlose in sein Gebiet?", fragte ich und täuschte Überraschung vor.

Er drückte mich gegen die Wand und presste meine Kiefer mit seiner Hand zusammen. „Stell dich nicht dumm." Seine Lippen berührten mein Ohr. „Ich habe dich heute Morgen im Wald gerochen, als ich mit den Kriegern trainiert habe." Seine Finger gruben sich in meine Haut. „Also, was hast du gemacht?"

Ich biss mir auf die Zunge. Er würde das nicht auf sich beruhen lassen.

„Wie ich schon sagte ... N ichts."

Als seine Augen golden wurden, knurrte er. „Alles, was ich will, ist, dass alle in diesem Rudel in Sicherheit sind, aber du bist darauf aus, dich selbst in Gefahr zu bringen."

Ich erwiderte das Knurren, schob ihn von mir weg und trat vor. „Ich kann auf mich selbst aufpassen. Ich bin stark. Ich bin klug. Und ...", ich verschränkte die Arme, „ich glaube, du bist von mir eingeschüchtert."

Es ergab alles einen Sinn. Wenn ich in der Nähe von Beta Cayden rangierte, könnte das bedeuten, dass ich Roman übertrumpfen könnte ... eines Tages. Alle Teile passten zusammen. Naja, irgendwie jedenfalls. Roman hatte mich ins Krankenhaus gebracht, damit ich nicht besser werden konnte, damit ich seine angeborene Dominanz und Herrschaft nicht gefährden konnte. Er wollte mich zum Schweigen bringen, anstatt mich aufsteigen zu lassen.

„Ich versuche, dich in Sicherheit zu bringen, Isabella! Sicherheit!" Er nahm mein Kinn wieder in die Hand und drückte mich mit mehr Kraft gegen die Wand. „Das ist meine Aufgabe und es ist mir egal, ob du deswegen wütend auf mich bist. Ich werde rund um die Uhr eine Wache vor deinem Haus aufstellen. Du darfst dein Zimmer nachts nicht verlassen, bis ich etwas anderes sage."

„Und wenn ich das tue?"

„Das wirst du nicht."

„Das werde ich."

„Das wirst du nicht." Seine Stimme war hart. „Und wenn doch ... dann muss ich dich bei mir im Haupthaus einsperren, damit ich dich im Auge behalten kann."

Ich strich mit einem Finger über seinen Unterarm und sah, wie er sich anspannte. „Ich wette, das würde dir gefallen, was?"

Er schluckte und sein Blick wanderte zu meinen Lippen. „Nein, das würde es nicht.", sagte er.

Oh Mondgöttin, das würde es auf jeden Fall.

„Mir wäre es lieber, wenn meine Rudelmitglieder meine Befehle befolgen würden."

„Du weißt, dass ich keine Befehle befolge, *Alpha*." Ich blickte in seine goldenen Augen und mein Herz raste. „Dann musst du mich wohl an dein Bett fesseln, damit ich nicht weglaufe."

Er knurrte leise und ich spürte, wie er an meinem Bauch steif wurde. Ich wusste nicht, warum ich mich immer noch mit dem Gedanken an ihn beschäftigte, nachdem ich die Lykaner besucht hatte. Ich würde dieses Rudel bald verlassen und über diese Affäre hinwegkommen müssen … aber im Moment … wollte ich nur ihn.

22
isabella

SEIN MINZDUFT STIEG mir in die Nase und ich atmete ihn ein, als wäre er eine Droge. Es würde mir nichts ausmachen, wenn er draußen auf mich warten, mich in sein Haupthaus und in sein Zimmer zerren und beenden würde, was er begonnen hatte. Er starrte mich vom Fußende seines Bettes aus an, seine Muskeln waren angespannt und die pure Dominanz drang aus jeder Pore seines Körpers. Meine Wölfin schnurrte.

„Gut", sagte Roman mit zusammengebissenen Zähnen und seine goldenen Augen wurden grün. „Keine Wachen."

Ich runzelte die Stirn. „Was?"

Er trat von mir weg. „Geh raus, wenn du willst."

Rausgehen? Er wollte mich einfach so ohne Konsequenzen rausgehen lassen? Ohne Wachen? Ohne mich vor Gesetzlosen zu schützen?

Ich hob eine Augenbraue. Das würde er nie tun.

„Was machst du da?", fragte ich.

„Nichts." Er zuckte mit den Schultern und steckte die Hände in die Taschen. „Tu, was immer du tun willst."

Ich verschränkte meine Arme vor der Brust. So funktionierte das nicht. Er sollte mich nicht machen lassen, was ich wollte. Er sollte mit mir kämpfen. Er sollte versuchen, mich zu kontrollieren, mich zu dominieren.

„Bis später, Isabella." Er drehte sich um und ging den Gang hinunter in Richtung Ausgangstür.

Auf keinen Fall wollte ich zulassen, dass er einfach von mir weggeht. Ich machte einen Schritt nach vorne. „Du hast vielleicht keine Wache da draußen, Roman", sagte ich, „aber du wirst da draußen sein und auf mich warten."

Mit einer Hand hielt er den Türknauf fest und blickte mit seinen gefährlichen Augen zurück. „Da liegst du falsch."

Dann ging er einfach aus dem Gebäude und ließ mich verblüfft zurück.

Ich schüttelte den Kopf und knurrte leise vor mich hin. Wenn er wollte, dass ich heute Abend rausgehe, dann würde ich rausgehen, um mich in Schwierigkeiten zu bringen. Frech? Ja. Aber er mochte Frechheit. Er gab mir die Chance zu tun, was ich wollte. Ob er mich nun holen würde oder nicht, er würde mich beobachten.

Herr Beck kicherte aus seinem Rollstuhl. „Ihr zwei seid schon etwas Besonderes."

„Wir sind nichts."

„Ich bin schon zu lange auf der Welt ." Er blickte wieder zu den Kardinälen hinaus und griff nach der Partnerkette, die er um den Hals trug. „Ich erkenne es, wenn ich es sehe."

„Was erkennen Sie?", fragte ich, schnappte mir seinen Rollstuhl und schob ihn in sein Zimmer. „Dass er zu neunundneunzig Prozent der Zeit ein Arschloch ist?"

Er schaukelte vor und zurück. „Dass du ihn magst."

Ich lachte verächtlich. „Ich kann ihn nicht leiden."

Seinen Schwanz vielleicht, aber nicht ihn. Nicht jemanden, der mich nicht respektiert hat. Nicht jemanden, der mich ins Krankenhaus abgeschoben hatte, obwohl ich die beste Kriegerin war, die er je hatte. Nicht jemanden, der mir ständig auf die Nerven ging.

„Das tust du und deshalb wirst du heute Abend rausgehen. Du wirst ihm nicht gehorchen, um seine Aufmerksamkeit zu bekommen."

Ich zog einen Schmollmund. Hier stand ich nun im Krankenhaus und hörte einem alten Mann zu, der mir genau sagte, wie ich mich fühlte und warum ich es fühlte. Und das Verrückteste an der ganzen Sache war, dass es alles wahr war. Herr Beck hatte recht.

Meine Wölfin und ich wollten die Aufmerksamkeit von Roman.

Ich wusste nicht, warum. Vielleicht hatten wir eine Verbindung … vielleicht war er mein …

Nein. Das konnte er nicht sein.

Ein Wolf würde seinen Partner nicht respektlos behandeln. Partner unterstützten einander , sie machten sich nicht gegenseitig runter.

Nachdem ich Herrn Beck in sein Zimmer geschoben und den Fernseher für ihn eingeschaltet hatte, seufzte ich. „Okay, also … ich bin dann mal weg."

Bevor ich gehen konnte, ergriff er meine Hand. „Isabella", er zeigte mit dem Finger auf mich, „I ch erwarte morgen die Einzelheiten zu hören." Er stieß mich mit dem Ellbogen an. „Wenn er dich nicht vorher in sein Schlafzimmer sperrt." Dann brach er in einen weiteren Lachanfall aus, wobei ihm fast sein neues Gebiss aus dem Mund fiel.

———

Ich trommelte mit den Fingern auf den Tisch im Night Raider's Café, einem großen, baumbeschatteten Café zwischen fünf verschiedenen Rudeln, das in den frühen Morgenstunden auch als Kneipe diente. Männer und Frauen aus allen nahegelegenen Rudeln tummelten sich dort. Ich starrte auf die beiden Brownies mit extra viel Karamell und süßen kleinen mondblumenförmigen Streuseln, die vor mir lagen, und dann auf die Tür. Wo war er?

Während ich versuchte, die Augen offen zu halten, bis Derek eintraf, stützte ich meinen Kopf am Fenster ab. Es kam mir wie eine Ewigkeit vor, seit ich ihn gesehen hatte, obwohl es erst gestern gewesen war. Ich wollte nur noch von meiner Zeit mit den Lykanern gestern Abend schwärmen, aber Derek würde Roman davon erzählen. Er war einer von diesen Schleimern. Nicht so eine Göre wie ich.

„Hat dich dein Partner gestern Abend müde gemacht?" Vanessa setzte sich mir direkt gegenüber, ihre kreischende Stimme klingelte in meinen Ohren. „Derek ist *so* ein süßer Kerl", sagte sie und in jedem Wort schwang Verärgerung mit.

Was war ihr Problem? In einem Moment war sie wütend, dass Roman mit mir flirtete und im nächsten war sie wütend, dass Derek mein *Partner* war. Sie war so verdammt verwirrend und ich wollte nicht einmal mit ihr zu tun haben. Aber … ich musste diese Lüge aufrechterhalten, damit sie das mit Roman und mir nicht herausfand.

Wenn sie das entdeckte, würde es jeder wissen. Auch wenn ich dieses Rudel bald verlassen würde, um eine Lykanerin zu werden, wollte ich nicht, dass sich solche Gerüchte verbreiteten.

Und außerdem konnte es nicht schaden, ein bisschen Spaß zu haben.

„Ich weiß." Ich lächelte sie an.

Sie stützte einen Ellbogen auf den Tisch und lehnte sich zu mir rüber. „Ist er gut im Bett?", fragte sie mit ausdruckslosem Gesicht und neugierigen, aber wütenden Augen. „Sag es mir." Ihre Stimme klang fast verzweifelt.

Ich ergriff ihre Hände und hoffte, dass sie aufhören würde. Aufhören, neugierig zu sein. Aufhören, so lästig zu sein. Einfach aufhören. „Er ist unglaublich!"

Ihre Augen weiteten sich. „Niemals."

„Und … seine Finger …" Ich schlug eine Hand auf mein Herz. „Die wirken Wunder, wenn er es mir von hinten besorgt."

Sie formte ein O mit ihrem Mund, ihre Augen wurden weicher. Dann lächelte sie. „Isabella, ich freue mich so für dich!" Ihre Stimme klang alles andere als glücklich. Sie klang eifersüchtig.

Ich wette, sie versuchte nur, mit jedem Mann zu schlafen, der mit mir sprach. Als Nächstes würde sie sich an Ryker ranmachen, wenn alle herausfänden, dass ich von den Lykanern rekrutiert worden war.

Die Glocke an der Tür des Cafés läutete und Derek betrat den Raum.

Als er sich uns näherte, stand sie auf. „Nun, ich lasse euch zwei *Turteltäubchen* erst einmal allein."

Derek starrte sie einen langen Moment lang an und dann mich. „Was sollte das denn?", fragte er.

Ich gluckste und schob ihm einen Brownie zu. „Nichts." *Absolut nichts.*

23
isabella

SAGEN WIR EINFACH, dass es sich schnell herumgesprochen hatte.

Vanessa hatte jedem in unserem ganzen Rudel verraten, dass Derek und ich *Partner* seien und dass er *soooo* gut im Bett wäre. Als wir wieder auf das Rudelgelände zurückkehrten, starrten alle zu uns herüber und tuschelten. Einige ältere Wölfe beglückwünschten das neue Paar, aber die meisten jungen Wölfinnen starrten Derek liebevoll an, als wäre er ein Sexgott, der sie befriedigen konnte, indem er nur in ihre Richtung schaute.

Ich ging die Verandatreppe zum Haus hinauf und roch den schwachen Geruch des Hackbratens im Müll vom letzten Abend.

Wie dumm von mir, dass ich dachte, Gerüchte über Derek und mich seien besser als Gerüchte über Roman und mich. Meine Wölfin zog sich in meinem Kopf zurück und weigerte sich, mit mir zu sprechen, nachdem ich alle belogen hatte – indem ich behauptete, Derek sei mein Freund und Roman und ich hätten nichts miteinander.

Auch wenn meine Wölfin es nicht wollte, vielleicht war es genau das, was ich brauchte. Eine perfekte Ablenkung, während ich mit Roman flirtete und meine Rekrutierung bei den Lykanern begann.

Mein Handy surrte in der Tasche.

Hast du deinen Partner gefunden?!? Herr Beck sagt, du hast ihn gefunden!

Ich atmete tief ein und griff nach der Tür, aber jemand zog sie auf, bevor ich es tun konnte.

Mama grinste mich an und klatschte in die Hände. „Izzy!" Sie zog mich in eine Umarmung. „Derek ist dein Partner?! Du hast es fünf, sechs Monate lang geheim gehalten, seit er achtzehn geworden ist?! Warum hast du es uns nicht gesagt?"

„Mama … er ist nicht mein Partner." Ich klopfte ihr unbeholfen auf den Rücken und sah Papa an. „Das ist nur etwas, das Vanessa sich ausgedacht hat."

Papa schlang seine Arme um ihre Schultern und versuchte, sie wegzuziehen. „Ich habe es dir gesagt. Sie wird es nicht sicher wissen, bis sie Geburtstag hat. Und außerdem, Schätzchen, wenn sie zusammen wären, wären Derek und sie übereinander hergefallen, als er vor ein paar Monaten achtzehn wurde."

Mama schlug ihm spielerisch auf die Brust, wobei ihre Partnerkette auf ihrer Brust baumelte. „Er könnte es sein! Man kann nie wissen!"

Seit wir Windeln trugen, wollte Mama, dass wir zusammenkommen. Also beschloss ich, ihr nicht zu widersprechen. Derek war der „perfekte Junge" für mich, hatte sie gesagt. Aber für mich war er zu – wie soll ich das sagen? – unterwürfig. Roman konnte ihm alles befehlen und er hat es im Nullkommanix erledigt. Ich wollte jemanden, der genauso hartnäckig ist wie ich.

Einen brutalen Krieger. Einen starken Wolf. Roman.

Das Mondlicht flutete durch das Fenster. Ich schlich mich zur Treppe und hoffte, dass Mama und Papa mir ein weiteres von Papa selbst gekochtes Abendessen ersparen würden. Ich liebte Papa, aber seine Kochkünste waren … für die Gesetzlosen.

„Ich gehe heute Abend mit Derek aus", rief ich, als ich mich erfolgreich die Treppe hinaufgeschlichen hatte.

Ich warf meinen weißen Arztkittel auf mein Bett und schaute

aus dem Fenster. In der Erwartung, dass Roman auf mich warten würde. Ich erwartete, seine goldenen Augen zu sehen. Mit jeder Minute, in der er nicht da war, war ich enttäuschter.

Der Wald war leer und still. Das einzige Licht kam von den Mondblumen auf meiner Fensterbank und nicht von seinen glühenden Augen. Verdammt noch mal. Ich hatte nicht erwartet, dass er tatsächlich zu Hause bleiben würde. Ich hatte ihn hier erwartet.

Ich zog mir eine kurze Hose und ein T-Shirt an, ging die Treppe hinunter und direkt zur Tür hinaus. „Hab euch lieb", sagte ich zu meinen Eltern, bevor ich ging. „Tut mir leid, dass ich gelogen habe", sagte ich zu *mir selbst* und schloss die Tür hinter mir.

Wie Roman versprochen hatte, standen keine Wachen vor meiner Haustür. Und ich fühlte mich … seltsam. Ich wollte nicht, dass er mich einfach alles machen ließ. Ich wollte, dass er mich zurückhielt, dass er mit mir schimpfte. Es war aufregend, ihn über mir stehen zu sehen, wie er seinen Gürtel öffnete und seinen Schwanz gegen meine Lippen drückte.

Ich zerriss meine Kleidung, verwandelte mich in meine Wölfin und rannte durch den Wald.

Alles war still. Keine Wölfe. Keine Wächter. Kein Roman.

Nachdem ich tief durchgeatmet, sagte ich: „Scheiß drauf", und lief zum Haupthaus, um ihn zu suchen.

Obwohl es im Haupthaus ungewöhnlich still war, flackerte im zweiten Stock ein einziges Licht. Ich stand draußen vor seinem Haus und wedelte mit dem Schwanz hin und her wie ein Hund. Er war hier.

Roman erschien unten in der Küche, ein schwarzer Pullover umspielte seine Muskeln, sein Haar war zur Seite gekämmt. Er öffnete den Kühlschrank, nahm eine Schale mit Weintrauben heraus und ging wieder die Treppe hinauf. Das Licht ging wieder an.

Ich knurrte leise und starrte zu seinem Fenster hinauf. *Verflucht sei er.* Was war los mit ihm? Warum war er nicht draußen und versuchte, mich zu finden? Ich stampfte meine Pfote in den Dreck, wie die unreife kleine Göre, die ich war, und runzelte die Stirn.

Alles, was ich wollte, war eine verdammt gute Nacht, durch die Wälder zu flüchten und mich von ihm verfolgen zu lassen. Wir brauchten nicht einmal Sex zu haben, wir konnten in die Höhle gehen und dort Stunden verbringen. Meine Wölfin sehnte sich einfach nach ihm.

Nach einer weiteren Minute seufzte ich. Naja, wenn er das nicht wollte, dann würde ich wieder nach Hause gehen. Mich auf Papas Hackbraten einlassen, in meinem Bett liegen und die Mondblumen anstarren. Eine verdammt perfekte Nacht.

Ich drehte mich um, knurrte wieder vor mich hin und hielt plötzlich inne, als ich Roman sah. Er starrte mich mit diesen dunklen Augen an, kam langsam auf mich zu und hielt den Kopf gesenkt.

Meine Augen weiteten sich und ich wich zurück. Bereit zu rennen. Mein Herz raste in meiner Brust. Er fletschte seine Zähne. Und im nächsten Moment krallte er sie in mein Genick und begann, mich zur Hintertür des Haupthauses zu zerren.

Ich wimmerte und zappelte in seinem Griff.

Als er die Tür erreichte, verwandelte er sich und ich tat es ihm gleich. Mit seiner Hand, die sich fest um meinen Nacken legte, schob er mich in die Garage – schnappte sich ein dickes Stück schwarzes Seil auf dem Weg – und schob mich dann zur Treppe.

„Lass mich los", sagte ich und zappelte in seinem Griff, mein ganzer Körper war nackt und entblößt.

„Nein."

Nachdem er mich in sein Schlafzimmer und auf sein Bett geschoben hatte, packte er meine Handgelenke, band sie fest zusammen und band das andere Ende des Seils an sein Kopfteil.

Ich zog daran und meine Brüste hüpften. „Lass mich gehen."

„Das ist es, was du wolltest. Ich gebe dir endlich, was du willst. Sei verdammt nochmal glücklich."

„Das ist nicht das, was ich will."

Seine Lippen verzogen sich wütend, ein goldenes Feuer loderte in seinen Augen. „Nun, was würde meine liebe Isabella erfreuen? Willst du, dass ich Derek für dich hole? Vielleicht möchtest du, dass er dich von hinten fickt? Würde dir das gefallen?"

Scheiße.

Vanessa, die Schlampe, war wieder am Werk.

24

isabella

MEIN HERZ POCHTE gegen meinen Brustkorb. Merkwürdigerweise war es genau das, was ich mir gewünscht hatte. Dass er mich in sein Zimmer zerrt. Dass er die Tür zuschlägt und sie abschließt. Dass er mich so nimmt, wie er mich haben will. Aber diese Wut hatte ich nicht erwartet.

Mit hungrigen Augen, messerscharfen Eckzähnen und Krallen, die mich in Stücke reißen konnten, stand er auf der anderen Seite des Raumes und starrte mich an. Ich hatte den verärgerten Roman gesehen, aber noch nie den zornigen Roman.

Ich huschte zum Kopfteil, die gefesselten Hände nun an der Seite. „Wir haben nichts getan", sagte ich und kämpfte mit dem Seil.

Sein Kiefer zuckte, seine goldenen Augen waren auf mich gerichtet, die Hände zu Fäusten geballt. Er öffnete den Mund und zeigte mir seine erschreckend langen Eckzähne, die ich am liebsten in mir versenkt haben wollte. „Komm mir nicht so", knurrte er. „Lüg mich nicht an."

Nachdem ich über meine Optionen nachgedacht hatte, beschloss ich, ausnahmsweise ein gutes Mädchen zu sein und ihm die *Wahrheit* zu sagen. Ein Teil von mir schrie mich an, ihm einfach zu gehorchen, einfach zu tun, was er wollte, aber dieser Teil von mir konnte offensichtlich nicht sehen, wie verdammt sexy mein Alpha in diesem Moment aussah. Die Dominanz triefte aus jedem seiner Worte, aus jeder seiner verdammten Bewegungen.

„Gut."

Seine Nasenlöcher blähten sich. „Gut?"

„Ich würde es sehr begrüßen, wenn du Derek herüberrufen würdest. Im Gegensatz zu *dir*, fickt er mich tatsächlich, wenn er es mir sagt. Er nimmt mich von hinten und stößt seinen Schwanz tief in mich hinein, bis ich durchgefickt bin …"

An meinem Knöchel zog er mich so nah an die Bettkante, wie es ging. Dann drehte er mich um und zog meinen Hintern in die Luft. Das Seil schnitt in meine Handgelenke und zog sich immer fester, ich wimmerte.

„Ich werde dich nicht ficken, Isabella." Er packte mein Kinn und zwang mich, in seine dunkler werdenden Augen zu sehen. „Nicht bevor du lernst." Nachdem er ein Knie zwischen meine Beine auf dem Bett geschoben hatte, drückte er seinen Steifen gegen meine nackte Muschi, packte eine Handvoll meiner Haare und zog mich näher zu sich heran. „Aber ich garantiere dir, wenn ich mit dir fertig bin, wirst du eine Lektion gelernt haben."

Meine Lippen verzogen sich zu einem Grinsen. „Aber ich muss morgen arbeiten."

„Oh, Isabella." Er streichelte mir sanft über die Wange, seine Lippen bewegten sich auf mein Ohr zu. „Es wird nicht so lange dauern."

„Bist du sicher, dass …"

Er steckte einen Finger in mich hinein, sein Daumen rieb kleine Kreise auf meinem Kitzler. Ich versuchte, ein Stöhnen zu unterdrücken, als er sich in mir bewegte. Sein Minzduft stieg mir in die Nase und meine Wölfin schnurrte.

Oh Mondgöttin, das war eine tolle Art, mir eine Lektion zu erteilen.

Er fasste mit einer seiner großen, schwieligen Hände meine Brust und massierte sie. Dann klemmte er meine Brustwarze zwischen seinen Fingern ein und zerrte grob daran, was mich vor

Lust aufschreien ließ. Nachdem er einen weiteren Finger in mich eingeführt hatte, fuhr er damit fort, sie rein und raus zu schieben, während er an meiner Brustwarze zog und sich dabei rhythmisch bewegte.

Ich zog mich um seine Finger zusammen, die Spannung in mir wuchs. Er knurrte leise in mein Ohr, die Finger wurden still. Mir schwirrte der Gedanke an seine Eckzähne in meinem Hals im Kopf herum, an die pure Lust, die mich wie Adrenalin durchfluten würde. Als ich dachte, der Druck in meinem Inneren hätte nachgelassen, krümmte er seine beiden Finger und traf meinen G-Punkt. Meine Beine zitterten und ich sackte stöhnend in die Matratze, wobei ich meine Hüften verzweifelt auf seinen Fingern hin und her schob.

Nachdem ich meinen Orgasmus hinter mir hatte, packte er mich an den Haaren, zwang mich zurück auf die Knie und rieb mit seinen Fingern über meine Unterlippe, sodass ich mich selbst schmecken musste.

„Zähle für mich", sagte er.

Ich saugte seine Finger in meinen Mund, mein ganzer Körper kribbelte noch immer.

Er zerrte fester an meinem Haar, hielt mich fest und flüsterte mir ins Ohr. „Zähle, Isabella, oder ich werde dich zwingen."

Ich schüttelte den Kopf. Er packte meinen Hals, hielt mich so fest, dass ich mich nicht wegdrehen konnte, und drückte meine Brustwarze fest zu. Ich biss mir auf die Lippe und zog die Brauen zusammen.

Nein. Nein, ich würde nicht für ihn zählen. Ich würde nicht für ihn zählen.

Zwischen meinen Beinen breitete sich Hitze aus.

Er drückte meinen Nippel fester und fester und fester, der Schmerz war fast unerträglich. Meine Zehen krümmten sich und ich wimmerte.

„Eins!", rief ich. „Eins …"

Fast sofort ließ er meine Brustwarze los, streichelte sanft meine Brust und belohnte mich. „Braves Mädchen." Er grinste in meinen

Nacken und zog seine Nase an meinem Kinn hoch. „Da lernt aber jemand dazu."

Ich knurrte leise, um ihm zu sagen, dass er es nicht übertreiben sollte, aber er steckte seine Finger einfach wieder in mich hinein.

„Zu wem gehörst du?", fragte er.

„Niemandem."

Er zupfte wieder an meiner wunden Brustwarze. „Zu wem gehörst du?"

Ich biss die Zähne zusammen und versuchte, den Schmerz zu verdrängen. „Niemandem."

Sein Knurren schallte durch den Raum und ich verkrampfte mich.

Er drückte mein Gesicht gegen die Matratze, sodass ich kaum noch atmen konnte. „Zu wem gehörst du, Isabella?" Er zog fester an meiner Brustwarze, bis sie knallrot war und brannte.

Meine Beine zitterten, als ich ins Bett schrie: „Zu dir, Roman." Die Lust pulsierte aus meiner Muschi. „Ich gehöre zu dir."

Er stöhnte leise hinter mir, als würden ihn die Worte erfreuen. Dann massierte er meine Brust, als ob er sie nicht nur quälen wollte .

„Was sagst du?", fragte er.

Schwer atmend lehnte ich mich gegen das Bett. „Roman, bitte."

Ich konnte kaum noch klar denken. Er streifte mit seinen Fingern erneut meine Brustwarze und ich zuckte zusammen, während mein Körper zum zweiten Mal vor unbändiger Lust zitterte. Meine Brüste waren schon so wund.

„Zwei", sagte ich atemlos.

„Gut", sagte er und stieg vom Bett. „Und jetzt nicht mehr bewegen."

Mit dem Arsch in der Luft, die Brust gegen das schwarze Laken gepresst und die Muschi tropfnass, drückte ich die Beine zusammen und atmete tief ein. Ich wollte mich bewegen, aber zum ersten Mal hatte ich keine Lust, bestraft zu werden. Roman würde mir so verdammt wehtun , aber ich glaubte nicht, dass ich das aushalten würde.

Er nahm meinen Hintern in seine Hände und schüttelte ihn sanft. „Du bist so sexy, Isabella." Er gab mir einen leichten Kuss auf die Hüfte. „So verdammt sexy", sagte er.

Ich schloss meine Augen und versuchte, mein rasendes Herz zu beruhigen. Ich hatte mich noch nie so gut gefühlt und war definitiv noch nie so gehorsam gewesen. Ein Teil von mir mochte die Art und Weise, wie er mich herumkommandierte, diese pure Stärke und Dominanz, die er ausstrahlte.

Er gab mir einen Klaps auf den Hintern, sodass dieser wackelte, und fluchte leise vor sich hin. Ich starrte ihn an und sah, wie er mich mit diesen goldenen Augen und einem Grinsen betrachtete, das mir sagte, dass mein Arsch *ihm* gehörte.

Alles, was ich wollte, war, dass er seinen Schwanz in meine Muschi stieß, dass er mich mit seinem Sperma füllte, dass ich zitterte und seinen Namen schrie und mich ihm unterwarf.

„Derek hätte mich schon längst gefickt", sagte ich.

Er knurrte und versuchte, seinen Wolf unter Kontrolle zu halten. Meine Muschi zog sich zusammen, als ich sah, wie sein Wolf bei der bloßen Erwähnung von Dereks Namen eifersüchtig wurde.

„Nun, Derek weiß offensichtlich nicht, wie er dir gefallen kann."

Ich lachte verächtlich und stützte mich auf meine Unterarme: „Glaubst du, das gefällt mir?"

Er war kaum in der Lage, seinen Schwanz mit der ganzen Hand zu umfassen, streichelte ihn langsam für mich und grinste. Ich schluckte, meine Nippel wurden steif und drückten gegen die Bettdecke.

„Ich *weiß*, dass es dir gefällt, Isabella", sagte er. „Je länger ich dich warten lasse, desto besser wird es." Er rieb ihn an meiner Muschi und ließ ihn mit meinen Säften glitzern.

„Scheiße, Roman." Ich verkrampfte mich. „Bitte … bitte gib es mir." Ich drückte meinen Rücken durch. Mein Körper sehnte sich danach. Mein Geist sehnte sich danach. Ich sehnte mich danach. „Ich brauche es."

Er gluckste leise. „Ich glaube nicht, dass du es so dringend brauchst."

Ich drückte meine Hüften gegen die Spitze seines Schwanzes und hoffte, dass er die Kontrolle verlieren und sich einfach in mich drängen würde.

„Du wirst mich nicht die Kontrolle verlieren lassen, Isabella." Er neckte meinen Eingang mit seinem Schwanz und drückte ihn fester gegen mich. „Du machst dich nur noch geiler und gibst mir die Erlaubnis, die ganze Nacht mit dieser kleinen Muschi zu spielen."

„Bitte, Roman." Ich atmete schwer. Eine Welle der Lust durchströmte mich. „Es gehört dir, Roman. Es gehört alles dir."

„Was gehört mir?"

„Ich gehöre dir." Ich schob meine Hüften weiter zurück. „Bitte."

Er lachte wieder. „Du bist sexy, wenn du um meinen Schwanz bettelst." Er trat wieder vom Bett zurück und ging um es herum, bis er am Kopfende stand. „Komm her, Isabella."

Ich kroch zu ihm und beobachtete, wie er auf meine hin- und herschwingenden Hüften starrte, fühlte meine Brustwarzen die Matratze streifen, roch den süßen Duft von Minze, der am Kopfende des Bettes auf mich wartete. Als ich ihn erreichte, drehte er mich auf den Rücken und ließ mich mit dem Kopf über die Bettkante hängen. Das Seil schnitt in meine Handgelenke.

Er legte seine Hände leicht um meinen Hals und platzierte seinen Schwanz an meinen Lippen. „Zeig mir, wie sehr meine liebe Isabella meinen großen Schwanz will."

Ich zog meine Beine näher zusammen, mein Inneres pulsierte. „Bitte, Roman." Ich wollte eine Hand zwischen meine Beine schieben und mich selbst berühren. „Bitte, ich brauche es so verdammt dringend."

Er schob seinen Schwanz in meinen Mund und ganz in meine Kehle, bis ich keine Luft mehr bekam. Dann zeichnete er mit seinen Fingern die Umrisse seines Schwanzes in meiner Kehle nach.

Ohne Vorwarnung stieß er schnell und grob in mich hinein. Meine Hände ballten sich zu Fäusten und Spucke lief mir über die Wangen. Ich würgte an seinem großen Schwanz und wehrte mich gegen das Seil.

„Ich liebe es, wenn deine hübsche kleine Kehle mit mir spricht", sagte er. Er griff zwischen meine Beine und rieb meinen Kitzler in kleinen, rauen Kreisen, was meine Beine zum Zittern brachte.

Härter. Ich wollte es härter.

Jedes Mal, wenn ich mich einem Orgasmus näherte, zog er seine Finger von mir weg. Er stützte seine Unterarme seitlich von meinen Hüften, spreizte meine Beine und drückte seine Zunge gegen meine Klitoris. Ich würgte wieder an seinem Schwanz und versuchte verzweifelt, zu atmen.

„Komm nicht, bevor ich es erlaube", sagte er.

Ich nickte mit dem Kopf und er fuhr fort, meine Muschi zu lecken, wobei sein Bart meine Innenschenkel kitzelte. Ich verkrampfte mich, weil ich wusste, dass ein Orgasmus kurz bevorstand.

Er führte einen Finger in mich ein, machte eine Komm-her-Bewegung und traf meinen G-Punkt. Ich presste meine Lippen um seinen Schwanz und saugte ihn fester.

Verdammt, es fühlte sich so gut an.

Als er mit seiner Zunge über meine Klitoris schnippte, zuckten meine Beine instinktiv vom Bett. Er schlug mir hart auf die Muschi.

„Hör auf", knurrte er mir entgegen.

Ich wimmerte, weil ich es nicht mehr länger aushalten konnte.

Nachdem er seinen Schwanz noch ein paar Mal in meine Kehle gestoßen hatte, stöhnte er auf und erstarrte in mir, während sein Sperma in meine Kehle tropfte. „Fuck, du lutschst meinen Schwanz so verdammt gut."

Er zog sich aus mir heraus und ich schnappte nach Luft. Spucke tropfte über meine Wangen, in mein Haar, auf den Boden und ruinierte mich völlig. Er legte einen Finger auf mein Kinn und hob es an, bis meine Lippen zusammengepresst waren. Und wie betäubt schluckte ich sein Sperma.

„Braves Mädchen", sagte er und strich mit dem Daumen über meine Unterlippe.

Meine Muschi krampfte sich zusammen.

„Willst du jetzt kommen?"

Ich nickte.

„Benutze deine Worte."

„Ja, Roman", stöhnte ich, „B itte."

Er rieb sanft meinen Kitzler. „Komm für mich, Isabella."

Meine Beine zitterten um ihn herum, meine Brüste hüpften leicht, als ich nachgab. Ich schrie auf, unfähig, zusammenhängende Worte zu bilden, und sank dann entspannt ins Bett.

Mein Körper kribbelte und ich hatte das Gefühl, wieder auf Wolken zu gehen. Als ich fertig war, nahm ich einen zittrigen Atemzug. „D-drei."

Er zog mich zurück auf das Bett, sodass mein Kopf auf dem Kissen neben ihm ruhte. Dann strich er mit seinem Finger wieder über meine geschwollene Klitoris. Ich sträubte mich gegen die Seile und versuchte, meine Beine zusammenzuziehen.

„Roman, ich kann nicht." Ich schüttelte den Kopf. „Ich kann nicht."

Jeder Teil von mir war zu empfindlich.

„Du kannst nicht?" Er schob seinen Finger in mich hinein und gluckste gegen mein Ohr. „Aber deine Muschi zieht sich schon wieder um mich zusammen."

Ich schloss meine Augen. Das würde eine lange Nacht werden.

25

isabella

ICH WAR IRGENDWO zwischen dem vierundzwanzigsten und fünfundzwanzigsten Orgasmus eingeschlafen. Ich öffnete zögernd meine Augen und zog die Decke höher über meinen nackten Körper. Alles, woran ich mich erinnerte, war der ständige Wechsel zwischen Lust und Schmerz.

Mein Kitzler war geschwollen. Meine Brustwarzen brannten. Meine Muschi war wund. Und meine Kehle war mehr als wund vom Schreien seines Namens, die ganze Nacht über.

Ich rollte mich auf die Seite und zu einer Kugel zusammen, rieb die Brandwunde an meinen Handgelenken und hoffte, dass der Schmerz verschwinden würde. Sein Minzduft hing in den Kissen, ich atmete tief ein und seufzte, mein Verstand war betäubt. Es war so extrem beruhigend, aber ich konnte nicht verstehen, wie ich mich nach dieser Folter letzte Nacht überhaupt beruhigen konnte.

Ich holte tief Luft und runzelte die Stirn. In ein paar Tagen würde ich sein Rudel für immer verlassen. Ich würde nicht mehr mit seinem Geruch in meinem Zimmer aufwachen können oder mit meinem Geruch in seinem. Ich würde ihm nicht mehr jeden Tag auf die Nerven gehen können. Ich hatte noch niemanden bei den Lykanern getroffen, der so roch wie er, und ich wusste nicht, ob ich das jemals tun würde.

Vielleicht würde ich meine Einstellung ändern, wenn ich eine Lykanerin wäre. Nicht mehr die Göre Isabella, besonders nicht Ryker gegenüber. Er war jemand, der meine Stärke bewunderte und mich nicht deswegen wegstieß. Ich musste nicht gegen ihn kämpfen, damit er mich respektierte.

Die Uhr an der Wand zeigte zwölf Uhr fünfunddreißig. Meine Augen weiteten sich. *Scheiße, ich war zu spät.* Roman würde mich wieder dafür bestrafen. Und mein ganzer Körper war noch zu wund von letzter Nacht, um eine weitere Bestrafung zu überleben.

Ich schoss aus dem Bett hoch und bemerkte Roman, der auf einem Stuhl auf der anderen Seite des Zimmers saß, die Lippen zu einem kleinen Lächeln verzogen und den Blick auf mir verweilend.

„Entspann dich", sagte er, stand auf und legte zwei Zeitschriften auf die Kommode.

„Ich komme zu spät zur Arbeit", sagte ich.

„Nun, es ist in Ordnung, wenn du heute nicht gehst."

Ich lehnte mich an das Kopfende des Bettes und zog mir die Decke über die Brust. „Du gibst mir den Tag frei?"

„Wenn man bedenkt, dass du schon den halben Tag verschlafen hast … ja."

„Das ist nicht meine Schuld."

„Doch, Isabella, das ist es." Er ging zu mir hinüber und blieb genau dort stehen, wo das Sonnenlicht durch das Fenster hereinflutete und seine Augen in ein goldenes Meer verwandelte. „Aber für heute lasse ich es durchgehen."

Ich verschränkte meine Arme vor der Brust und sah ihn stirnrunzelnd an. Seine Augen waren weich, im Gegensatz zu den harten Blicken, die er mir gestern Abend zugeworfen hatte. Ich starrte auf den Stuhl, das Glas Wasser und die Zeitschriften auf seiner Kommode.

„Hast du mich beobachtet?", fragte ich.

Für einen kurzen Moment starrte er auf sein Notizbuch und leckte sich nervös über die Unterlippe. Seine Muskeln spannten gegen seinen babyblauen Pullover. „Willst du frühstücken?"

Nachdem ich eine Augenbraue hochgezogen hatte, griff ich nach einem Hemd, das neben dem Bett lag, und zog es mir über den Kopf. „Warum bist du so nett zu mir?"

„Darf ich nicht nett zu dir sein?"

„Du bist nie nett zu mir." Und ich war nie nett zu ihm.

Wir gingen uns gegenseitig auf die Nerven, machten uns gegenseitig wütend, hassten uns sogar manchmal. So funktionierten wir eben und diese plötzliche Freundlichkeit war mir unangenehm.

„Magst du Eier?"

Ich rümpfe die Nase. „Eier sind langweilig."

„Mondgöttin, du klingst wie meine Schwester." Er seufzte und rieb sich mit einer Hand über das Gesicht. „Was hättest du denn gerne?"

„Irgendetwas ", sagte ich, winkte ab und schaute mich in seinem Zimmer um.

Auf der Kommode stapelten sich Notizbücher, in seinem Wäschekorb lagen ordentlich gefaltete Kleider und an der Wand hingen Bilder von ihm und seiner Familie. Ich betrachtete Luna Raya und Alpha Guss sowie den zwölfjährigen Roman und eine noch jüngere Jane. Sie sahen alle so glücklich aus.

Er sah so glücklich aus.

Nachdem er das Bild mit mir betrachtet hatte, reichte Roman mir die Hand. „Komm mit mir."

„Nein", sagte ich und kroch aus dem Bett. „Da unten sind Leute."

Ich konnte die Dutzende von Gerüchen erahnen, die heute Morgen hier gewesen und wieder verschwunden waren. So viele Leute, dass ich nicht wusste, wer gerade hier war. Es könnten Jane und Vanessa sein, die nur darauf warten, mein ganzes Leben zu ruinieren. Wenn Vanessa es herausfand und ich zum Gesprächsthema des Rudels wurde, wäre ich das Mädchen, das ihren Partner Derek mit dem Alpha betrogen hatte. Ein typisches Klischee.

„Und?" Er griff nach dem Türgriff.

Meine Augen weiteten sich. „Und?! Ich will nicht, dass die Leute denken, ich sei eine weitere deiner Huren."

Er blieb stehen, drehte sich zu mir und knurrte. „Eine meiner Huren?", fragte er. Seine Worte klangen so säuerlich. „Ich schlafe nicht mit allen."

Ich drehte meinen Kopf zum Fenster. „Alle Wölfe, die sich nicht verpartnern, tun das."

Diesmal heulte er lauter, die Eckzähne traten unter seinen Lippen hervor und er kam auf mich zu. Mit zusammengebissenem Kiefer, der sichtbar zitterte, fragte er: „Ist es das, was du tun willst, wenn du achtzehn wirst?"

Nein, ich hatte vor, etwas zu tun, bei dem ich mich am Anfang noch viel beschissener fühlen würde, das aber hoffentlich am Ende gut ausgehen würde. Aber das brauchte er nicht zu wissen.

„Vielleicht …", antwortete ich, während meine Wölfin in mir wimmerte.

Er nahm grob mein Kinn in seine Hand. „Vielleicht? Was soll der Scheiß denn heißen?"

Ich drückte meine Hände in seine straffe Brust. „Es bedeutet, dass ich mich dieses kleine Spiel, das wir spielen, vielleicht müde macht und ich jemanden will, der mich wirklich richtig fickt." *Und der mich wirklich liebt.* Ich schaute zum Fenster, um die Sonnenstrahlen aufzusaugen. „Und außerdem, ist das überhaupt wichtig?"

„Ja, es ist wichtig", sagte er mit zusammengebissenen Zähnen. Er bewegte sich zurück in mein Blickfeld, seine goldenen Augen schimmerten.

„Hör auf, dich darüber aufzuregen." Ich schüttelte den Kopf. „Erwartest du, dass diese kleine Sache zwischen uns ewig so weitergeht?"

„Ja."

„Und was passiert, wenn du deine Partnerin findest? Oder wenn ich meinen finde?"

Er öffnete seinen Mund und schloss ihn sofort wieder. „Isabella." Seine Stimme war plötzlich weicher.

Er schwankte leicht und unsere Finger berührten sich. Ich schluckte, ein Kribbeln schoss meinen Arm hinauf, ich zog meine Hand weg.

Wir waren schon vorher körperlich intim gewesen, aber das war …

„Ich erwarte nicht, dass das ewig so weitergeht", sagte er und entfernte sich von mir.

Wir sahen uns ein paar Augenblicke lang an; seine Augen wechselten langsam zwischen Gold und Grün. Meine Wölfin regte sich in mir, ich wollte weglaufen, ich wollte etwas tun. Ich konnte nur nicht verstehen, was dieses Etwas war.

Mein Atem stockte, als Roman die Augen schloss, sein Minzduft wurde unglaublich berauschend. Er entfernte sich wieder und ich fühlte mich verletzt.

„Ich erwarte, dass du bei deinem Partner bleibst, wenn du ihn findest. Bleib bei ihm, markiere ihn, schlafe mit ihm, *liebe* ihn." Dann drehte er sich um und ging aus dem Zimmer.

Seine Worte hatten so … traurig geklungen. Und aus irgendeinem dummen Grund war auch ein Teil von mir traurig wegen uns. Diese Sache war rein körperlich, aber ich wollte nicht gehen. Jeden Tag machte er es mir schwerer und schwerer, mich für die Lykaner zu entscheiden.

Roman war verärgert, aber ich mochte das. Roman war wütend, aber ich irgendwie mochte ich das Wütende jetzt. Roman war alles, was ich von einem Mann wollte, aber er gehörte mir nicht.

Sicher, bei ihm wäre ich vielleicht mit einigen Dingen durchgekommen, aber er war der Alpha, vier ganze Jahre älter als ich und in dem Alter, in dem er seine Partnerin finden musste. Er hätte es mir gesagt, wenn ich … seine wäre. Alphas waren immer so besitzergreifend; sie nahmen sich ihre Partnerinnen, sobald sie konnten. Das Kribbeln spürte ich nur, weil *ich* ihn mochte. Nicht meine Wölfin.

Mit mir zu spielen, mich zu necken, mich zu dominieren … das war nur seine Art, sich die Zeit zu vertreiben, bis er seine Partnerin gefunden hatte. So, wie es alle Alphas taten. Er würde nie zu mir gehören. Er war der Alpha eines anderen Mädchens. Er war der Partner eines anderen Mädchens.

Meine Wölfin knurrte leise in mir und ich brachte sie zum Schweigen. Jetzt war nicht der richtige Zeitpunkt, um wegen Roman zu knurren. Ich setzte mich auf sein Bett, grub meine Krallen in die Decken und atmete seinen Duft ein.

Das war so bescheuert. Ich mochte ihn nicht einmal. Ich hatte ihn nie gemocht.

Lüge.

Er war ein guter Alpha, ein guter Anführer, ein guter Kerl und verdammt gut im Bett. Aber das war auch alles. Das war alles, was er sein konnte. Er konnte nicht mein Partner sein. Er konnte es nicht. Partner verletzten sich nicht. Partner unterstützen einander .

So sehr ich auch versuchte, mir ein Leben ohne Roman vorzustellen, ich konnte es nicht. Jedes Mal, wenn ich meine Augen schloss, sah ich ihn.

In meiner Vergangenheit. In meiner Gegenwart. In meiner Zukunft.

Miteinander durch den Wald rennen. Sich spielerisch gegenseitig im Schnee bekämpfen. Lachen bis tief in die Nacht unter *unseren* Decken in *unserem* Bett.

Ich schüttelte meine Fantasien ab und ging ziellos durch das Zimmer, wobei meine Finger über die Bettlaken strichen. Nein, auf diese Weise konnte ich nicht an ihn denken. Ich wusste nicht einmal, wer er war. Seit dem Tod seiner Eltern hatte er sich vor fast allen Menschen verschlossen … aber das hieß nicht, dass ich nicht herausfinden konnte, wer er wirklich war.

Meine Finger berührten den Knauf seines Kleiderschranks und er öffnete sich rein *zufällig*. Ich steckte meinen Kopf hinein. Eine Khakihose, die seinen Hintern gut aussehen ließ. Graue Jogginghosen, die seinen Hintern definitiv noch besser aussehen ließen. T-Shirts. V-Ausschnitte. *Langweilig. Langweilig. Langweilig.*

Nachdem ich die Hose, die er gestern Abend getragen hatte, nach einem geheimen Liebesbrief durchsucht und nichts gefunden hatte und nachdem ich unter seinem Bett nachgesehen und nur eine kleine Staubmaus gefunden hatte, setzte ich mich auf und seufzte.

Mein Gott, Roman war überhaupt nicht interessant.

Auf seiner Kommode lagen zwei lederne Notizbücher – ein kastanienbraunes unten und ein marineblaues darauf. Obwohl ich hoffte, seine tiefsten, dunkelsten Geheimnisse darin zu finden, wettete ich, dass es nur ein paar langweilige Notizen über das Rudel waren, in seiner unordentlichen Handschrift hingekritzelt.

Ich schlug das oberste Notizbuch auf. Jede Seite war datiert und enthielt Notizen über den Tag. Das Notizbuch war fünf Jahre alt. Auf den Seiten waren fein säuberlich Notizen über das Rudel vermerkt. Einige waren sehr detailliert und ernsthaft, andere waren nur einfache Gedanken. Ich blätterte zu den letzten Seiten, den jüngsten Einträgen, weil ich etwas über mich finden wollte.

5/5/2019

Vanessa ist so verdammt nervig.

Ich lachte.

5/6/2019

Ryker besucht das Rudel. Er ist daran interessiert, Isabella zu rekrutieren.

Die Worte waren viel dunkler geschrieben als auf allen anderen Seiten. An einer Stelle sah es so aus, als hätte er die Seite mit seinem Stift durchgedrückt.

5/10/2019

Die Zuteilung von Isabella ist zu ihrem Besten. Ich sehe sie nicht oft, da sie mich jetzt ignoriert, aber sie ist in Sicherheit.

Er wollte mich in Sicherheit bringen, also hat er beschlossen, mich ins Krankenhaus zu stecken. Kapiert.

5/12/2019

Ein Gesetzloser wurde tot auf unserem Gebiet gefunden. Isabellas Geruch war in derselben Nacht im Wald. Irgendetwas geht mit ihr vor sich.

Die letzte Notiz war von heute Morgen.

5/14/2019

Zwei Gesetzlose tot aufgefunden. Isabella lag neben mir im Bett, als es passierte.

Der Duft von Pfannkuchen zog in den Raum und ich klappte das Notizbuch zu und setzte meine Suche fort, bevor Roman zurückkam. Das andere Notizbuch war wahrscheinlich noch langweiliger. Ich konnte mir all seine kleinen Notizen über jedes Rudelmitglied vorstellen.

Ich warf einen Blick in eine Schublade seiner Kommode und runzelte die Stirn. Sie war leer. Die nächste war auch leer. Eigentlich waren sie alle leer. Es sah so aus, als hätte er sie entweder vor kurzem ausgeräumt und alles weggeworfen oder als ob er darauf wartete, dass jemand mitsamt der gesamten Kleidung einzog.

Meine Wölfin knurrte bei diesem Gedanken leise in mir.

Ich presste meine Lippen aufeinander und schob die Schubladen härter zu, als beabsichtigt. Trifft er sich mit einer anderen, während er mit mir zusammen war? Spielte ich die zweite Geige? War es Vanessa? Wahrscheinlich war sie es. Das war die …

Auf der anderen Seite der Kommode lag neben seiner Uhr eine hübsche hellblaue Halskette mit Anhänger. Ich runzelte die Stirn. Was war das? Ein Frauenschmuckstück auf seiner Kommode? Ich nahm sie, obwohl ich wusste, dass ich es nicht tun sollte, aber sie war so schön und ich trotzig.

Sie hatte die Form eines Mondes und sah genauso aus wie eine Partnerkette.

Ich presste meinen Kiefer noch fester zusammen.

Die Tür öffnete sich und Roman betrat das Zimmer. Ich holte tief Luft und legte die Halskette auf die Kommode. Er stellte einen Teller mit Pfannkuchen daneben, spannte sich an und sah zu seinen Notizbüchern.

„Hast du meine Sachen durchwühlt?"

„Nein", sagte ich und schaute auf die Halskette. „Wem gehört die?"

Er trat näher an mich heran, sein Minzduft beruhigte mich wieder. „Du scheinst eifersüchtig zu sein, Isabella."

„Bin ich nicht", sagte ich schneller, als ich hätte tun sollen. „Ich möchte nur wissen, woher du sie hast. Der Anhänger ist wunderschön."

Seine Lippen verzogen sich zu einem jungenhaften Grinsen. „Gefällt sie dir?"

„Sie ist süß." *Wirklich süß.* „Also, wem gehört sie?"

„Sie gehörte Mama, als sie noch lebte. Sie wollte nicht mit ihr begraben werden. Sie wollte, dass ich sie an meine … Partnerin weitergebe." Die letzten Worte waren so leise, kaum hörbar.

Oh … sie hatte nur Luna Raya gehört.

Er kam immer näher, sein Blick wanderte an meinem Körper hinunter. Ich holte Luft. Die Spannung zwischen uns war wieder da und sie war so viel stärker als vorher. Nachdem er seine Hände auf meine Hüften gelegt hatte, zog er mich näher heran.

„Du siehst extrem sexy aus in meinem Hemd ", murmelte er an meinem Ohr.

Er spielte mit dem Hemdzipfel, aber ich schob seine Hand weg.

„Nein, ich kann das nicht noch einmal machen", sagte ich.

Er kicherte, zog mich näher zu sich und legte seine Stirn an meine.

Ich wusste, dass es eine schlechte Idee war, mit ihm zu spielen, aber ich konnte nicht anders. Ich legte meine Arme auf seine Schultern und zupfte an seinen Haarspitzen. Die Anziehungskraft zwischen uns war so natürlich. Ob es nun pure Wut, pure Eifersucht oder pure Bewunderung war, spielte keine Rolle. Es fühlte sich so natürlich an, dass ich dachte, wir könnten Partner sein.

Könnten.

Dann öffnete plötzlich jemand die Tür. Ich löste mich schnell von ihm, aber er zog mich zurück, seine Finger krallten sich in meine Hüften, als ob sie dort hingehörten.

Jane stand mit großen Augen in der Tür. Sie schaute zwischen uns hin und her und dann nur auf mich, wobei ihr Blick auf mein – Romans – Hemd fiel. „Isabella. Was machst du denn hier?"

„Ich, äh …"

„Das geht dich nichts an, Jane", sagte Roman.

Sie grinste ihn an und schüttelte den Kopf. „Noch eine, Roman? Das macht, wie viele, drei in der letzten Woche?"

26
isabella

DREI MÄDCHEN ... drei Mädchen allein in der letzten verdammten Woche und ich war eine von ihnen.

Warum hatte ich dummerweise geglaubt, das wäre eine exklusive Beziehung zwischen uns? Scheiße, ich hatte die Chance gehabt, mit Ryker zu flirten – irgendwie, nicht wirklich. Aber wenn ich gewusst hätte, dass Roman mit anderen Mädchen zusammen war, hätte ich versuchen können, nicht diese dummen Gefühle für ihn zu entwickeln.

„Drei Frauen?" Ich wich angewidert von ihm zurück. „Mein Gott, Roman. Wahrscheinlich habe ich jetzt irgendeine Krankheit."

Roman knurrte. „Jane!", schrie er.

Jane lachte, legte einen Arm um meine Schultern und lehnte ihren Kopf an meinen. „Oh, ich mag dich jetzt schon. Warum haben wir in der Schule nicht mehr zusammen unternommen?"

Ich presste meine Kiefer fester aufeinander und starrte Roman an. Ich konnte es nicht glauben. Drei Frauen. Drei. Ich wette, es waren Schlampe E ins und Schlampe Z wei und hier war ich, Schlampe D rei.

Meine Wölfin wimmerte in mir. *Drei? Drei? Drei?*

Jane zog sich von mir zurück, immer noch lachend, aber ich fand es ganz und gar nicht lustig.

„Das war nur ein Scherz", sagte sie und stupste mich an. „Es war echt mal an der Zeit, dass er dich zum Haupthaus gebracht hat. Ich habe es so satt, ihn jeden Abend im Haus rumgrummeln zu hören. Er brauchte jemanden, der sich um ihn kümmert. Ich hätte nur nicht gedacht, dass du das sein würdest."

Ich holte tief Luft, sah sie an und dann wieder zu ihm. Was war ihr Problem? Sie war genau wie Vanessa und versuchte, mir das Leben zur Hölle zu machen.

Sie nahm meine Hand und verschränkte unsere Finger. „Du bist also der Grund, warum seine nächtlichen Läufe ewig dauern, oder?"

Roman presste die Kiefer zusammen. „Jane", sagte er durch seine Zähne, „G eh!"

Sie kicherte wieder, als ob das so verdammt lustig wäre und ehrlich gesagt hätte ich wahrscheinlich auch gelacht, wenn nicht ich in dieser Situation gewesen wäre. Aber … es war ätzend.

In nächsten Moment verwandelte sich ihr Lächeln in Verwirrung. „Warte, ich dachte, du wärst mit Derek verpartnert."

„Bin ich", antwortete ich, während er sagte: „Ist sie nicht".

Ich schielte zu Roman hinüber, der sich verkrampfte. Seine grünen Augen waren von goldenen Schlieren durchzogen.

Jane hob eine Augenbraue. „Oh, spannend."

Roman knurrte sie an.

Sie hob kapitulierend die Arme. „Gut, dann gehe ich eben, meine Güte. Du hättest ja auch nett fragen können."

Sie ging aus dem Zimmer und schloss die Tür hinter sich. Ich verschränkte die Arme und starrte Roman an, weil ich einen Grund brauchte, um von hier zu verschwinden. Diese Spannung zwischen uns machte mich wahnsinnig. Wenn ich nicht bald ging, würde ich wie eine Idiotin dastehen und ihm sagen, dass ich nicht wollte, dass er mit anderen Mädchen schlief – weil *ich* sein Ein und Alles sein wollte.

„Also", sagte ich, „zwei andere Mädchen, ja?"

Nein, ich habe Jane nicht geglaubt. Aber Roman verhielt sich *seltsam*. Er hatte seine gesamte Kommode ausgeräumt. Die Halskette einer Frau in seinem Zimmer. Das passte nicht zusammen.

„Ich war mit niemand anderem zusammen."

Sein Minzduft roch so verdammt gut. Ich musste weg. Jetzt.

„Aha, glaube ich dir nicht." Ich ging zur Tür, wie die dramatische Zicke, die ich eben war, und raunzte ihn an: „Ich gehe dann mal."

Er rollte mit den Augen und grinste dann auf das Hemd hinunter. „Du willst in meinem Hemd nach Hause gehen? Was werden die Leute denken?"

Ich kniff meine Augen zusammen. „Ich werde einfach Jane nach Kleidung fragen. Jane!"

Als hätte sie vor der Tür und nur auf Drama gewartet, steckte sie ihren Kopf in den Raum. „Natürlich würde ich dir ein paar Klamotten besorgen. " Sie schnappte meine Hand. „Komm mit."

„Erzähle keine Lügen über mich!", sagte Roman.

„Kann ich nicht versprechen", rief sie über den Flur zurück.

Sie zog mich die Treppe hinunter in ihr Zimmer auf der gegenüberliegenden Seite des Hauses. Nachdem sie einige Kleidungsstücke durchsucht hatte, reichte sie mir eine abgeschnittene Jeans und ein rosa Crop-Top. Während ich an ihrer Kleidung zog, saß sie auf dem Bett und wippte mit den Beinen hin und her.

„Also, du und Roman ..."

„Was ist mit uns?" Ich richtete mein Crop-Top im Spiegel und runzelte zweifelnd die Stirn.

„Datet ihr?"

Ich lachte. „Nein." *Das kann man nicht mal annähernd Date nennen.*

„Warum nicht?"

„Weil ich ihn nicht auf diese Weise mag."

Lüge.

Sie hob eine Braue. „Doch, das tust du. Wenn du ihn nicht so mögen würdest, hättest du dich nicht darüber aufgeregt, dass er mit anderen Mädchen zusammen ist. "

Ich zog das Oberteil aus, weil mir das Rosa zu viel war, zog mir wieder Romans Hemd an und stecktee es in den Bund meiner Jeans . „Der einzige Grund, warum ich so reagiert habe, war, weil ich mir keine Krankheiten von Va…" Ich hielt inne, da ich wusste, dass sie und Vanessa befreundet waren, und presste meine Lippen aufeinander.

Sie verschränkte die Arme vor der Brust und stand auf. „Du lügst. Du magst meinen Bruder."

Das war das zweite Mal in den letzten zwei Tagen, dass mir jemand vorwarf, ich würde Roman mögen. Und obwohl ein kleiner Teil von mir das tat, wollte ich nicht, dass Roman dachte, ich wäre Hals über Kopf in ihn verliebt. Es war etwas rein Körperliches zwischen uns und das wollte ich nicht ruinieren. Was auch immer wir hatten, es musste genügen, denn ich hatte ihn nach dem Tod seiner Eltern verloren und ich wollte ihn nicht noch einmal verlieren.

„Ich lüge nicht", sagte ich, „E r ist einfach … *heiß*."

27

roman

WÄHREND SICH ISABELLA UMZOG, saß ich in meinem Schlafzimmer. Wenn ich meinen Wolf nicht unter Kontrolle brachte, würde er sie als das nehmen, was sie war, sobald sie zurückkam. Und sie würde zurückkommen. Sie hatte hier gefrühstückt und sie hatte eine Nacht erlebt, die sie nie vergessen würde.

Scheiße, ich würde sie nie vergessen. Die erste Nacht, in der sie in meinen Armen schlief. Aufzuwachen mit ihrem Duft überall an mir. Ihr einen echten Vorgeschmack von mir und meinem Wolf geben. Sie mehr in Richtung Unterwürfigkeit zu führen.

Ihr süßer Duft lag noch im Raum und ich gab mir Mühe, mir etwas einfallen zu lassen, um sie hierzubehalten. Ich musste sie hierbehalten. Das war alles, was ich wollte. Noch eine Minute. Eine weitere Stunde. Eine weitere Nacht.

Ich lauschte ihren und Janes leisen Stimmen und rieb meine Handflächen an meiner Jogginghose. Mondgöttin, ich war so nervös und ich wusste auch warum. Dass sie fast in meine Notizbücher geschaut hatte, dass sie Mamas Partnerkette gesehen hatte … und fast mein Geheimnis herausgefunden hatte.

Dass ich in sie verliebt war.

Sie und nur sie.

Mein Wolf wollte, dass sie heute Nacht bei uns schläft. Er hatte seit Jahren auf sie gewartet. Und eine Kostprobe war nicht genug. Er wollte *mehr. Mehr. Mehr. Mehr. Mehr.*

Die Tür öffnete sich und ich stand mit rasendem Herzen auf. „Isabe…"

Jane betrat das Zimmer mit einem Grinsen im Gesicht. Sie hüpfte auf mein Bett, baumelte mit den Beinen und zwirbelte einen Finger durch ihr Haar. „Isabella? Oh, sie ist schon lange weg."

Ich knurrte leise vor mich hin. „Was zum Teufel ist dein Problem? Du hast ihr direkt ins Gesicht gelogen und sie vergrault."

Ihr Grinsen wurde noch breiter in ihrem belustigten Gesicht. „Ich habe kein Problem", sagte sie, „D u hast eins." Sie stand auf und ging um mich herum. „Du magst Isabella."

Ich presste meine Kiefer zusammen. „Jane", sagte ich mit harter Stimme. Ich warnte sie, es nicht zu übertreiben.

„Du bist besessen von ihr." Sie öffnete mein kastanienbraunes Notizbuch und betrachtete die Bilder, die ich von Isabella gezeichnet hatte. „Glaubst du, sie hat die gesehen, als du ihr das Frühstück gemacht hast? Glaubst du, dass sie deshalb aus dem Haus gerannt ist und dich hiergelassen hat? Oder vielleicht war es, weil sie ihren Partner, Derek, treffen wollte."

Mein Wolf übernahm die Kontrolle, ein Knurren grollte tief aus meiner Kehle. „Derek ist nicht ihr beschissener Partner, Jane."

Sie grinste mich an. „Da ist jemand ein bisschen besitzergreifend, oder?"

Ich riss ihr das Notizbuch aus den Händen und warf es auf das Bett. „Ich bin nicht besitzergreifend."

Sie schnaubte. „Nicht besitzergreifend? Mondgöttin, Roman. Jeder kann es sehen. Du verhältst dich genau wie Papa."

„Tue ich nicht."

„Okay", sagte sie und ging zu meiner Tür, „G laube, was du glauben willst. Aber nur damit du es weißt, Isabella mag dich auch." Sie schenkte mir das Lächeln von Mama. „Und nicht nur auf diese Weise", sagte sie und sah auf das unordentliche Bett. „Sie mag dich wirklich."

28

isabella

NACHDEM ICH MIR Janes Kleidung angezogen hatte, floh ich durch die Hintertür, wobei ich Roman und seinem berauschenden Minzgeruch auswich und ging zum Frühstück ins Night Raider's Café. Ein Teil von mir wollte bleiben, um mit Roman Pfannkuchen zu essen, auf seinem Bett zu sitzen, einen Teller zu teilen und uns anzulächeln wie die dummen Wölfe, die wir waren.

Es machte mir Angst, weil ich mich noch nie jemandem so nahe gefühlt hatte, der mich offenkundig nicht respektierte. Es machte mir Angst, weil ich in seiner Nähe die Kontrolle verlor. Es machte mir Angst, weil ich mich in einen Mann verliebte, den ich nur schwer loslassen und verlassen konnte.

Ich öffnete die Tür und der Duft von frischgebackenem Brot schlug mir entgegen. Ich stand hinter einer Frau in der Schlange und wippte auf meinen Zehen auf und ab. Zu viele Leute wussten von Roman und mir. Derek. Rachel. Herr Beck. Jane. Wenn es sich weiter herumsprechen würde, würde man sich nicht mehr an mich als die starke Lykaner-Kriegerin aus dem Silverclaw Rudel erinnern. Ich würde *das* Mädchen sein, das mit ihrem Alpha geschlafen hat.

Der Duft von Wald gemischt mit Haselnuss stieg mir in die Nase.

„Da ist heute jemand etwas nervös." Ryker stand hinter mir, die Arme vor der Brust verschränkt, so dass sich sein Bizeps wölbte. Dunkle Augen, zerzaustes braunes Haar und dieser sexy Ärmel mit den Mondblumentattoos.

Fast verschluckte ich mich.

Ich stupste seinen Arm an und lächelte. „Ein wenig."

Er steckte die Hände in die Taschen und strahlte mich mit seinen perlweißen Augen an. „Nur noch wenige Tage, bis du offiziell zu uns gehören wirst. Wie fühlst du dich mit allem?"

Die Frau vor mir verließ die Schlange und die Kassiererin forderte mich auf, zu bestellen.

„Mir geht es gut", sagte ich, nachdem ich nach vorne getreten war und um einen Kaffee und einen Schokomuffin gebeten hatte.

Die Kassiererin starrte hinter ihren dicken Brillengläsern zwischen uns hin und her. „Bezahlt ihr zusammen?"

„Nein."

„Ja", sagte Ryker und reichte der Frau eine Debitkarte.

Ich wollte protestieren, aber Ryker warf mir einen *Wage-es-nicht*-Blick zu und ich hielt den Mund und nahm es als freundliche Geste meines zukünftigen Rudelführers an.

Wir schnappten unsere Kaffees und setzten uns an einen Tisch in der Ecke des Cafés, in der Nähe der Fenster. Draußen jagten sich junge Welpen um die Bäume. Kleine Menschengruppen liefen den Weg zum Café auf und ab. Ich hoffte, dass niemand aus meinem Rudel auftauchte. Das wäre Roman gegenüber schwer zu erklären.

„Irgendwelche Bedenken?", fragte Ryker und nippte an seinem Kaffee.

Ich schüttelte den Kopf.

„Wenn du noch Fragen hast, stehe ich dir jederzeit für ein Kaffeekränzchen zur Verfügung." Er lehnte sich auf seinem Stuhl zurück, die Augen flackerten schwarz. „Und, wie geht's Roman?"

„Ihm geht es gut", sagte ich schneller, als ich hätte sagen sollen.

„Nur gut?" Er hob fragend eine Braue. „Man munkelt, dass ihr beide etwas am laufen habt ."

„Woher hast du das?"

„Ich habe Leute." Er nahm noch einen Schluck und musterte mich. „Es gibt auch Gerüchte, dass du etwas mit deinem Freund Derek hast."

Ich holte tief Luft. *Na toll.* Wenn Ryker es wusste, hatten wahrscheinlich auch andere Leute von uns gehört. Wölfe in meinem Rudel. Krieger bei den Lykanern. Das wollte ich nicht – zumindest nicht, solange ich noch im Übergang zur Lykanerin war.

Einige Leute blickten zu uns herüber und wurden leiser. Diese Wölfe liebten Klatsch und Tratsch, oder?

Ich lehnte mich über den Tisch. „In ein paar Stunden wird es wahrscheinlich auch Gerüchte geben, dass ich mit dir zusammen bin." Ich fuhr mir mit der Hand über das Gesicht, bemerkte, wie ein paar Leute aus meinem Rudel das Café betraten und stöhnte auf. „Wow, ich höre mich an wie eine Nutte."

Er gluckste, stellte seine Tasse ab und rührte ein wenig darin herum. „Mach dir nichts draus. Lykaner sind bekannt dafür, dass sie mehr als nur ein paar Affären haben."

„Da fühle ich mich doch gleich viel besser", sagte ich sarkastisch.

„Du wirst anders sein", sagte er und ein Lächeln umspielte seine Lippen. Sein Blick wurde plötzlich verschwommen und distanziert, als ob er durch seine Gedankenverbindung kommunizieren würde. Dann verkrampfte er die Kiefer und stand auf. „Ich muss gehen. Die Gesetzlosen treiben wieder ihr Unwesen."

Die Türglocke hinter ihm klingelte und wir sahen beide zu Derek und Rachel hinüber, die gemeinsam hereinkamen. Rachel schaute sich im Laden um, sah mich und seufzte erleichtert auf. Ich schluckte schwer und strich das Hemd glatt.

„Wir sehen uns bald wieder, Isabella." Ryker warf seinen Becher in den Mülleimer. „Und denk dran, wenn du vor deinem Geburtstag noch Fragen hast, komm zu mir. In der Nacht davor werde ich in dem Wald sein, in dem ich das letzte Mal war, um dich zu den Lykanern zu begleiten."

Ich musste lächeln. „Du weißt, dass du das nicht tun musst. Ich finde den Weg schon."

„Ich muss nicht, aber ich werde", sagte er. Dann ging er weg und hinterließ seinen holzigen Duft überall um mich herum.

Ich atmete ein, lächelte und sah, wie er an Derek und Rachel vorbeiging. Sie blickten ihm mit gerunzelter Stirn nach und gingen dann auf mich zu.

„War das ein Lykaner?"

„Ja", sagte ich und hoffte, dass meine einseitige Antwort ausreichen würde.

Ich war mir nicht sicher, ob ich Derek erzählen wollte, dass ich eine Lykanerin werden würde. Es war ein beschissenes Verhalten in einer Freundschaft, ihm das vorzuenthalten, aber er würde es Roman erzählen. Roman wusste bereits, dass etwas mit mir los war und ich brauchte ihm nicht noch mehr Hinweise zu geben, vor allem, da jeder Ryker und mich zusammen gesehen hatte.

Es würde sich herumsprechen – ob ich es wollte oder nicht – und Roman würde Derek danach fragen und mir das Ganze vermasseln.

„Was wollte er?", fragte Derek, der sich setzte. Er starrte mich mit diesen großen, jungenhaften Augen an, wie er es so oft getan hatte, als wir Kinder waren und Herr Beck uns anschrie.

„Nichts." Ich zuckte mit den Schultern, ein Haufen Schuldgefühle machte sich in mir breit, wurde ein Teil von mir. „Er hat nur nach Roman gefragt."

Derek sah mich an und wusste, dass das eine Lüge war. Ich knabberte an der Innenseite meiner Wange.

„Wo warst du heute?", fragte Rachel, bevor Derek nachhaken konnte. „Alle waren so besorgt um dich."

Meine Wangen erröteten. „Ich brauchte nur … einen Tag frei."

„Ein Anruf oder so wäre nett gewesen", sagte Derek, hob eine Augenbraue und tippte mit den Fingern auf den Tisch.

Naja, lieber Derek, ein Anruf war keine Option, denn ich war an Romans Kopfteil gefesselt und wurde von ihm bis in die frühen Morgenstunden ins Gesicht gefickt.

Rachel schmunzelte. „Herr Beck sagte, du wärst bei Roman, aber ich war mir nicht sicher, ob ich ihm glauben soll oder nicht."

Sie lehnte sich über den Tisch und senkte ihre Stimme. „Und, warst du es?"

Ich blickte zwischen ihr und Derek hin und her und grinste. „Vielleicht."

Sie ergriff meine Hände und drückte sie sanft. „Das warst du! Ach du meine Güte !" Sie fächerte sich Luft zu. „Tut mir leid, ich habe mich schon lange nicht mehr so sehr über etwas gefreut. Mein Leben ist so langweilig. Ich brauche ein ordentliches Drama."

„Na, da mach dir keine Sorgen." Ich hatte mehr Drama, als sie sich wünschen konnte.

Derek lehnte sich über den Tisch. „Habt ihr endlich gefickt?", fragte er und vergaß dabei meine kleine Notlüge, die ich ihm gerade erzählt hatte.

„Nein. Er sagte mir, ich müsse *eine Lektion lernen*." Ich presste meine Lippen zusammen und rollte mit den Augen. „Es frustriert mich so." Es frustrierte mich, dass ich ihn *wollte*.

Es war so traurig, dass es mir lieber war, die Leute wüssten, dass ich ihn gefickt hatte, als dass ich mich trotz seiner harten Worte und seiner unverhohlenen Respektlosigkeit in meinen Alpha verliebt hatte.

„Vielleicht ist er nicht", Rachels Wangen erröteten, „gut ausgestattet und schämt sich."

Meine Augen weiteten sich. „Oh nein, er ist definitiv gut bestückt." Meine Finger kratzten an meiner Kehle, als ich mich daran erinnerte, wie groß er sich angefühlt hatte, als er ihn mir in den Hals gestoßen hatte, als ich nur noch mehr und mehr und mehr wollte.

„Vielleicht wartet er, bis du achtzehn bist", sagte Derek und strich mit den Fingern über die Schwielen an seiner Hand. „Vielleicht findet er es komisch, dass du noch minderjährig bist."

Ich schnaubte. „Das fand er sicher nicht komisch, als er sich in meinen Hals geschoben hat."

Rachels Wangen färbten sich noch röter. „Oh Mondgöttin, du bist ziemlich weit gegangen." Sie griff wieder nach meinen

Händen. „Warte, du bist noch nicht achtzehn? Wann ist dein Geburtstag?"

„In ein paar Tagen."

Ihre Augen weiteten sich. „Wir müssen eine Party feiern! Wie feierst du?"

Eine Party? Ich hatte nur vor, etwas Zeit mit Derek und meinen Eltern zu verbringen. Ich hatte noch nie eine große Geburtstagsparty gehabt. Ich wusste nicht einmal, wen ich einladen sollte.

Sie fingen an, aufgeregt zu planen. Und ich lächelte sie traurig an. An meinem Geburtstag einem anderen Rudel beizutreten, würde schwieriger werden, als ich gedacht hatte – und das nicht nur wegen Roman. Ich würde neue Freunde finden müssen und versuchen, mit den Freunden, die ich jetzt hatte, in Kontakt zu bleiben.

Mein Herz wurde schwer, als ich Derek ansah. Ich hoffte, dass ich etwas Zeit finden würde, um etwas mit ihm zu unternehmen.

Derek strahlte sie an und dann mich. „Ich werde eine Party für sie bei mir schmeißen. "

„Lädst du Roman ein?" Rachel stupste mich an. „Vielleicht überwindet er sich dann endlich." Sie drehte sich zu Derek um und hüpfte auf ihrem Platz auf und ab. „Warte, glaubst du, ihr Partner ist in diesem Rudel?"

„Vielleicht ist ihr Partner der Lykaner, mit dem sie gesprochen hat."

„Herr Beck würde was anderes sagen."

Ich schüttelte den Kopf. „Herr Beck weiß nichts über meinen Partner", sagte ich.

Der hatte immer die verrücktesten Hirngespinste.

———

Später in der Nacht lag ich in meinem Bett. Ich versuchte, mich selbst davon zu überzeugen, dass dies die richtige Entscheidung war. Ich versuchte mich selbst davon zu überzeugen, dass es die richtige Entscheidung war, Mama, Papa, Derek, Rachel, Dr.

Jakkobs und … Roman zu verlassen. Sie zu verlassen, um meine Träume und Ziele zu erreichen.

Könnte ich es schaffen? Könnte ich für mindestens ein ganzes Jahr weggehen?

Sicherlich würde ich niemanden mehr so oft sehen, wenn ich erst einmal weg war. Ryker hatte mir gesagt, dass Lykaner immer beschäftigt waren. Da wir nachts trainierten, tagsüber schliefen und in unserer Freizeit die Gesetzlosen jagten, wusste ich nicht, ob oder wann ich einen Moment finden würde, um sie zu besuchen. Mein Herz krampfte sich zusammen.

Ich öffnete die Vorhänge und setzte mich auf die Fensterbank neben meine Mondblumen, um in die Nacht hinauszuschauen. Roman saß, in seiner Wolfsgestalt, im Wald und beobachtete mich. Ich lehnte mich an das Fenster, meine Finger streiften den Schlüsselanhänger von Luna Raya.

Sie hatte gedacht, ich könnte mehr sein. Und ich würde mehr sein. Ich musste Roman gehen lassen, egal wie schwer es sein würde, um all das zu werden, was ich sein sollte.

29
isabella

„MORGEN IST DEIN GROSSER TAG!", sagte Mama, sprang mit einem breiten Grinsen auf mein Bett und zog mich in eine Umarmung.

Die Partnerkette fühlte sich warm auf meiner Haut an und ich hoffte, dass dies die richtige Entscheidung war.

„Drücken wir die Daumen, dass Derek dein Partner ist!"

Ich lächelte und betrachtete die Mondblumen auf der Fensterbank, die heller funkelten, als je zuvor.

„Ich weiß noch, als du noch eine kleine Welpin warst", sagte sie, „und nun sieh dich an, du wirst bald eine Frau sein, deinen Partner finden und sesshaft werden." Sie wischte sich eine Träne aus dem Auge. „Ich kann es kaum erwarten, dass du ihn kennenlernst. Wenn du ihn zum ersten Mal siehst, wenn du sein Lächeln siehst, wenn du seinen Duft riechst … diesen Moment wirst du nie vergessen. Es wird der schönste Moment deines Lebens sein, Izzy. Wie fühlst du dich dabei?"

Meine Wölfin fühlte sich plötzlich schrecklich. Ich schlang meine Arme um mich, holte tief Luft und hoffte, dass ich nicht weinen würde. Wie konnte ich das hier verlassen? Diese Unterstützung verlassen? Diese Liebe verlassen?

„Mir geht es gut, Mama", sagte ich.

Aber ich wusste nicht, ob das wirklich so war.

Sie rutschte von meinem Bett, gab mir einen Kuss auf die Stirn und verließ das Zimmer.

Etwa zwanzig Minuten später drangen Papas Schnarchgeräusche durch meine geschlossene Tür. Ich schlich auf Zehenspitzen aus meinem Zimmer und schaute in das der beiden. Sie lächelten im Schlaf, Mama kuschelte sich an Papas Brust. Ich konnte es kaum erwarten, bald mit meinem Partner so zu liegen. Lächelnd. Glücklich. *Verliebt.*

Eine Träne lief mir über die Wange. Obwohl die Schuldgefühle immer größer wurden, bis ich fast darin ertrank, war es mein Ziel, eine Lykanerin zu werden. Sie hatten meine Ziele bisher immer unterstützt. Wenn ich ginge, würden sie auch diese Entscheidung unterstützen, da war ich mir sicher.

Ich verließ das Haus und lief durch den Wald, in der Hoffnung, dass keine Wachen auf mich aufmerksam wurden. Der Wald war ruhiger als in der letzten Nacht, als ich das Haupthaus verließ. Kein mitternächtliches Heulen. Keine rennenden Wölfe. Kein Roman.

Das Haupthaus kam in mein Blickfeld und ich ging darauf zu, als würde es mich anziehen. Ich blieb vor seinem Schlafzimmerfenster stehen. Jeder Moment, in dem ich hier gewesen war, jeder Moment, in dem ich mit ihm zusammen gewesen war, ihn gesehen hatte, in der Schule in ihn verliebt gewesen war, ging mir durch den Kopf.

Aber ein Moment blieb am längsten.

Es war Romans achtzehnter Geburtstag. Ich, fünfzehn Jahre alt, hatte mich in diesem Wald aufgehalten, genau an dieser Stelle, und ihm dabei zugesehen, wie er das Training leitete, so wie er es vier Jahre lang getan hatte. Schweiß tropfte ihm von der Stirn, sein braunes Haar zerzaust auf dem Kopf, seine Muskeln unter der frühen Morgensonne aufgepumpt.

Mitten in einem Übungsspiel gegen Caydens Vater – damals unser Beta – sah er mich an und blieb stehen. Seine grünen Augen schimmerten mit goldenen Streifen und ich schwor, dass ich sein

Herz rasen hören konnte. Er ging sofort von seinem Kampf weg und auf mich zu und schimpfte mit mir, weil ich dort war, obwohl ich in der Schule hätte sein sollen.

Er war zwar angespannt, aber als er mich am Arm packte und durch den Wald zur Schule schob, entspannte er sich. Er ließ mich nicht los, auch nicht, als er mich zum Büro des Rektors brachte. Er war mir nahe geblieben und ich wünschte mir, dass wir uns immer noch so nahe sein könnten.

Diese Entscheidung würde uns auseinanderreißen. Aber er hatte uns auseinandergerissen, als er mir sagte, ich sei nicht gut genug, um eine Kriegerin zu sein.

Bevor ich es mir anders überlegen konnte, rannte ich über die Gebietsgrenze und fand Ryker, der etwa hundert Meter weiter westlich auf mich wartete.

Mein Leben soll sich zum Besseren wenden. Mein Leben soll sich zum Besseren wenden. Mein Leben soll sich zum Besseren wenden.

Während des einstündigen Laufs versuchte ich, mich selbst zu überzeugen.

Jeder der Lykaner wartete am Lagerfeuer auf mich.

„Es gibt zwei Traditionen, die wir für jedes neue Mitglied haben", sagte Ryker, als er sich vor die Gruppe und vor mich stellte.

Das Feuer in seinen Augen glühte und ich lächelte.

„Sie jagen, um ihre Fähigkeiten zu beweisen und dann lassen sie sich das Lykaner-Symbol auf den Körper tätowieren, als Verpflichtung uns gegenüber."

Ich wippte auf meinen Zehen auf und ab. Ich hätte nie gedacht, dass ich hier sein würde. Ich hätte nie gedacht, dass sich mir diese Gelegenheit so leicht bieten würde. Nicht nach Roman.

„Bist du bereit?", fragte mich Ryker, dessen holziger Duft überwältigend stark war.

Nachdem ich genickt hatte, sagte Ryker, ich solle nach Osten laufen, wo die Gesetzlosen einige Alphas gequält hatten, indem sie die Welpen aus ihren Rudeln stahlen. Ich hatte ein Ziel. Einen von ihnen zu töten.

Ich hielt meine Nase über den Boden, nahm den Geruch eines Gesetzlosen auf und verfolgte ihn zu einem nahegelegenen Rudel. Die Lykaner folgten mir, ihre Pfoten schlugen wie Donner auf den Boden und machten es mir absichtlich schwerer.

Am Rande des Gebiets stand ein Gesetzloser und beobachtete ein paar Wachen, die seinen Geruch nicht bemerkten. Dann sprang er in die Luft, direkt unter dem Mondlicht, um einen zu töten. Ich sprintete nach vorne und versenkte meine Zähne im Hals des Gesetzlosen, bevor er jemanden erwischen konnte.

Wir stürzten zu Boden und überschlugen uns immer wieder, bis ich auf ihm landete. Der Gesetzlose wehrte sich unter mir, aber ich versenkte meine Zähne tiefer in seinem Hals und riss ihm die Kehle auf, ließ das Blut auf sein Gesicht regnen und erntete den Respekt der Lykaner hinter mir.

———

Nachdem wir zum Gebiet der Lykaner zurückgelaufen waren, gab mir Ryker ein paar Ersatzklamotten. Ich zog sie an, ohne zu duschen, und ging mit ihm und dem Rest der Lykaner zu ihrem Tattoo-Studio.

Meine letzte Aufgabe: Das Symbol der Lykaner auf meinen Körper zu tätowieren. Ein dauerhaftes Zeichen meiner Loyalität zu ihnen.

Ich setzte mich auf den Stuhl und versuchte, meine zitternden Hände zu beruhigen. Ich war nicht nervös wegen der Nadel, aber meine Wölfin wimmerte, flehte mich an, aufzuhören, und zwang mich, an die Reaktionen aller auf diesen Verrat zu denken.

Ryker saß neben mir, während die anderen miteinander plauderten. Er lächelte mich an, trank und hatte Spaß an der Feier . Er legte eine Hand auf meine, um sie zu beruhigen. „Bist du dir sicher? Du kannst jetzt aussteigen. Niemand würde dich dafür verurteilen.“

Nein. Nicht jetzt. Ich konnte keinen Rückzieher machen.

„Das ist, was ich schon lange wollte, Ryker.“ Ich schüttelte den

Kopf. „Jetzt gibt es kein Zurück mehr." Ich sah mich in dem Raum um und betrachtete die Hunderten von Bildern früherer Lykaner, die hier tätowiert worden waren, und die Eckzähne von Gesetzlosen, die als Trophäen früherer Lykaner-Rekruten von der Decke hingen.

„Sobald du das Tattoo hast, ist es endgültig. Du wirst mindestens ein Jahr lang mit uns trainieren müssen", sagte Ryker. Er gab mir jede Gelegenheit, abzulehnen.

„Das ist genau , was ich will. Hier werde ich wertgeschätzt. Ich werde alle beschützen können, die mir wichtig sind, und ich werde meine Ziele erreichen." Es gab keine bessere Option. Luna Raya wäre so stolz auf mich gewesen. „Lass es uns durchziehen ."

Er hielt einen Moment inne und nickte dann. „Du kannst dir das Tattoo überall hin stechen lassen, wo du willst." Er zog seinen Ärmel hoch und zeigte das Wolfstattoo auf seinem Handrücken und die vielen Mondblumen, die an dessen Seite hinaufzogen . „Und für jeden Gesetzlosen, den du erledigst, darfst du dir eine Mondblume neben deinen Wolf tätowieren."

Ich lächelte auf seinen Arm hinunter und bekam Schmetterlinge im Bauch. Ich strich mit dem Finger über seine Haut und erschauderte. Er hatte so viele Gesetzlose getötet und ihr Böses von dieser Erde verbannt.

„Wie viele hast du?"

„Mondblumen?", fragte er, beobachtete mich und lächelte. „Zweihundertvierzig."

Meine Augen weiteten sich. „Lieber Himmel."

Er lachte leise und mein Herz raste. „Da kommst du auch bald hin , *Bella*. Ich weiß, dass du es wirst."

„Ich will meinen auf dem Rücken", sagte ich, zog mein Shirt und meinen Sport-BH aus und beugte mich im Stuhl vor, um meine Brüste zu bedecken.

Der Tätowierer legte eine Schablone auf meinen oberen Rücken und zeichnete den Wolf.

Als er die Tätowiernadel ansetzte, griff ich nach Rykers Hand. Nicht weil es weh tun würde, sondern weil ich immer noch versuchte, mich selbst zu überzeugen. Aber sobald die Nadel meine Haut berührte, seufzte ich erleichtert auf. Stolz durchströmte mich und ich wusste, dass dies die richtige Entscheidung war.

Die Tätowierung dauerte fast eine Stunde und Ryker blieb die ganze Zeit an meiner Seite. Er starrte mich an, ohne ein Wort zu sagen, und strich mit einem Finger über meinen Unterarm, um mich zu beruhigen. Meine Wölfin heulte in mir, weil sie nicht wollte, dass er uns berührte. Es war nach Mitternacht, offiziell mein achtzehnter Geburtstag, und sie erkannte, dass er nicht mein Partner war. Niemand hier war es.

Als das Wolfstattoo fertig war, begann der Tätowierer mit meiner ersten Mondblume. Ich sah im Spiegel, wie er mich tätowierte und lächelte. Das war alles, worauf ich gewartet hatte, und noch mehr. Warum hatte Roman mich so leicht übersehen?

Das war der beste Geburtstag, den ich je hatte, und ich hoffte, dass er noch besser werden würde. Aber ich wusste, dass das wahrscheinlich nicht der Fall sein würde. Ich müsste allen sagen, dass ich abreisen würde. Mama, Papa, Derek, Roman.

Nachdem der Künstler das Blut von meinem Rücken gewischt hatte, lächelte Ryker mich an. „Willkommen im Rudel, Bella. Deine Tätowierung wird in den nächsten Stunden verheilen, dank der schnellen Regenerationsfähigkeiten deiner Wölfin. Ich werde dich deinen achtzehnten Geburtstag mit deinen Freunden, deiner Familie und deinem Rudel verbringen lassen. Aber ich erwarte dich morgen zurück." Er reichte mir mein Shirt. „Und vergiss nicht Roman zu sagen, dass du sein Rudel verlässt und dich den Lykanern anschließt."

Ich nickte und schluckte schwer, weil ich mir nicht sicher war, wie ich mich in diesem Moment fühlte.

Das hier war real. Es gab kein Zurück mehr.

30
isabella

AUS DEN FENSTERN von Dereks Eltern dröhnte die Musik meiner Geburtstagsparty. Mama und Papa standen hinter mir mit einem Teller Hackbraten, der ausnahmsweise mal gut roch.

Papa zerzauste mein Haar. „Bist du bereit, deinen Partner zu treffen?"

Ich verdrehte die Augen. „Mama hat dich tatsächlich davon überzeugt, dass Derek mein Partner ist?"

Er schaute sie an und beugte sich dann lächelnd zu mir. „Nein, aber das bleibt unter uns."

Rachel öffnete die Tür, sie trug einen blauen Partyhut. „Izzy! Happy Birthday!" Sie zog mich in den Raum voller verschwitzter Körper.

Fast alle aus dem Rudel waren da, sogar Vanessa und Jane. Rachel schwor, dass Derek keine von ihnen eingeladen hatte und ich war mir sicher, dass sie einfach ohne Einladung aufgetaucht waren. Das war irgendwie ihr Ding.

Derek sah mich vom anderen Ende des Raumes aus und tanzte um alle herum. Er reichte mir einen Drink und gab mir einen dicken, fetten Kuss auf die Wange. „Achtzehn hat noch nie so gut ausgesehen."

Rachel sprang auf. „Oh, das hätte ich fast vergessen! Ich habe eine Überraschung für dich!" Sie verschwand in einem anderen Raum. „Ein besonderer Mensch wollte dich heute sehen!"

Roman.

Wenige Augenblicke später rollte sie Herrn Beck in den Raum. *Oh.*

„Hey, hey, hey! Alles Gute zum Geburtstag!", rief er. Er griff nach meiner Hand, lehnte sich dicht zu mir und stupste mich an. „Ich will die Details von neulich Abend hören, die du mir versprochen hast."

„Ich habe Ihnen nie irgendwelche Details versprochen."

„Also, es gibt Details!" Er brach in einen Lachanfall aus, wobei sein Gebiss fast wieder herausfiel, und schlug sich auf das Knie. „Ich wusste, dass du dich nicht von ihm fernhalten kannst."

Nachdem ich ihm ein angespanntes Lächeln geschenkt hatte, wanderte ich durch das Haus. Die ganze Nacht hindurch wartete ich mit meinen Eltern und mit Derek in der Ecke des Zimmers darauf, dass Roman durch die Haustür kam. Ich wusste nicht, was ich sagen oder tun würde, wenn ich ihn sah. Aber ich musste ihm heute Abend erzählen, dass ich mich den Lykanern angeschlossen hatte, also hoffte ich, dass er auftauchen würde.

Ich hatte mir geschworen, es bis zum Ende des Abends niemandem zu sagen. Ich wollte nicht allen den Tag verderben. Es war eine beschissene Sache, alles bis zum letzten Moment für mich zu behalten, aber ein Teil von mir konnte es nicht laut zugeben. Dieser Tag sollte glücklich sein, besonders für meine Familie.

Um neun Uhr abends kamen Jane und Vanessa auf mich zu.

„Habt ihr euch schon verpartnert?", fragte Vanessa mit angespannter Stimme über die Musik hinweg.

„Wir sind nicht zusammen, Vanessa", sagte ich.

Jane ergriff meine Hand und verschränkte meine Finger, wie sie es neulich getan hatte. „Mein Bruder hat gesagt, dass er heute Abend nicht kommen kann. Es ist etwas dazwischengekommen."

„Oh."

Mein Herz verkrampfte sich. *Roman würde nicht kommen? Wollte er mir nicht zum Geburtstag gratulieren?* Ich hatte gedacht, er würde vielleicht für ein, zwei Momente auftauchen. Scheiße, von allen, die Derek eingeladen hatte, hatte ich mir Roman am meisten gewünscht. Ich wollte ihn an meinem besonderen Tag sehen, um sicherzugehen, dass wir keine Partner sind.

Nachdem Jane mir die Nachricht überbracht hatte, ging ich auf Dereks Veranda und setzte mich auf eine Treppe, um in die Sterne zu schauen. Die Leute verließen die Party und wünschten mir auf dem Weg nach draußen alles Gute zum Geburtstag. Ich lächelte so breit ich konnte und verabschiedete mich ein letztes Mal von ihnen.

Um Mitternacht steckte Derek seinen Kopf durch die Haustür und fragte mich, ob er mich nach Hause bringen sollte. Ich zog ihn in eine Umarmung und eine Träne löste sich aus meinem Auge, aber ich wischte sie weg, bevor er sie sehen konnte.

„Nein danke, Derek.“

Ich brauchte Zeit, um in Ruhe nachzudenken.

Als er sich von mir löste und ich das Übermaß an Liebe in seinen Augen sah, wollte ich mit allem herausplatzen, was passiert war. Aber es wollte nicht herauskommen. Ich habe mich wirklich bemüht, es ihm zu sagen, aber ich konnte es nicht zugeben.

Vanessa zog ihn zurück ins Haus und ich lächelte die geschlossene Tür an. Ich ging die Verandatreppe hinunter und machte mich auf den Weg zu meinem Haus, wo ich in meiner Traurigkeit nur so versank, bis ich es roch.

Minze.

So stark.

So gut.

So berauschend.

Meine Wölfin heulte und zog mich in die entgegengesetzte Richtung. Ich schaute mich im Wald um, mein Herz raste, als ich versuchte, die Quelle des Geruchs zu finden. Mein Partner war hier.

Der Wald war so dunkel und das einzige Licht kam vom Vollmond über ihm. Ich ging um die Ecke des Hauses, schloss die

Augen und atmete meinen Partner ein. Ein Ast knackte im Wald und ich blieb stehen.

Roman tauchte aus dem Wald auf, mit nackter, verschwitzter Brust. Und sobald ich ihn sah, blieb mein Herz stehen.

Partner!

Er lächelte, als er mich sah, und seine goldenen Augen verschlangen die meinen.

„Meine", sagte er und ging auf mich zu. „Endlich meine."

31
isabella

MEINE WÖLFIN MACHTE Luftsprünge in meinem Bauch. *Partner. Partner. Partner. Partner.*

Ich starrte ihn an und saugte jeden Zentimeter seines Körpers auf. Die Art und Weise, wie sich sein Unterleib anspannte. Die Art, wie sich seine Lippen kräuselten. Die Art, wie seine Augen im Mondlicht leuchteten.

Das war nicht real. Er war nicht real.

Das war der schönste Moment in meinem ganzen Leben, besser als das, was Mama über das Treffen mit Papa erzählt hatte. Das war so verdammt aufregend.

Er starrte mich an, als wäre ich die Einzige, die je von Bedeutung war, ging auf mich zu, nahm mein Kinn in die Hand und grinste. Das hier war echt. Seine Finger fuhren sanft über meinen Hals und ließen mich erschaudern. „Meine."

„Deine?"

„Meine."

Obwohl meine Wölfin wollte, dass ich ihn nie wieder loslasse, schob ich ihn von mir weg und grinste. „Beweise es."

In einem Moment drehte er mich um und drückte mich gegen den nächsten Baum. Er packte mich an den Haaren und strich mit seinen Eckzähnen an meinem Nacken entlang, bis zu der Stelle, an der er mich markieren würde. „Ich könnte dich genau hier ficken."

„Könntest?", spottete ich, drückte meine Hüften zurück und spürte seinen Steifen an meinem Hintern. „Das klingt nicht sehr vielversprechend."

Er knurrte mir ins Ohr und ich verkrampfte mich sofort. Sei keine kindische Göre. Vergiss den Versuch, ihn zu ärgern. Ich konnte das nicht mehr ertragen. Er war das, was ich wollte, er war mein Partner.

„Nimm dir, was du willst, Roman. Nimm mich", flüsterte ich.

Wir wussten beide, dass wir schon viel zu lange auf diesen Moment gewartet hatten.

Er griff mir durch mein Kleid an den Hintern und drückte ihn. „Du bist so verlockend, Isabella, so verdammt verlockend." Er drückte mir einen Kuss direkt unter das Ohr. „Ich werde dich mit nach Hause nehmen und endlich all das mit dir machen, wonach ich mich gesehnt habe, seit ich dich das erste Mal gesehen habe."

Ich drehte mich zu ihm um und zog ihn näher zu mir heran. „Ich kann nicht so lange warten."

„Wenn ich vier verdammte Jahre auf dich warten konnte, kannst du auch fünf Minuten warten."

Mein Lächeln wurde breiter. „Mach drei daraus und ich werde versuchen, nicht zu gähnen, während du mich fickst."

Er hob mich hoch, seine Hände unter meinem Hintern und ging mit mir in Richtung des Haupthauses, wobei sich seine Augen verdunkelten. Während des Spaziergangs vibrierte mein Körper vor purer Erregung. Romans Minzduft stieg mir in die Nase und ich seufzte entzückt. Ich konnte an nichts anderes mehr denken, außer an ihn.

Wie sehr ich ihn lieben wollte. Wie sehr ich wollte, dass er mich heute Nacht verschlingt. Wie sehr ich auf diesen Moment gewartet hatte.

Als er die Schlafzimmertür zuschlug, ließ er mich herunter, öffnete den Reißverschluss meines Kleides, zog die Träger herunter und schob mich zurück auf sein Bett. Meine Hände wanderten über seinen ganzen Körper, glitten über seine Schultern, seinen Rücken hinunter und seinen Bauch hoch. Alles an ihm fühlte sich an wie in der letzten Nacht, aber plötzlich so viel aufregender.

Ich zog ihn an den Haarspitzen zu mir heran und presste meine Lippen auf seine. Als ob er es sich seit Jahren gewünscht hatte, erwiderte er den Kuss mit der gleichen Intensität wie ich. Wir hatten uns noch nie geküsst, kein einziges Mal. Und diese Schmetterlinge waren alles, was ich mir jemals gewünscht hatte.

Seine Finger tanzten meinen Körper hinunter und glitten in meine Unterwäsche, rieben mich sanft und machten mich feucht vor Lust. Ich wollte, dass er grob zu mir ist, aber ich wollte auch einfach nur diesen Moment mit ihm genießen.

Unser erstes Mal zusammen.

Vielleicht unser letztes Mal zusammen.

Er schob zwei Finger in mich hinein, bewegte sie langsam und stöhnte.

Ich lächelte und krallte mich an seinen Fingern fest. Das Gefühl bereitete mir Freude. „Darauf hast du also gewartet."

Er schmunzelte gegen meine Lippen und legte seine Stirn an meine. „Du hast keine Ahnung", murmelte er und seine Finger bewegten sich schneller.

Ich knöpfte seinen Gürtel auf und zog ihn aus den Schlaufen, dann schlang ich meine Beine um seinen Körper und zog ihn zu mir heran. „Also, ich will nicht länger warten." Ich zog seine Hose runter, nahm seinen Schwanz in die Hand und streichelte seinen Steifen. Er gehörte mir. „Ich will dich in mir spüren, Roman."

Er drückte seine Lippen auf meine, bevor er sanfte Küsse auf meinem Körper hinterließ. Er saugte an einer meiner Brustwarzen und knabberte daran. Ich zuckte zusammen, da ich mich an das letzte Mal erinnerte, als er das getan hatte, und er saugte sanfter. Ich strich ihm mit den Fingern über die Stirn und bewunderte meinen Partner.

Seine Lippen wanderten meinen Bauch hinunter, bis er unten

ankam. Er schob zwei Finger unter den Saum meines Höschens, zog es mir aus und presste seinen heißen Mund auf mich.

So langsam, so leise, so unheimlich.

Ich krümmte meinen Rücken, genoss jeden Moment, den wir zusammen waren und zog ihn wieder zu mir hoch, da ich mich nicht länger zurückhalten konnte. Ich schlang meine Beine um seine Taille und zerrte ihn nach unten, so dass er sein Steifer gegen meine Nässe drückte.

„Bitte, Roman."

Er lächelte und küsste mich. „Ich liebe dich", sagte er und seine goldenen Augen leuchteten.

Dann schob er sich in mich hinein, bis seine Hüften gegen meine stießen. Meine Augen weiteten sich, als ich versuchte, mich an seine Größe zu gewöhnen. Alles an ihm und an diesem Moment war mehr, als ich mir hätte wünschen können. Ich war mehr als froh, dass er mich hatte warten lassen.

Zu wissen, dass er mein Partner war, machte mein erstes Mal tausendmal besser.

Als ich mich an seine Größe gewöhnt hatte, schloss ich mich enger um ihn. Er zog sich langsam zurück und ich zog mich enger um ihn.

„Scheiße", fluchte er unter seinem Atem.

Er stieß wieder in mich hinein und ich stöhnte auf.

„Mehr, Roman."

Seine Finger strichen über meine Wange. „Du bist so sexy, wenn du meinen Namen stöhnst." Er zog sich heraus und schob sich dann wieder hinein, diesmal schneller.

Ich grub meine Nägel in seinen Rücken. Sein Schwanz füllte meine enge Muschi und ich stöhnte wieder. Er fickte mich härter, schneller und rauer und ließ mich darum betteln, dass er weitermachte. Ich wollte nicht, dass er aufhört. Nicht, wenn seine Finger meine geschwollene Klitoris berührten. Nicht, wenn er sich wieder mit seinen Zähnen an meiner Brustwarze festhielt.

Meine Beine zitterten unkontrolliert. Ich klammerte mich an ihn und hoffte, dass er nicht aufhören würde, und das tat er nicht.

„Komm für mich, Isabella", flüsterte er mir ins Ohr.

Als ich seinen Namen schrie, stieß er noch einmal in mich hinein und kam dann auf meinem Bauch. Er schaute mit so viel Liebe auf mich herunter und ich starrte mit so viel Schuldgefühl zu ihm hoch.

Er war mein Partner, aber ich hatte ein schreckliches Geheimnis, das ich ihm beichten musste.

32
isabella

SEINE FINGER TANZTEN SO SANFT über mein Schlüsselbein. Sie waren beruhigend und ich wollte nicht, dass er aufhörte. Er griff in mein Haar und zog mich näher zu sich, seine Eckzähne streiften meinen Nacken.

Ein Schauer durchlief meinen Körper und alles in mir schien warm zu werden. Meine Wölfin und ich liebten das.

„Ich möchte dich markieren, meine liebe Isabella", flüsterte er mir zu. „Ich will allen zeigen, wie wunderbar ihre neue Luna ist. Ich will endlich allen zeigen, dass du *mir* gehörst und nur mir."

Ich erstarrte bei seinen Worten. Ich hätte das kommen sehen müssen. Ich hätte mich nicht von meinen Gedanken ablenken lassen und dämlicherweise glauben sollen, dass er nicht mein Partner war. Vielleicht hatte ich das gar nicht blind geglaubt und wollte mir nur nicht eingestehen, dass mein Partner mir den Platz als Kriegerin verweigert hatte. Er wusste, dass ich es verdiente, neben ihm auf dem Schlachtfeld zu stehen, aber er weigerte sich, mir etwas so Wertvolles zu gewähren. Das war Verrat. Das war immer Verrat gewesen, ob wir nun Partner waren oder nicht.

Eine einsame Träne kullerte über meine Wange, als ich in diese goldenen Augen blickte. Sie waren so tröstlich. So verdammt tröstlich.

Er wischte die Träne mit seinem Finger weg und nahm mein Gesicht in seine Hände. Seine Brauen zogen sich zusammen. „Was ist los, Isabella?", fragte er starr. „Willst du nicht, dass ich dich markiere?"

Sein Wolf krallte sich bereits in mich, um mich zu markieren. Er wollte nichts sehnlicher, als mich als sein Eigentum zu beanspruchen, um sicherzugehen, dass niemand anderes versuchen würde, mich ihm wegzunehmen. Aber dafür war es zu spät.

Meine Lippen zitterten. „Roman", flüsterte ich und kniff die Augen zusammen, „I ch muss dir etwas sagen".

Er setzte sich auf, die Augen voller Sorge. „Was?"

Ein paar Minuten lang versuchte ich, Worte zu finden, aber ich konnte nicht. Wie sollte ich meinem Partner sagen, dass ich ihn verlassen würde – freiwillig? Meine Lippen zitterten erneut und eine weitere Träne glitt mir über die Wange.

„Ich muss gehen", sagte ich so leise, dass ich mich kaum hörte, aber er hörte mich.

Er war angespannt. „Was meinst du?"

Ich öffnete meinen Mund. Keine Worte. Ich versuchte, welche herauszupressen. Nichts. „Ich … Ich …" Ich nahm sein Gesicht in die Hand, seine Bartstoppeln kitzelten meine Handfläche. „Ich muss für ein Jahr weg."

Roman bewegte sich nicht, aber sein Griff um meine Finger wurde fester. „Isabella, sag es mir."

„Hasse mich nicht, Roman, bitte. Ich habe diese Entscheidung getroffen, bevor ich wusste, dass du mein Partner bist und ich kann sie jetzt nicht mehr zurücknehmen." Mein Herz zerbrach in eine Million winziger Stücke, die ich nicht wieder zusammensetzen konnte. Nicht jetzt. Niemals.

„ Isabella. Wovon redest du?"

Ich sah den Mann über mir stirnrunzelnd an und tat das Einzige, was ich konnte. Ich drehte ihm meinen nackten Rücken zu, so dass er das Symbol der Lykaner sehen konnte, krallte meine Finger in das Kissen, grub sie ein und wartete. Auf irgendetwas.

Aber es kam nichts. Kein Schimpfen. Kein Gebrüll. Nichts.

„Es tut mir leid", flüsterte ich. „Es tut mir wirklich leid."

Nach fünf Minuten reinen Schweigens drehte ich meinen Kopf. Er hatte seine Lippen zu einem festen Strich zusammengepresst. Seine Augen waren golden, aber nicht dieses feurige Gold, das ich fast jede Nacht gesehen hatte. Es war ein trauriges, glimmendes Gold.

„Du verlässt mich."

„Roman …" Ich setzte mich auf und zog die Decke über meinen nackten und entblößten Körper.

„Du hast mich hintergangen. Du verlässt mich, um eine Lykanerin zu werden." Seine Stimme war dieses Mal lauter, verletzter.

„Wir sind immer noch Partner. Wir …"

„Partner, die nicht zusammenleben, Partner, die sich nie sehen werden, Partner, die sich gegenseitig belügen. Das sind keine Partner, Isabella." Er knirschte mit den Zähnen und starrte aus dem Fenster, wobei das Mondlicht auf seinem perfekten Gesicht schimmerte. „Der ganze Grund für eine Partnerschaft ist es, ein Leben miteinander aufzubauen, und du verlässt mich!"

Ich kniff den Mund zusammen und war plötzlich wütend auf ihn. „Das ist nicht meine Schuld."

„Das ist nicht deine Schuld? Du hättest mir davon erzählen können. Du hättest mir sagen können, dass dieses verdammte Arschloch hinter meinem Rücken mit dir gesprochen hat. Was hat er zu dir gesagt? Was hat er dir versprochen? Dass du mit ihm glücklich wirst? Ist es das, was du wolltest? Wolltest du jemanden, der dich fickt, weil ich warten wollte, bis du weißt, dass wir Partner sind?" Er fuhr sich mit den Händen durch die Haare und stand abrupt vom Bett auf. Sein Minzduft machte das alles so verdammt hart.

Ich stand ebenfalls auf und stieß ihm einen Finger in die Brust. „Du kannst mir nicht die Schuld dafür geben. Wenn du mich als Kriegerin willkommen geheißen hättest, wären wir nicht in dieser Situation . Ich habe den Job von Ryker angenommen, weil er sofort an mich geglaubt hat, im Gegensatz zu dir."

„Denkst du, ich hätte nicht an dich geglaubt?" Er schüttelte den Kopf und drückte meine Hand fest in seiner. „Das ist verdammt lächerlich. Ich hatte die feste Absicht, dich in das Team aufzunehmen, bis er beim Training auftauchte. Ich hatte die feste Absicht, aus dir die verdammt nochmal beste Kriegerin zu machen, die ich je gekannt habe. Ich habe mich tagelang gequält, weil ich dich als Krankenschwester eingeteilt habe. Aber dich nicht in die Mannschaft zu nehmen, hat dich vor jeder Gefahr bewahrt."

Ich schüttelte den Kopf. „Das macht die Sache auch nicht besser, Roman."

„Sag mir, Isabella: Hättest du die Stelle als Lykanerin angenommen, wenn du eine Kriegerin geworden wärst?"

„Sag mir eins, Roman: Warum hast du mir gesagt, dass ich schlecht im Kämpfen bin? Wolltest du, dass ich mich schlecht fühle? Du hast Vanessa vorgezogen. Du weißt, wie peinlich das war. Ich habe mein ganzes Leben lang dafür trainiert, eine Kriegerin zu sein." Ich schüttelte den Kopf. „Wenn du mich von Anfang an akzeptiert und mir gesagt hättest, dass du mein Partner bist, hätte ich vielleicht eine andere Wahl getroffen."

Er ließ meine Hand fallen und wich ungläubig zurück. „Vielleicht?" Er hielt seinen Wolf zurück. „Vielleicht?" Seine Stimme war dieses Mal lauter. „Du hättest mir nicht mal sicher eine Chance gegeben?"

„Du hast mir keine Chance gegeben."

„Das ist etwas anderes."

„Nein, das ist es nicht, Roman. Es ist nicht anders." Ich schüttelte den Kopf und presste meine Lippen aufeinander. Wenn wir schon darüber streiten, können wir auch gleich alles auf den Tisch legen. „Warum hast du mir nie gesagt, dass du mein Partner bist? Warum hast du es in den vier Jahren, die du mich kennst, geheim gehalten?"

Schweigen.

„Liegt es daran, dass du ficken wolltest, wen du verdammt noch mal wolltest, ohne Verantwortung dafür zu übernehmen?"

Er packte mein Kinn. „Stopp."

Ich funkelte ihn an. „Ist das der Grund?" Mein Herz pochte in meiner Brust.

Hatte er mit anderen zusammen sein wollen, obwohl er genau wusste, dass ich seine Partnerin war? Niemand verbarg seine Partnerin vor der Welt. Niemand konnte auch nur einen Moment ohne ihn oder sie verbringen.

Etwas zog sich in meiner Brust zusammen und meine Wölfin wimmerte. *Wollte er uns nicht – uns beide?*

Tränen kullerten mir über die Wangen. All der Schmerz, all der Verrat, all die Lügen der letzten Wochen, all das kam endlich raus und ich konnte es nicht verhindern.

„Sei nicht dumm, Isabella." Seine Stimme war ruhiger, aber immer noch angespannt. „Seit ich weiß, dass du meine Partnerin bist, bin ich mit niemandem mehr zusammen gewesen."

Ich verschränkte die Arme vor der Brust und stieß ihn weg. Ich war mir nicht sicher, was ich glauben sollte.

„Du glaubst mir nicht, oder?"

Er schüttelte den Kopf, nahm sein Notizbuch von der Kommode und blätterte es durch. Meine Augen weiteten sich, als ich hunderte Skizzen sah, die er von mir gezeichnet hatte.

Auf jedem war ich zu sehen. Ich laufend. Ich lächelnd. Mit Derek im Hinterhof trainierend.

„Seit ich achtzehn bin, habe ich jeden verdammten Tag damit verbracht, mir zu wünschen, mit dir und nur mit dir zusammen zu sein. Weißt du, wie lange ich auf diesen Moment gewartet habe? Dass du endlich zu mir gehörst?"

Seine Augen funkelten vor purer Wut. Ich schnappte mir sein Notizbuch und blätterte mit zittrigen Händen Seite um Seite durch. Ich konnte es nicht fassen. Er hatte dieses Bild von mir gezeichnet. Er hatte es mir gegeben, um mir zu zeigen, wie sehr er mich mochte, obwohl er es nicht wirklich zeigen konnte. Ich verstand nur nicht, warum er es mir nicht gesagt hatte.

„Warum dann?", fragte ich und mein Herz raste vor lauter Gefühlen, ich wusste nicht mehr, was nun was war.

Er spannte sich an, seufzte, ging zu seiner Kommode hinüber

und fuhr mit dem Finger über Luna Rayas Partnerkette, die in seinem Zimmer lag. „Ich wollte, dass du dich genauso fühlst wie ich, als ich erfuhr, dass du meine Partnerin bist. Ich wollte, dass es für dich so real ist wie für mich. Ich wollte nicht, dass du das Gefühl hast, du müsstest mich lieben, nur weil ich dein Alpha bin und behaupte, dein Partner zu sein. Ich hasse die Leute, die so etwas tun."

Er ballte seine Faust mit der Kette darin. „Ich wollte, dass du alles für mich auf natürliche Weise fühlst, anstatt es zu erzwingen. Ich wollte mit dem Sex warten, bis du achtzehn bist, weil ich wollte, dass es für uns beide etwas Besonderes ist, aber du hast mir das jede Nacht verdammt schwer gemacht." Sein Kinn zitterte. „Weißt du, wie viele verdammte Nächte ich es dir einfach sagen wollte, damit ich dich endlich für mich allein haben kann?" Er wurde still. „Und jetzt weißt du, dass wir zusammengehören, und du verlässt mich."

Als er sich umdrehte, sah ich die Tränen in seinen Augen. Sie liefen nicht, waren aber da.

Ich ging auf ihn zu und wusste nicht, was ich sagen oder tun sollte, aber er wich zurück. Und ich fühlte mich zurückgewiesen.

„Du verlässt mich", sagte er leise, als hätte er es jetzt verstanden, und seine Lippen zitterten.

„Roman", sagte ich mit brüchiger Stimme.

Er streckte seine Hand aus und gab mir die Kette, ohne sich die Mühe zu machen, sie mir umzulegen, wie es Partner immer taten. Mama hatte so oft davon geschwärmt, wie Papa ihr die Kette um den Hals gelegt hatte und dass sie diese Nacht nie vergessen würde.

Aber ich würde meinen besonderen Moment nicht bekommen.

Mein besonderer Moment war in der Sekunde ruiniert, als Roman mich als Krankenschwester einsetzte.

„Leg sie mir um ", sagte ich. V erzweifelt. So verdammt verzweifelt.

Er hielt inne, das Mondlicht reflektierte auf seiner Haut. Seine

Augen wechselten zwischen Gold und Grün hin und her. Dann holte er schließlich tief Luft und sagte: „Ich kann nicht."

Nach einer weiteren Sekunde drehte er sich um, legte seine Hände auf die Kommode und holte tief Luft, wobei sich die Muskeln in seinem Rücken anspannten. „Du solltest gehen, Isabella."

Nein. Nein, ich konnte nicht gehen. Nicht bevor er mich markierte. Nicht bevor er mir die Halskette umlegte. Nicht ohne meinen Partner.

„Du willst, dass ich gehe?", flüsterte ich.

Alles schmerzte . Mein Körper. Mein Herz. Meine Wölfin.

Ich presste meine Lippen so fest aufeinander, dass ich ein Schluchzen unterdrückte. So hatte es nicht sein sollen. So hatte ich mir das Ende meines achtzehnten Geburtstags nicht vorgestellt. So hatte ich mir das Treffen mit meinem Partner nicht vorgestellt.

Das war kein Märchen, das war ein Albtraum.

„Ja", sagte er. Seine Antwort war kurz und schnell, als ob er nicht darüber nachdenken müsste.

Ich umklammerte die Halskette in meiner Hand und hielt sie fest, als ob es um mein Leben ginge. Neben der Skizze war sie das Einzige, was ich von Roman hatte.

Ich raffte meine Sachen zusammen – mein Kleid, meinen BH, meinen letzten Rest an Würde – und ging zur Tür. Doch er nahm immer noch keinen Augenkontakt mit mir auf. Es war, als wäre ich ein hässliches Monster für ihn.

Nachdem ich die Klinke ergriffen hatte, drehte ich mich zu ihm um. Es gab eine Frage, die er beantworten musste, bevor ich ging. Die Frage, um die mich meine Wölfin gebeten hatte, seit wir erfahren hatten, dass er unser Partner war. Ich blickte auf Luna Rayas Halskette hinunter und rieb den Anhänger zwischen Daumen und Zeigefinger.

Ich kannte die Antwort bereits, aber ich musste sie von ihm hören.

„Wirst du mich markieren, Roman?"

Mondgöttin, ich wollte, dass er Ja sagte. Ich wollte, dass er mich markiert, um zu beweisen, dass er mich trotz meiner Entscheidung immer noch liebte, dass er nicht mit jemand anderem zusammen sein würde, nur weil er wütend auf mich war, dass ich ihm gehörte und er mir.

Der Paarungsprozess erforderte das. Sex ohne Markierung oder Markierung ohne Sex – wenn das eine passierte und das andere nicht, wurde die Wölfin normalerweise innerhalb des nächsten Monats läufig. Und ich wollte nicht läufig werden, ohne dass er bei mir war.

Jede Regung verschwand aus seinem Gesicht und er starrte mich an wie die Gesetzlosen, die seine Eltern getötet hatten. „Nein.“

33
roman

SCHEISSE.

Ich schnappte mir mein Notizbuch und schleuderte es quer durch mein Büro gegen die Wand, während die Wut durch meine Adern pulsierte. Es prallte mit einem dumpfen Knall auf und landete dann auf dem Boden. Alles an dieser Situation war beschissen. Ich griff nach dem Notizbuch und riss jede Skizze von ihr heraus. Eine nach der anderen. Bis der Boden mit Bildern meiner Partnerin übersät war.

Scheiße.

Warum hatte sie mich hintergangen? Warum vertraute sie Ryker? Warum hatte sie es mir nicht gesagt? Sie hatte mir ins Gesicht gelogen. Sie hasste das Krankenhaus und benutzte es als verdammte Ausrede, um mich und meinen Wolf zu verlassen. Um bei wem zu sein? Einem verdammten Arschloch, das sie nicht einmal kannte.

Meine Hände ballten sich zu Fäusten und ich widerstand dem Drang, gegen die Wand zu schlagen, bis meine Knöchel bluteten. Was war los mit mir? War ich zu anmaßend? Hatte ich ihr nicht genug Freiraum gelassen? Hätte sie sich den Lykanern angeschlossen, wenn ich sie zu einer Kriegerin gemacht hätte? Hätte ich das überhaupt verhindern können?

Ich lehnte mich auf die Fensterbank, mein Brustkorb hob und senkte sich. Sie war erst vor ein paar Minuten gegangen und ich fühlte mich schon beschissen. Sie würde wirklich eine Lykanerin werden, und ich konnte nichts dagegen tun.

Ein Lykaner zu sein war nicht nur ein Job, es war eine Aufgabe für die Mondgöttin selbst. Seine Verpflichtung gegenüber seinem Team zu brechen, verstieß gegen das göttliche Gesetz, was mich daran hinderte, mich überhaupt einzumischen.

Jemand klopfte um drei Uhr morgens an meine Bürotür, aber ich ließ es klopfen. Ich hatte nicht die Kraft, zu sagen, dass er oder sie gehen sollte. Scheiße, ich hatte kaum die Energie, mich aufrecht zu halten und nicht als erbärmliches Weichei durchzugehen.

„Geht es dir gut?", fragte Jane von meiner Bürotür aus. Ich hörte, wie sie den Raum betrat und auf mich zukam. „Roman … sag etwas. Irgendetwas."

Sie legte eine Hand auf meinen Rücken und ich verlor die Fassung.

Mein Körper sackte in sich zusammen und Jane zog mich in eine Umarmung.

„Roman, was ist los? So habe ich dich seit Mamas Tod nicht mehr gesehen."

Ich weinte nicht. Ich weigerte mich, zu weinen.

Alphas weinen nicht.

Aber, ich wollte es. Und wie.

Jane strich mir sanft über den Rücken, so wie Mama es immer getan hatte, und mir stiegen die Tränen in die Augen. Alles fühlte sich so viel intensiver an als gestern. Jede einzelne Emotion.

Ich hatte das Gefühl, zu ersticken, zu ertrinken, zu sterben.

„Es ist in Ordnung, Roman. Was auch immer es ist … es ist in Ordnung."

Nein, das war es nicht. Meine Partnerin würde für ein ganzes verdammtes Jahr weggehen. Sie würde fern von mir sein. Ich würde sie nie sehen, nie im Arm halten können, nie ihren süßen Vanilleduft riechen können.

Ich hatte vier verdammte Jahre darauf gewartet, sie zu bekommen, nur um zu sehen, wie sie mich verließ. Hätte ich sie jetzt markiert, hätte es uns beiden in den kommenden Monaten nur geschadet. Ich würde ein weiteres verdammtes Jahr warten müssen und hoffen – beten, dass sie sich das nächste Mal für mich entscheiden würde und nicht für ihn.

34
isabella

ICH GING WEINEND zu Dereks Haus. Mein eigener Partner hatte mich nicht markieren wollen, weil er wütend über meine Entscheidung war, meinen Träumen zu folgen. Partner sollten sich niemals gegenseitig verletzen.

Alles, was ich fühlte, war Schmerz. Alles, was ich fühlte, war Ablehnung.

Ein Teil von mir dachte, er sei kindisch. Diese ganze Sache war kindisch. Dass er mich nicht als Teil der Krieger akzeptierte, weil er nicht wollte, dass ich mich den Lykanern anschloss. Dass er es verheimlichte, dass ich seine Partnerin war. Dass er mich nicht markierte, bevor ich ein ganzes Jahr wegging.

Der Nebel lag schwer im Wald, aber ich ging weiter, ich kannte diesen Wald wie meine Westentasche. Ich war schon so oft durch ihn hindurchgelaufen, aber konnte mich nicht dazu bringen, zu rennen. Mein ganzer Körper fühlte sich zu schwach an.

Der Schmerz – sein Schmerz, mein Schmerz, unser Schmerz – überwältigte mich. Ich wollte nicht, dass Roman hinter meinem Rücken mit jemand anderem schläft. Ich würde es auch nicht tun.

Obwohl er mich nicht offiziell zurückgewiesen und unsere Verbindung gelöst hatte, fühlte sich seine Weigerung, mich zu kennzeichnen, dennoch wie eine Zurückweisung an.

Nur noch mehr Schmerz würde in mir gären. Ich würde innerhalb des nächsten Monats läufig werden, wenn er mich nicht markierte. Alle Wölfinnen, die das Markierungsritual nicht innerhalb eines Monats nach dem Zusammentreffen mit ihrem Partner vollzogen, wurden läufig. Gerüchten zufolge war das eine reine Qual und instinktiv wollten alle unverpaarten männlichen Wölfe diese Wölfin von ihren Schmerzen erlösen.

Wusste Roman das nicht? Hatte ihn meine Aufnahme in die Lykaner so sehr verletzt, dass er sich weigerte, mir etwas so Heiliges, so Wesentliches für meinen Seelenfrieden zu gewähren?

Ich klopfte an die Tür und konnte nicht verhindern, dass ich anfing zu hyperventilieren. Tränen flossen wieder aus meinen Augen und hinterließen Spuren auf meinen Wangen. Ich hasste es, so hoffnungslos zu sein.

Wenige Augenblicke später öffnete Dereks Mutter in einem plüschigen rosafarbenen Bademantel die Tür, ihr braunes Haar stand in wilden Locken von ihrem Kopf ab. Als sie mich sah, runzelte sie die Stirn, zog mich ins Haus und rief nach Derek.

Derek kam die Treppe hinunter und rieb sich die müden Augen. „Mama, es ist ungefähr drei Uhr morgens", sagte er. Als sein Blick auf mich traf stürzte er zu mir und schlang seine Arme um mich. „Isabella, was ist los?", fragte er und streichelte mit seiner Hand sanft mein Haar. „Warum weinst du?"

Ich klammerte mich an ihn, die Nägel gruben sich in seinen Rücken, als würde ich auch ihn verlieren. „Derek, er – er will mich nicht. Das ist alles meine Schuld."

„Wer will dich nicht?"

„Roman".

Er löste sich etwas von mir, hielt mich aber auf Armeslänge. „Roman ist dein Partner?", fragte er.

Ich nickte und wischte mir mit dem Handrücken die Tränen ab, wobei ich Schluckauf bekam.

„Warum will er dich nicht?"

Meine Lippen zitterten. Das würde auch ihn verletzen. Warum

war ich so dumm gewesen? Warum hatte ich es nicht einfach schon früher allen gesagt? Was war nur los mit mir?

„Weil … weil ich ihn verlassen muss." Ich fasste mir an den Bauch und versuchte, den Schluckauf zu stoppen. „Ich muss dich auch verlassen. Ich muss alle verlassen."

Dereks Mutter streichelte meinen Rücken und versuchte, mich zu beruhigen. Das erinnerte mich an die Art und Weise, wie Luna Raya mich beruhigt hatte, nachdem Roman und ich uns beim Spielen gerauft hatten. Ich war fünf Jahre alt und er hatte mich versehentlich etwas zu hart auf den Boden geworfen. Das war kurz bevor er sich zum ersten Mal verwandelt hatte. All seine Energie, seine Kraft und sein Testosteron hatten sich zu einem einzigen harten Schlag aufgestaut.

Ich genoss diesen Moment. Ich würde all diese Momente auskosten, jetzt, da Roman und ich getrennt waren. Wir standen uns schon lange nicht mehr so nahe, seit sein Vater ihn dazu gedrängt hatte, als Alpha Verantwortung zu übernehmen. Seit er angefangen hatte, mit diesem einen Mädchen aus einem nahe gelegenen Rudel abzuhängen, als er dreizehn wurde. Seit er mich verletzt hatte.

Derek runzelte seine dicken Brauen. „Was meinst du?"

„Ich wurde bei den Lykanern aufgenommen", sagte ich, wich zurück und wartete darauf, dass er mich ebenfalls ausschimpfen würde.

„Eine Lykanerin?", fragte er leise, wobei ihm die Worte zögerlich über die Lippen kamen. Nachdem er zwischen seiner Mutter und mir hin und her geschaut hatte, grinste er, hob mich hoch und drehte sich mit mir im Kreis. „Das ist ja unglaublich!"

Meine Locken peitschten um uns herum und ich krallte meine Finger in sein Haar. Ich hielt mich noch einen Moment länger an ihm fest. Als er mich absetzte, schüttelte ich den Kopf und wischte mir weitere Tränen weg.

„Nein, ist es nicht. Ich reise morgen ab."

Er wurde still, als ihm die Erkenntnis kam. „Ein ganzes Jahr lang?"

Meine Lippen zitterten. „Es tut mir leid, dass ich es dir nicht gesagt habe."

Er hielt einen langen Moment inne, strich sich mit der Hand über die Haarsträhnen und drehte mir den Rücken zu, seine Muskeln waren angespannt. „Was wäre, wenn … was wäre, wenn du mich manchmal besuchen würdest? Wir könnten uns im Night Raider's Café treffen?" Mit einem hoffnungsvollen Lächeln im Gesicht drehte er sich wieder zu mir um.

„Ich weiß nicht, ob ich dazu in der Lage sein werde. Ryker sagte mir, dass die Gesetzlosen immer stärker werden. Sie gehen fast jede Nacht auf die Jagd. Ich bin nicht sicher, ob ich zwischen der Jagd und dem Training Zeit haben werde."

Er runzelte noch stärker die Stirn und zog mich in eine Umarmung. „Es ist okay, Izzy. Ich liebe dich trotzdem."

Wir schwiegen und dann zog ich die Brauen zusammen. Ich konnte nicht glauben, dass dies geschah.

„Als ich Roman davon erzählte, weigerte er sich, mich zu kennzeichnen."

„Er wird wieder zu sich kommen", sagte Dereks Mutter.

Aber ich glaubte nicht, dass Roman das jemals tun würde. Wir waren beide verletzt und es würde nur noch schlimmer werden. Wenn ich läufig wurde, könnte ich – unabsichtlich – versuchen, mit einem anderen Wolf zusammenzukommen, um den Schmerz zu beenden. Das würde ihn noch mehr verletzen; es würde *uns* noch mehr verletzen.

Ich sah auf den Boden und zog Derek in die letzte Umarmung, wahrscheinlich die letzte für das nächste Jahr. Ich wusste nicht, wann ich Zeit haben würde, wiederzukommen – oder ob ich es überhaupt tun würde.

Nachdem ich ihm eine Haarsträhne aus dem Gesicht gestrichen hatte, sagte ich: „Tu mir einen Gefallen und pass auf ihn auf."

„Du traust ihm nicht?"

Meine Lippen zitterten. „Das tue ich … aber ich traue Vanessa nicht und er ist im Moment in keiner guten Verfassung. Sag mir einfach Bescheid, wenn er nach mir fragt oder sich komisch verhält oder so. Bitte."

Es war meine einzige Hoffnung, etwas über ihn zu erfahren.

Als ich an diesem Abend nach Hause kam, warf ich einen Blick in das Zimmer meiner Eltern. Es war egoistisch von mir gewesen, so lange zu warten, aber ich wollte nicht, dass mich jemand hasste. Ich wollte, dass sie glücklich waren, bis ich ihnen sagte, dass ich weggehen würde.

Nachdem ich Mama wachgerüttelt hatte und sie die Tränen sah, die mir über die Wangen liefen, setzte sie sich auf und zog mich in ihre Arme. „Izzy, was ist los?"

„Bitte hasst mich nicht", sagte ich.

Sie winkte ab. „Wir würden dich nie hassen. Woher kommt das?"

„Es tut mir leid, dass ich es euch nicht früher gesagt habe", sagte ich und starrte Papa an, der seine Augen öffnete. Ich ließ mich auf das Bett fallen und sagte ihnen, dass ich morgen früh abreisen müsse, weil ich eine Lykanerin sei.

Und keiner von ihnen hat es so schlecht aufgenommen wie Roman.

———

Am nächsten Morgen wachte ich früh auf, mit dem süßen Duft von French Toast, der durch das Schlafzimmer zog, und einem schrecklichen Schmerz in meinem Herzen. Nachdem ich mich hin- und hergewälzt und nach einer weiteren Minute Schlaf gesucht hatte, um nicht so viele Schmerzen zu spüren, ging ich vom Zimmer meiner Eltern in mein Zimmer und wischte mir eine Träne von der Wange.

Mein Koffer lag auf meinem Bett, offen und leer. Ich packte meine Klamotten fein säuberlich hinein und versuchte, alles unterzubringen, was ich konnte. Und als mein Schrank leer war, sah ich zur Fensterbank, wo ich meine Partnerkette neben Luna Rayas

Schlüsselanhänger und meinen Lieblingsmondblumen abgelegt hatte.

Die Halskette fühlte sich so kalt zwischen meinen Fingern an, so kühl, so verdammt weit weg. Ich wollte sie mir umhängen, aber es schien falsch, das selbst zu tun. Partner sollten sie sich gegenseitig umhängen, um ihre Liebe und Unterstützung und die reine Verbindung zwischen ihnen zu symbolisieren.

Aber mein Partner wollte mich nicht, weil ich meine Träume über ihn gestellt hatte.

Ein paar Momente später hängte ich sie mir trotzdem um. Ich musste es tun. Auch wenn Roman mich nicht akzeptierte, hatte er mir das hier gegeben – das bedeutete doch etwas, oder? Immerhin hatte es seiner Mutter gehört. Ich würde sie tragen, bis … er mich zurückwies.

Mein Herz verkrampfte, als ich an die Ablehnung dachte. Obwohl er mir die Halskette geschenkt hatte, konnte er mich immer noch zurückweisen. Ich wusste, dass es wahrscheinlich war, dass er die ganze Nacht mit dem Gedanken gespielt hatte.

Ich schleppte meinen Koffer die Treppe hinunter und stellte ihn neben der Tür ab. Sonnenlicht flutete durch die Fenster und der Wald war seltsam ruhig für den frühen Morgen. Es erinnerte mich an die Tage, als ich noch jung war – als Luna Raya mich einlud, mit Roman im Wald zu spielen, als wir uns in der Höhle versteckten und uns stundenlang dumme Witze erzählten, bis das Sonnenlicht verschwand und der Wald so still wurde. Damals war alles so viel einfacher gewesen.

Mama reichte mir einen Teller mit French Toast und führte mich nach draußen auf die Veranda, wo Papa auf seinen Garten mit den Mondblumen starrte und seinen schwarzen Kaffee trank. Wir frühstückten schweigend, denn ich war mir nicht sicher, ob ich etwas sagen konnte, ohne zu weinen.

Stattdessen hörte ich das leise Stampfen der Pfoten auf dem Waldboden und das Heulen der Krieger, als sie mit dem Training begannen. Ich hätte in diesem Moment bei ihnen sein sollen. Ich hätte eine Kriegerin sein sollen. Ich hätte markiert und mit Roman verpartnert sein sollen. Aber die Mondgöttin hatte das nicht für uns geplant.

Ich strich mir mit der Hand über den Nacken, über die Stelle, an der Roman mich gestern Abend hatte markieren wollen. Ohne Markierung konnte ich nicht spüren, was Roman heute fühlte. Leitete er das Training wie jeden Tag? Tat es ihm weh? War es ihm egal? Würde er durch den Wald gehen und mich sehen, bevor ich ging?

Nein. Er würde nie zu mir kommen.

Als wir fertig waren, stellte Papa meinen Koffer ins Auto. Ich nahm unsere Teller und ging mit Mama in die Küche.

Sie lehnte sich gegen den Tresen und sah mich stirnrunzelnd an. „Derek ist also nicht dein Partner?"

Ich schnaubte durch die Nase. „Nein."

„Ist es Roman?"

Ich blickte zu ihr auf. „Woher weißt du das?"

Sie warf mir einen *Du-hältst-mich-doch-nicht-für-so-dumm-oder*-Blick zu und hob ihre rechte Augenbraue. „Wir konnten ihn im Haus riechen und Papa hat ihn ein paar Mal nachts draußen herumlungern sehen. Und … weißt du … Herr Beck kennt den neuesten Klatsch und Tratsch im Krankenhaus, also wussten es dort schon alle."

Oh, Herr Beck. Ich hasste ihn, aber ich würde ihn wahnsinnig vermissen. „Sag ihm auf Wiedersehen von mir."

„Roman?"

„Nein, Herrn Beck."

Sie lächelte, aber ihre Augen lächelten nicht. „Roman weiß es, nicht wahr?" Ihre Stimme war sanft, im Gegensatz zu ihrem sonst so fröhlichen und lebhaften Ton.

Ich kniff die Augen zusammen, presste die Lippen aufeinander und versuchte, mich zusammenzureißen, aber eine Träne rann mir über die Wange.

Mama zog mich in eine Umarmung und streichelte meine Schläfe. „Ist schon gut, mein Schatz. Alles wird wieder gut."

„Nein, das wird es nicht." Ich schluchzte. „Er hasst mich. Er hat sich geweigert, mich zu markieren und er hat sich geweigert, mir die Halskette umzulegen. Alles ist ruiniert. Alles."

Sie schaukelte uns hin und her. „Er wird darüber hinwegkommen. Das tun Partner immer." Ihre Worte waren freundlich, aber ich konnte keinen Trost in ihnen finden.

Papa kam in die Küche und klatschte in die Hände, mit einem breiten Grinsen im Gesicht. „Bist du bereit, Kleine?", fragte er. Als er mich sah, weiteten sich seine Augen und er zog sich langsam aus dem Zimmer zurück.

Mama verdrehte die Augen, lachte und löste sich gerade weit genug von mir, um mich anzuschauen. „Weißt du, als ich deinen Vater kennenlernte, war ich keine Jungfrau mehr."

Ich rümpfte die Nase und unterdrückte ein Lachen durch mein Schluchzen. „Mama, das muss ich nicht wissen."

Sie brachte mich zum Schweigen. „Das ist nicht die ganze Geschichte, Izzy. Als er es herausfand, weigerte er sich wochenlang, mit mir zu sprechen. Ich war am Boden zerstört, dachte, er würde nie wieder mit mir reden … aber wie du sehen kannst …"

Papa spähte von außen durch das Fenster, gerade so viel, dass er nur von den Augen aufwärts zu sehen war.

„Uns geht es gut." Sie lächelte ihn mit so viel Liebe an und griff nach ihrer Partnerkette. „Roman wird darüber hinwegkommen. Vielleicht nicht jetzt, aber bald."

Papa lugte hinter der Haustür hervor, als ich mir die Tränen wegwischte. „Bist du bereit?"

Ich nickte und verabschiedete mich von dem Haus, in dem ich jahrelang gelebt hatte. Dann sprang ich widerwillig in Papas Auto. Da er ein sentimentaler Typ war, beschloss Papa, dass es eine gute Idee wäre, langsam durch die Gegend zu fahren, um alles ein letztes Mal zu sehen. Meine Schule. Den Park. Dereks Haus.

Und natürlich das Haupthaus.

Roman stand draußen, sprach mit Cayden und drehte uns den Rücken zu. Als er Papas Auto hörte, schaute er hinüber, ohne sich auch nur wenigstens ganz umzudrehen und verkrampfte sich, als sein Blick durch das Fenster meinen traf. Ich hätte schwören können, dass Papa auf die Bremse trat, um etwa zehn Kilometer pro Stunde zu fahren, weil alles langsamer wurde.

Ich wollte so sehr, dass er zu mir kam, mich umarmte und sich entschuldigte. Aber das tat er nicht.

Er starrte mich an, bis ich ihn nicht mehr sehen konnte. Und da wusste ich, dass nichts mehr so sein würde wie früher.

35

isabella

„NEUES RUDEL, neues Du, hm?", fragte Ryker an der Tür zu meinem Zimmer im Lykaner-Haupthaus. Er starrte auf mein frisch geschnittenes und gesträhntes Haar, das mir in großen Locken über die Schultern fiel.

Ein Lächeln zuckte über meine Lippen – das erste Lächeln seit fast zwei Wochen, seit ich weggegangen war – und ich sah ihn durch den Spiegel an. In einer Ecke meines Zimmers, in der Nähe des Fensters, blühten Mondblumen. „Du kannst dich darüber beschweren, so viel du willst, Ryker, aber mir gefällt es."

Ich wollte, dass er mit einer schlauen Bemerkung antwortet, etwas, das Roman sagen würde, etwas, das mich an ihn erinnerte.

Aber stattdessen ging er zu mir, zupfte an einer meiner Locken und sagte: „Das gefällt mir".

„Du magst es?", fragte ich und strich mit dem Finger über meine Partnerkette. Das Metall war kühl, sogar kalt.

Er blickte auf den Anhänger hinunter, dann sah er mich wieder an und nickte mit dem Kopf. „Es steht dir, Bella."

Ich schob ihn spielerisch beiseite und ging ins Wohnzimmer. Obwohl ich in den letzten zwei Wochen kaum gelächelt hatte, gefiel mir dieses neue Ich. Ich mochte es, dass ich trainieren und andere beschützen konnte. Ich mochte es, dass ich das tun konnte, was ich liebte, und ich mochte es, ein Rudel zu haben, das mich unterstützte. Ich mochte alle hier.

Doch ich vermisste ihn.

Es waren zwei quälende Wochen gewesen, in denen ich mich nicht in seinem Duft oder in seinen Armen entspannen konnte, nicht einmal bei dem Gedanken an ihn. Mama hatte sich in Roman getäuscht. Er würde sich nicht so schnell wieder besinnen.

„Wir kommen zu spät zum Training", sagte ich.

„Das Training beginnt erst in einer halben Stunde." Er folgte mir ins Wohnzimmer und setzte sich mir gegenüber auf die Couch, stützte die Unterarme auf die Oberschenkel, sein Bizeps spannte sich. „Willst du mir irgendetwas sagen?"

„Nein."

Er hob eine einzelne, scharfe Braue. „Nicht einmal über die Partnerk ette um deinem Hals?"

Ich berührte wieder die Halskette, mein Herz raste. Er hatte sie schon oft gesehen, seit ich hier war, und hatte sie nicht weiter beachtet. Ich hatte gewusst, dass er früher oder später danach fragen würde.

„Ist es jemand von den Lykanern?"

„Nein."

Er hob amüsiert die Brauen. „Du und Raj scheint euch gut zu verstehen."

Ich rümpfte die Nase. „Raj ist attraktiv, aber er ist nicht mein Typ."

„Wer ist es dann?"

„Warum willst du das wissen?"

Er hielt einen Moment lang inne, die Lippen zusammengepresst. „Weil du eine Halskette hast, aber nicht markiert bist."

Ja, natürlich. Ich muss die einzige Werwölfin sein, die Partnerkette hatte, aber nicht markiert war. Das eine ohne das andere war das erste Zeichen einer Ablehnung. Ich seufzte, lehnte meinen Kopf gegen die Couch und schloss die Augen.

Ein Teil von mir nahm es Roman immer noch nicht übel, dass er mich nicht markiert hatte, und ich hasste es. Meine Wölfin wollte ihn mehr als alles andere, was sie je gewollt hatte. In den letzten zwei Wochen hatte sie sich geweigert, sich beim Training anzustrengen. Sie war verletzt, dass Roman uns nicht als das wollte, was wir wirklich waren – Krieger.

Ich hielt mich am Rand der Couch fest und versuchte, die Tränen zurückzuhalten. Sie fühlte sich zurückgewiesen. *Ich* fühlte mich im Stich gelassen. Und jetzt musste ich mich nicht nur auf ein neues Leben mit einem neuen Rudel einstellen, sondern auch auf ein Leben ohne ihn.

Die Bedrohung durch die Gesetzlosen *und* die Gefahr, läufig zu werden, lasteten schwer auf meinen Schultern. Es war so dumm von mir, vor Ryker, meinem Anführer, zu weinen. Aber ich schaute ihn mit Tränen in den Augen an. „Roman ist mein Partner."

„Roman?", fragte er ungläubig.

Bevor ich eine Träne vergießen konnte, wischte ich mir mit dem Finger über den Augenwinkel. „Ja."

Er fuhr sich mit der Hand durchs Haar und rieb sich dann mit den Händen das Gesicht. „Lass mich raten … er war zu wütend, um dich zu markieren."

„Nein, war er nicht." Ich presste meine Lippen aufeinander. „Er war zu enttäuscht von mir." Ich stand auf und schüttelte den Kopf. „Zu enttäuscht von meiner Entscheidung, das zu tun, was ich liebe. Er schien immer enttäuscht von mir zu sein, selbst wenn ich in seinem Rudel war. Es spielte keine Rolle, was ich tat. Ich schien nie genug zu sein."

„Bella, ich …", begann Ryker.

„Ich will es nicht hören, Ryker. Entschuldige dich nicht für ihn. Verteidige ihn nicht. Es ist mir egal. Ich kann das ohne ihn durchstehen. Ich muss es. Es war meine Entscheidung und ich hätte keine andere getroffen, wenn ich gewusst hätte, dass wir zusammengehören, bevor ich mich den Lykanern anschloss. Das war mein Traum und nichts wird mir diesen Traum nehmen."

Sein Mund verzog sich zu einem kleinen Lächeln. „Unabhängige Frau." Er stellte sich neben mich und schaute mich mit seinen schönen dunklen Augen an. „Du überraschst mich jeden Tag mehr, aber ich würde ihn niemals entschuldigen. Wenn er nicht sehen kann, wie stark du bist, dann ist das seine Schuld. Nicht deine. Ich nehme an, dass du und Roman bereits Sex hattet? Und wenn ja, dann müssen wir über deine Läufigkeit sprechen."

„Ich weiß", flüsterte ich und fühlte mich plötzlich zurückgewiesen.

„In ein paar Wochen wirst du läufig", sagte er, „und wir müssen darauf vorbereitet sein. Die meisten Krieger, besonders in diesem Rudel, werden von einem angeborenen Instinkt getrieben. Wenn die Zeit gekommen ist und sie spüren, dass du läufig bist, werden sie versuchen, dich so schnell wie möglich davon zu erlösen."

„Ich werde sie abwehren."

„Das wirst du nicht können", sagte er mit einer plötzlichen Traurigkeit in der Stimme. „Hast du schon einmal eine läufige Wölfin gesehen?", fragte er.

Ich schüttelte den Kopf.

„Du wirst niemanden abwehren können. Egal, wie stark du bist." Er strich mit den Fingern über die Narbe an seinem Hals. „Das wirst du nicht."

Wir saßen einige Augenblicke schweigend da, die Luft zum Schneiden dick vor Spannung. Schließlich nickte ich, nahm seine Hand und drückte sie mit meiner. „Dann werden wir uns einen Plan ausdenken."

36
isabella

„ICH MAG DIE HAARE, Killerin." Raj wippte auf seinen Absätzen hin und her und grinste mich auf seine typische Art an – damit bekam er alle Frauen, behauptete er zumindest, aber ich hatte ihn nie mit einer gesehen.

Ich nahm meine Partnerkette für das Training ab und steckte sie in meine Tasche, wo sie sicher sein würde. „Hör auf, mich so zu nennen."

„Aber es passt zu dir." Er zog sich das Shirt über den Kopf und warf es neben mir auf den Boden. Auf der linken Seite seines braunen Bauches hatte er eine Reihe von Mondblumen tätowiert.

„Ich habe bisher zwei Gesetzlose getötet." Ich hob zwei Finger zur Betonung, dann zog ich mein Shirt aus und zeigte auf die Tätowierungen auf meinem Rücken, um sicherzugehen, dass er verstand, dass ich keine Killerin war – noch nicht.

Er rieb eine Hand an seinem Haaransatz, seine dunklen Augen musterten meine Tätowierungen. „Genau, eine *Killerin*."

Ich kniff die Augen zusammen und joggte, um den Rest der Lykaner einzuholen, die sich gerade aufwärmten. Wir machten Ausfallschritte von einer Seite des Trainingsbereichs zur anderen und Raj blieb neben mir.

„Machst du dich über mich lustig?", fragte ich und warf ihm einen Seitenblick zu.

„Nur, wenn du es willst."

Ich warf ihm einen Blick zu. „Ja, ich würde mich freuen, wenn du dich über mich lustig machst", sagte ich sarkastisch. „Das war schon immer mein Traum. Mein einziger Traum."

„Ich wusste es."

Ryker räusperte sich, wir schauten rüber und stellten fest, dass alle mit dem Aufwärmen fertig waren und uns anstarrten. „Wenn ihr beide mit dem Flirten fertig seid, würden wir gerne mit dem Training beginnen", sagte Ryker mit einem angespannten Lächeln im Gesicht.

Raj zeigte auf mich und dann auf eine freie Ecke des Feldes. Wir kämpften etwa eine halbe Stunde lang, griffen uns abwechselnd an und drückten uns gegenseitig zu Boden. Obwohl er stärker war als ich, konnte ich leicht mit ihm mithalten. Anders als in der ersten Nacht, in der ich mit den Lykanern trainiert hatte, hatte ich seine Bewegungsmuster schnell durchschaut und konnte sogar erkennen, wann er einen Takedown gegen mich versuchen würde.

Mit dem richtigen Training und den richtigen Leuten hatte ich mich so verbessert, wie es mit dem Rudel von Roman niemals möglich gewesen wäre.

Ryker trainierte nicht mit uns, sondern beobachtete nur, wie Raj und ich uns nach jedem Takedown, nach jedem Flirtkommentar, nach jedem Pin gegenseitig antrieben.

Irgendwann erwischte mich Raj unvorbereitet, drehte mich auf den Bauch und drückte meinen Kopf mit der Seite auf den Boden. Meine Wange lag im Dreck und ich atmete einen Hauch davon ein. Ich spuckte ihn aus, befreite mich aus seinem Griff, drehte ihn auf den Rücken und hielt ihn für ein, zwei, drei Sekunden am Boden fest.

Raj schlang einen Arm unter mein Bein, den anderen um meinen Hinterkopf und warf mich über sich. Ich machte einen Purzelbaum aus seinem Griff und stand wieder auf, um mich meinem Feind zu stellen. Bedeckt mit Dreck und blauen Flecken, die ziemlich weh taten, schlichen wir umeinander herum. Mein Brustkorb hob und senkte sich, mein Herz raste.

Ryker nickte in unsere Richtung und rief: „Das Training ist für heute Abend beendet. Bella, bleib hier. Ich muss mit dir reden."

Raj schubste mich spielerisch. „Oh, ein Gespräch mit dem großen Mann." Er schüttelte den Kopf. „Da ist jemand in Schwierigkeiten."

„Du auch, Raj", sagte Ryker.

Ich schenkte ihm ein verschmitztes Grinsen und machte mich über ihn lustig, weil er sich über mich lustig machte.

Nachdem ich mir die Partnerkette wieder umgehängt und er sich das Shirt wieder über den Kopf gezogen hatte, reichte Ryker uns eine Mappe. „Ich schicke euch beide auf eine Mission."

„Nur wir?", fragte ich.

Nur die Besten der Besten gingen ohne den Rest des Teams auf Missionen.

Er nickte mit dem Kopf. „Ihr zwei arbeitet sehr gut zusammen. Bei euch stimmt die Chemie."

Raj stupste mich wieder an. „Hast du das gehört, Killerin? Bei uns stimmt die Chemie."

Ich rümpfte die Nase. „Was hat das damit zu tun?"

Ryker hielt einen Moment inne, als ob er über etwas nachdachte und nickte dann. „Das ist eine andere Mission. Anders als beim typischen Gesetzlosen, der sich auf das Gebiet des Rudels verirrt, gibt es eine Gruppe von Gesetzlosen, die zusammenarbeiten. Ich möchte, dass ihr herausfindet, wo sich ihr Versteck befindet. Bei dieser Mission wird nicht getötet. Wir brauchen Informationen, damit wir ihr Versteck stürmen und sie ein für alle Mal aufhalten können."

Raj nahm mir die Akte ab, las sie kurz und schaute dann auf. „Sie werden im Night Raider's Café sein? Eine Bande von Gesetzlosen?"

„Diesen Freitag findet bei Vollmond eine Party im Café statt. Alle Rudel in der Gegend sind eingeladen, das heißt, es werden viele Alphas da sein. Da diese spezielle Gruppe es auf Alphas abgesehen hat, gehe ich davon aus, dass auch einige Gesetzlose anwesend sein werden."

„Was meinst du damit, dass sie es auf Alphas abgesehen haben?", fragte ich mit brüchiger Stimme.

Auch wenn Roman mich nicht wollte, wollte ich ihn in Sicherheit bringen. Luna Raya war bei einem Angriff von Gesetzlosen ums Leben gekommen und ich wollte nicht, dass Roman das gleiche Schicksal widerfuhr. Wenn er in Gefahr war, würde ich alles tun, um das zu verhindern.

„Sie töten Alphas und nehmen ihnen Land und Leute weg."

Raj zog die Stirn in Falten. „Wie viele haben sie schon getötet?"

Ryker holte tief Luft. „Drei."

Ich erstickte fast, als ich nach Luft schnappte. „Drei?" Ich schüttelte den Kopf. „Wie?"

Ryker seufzte und sah viel angespannter aus als sonst. „Ich weiß es nicht, aber ihr müsst herausfinden, wo sie sich verstecken. Es ist mir egal, wie ihr das macht – flirtet mit ihnen, wenn es sein muss – aber sie dürfen nicht sterben. Wir brauchen sie, damit sie euch zu ihrem Versteck führen."

———

Nachdem wir geduscht hatten, liefen Raj und ich zum Café, um es vor Freitag zu begutachten, damit wir besser planen konnten. Bis jetzt war unsere einzige Idee, mit den Gesetzlosen zu flirten und zu hoffen, dass sie uns zu ihrem Versteck mitnehmen würden. Aber ich war mir nicht sicher, ob ich mit jemandem flirten konnte, der nicht mein Partner oder mein Freund war.

Mit Raj zu flirten war einfach, denn er war von Natur aus gut darin. Bei den Gesetzlosen, die hier waren, um einen Alpha zu finden, einen Alpha zu töten, das Land eines Alphas und seine Leute zu übernehmen, würde es schwierig sein, einen davon zu überzeugen, mich mit nach Hause zu nehmen. Ich müsste mein Lykaner-Tattoo verdecken und … meine Halskette ablegen.

Raj trat in das frühmorgendliche Gewusel im Café, schwang verführerisch seine Hüften und sah mich an. „So ein enger Raum für eine Bar, aber man nennt es nicht umsonst Dirty Dancing. Ein überfüllter Raum voller verschwitzter Körper, an denen man sich reibt, wenn man sich bewegt." Er gluckste. „Scheint genau meine Art von Party zu sein."

Moment .

„Vor allem, wenn du mein Date bist."

Da hatten wir's.

Ich nahm meinen Haselnusskaffee von der Theke und gähnte. „Warum bestehst du darauf, mit mir zu flirten?"

„Ich flirte mit jedem. Das ist mein Job."

„Deine Aufgabe ist es, Gesetzlose zu töten."

„Killerin, du bist noch so neu. Du weißt nicht, dass es bei den Lykanern Untergruppen gibt. Manche Gruppen sind reine Krieger und töten, andere flirten und bekommen wichtige Informationen." Er grinste und legte einen Arm um meine Schultern. „Ich mache zufällig beides."

„Was ist mit Ryker? Was ist er?"

Er stupste mich an. „Warum, bist du in ihn verknallt?"

„Nein, ich habe nur noch nicht gesehen, dass er viele Gesetzlose tötet und er flirtet viel", sagte ich und meine Wangen erröteten, als ich mich an die Zeit vor dem Training erinnerte.

„Er geht viel auf Solo-Missionen, um Gesetzlose zu töten, aber er ist sehr talentiert im Flirten." Er wackelte mit den Augenbrauen in meine Richtung.

„Nun …"

„Lange nicht gesehen, Fremde", rief Vanessa mit dieser hohen, kreischenden Stimme.

Ich presste die Kiefer aufeinander und sah zu ihr hinüber.

Sie kam weiter in das Café hinein, ihre Handtasche in der Hand schwingend, in einem Oversize-Shirt und hohen Schuhen. „Ich habe dich fast nicht erkannt. Du siehst anders aus … *hübsch*." Sie wickelte eine meiner Haarsträhnen um ihren Finger sah zu, wie sie wippte.

Ihr Blick wanderte von mir zu Raj, der plötzlich sein Flirt-Gehabe sein ließ und zu seinem Arm um meine Schultern. Ich schüttelte ihn ab.

„Wow, danke, Vanessa", sagte ich, die Worte trieften vor Sarkasmus.

Ihr Haar war leicht zerzaust, als wäre sie gerade erst aufgestanden. Ich holte Luft und spannte mich an, als ich merkte, wie gut sie roch.

„Zwei Cappuccini für Vanessa", sagte der Barista.

Vanessa schnappte sich die Kaffees und lächelte uns an. „Also, ich sollte jetzt gehen. Ich will Roman nicht warten lassen. Ich werde ihm sagen, dass du und dein *Freund* ihn grüßen."

Mein Herz krampfte sich zusammen.

Roman … danach roch ihr Hemd. Scheiße, Roman.

Ich starrte ihr hinterher. Warum zum Teufel trug sie sein Hemd und warum holte sie ihm Kaffee? Hatte sie jetzt Roman gefickt? Hatte sie beschlossen, die Chance zu nutzen, nachdem ich gegangen war?

Ich machte einen Schritt, bereit, ihr zu folgen, als Raj mich am Arm packte und zurückzog. „Lykaner treffen keine voreiligen Entscheidungen", sagte er.

Ich presste die Kiefer zusammen und sah zu, wie sie in ihrem blöden Mercedes davonfuhr.

Meine Hand ballte sich zu einer Faust und der Kaffee ergoss sich über meinen Bauch. Obwohl er heiß war, brannte er nicht so sehr wie der Verrat, wie Zurückweisung. Meine Wölfin wimmerte in mir. Wir hatten Schmerzen.

„Isabella?", fragte Raj besorgt.

Der rationale Teil in mir wusste, dass Vanessa immer gerne Ärger machte. Das war wahrscheinlich ein ausgeklügelter Plan, um mich zu verarschen, auch wenn ich weg war. Ich hätte ihr nicht glauben sollen, aber ich tat es. Sie hatte sein verdammtes Hemd an.

„Izzy!" Derek betrat das Café, sein braunes Haar war zerzaust.

Derek zog mich in eine vertraute, innige Umarmung. Seit ich gegangen war, hatte ich ihn nicht mehr gesehen. Wir schrieben uns jeden Tag hin und her. Aber Stunden zwischen den Nachrichten waren nicht dasselbe wie eine unmittelbare Reaktion von ihm, so wie ich es gewohnt war. In letzter Zeit gab es zu viele Gesetzlose, um ihn zu sehen.

„Wie ist es dir ergangen?", fragte er. Als ich nicht antwortete, löste er sich von mir und sah zwischen mir und Raj hin und her. „Was ist los?"

Ich hätte mich genauso freuen sollen, ihn zu sehen, wie er sich freute, mich zu sehen, da ich ihn seit über zwei Wochen nicht mehr getroffen hatte. Aber wie konnte ich glücklich sein, wenn Vanessa Romans Hemd trug?

„Derek", sagte ich leise, um vor Raj nicht schwach zu wirken. „Ich habe dich gebeten, auf Roman aufzupassen."

Dereks Augen wurden groß und nur für einen Moment wanderte sein Blick zu Boden, als hätte er ein schlechtes Gewissen. Ich nahm seine Hand und drückte sie verzweifelt.

„Derek", flüsterte ich und die Tränen drohten zu fließen. „Bitte sag mir, dass er und Vanessa nicht zusammen sind", ich schüttelte den Kopf, „B itte."

Er sagte nichts, war nur angespannt.

Meine Mund stand ungläubig offen und es war, als würde meine ganze Welt zusammenbrechen. Zwei Wochen. Ich war zwei Wochen lang weg gewesen. Das war's. „Oh Mondgöttin. Sie sind es."

Derek holte tief Luft und legte seine Hände auf meine Schultern. „Isabella, ich bin mir nicht sicher, was zwischen den beiden vor sich geht. Ich weiß nur, dass sie mehr Zeit als sonst miteinander verbracht haben. In Vanessas Haus ist etwas passiert und sie hat behauptet, dass sie dort nicht wohnen kann, also hat er ihr angeboten, bei ihm im Haupthaus unterzukommen."

Raj drückte meine Schulter und ich löste mich von Derek.

„Warum hast du mir das nicht gesagt?"

Er presste die Lippen aufeinander. „Ich dachte, es wäre nur für einen oder zwei Tage." Er schüttelte den Kopf und wischte mir die Tränen von den Wangen. „Ich habe ihr sogar angeboten, bei mir zu

Hause zu wohnen, damit sie sich von ihm fernhält. Aber sie haben beide abgelehnt."

Mein Herz tat so verdammt weh.

„Es tut mir leid, Isabella", sagte Derek.

Aber das machte nichts besser.

Das tat genauso weh, wie Romans Ablehnung.

37

isabella

KONZENTRIERT BETRACHTETE ICH DIE LEUTE, die in der Mitte des Night Raider's Café tanzten. Die ganze Woche über hatte ich an Roman gedacht, daran, dass Vanessa bei ihm im Haus war, daran, dass er Vanessa sein Hemd zum Anziehen gegeben hatte. Und die ganze Woche über wollte ich direkt auf sein Gebiet marschieren und ihm sagen, dass er mich zurückweisen soll.

Dieses Gefühl war mir zuwider. Ich wusste nicht, was vor sich ging und es fraß mich auf. Klar, vielleicht verhielt er sich Vanessa gegenüber nur wie ein netter Alpha. Aber er war nicht einmal zu mir nett gewesen, bevor ich achtzehn wurde. Klar, vielleicht erfüllte er einfach seine Alpha-Pflichten.

Aber hatte Vanessa nicht ihre eigenen verdammten Hemden? Warum hatte er ihr erlaubt, mit seinem Hemd rauszugehen?

Diese Schmerzen waren zu groß und ich hatte noch nicht einmal die Läufigkeit hinter mir. In weniger als einer Woche würde ich sie durchmachen. Ich würde an allen Wänden meines Schlafzimmers kratzen und darum betteln, dass mir jemand den Schmerz nimmt, indem er sich mit mir paart.

Der Schmerz würde verschwinden, wenn ich Roman zurückweisen würde, aber ich konnte mich nicht einmal dazu bringen, diese Worte zu denken.

Musik dröhnte durch den Dunst in der Bar und ich nippte an meinem Tequila Sunrise. Niemand aus Romans Rudel war hier – zumindest noch nicht. Nicht einmal diese verdammte Schlampe.

Die Alphas gingen durch die Menge im Night Raider's Café, das jetzt zur Bar geworden war. Die Leute machten ihnen den Weg frei und blickten zu ihnen auf – manche mit respektvollen Blicken, andere mit lustvollen. Ich presste die Kiefer zusammen und griff nach der Partnerkette in meiner Tasche. Ich hatte sie nicht getragen, aber ich hatte sie mitgebracht, damit ich sie in sein dummes Gesicht halten und ihm sagen konnte, dass ich mit ihm fertig war.

Von all den Alphas, die nicht hier sein konnten, musste er zu Hause bleiben. Wahrscheinlich, um Vanessa statt mich zu ficken. Ich hätte es sein sollen, die er liebte. Ich. *Ich*. Nicht sie.

Meine Wölfin knurrte in meinem Hinterkopf, aber ich brachte sie zum Schweigen. Egal, ob das alles eine Lüge oder die Wahrheit war, ich musste bei dieser Mission klar denken. Es war mein erstes Solo mit Raj und ich durfte es nicht vermasseln.

Raj schlang einen Arm um meine Taille und beugte sich hinunter. „Bist du bereit, Killerin?", fragte er an meinem Ohr. Lichter spiegelten sich in seinem Gesicht, in seinen Augen und ließen ihn heute Abend noch viel attraktiver aussehen. Sein weiches schwarzes Haar, der dunkle, lüsterne Ausdruck in seinen Augen.

Ich strich mit den Fingern über meinen Hals – dort, wo eigentlich meine Halskette sein sollte.

Ohne sie fühlte ich mich nicht an Roman gebunden. Und ich wusste nicht, wie ich damit umgehen sollte.

Rajs Hände glitten über meine Hüften, als er mich zwischen die verschwitzten Körper auf die Tanzfläche zog. Er drückte sich an meinen Hintern und beugte sich vor, so dass seine Lippen mein Ohr streiften, was mich erschaudern ließ. „Du erinnerst dich an den Plan?"

„Ja."

„Dann fang an, dich so zu verhalten."

Ich zauberte ein Grinsen auf mein Gesicht und drehte mich in seiner Umarmung, meine Finger krabbelten seine Brust hinauf.

Das brauchte er mir nicht zweimal sagen. Seine Muskeln fühlten sich so straff an unter seinem dünnen Hemd. So prall. So groß. Ich zog ihn näher an mich heran, schlang meine Arme um seine Schultern und lehnte meine Stirn an seine.

Er roch nach Buttertoffee. Ein so süßer und einladender Duft.

Nachdem er seine Arme um meine Taille gelegt hatte, presste er seine Finger gegen meinen unteren Rücken. Ich drehte uns leicht und sah von seiner Schulter hoch, um die Gruppe von Gesetzlosen in der Ecke des Raumes sehen zu können, die uns beobachteten.

Vor allem einer mit leuchtend grünen Augen starrte mich an. Von der Narbe auf seiner rechten Wange bis zu seinem gefährlichen Grinsen schrie alles nach einem bösen Jungen. Und wir alle wussten, wer auf böse Jungs stand. Ich tat es – für heute Abend.

Nachdem ich ihm hinter Rajs Rücken ein kokettes Lächeln geschenkt hatte, schaute ich Raj an und wurde rot. Er zog mich näher an sich, unsere Körper pressten sich fest gegeneinander. *Warum roch er so verdammt gut?*

Ich bewegte meine Hüften mit seinen, wollte ihm nicht zu nahekommen, aber nahe genug. Meine Wölfin schnurrte in mir und ich dachte, Roman wäre hier. Sie hatte noch nie für jemand anderen als ihn so geschnurrt.

Aber als ich mich umsah, merkte ich, dass Roman nicht hier war. Mein Blick fiel wieder auf diesen Gesetzlosen und dieses Mal behielt ich ihn im Auge, während Raj und ich miteinander tanzten. Ich konnte mir nur vorstellen, dass Raj dasselbe mit einer anderen Gesetzlosen irgendwo in der Bar tat.

Ich flüsterte Raj etwas ins Ohr und machte mich auf den Weg zur Bar. Für einen kurzen Moment blickte ich zurück auf die Gruppe von Gesetzlosen und bemerkte, dass *er* nicht bei ihnen war.

„Suchst du was?", fragte der Gesetzlose.

Er stützte sich mit einem Arm auf der Bar ab und hielt mit dem anderen seinen Drink. Ich lächelte ihn an und berührte seinen Kragen. Seine Ärmel waren bis zu den Unterarmen hochgekrempelt und ich bemühte mich, ruhig zu bleiben. Aber mein Herz raste und meine Wölfin war still.

„Nach *jemandem*", sagte ich.

Er strich mit dem Daumen über meine Lippen und grinste. „Was würde dein Freund dazu sagen?", fragte er und schaute zu Raj, der uns den Rücken zugewandt hatte – genau wie wir es geplant hatten.

Ich legte einen Finger an sein Kinn und drehte seinen Kopf, so dass er mir zugewandt war. „Als ob es dich wirklich interessiert, was er sagen würde. Kerle wie du nehmen sich einfach, was sie wollen, oder?"

Er lachte und trat näher, plötzlich schnurrte meine Wölfin wieder. Genau wie bei Raj, genau wie bei Ryker vorhin, bevor ich mit ihr schimpfen musste.

Ich leckte mir über die Lippen.

„Lass uns hier verschwinden", flüsterte er in mein Ohr.

Ich tat so, als ob ich eine Sekunde lang darüber nachdenken müsste. Als er mit seinen Fingern über meinen Bauch strich, hatte ich Angst, dass er mich für viel zu muskulös für eine Durchschnittswölfin halten würde, dass er merken würde, dass etwas nicht stimmte. Aber das tat er nicht.

Also legte ich meine Hand in seinen Nacken und zog ihn näher zu mir, sodass meine Lippen seine streiften. „Zeig mir den Weg."

Er nahm meine Hand und führte mich zum Ausgang. Ich hatte gerade noch genug Zeit, Raj anzusehen und mich zu vergewissern, dass er bemerkte, dass ich mich auf den Weg machte, um dieses Versteck zu finden. Ein paar der anderen Gesetzlosen aus der Ecke des Raumes sahen uns beim Gehen zu und der Gesetzlose bei mir reckte die Faust in die Luft, als wäre ich eine verdammte Trophäe für ihn.

Aber irgendetwas daran war so sexy.

Wir verließen die Bar und noch bevor sich die Tür schloss, hatte mich der Gesetzlose gegen die Hauswand gepresst und saugte mit seinen Lippen an meinem Hals. Mein Herz raste, doch aus irgendeinem Grund konnte ich ihn nicht einmal von mir wegschieben. Er wanderte mit seinen Lippen meinen Hals hinauf, knabberte noch gröber daran und hinterließ einen roten Fleck.

Janes Auto hielt dreißig Meter entfernt auf einem leeren Parkplatz, die Scheinwerfer leuchteten in unsere Richtung. Ich zog ihn näher an mich heran, damit sie mich nicht sehen konnte. Ich wollte nicht, dass sich Gerüchte verbreiteten, ich hätte mich in eine Hure verwandelt, nachdem ich das Rudel verlassen hatte.

Der Gesetzlose wanderte mit seinen Lippen in die Nähe von meinen, aber ich wich ihm aus und schützte mein Gesicht mit meinem Haar. Es war nicht die Zeit zum Spielen. Das hier war Arbeit. Arbeit, die ich tun musste. Arbeit, die Ryker mir zugewiesen hatte, weil er an mich glaubte.

Meine Wölfin schnurrte, als sein Bart über meine Halsbeuge strich und sie zum *Brennen* brachte.

Jane ging mit ein paar ihrer Freunde und zwei Kriegerwölfen, von denen ich annahm, dass Roman sie zu ihrem Schutz ein gestellt hatte, zum Eingang. Ich nahm ihre stechenden Gerüche wahr, aber keiner von ihnen roch wie Vanessa, so dass ich ruhig bleiben konnte. Jane hielt für einen winzigen Moment inne und blickte in unsere Richtung. Als sie das tat, drehte ich mich um und stieß den Gesetzlosen auf die Seite des Gebäudes, wobei mir die Haare ins Gesicht fielen. Er griff mir an den Hintern und aus irgendeinem verdammten Grund zog meine Wölfin sich nicht weg. Sie wollte es nicht.

Aber ich tat es.

Es fühlte sich falsch an.

Jane betrat die Bar.

Als sie verschwand, holte ich tief Luft und er presste seine Lippen auf meine, seine Zunge in meinem Mund. Er wickelte eine Hand in mein Haar und zwang mich, ihn zu küssen. Ich legte meine Hände auf seine Brust und versuchte, ihn wegzuschieben, aber ich war nicht stark genug – obwohl ich im Training schon mehr getan hatte, als nur jemanden wegzuschieben.

Mein Hals brannte. Glühte. Entflammte. Loderte.

Ich holte tief Luft und sammelte genug Kraft, um ihn zurückzustoßen. Ich hatte eine verdammte Mission.

„Ich dachte, du wolltest mich nach Hause bringen", sagte ich mit standhaftem Blick.

Er leckte sich über die Lippen und ich presste eine Hand gegen meinen Nacken und hoffte, dass der Schmerz aufhören würde. Ich löste mich von dem Gesetzlosen und entdeckte Raj, der am Eingang des Night Raider's Café herumhing.

Ich schwang meine Hüften, während ich auf den Wald zuging. „Also, wohin gehen wir?"

Er folgte mir in den Wald, sein Geruch war überwältigend, und packte mein Handgelenk. „Wir gehen nirgendwo hin." Er trat näher an mich heran. „Du bist viel zu sexy, um den ganzen Weg nach Hause zu warten."

„Aber …"

Er stieß mich hinter einen Baum, packte mein Shirt und riss es auf. „Ich nehme mir, was ich will und wann ich es will", sagte er, während seine Finger über meine Haut streiften und sie zum Glühen brachte.

Meine Brust brannte und plötzlich fühlte sich mein ganzer Körper an, als stünde er in Flammen.

Meine Muschi pochte. Mein Kopf tat weh. Meine Haut fühlte sich an, als würde sie versengt werden.

Ich schloss meine Augen und hielt mich an ihm fest. Seine Augen wurden schwarz – die Farbe seines Wolfes – und er biss mit seinen Zähnen in meinen Hals, wo Romans Zeichen hätte sein sollen.

Oh Mondgöttin, nein. Ich war läufig. Hier und jetzt.

Bevor der Gesetzlose mir die Kleider ausziehen konnte, riss ich sie mir selbst vom Leib. Es war zu heiß für so etwas. Zu verdammt heiß. Ich schwitzte. Mein Atem raste, als ob ich nach Luft ringen, aber die trockene Luft nicht zu tief einatmen wollte, die mich langsam von innen heraus töten würde.

In meiner Brust baute sich so viel Druck auf, dass ich mich nicht mehr aufrecht halten konnte. Ich sackte auf die Knie, er öffnete seinen Gürtel und holte seinen Schwanz heraus. Ich schüttelte den Kopf, aber meine Wölfin schnurrte und wollte ihn. Meine Augen verwandelten sich immer wieder zu ihren und wieder zurück zu meinen, einen Moment lang verlor ich fast die Kontrolle.

Aber ich riss mich zusammen. Ich wusste nicht, wie lange ich in der Lage sein würde, das zu tun, aber ich hatte Ryker versprochen, dass meine Läufigkeit mich nicht daran hindern würde, meinen Job als Lykanerin zu machen. Ich wollte nicht, dass ich meine Stellung verlor, weil Roman mich nicht markiert hatte.

Der Gesetzlose packte meine Arme und zog mich auf die Beine. Gerade als er in mich eindringen wollte, packte ich seinen Schwanz mit der Hand, meine Krallen gruben sich hinein. Er ließ mich los und griff selbst nach sich.

„Stopp."

Meine Wölfin in mir sprang auf und wollte befreit werden. Sie hatte noch nie etwas so Verrücktes gewollt. Sie wollte ihn. Sie wollte diesen Gesetzlosen. Sie wollte, dass er uns fickte.

„Du verdammte Hure." Er schlang eine Hand um meine Kehle und drückte mich an den Baum.

Eine Träne löste sich aus meinem Auge und ich wimmerte. *Das konnte doch nicht wahr sein. Das konnte nicht wahr sein.* So hatte ich mir die Verpartnerung nicht vorgestellt.

Ohne nachzudenken, schlug ich meine Krallen in seinen Hals und tötete ihn auf der Stelle. Ich brach auf dem Boden zusammen, streckte mich, so gut ich konnte und versuchte, mich im Dreck abzukühlen.

„Raj!", rief ich. „Raj!"

Ich hörte, wie jemand durch den Wald rannte und Raj erschien vor meinen Füßen. Seine Augen waren groß und wolfsgolden und er sah mit so viel verdammter Lust auf mich herab, dass ich wusste, dass er dasselbe wollte wie der Gesetzlose. Mich markieren. Eine Frau aus von der Läufigkeit befreien.

Dieses angeborene Bedürfnis war in jedem einzelnen unverpaarten Werwolf veranlagt. Es war natürlich, einer Wölfin durch ihre Läufigkeit helfen zu wollen, sie vor Schmerzen zu bewahren, sie zu der seinen zu machen.

Ein paar Gesetzlose kamen aus der Bar und sahen mich gegen den Baum lehnen – die Kleidung zerrissen, der Körper triefend vor Schweiß, das Verlangen strahlte in Wellen von mir ab. Und plötzlich stürmten sie in meine Richtung.

Raj kam langsam auf mich zu, kontrolliert von seinem Wolf und nur von seinem Wolf. Er legte die Ohren an und lauschte auf die Gesetzlosen.

„Raj", sagte ich, während mir die Tränen über die Wangen liefen.

Ich konnte mich kaum bewegen. Alles tat unvorstellbar weh. Er packte meinen Arm, zog mich hoch und legte einen Arm um meine Taille. Seine Haut auf meiner war das einzig Kühle an meinem Körper.

Es fühlte sich so gut an, dass ich nicht anders konnte, als ihn anzuflehen, mich noch mehr zu berühren. Meine Wölfin übernahm die Kontrolle.

„Mehr, Raj", flehte ich. „Es ist zu viel."

38
roman

ICH STARRTE den Mann im Scheißspiegel an und seufzte. Ich erkannte mich selbst kaum wieder, nachdem ich ohne großen Kampf zugelassen hatte, dass meine Partnerin mich verließ. Ein Teil von mir hatte gehofft, dass sie es nicht durchziehen würde. Ein Teil von mir hatte gehofft, dass das alles nur ein beschissener Traum war. Aber sie war stur und alles war meine Schuld.

Sie hätte bei mir sein sollen. Sie hätte im Team sein sollen. Nicht Vanessa. Aber ich war so verdammt eifersüchtig gewesen und hatte solche Angst, dass Ryker sie mir wegnehmen würde, dass ich es nicht zulassen konnte. Jetzt war es passiert.

Meine Partnerin lebte in seinem Rudel, in seinem Haus und war in der Nähe dieses Arschlochs.

Jeden Tag könnte sie läufig werden. Jeden verdammten Tag. Und ich konnte nicht wissen, wann dann sein würde. Würde sie stark genug sein, um jedem anderen Kerl zu widerstehen, der sich mit ihr verpartnern wollte? Es gab jede Menge Wölfe, die versuchen würden, diese Chance zu nutzen. Würde sie stark genug sein, diese Männer abzuwehren, um sich für mich aufzuheben? Nicht mit Ryker, der mit ihr in diesem Haus lebte. Er würde sie nehmen und es würde ihm egal sein.

Warum hatte ich sie wieder gehen lassen?

Ich schüttelte den Kopf und rückte meine Krawatte zurecht. Sie würde heute Abend im Night Raider's Café bei der Vollmondparty sein und ich wollte sie zurückholen.

Ich würde sie zurückschleifen, wenn ich müsste, ich würde sie als Kriegerin einsetzen, ich würde …

Ich hielt inne. Das konnte ich nicht tun. Sie sollte mindestens ein Jahr lang Lykanerin sein. Ein Gelübde gegenüber den Lykanern war so heilig wie das göttliche Gesetz und sie konnte das göttliche Gesetz nicht brechen.

Heute Abend würde ich hingehen, um sie zu sehen, und wenn es nur im Vorbeigehen war. Um ihren süßen Vanilleduft wieder zu riechen, wenn ich die Chance dazu hätte.

Ich starrte auf meine Kommode, die mit all meinen nächtlichen Zeichnungen von ihr bedeckt war. Es war die Kommode, die ich für sie ausgeräumt hatte, die Kommode, auf der ich die Partnerkette hatte liegen lassen. Und als ich sie betrachtete, konnte ich nur den verzweifelten Ausdruck in ihrem Gesicht sehen, als ich ihr die Markierung verweigerte. Bevor sie mich verließ.

Vanessa klopfte zwei Mal an die Tür und betrat mein Zimmer – uneingeladen.

Warum zum Teufel hatte ich sie überhaupt bei mir wohnen lassen? Hatte ich nicht genug Respekt vor meiner Partnerin, um sie rauszuwerfen?

Ich hatte meinen ganzen Scheißrespekt vor mir selbst verloren, als ich ihr zusagte und Derek mitteilte, dass ich mich um Vanessas Wohnsituation kümmern würde, nachdem eine ihrer Wasserleitungen geplatzt war.

Sie strich mit dem Finger über meine Kommode und dann berührte sie mich. Ja, sie berührte mich.

Ihr Finger glitt meinen Hals hinauf und ich ließ sie gewähren. So verdammt dumm. Aber es fühlte sich besser an als nichts. Ich konnte mir nur vorstellen, dass ihre Finger die von Isabella waren. Wenn sie mich reizte, wie sie es immer tat. Sie musste es nicht einmal versuchen.

„Du siehst so gut aus", säuselte sie. „Du hast dich also entschieden, mein Date für heute Abend zu sein?"

Ich schluckte schwer und nahm ihre Hand von mir weg. „Vanessa, was habe ich dir über das Überschreiten deiner Grenzen gesagt?"

Sie schaute mich durch ihre langen Wimpern an, die sie mit hunderten Mascaraschichten getuscht hatte. „Ach, komm schon, Roman. Tu nicht so, als hättest du nie an mich gedacht." Sie grinste und hüpfte auf mein Bett, wobei ihre Brüste wippten. „Ich weiß, dass du das hast."

Sie hatte Recht. Ich hatte.

„Ich denke an all die Dinge, die du mit mir machen würdest." Sie griff nach meiner Hand und legte sie auf ihren zarten Nacken. „Deine Hand, die sich um meine Kehle legt, und wie du mich fickst, so wie du Isabella gefickt hast."

Ich packte sie am Hals, grub meine Krallen in ihr Fleisch und stieß sie vom Bett an die Wand. Dann drückte ich zu.

Das war das Einzige, was ich mit ihr machen wollte, aber ich war bisher noch nicht stark genug, es zu tun.

„Ich hätte dich nie eine Kriegerin werden lassen sollen. Du bist unter meiner Würde. Du bist unter ihrer. Du bist unter unserer", knurrte ich. „Du wirst nie eine Chance bei mir haben. Ich habe eine Partnerin."

Ihre Wangen röteten sich. „Eine Partnerin?", spuckte sie aus. „Die ist gerade mit jemand anderem im Café."

Meine Hand schloss sich um ihre Kehle. Sie log.

„Jane hat mir Bilder von ihnen geschickt", sagte sie. „Sie meinte, sie sei sogar *markiert*."

Jetzt legte ich beide Hände um ihren Hals und hob sie in die Luft. Ich wünschte, ich könnte ihr hier und jetzt das Genick brechen. Sie grub ihre Nägel in mich, ihre Augen weiteten sich.

„Geh, bevor ich dich umbringe", knurrte ich ihr ins Ohr. Es kostete mich alles, sie loszulassen.

Sie fiel auf die Knie und schnappte nach Luft, während ich auf die andere Seite des Zimmers ging und versuchte, mich zu beruhigen. Eine Minute verging, dann noch eine, und diese Schlampe war immer noch in meinem Zimmer.

„Hau ab, Vanessa." Ich starrte aus dem Fenster und presste meine Kiefer zusammen. „Zwing mich nicht, es noch einmal zu sagen."

Sie huschte aus dem Zimmer und als sie weg war, setzte ich mich auf das Bett und grub meine Krallen in die Bettlaken. Meine Isabella war markiert. Meine Isabella war in diesem Moment mit einem anderen Mann zusammen.

Ich habe drei Jahre auf sie gewartet, habe alle für sie abgewiesen und mich dann verdammt noch mal geweigert, sie zu markieren.

Mein Wolf knurrte in mir, bereit, jeden zu töten, der es wagte, unsere Partnerin anzurühren.

Vanessa musste lügen. Das musste sie. Das tat sie immer.

Ich musste jetzt hinuntergehen, um es mit eigenen Augen zu sehen, um zu sehen, was meine Partnerin wegen meiner dummen Entscheidungen getan hatte. Mein Verstand war zu verwirrt, um noch irgendjemandem zu vertrauen, sogar mir selbst.

39
isabella

RAJ DRÜCKTE mich gegen einen Baum und presste seine Lippen auf meinen Hals. Sie glitten so mühelos über meine Haut und fühlten sich so kühl an. Ich lehnte meinen Kopf zurück gegen die Baumrinde und schloss die Augen.

Sein Bart kitzelte mich und ich zog ihn näher zu mir. Alles an ihm fühlte sich so gut an. Seine Muskeln, die sich unter seinem Hemd spannten, sein süßer Buttertoffeeduft, die Art, wie er mich packte und an sich drückte.

Als seine Eckzähne meine Schwachstelle berührten, erschauderte ich vor Lust. Ich wartete nur darauf, wollte, sehnte mich danach, markiert zu werden. Meine Wölfin heulte in mir, ich konnte seiner Berührung nicht widerstehen.

„Bitte, Raj", flüsterte ich, „es fühlt sich so …" Ich stieß ein leises Stöhnen aus. „Es fühlt sich so gut an."

Er packte meine Hüften und instinktiv drückte ich meinen Körper gegen seinen. Er war so viel kälter als ich. Und als er mir die Halsbeuge leckte, stöhnte ich noch lauter, so dass mich alle hören konnten und es war mir völlig egal.

Das Mondlicht flutete durch die Bäume und ließ meine Partnerkette auf dem Boden neben meiner Kleidung leuchten. Ich spannte mich an. *Mein Partner, Roman.* Was würde er davon halten? Er würde mich hassen.

Er hasst uns bereits, heulte meine Wölfin in meinem Kopf. *Raj tut das nicht. Raj will uns helfen!*

Mein Atem ging stoßweise. Ich wollte das nicht. Ich konnte das nicht wollen. Egal, wie sehr ich ihn hasste, ich konnte Roman nicht verraten, bevor er mich nicht zurückgewiesen hatte. Es war falsch.

„Raj", sagte ich und bemühte mich, meine Stimme ruhig zu halten. Ich hob meinen Blick von seiner Schulter und starrte auf die Gruppe von Gesetzlosen, die auf uns zukam.

Partner! Jeder kann das sein! So heiß. Bitte.

Ich drückte meine Hände auf seine Brust, meine Handflächen kühlten von der Berührung ab und stieß ihn zurück. „Raj, hör auf."

Seine Zähne streiften wieder meinen Hals und ich widerstand dem Drang, zu stöhnen.

„Die Gesetzlosen."

Sofort verkrampfte sich Raj. Er zog sich zurück, seine Augen blitzten zwischen Wolf und Mensch hin und her, er nahm seine Hände von mir und ballte sie neben mir auf dem Baum zu Fäusten. Er öffnete den Mund: „Isabell…"

„Die Gesetzlosen ", sagte ich und deutete hinter uns.

Meine Wölfin sprang in mir auf und ab. *Mehr Menschen als Partner! Mehr Menschen! Genau unser Typ!*

Sie starrten mich alle an. Sie waren alle hinter mir her. Sie konnten mich alle spüren.

Bald würde jeder mein Bedürfnis, befriedigt zu werden, spüren können und das machte mir Angst. Alles, was ich sehen konnte, waren Werwölfe, die sich gegenseitig zerfleischten, um zuerst an mich heranzukommen. Alles, was ich hören konnte, war ihr bösartiges Knurren. Alles, was ich fühlte, war Furcht und Elend.

„Raj", sagte ich wieder.

Er blickte über seine Schulter, holte tief Luft und fletschte die Zähne. Ich war mir nicht sicher, ob er das tat, weil er sie alle töten wollte oder weil er seine Zähne in mir versenken und mich beanspruchen wollte.

Beanspruche uns! Beanspruche uns!

„Geh", befahl er.

Ich schüttelte den Kopf. „Nein." Auch wenn ich gehen wollte.

Es waren viel zu viele, als dass er es allein mit ihnen hätte aufnehmen können. Ich musste mich zusammenreißen und mit ihm kämpfen oder er würde sterben. Als ich den Lykanern beigetreten war, hatte ich geschworen, meine Kollegen zu beschützen. Ich hatte nicht vor …

„Geh! Ich halte sie dir vom Leib."

„Aber …"

Er riss den Kopf in meine Richtung. „Wenn du jetzt nicht gehst, werde ich meine Zähne in deinem Hals versenken." Seine Augen flackerten zu meinem Hals, verfinsterten sich und er schüttelte den Kopf. „Geh!"

Und damit duckte ich mich unter seinen Arm durch und sprintete in den Wald. Meine Wölfin versuchte, mich zurückzuhalten, flehte mich an, zu bleiben, mich von jemand anderem markieren zu lassen, uns aus dieser Misere zu befreien. Aber ich kämpfte gegen unseren natürlichen Instinkt und rannte weiter. Ich rannte und rannte und rannte.

Als Ryker und ich über meine Läufigkeit gesprochen hatten, hatten wir beschlossen, dass ich, wenn sie kommen würde, an den einzig sicheren Ort gehen sollte – das Haupthaus der Lykaner. Aber mit all den unverpaarten Wölfen bei den Lykanern konnte ich nicht dorthin zurück.

Also rannte ich durch die Wälder, ohne mich in meine Wölfin zu verwandeln, aus Angst, sie würde mich verraten und sich mit jedem paaren, der sie wollte. Ich musste von allen wegkommen. Ich musste das durchstehen. Ich brauchte meinen Partner.

Als Romans Haupthaus in mein Blickfeld geriet, klopfte mein Herz in meiner Brust. Sein Geruch war überall. Auf dem Rasen, auf der Erde, an der Tür. Ich stürmte durch die Hintertür und sprintete zu seinem Schlafzimmer. Vanessas Geruch drang aus einem der Nebenzimmer und fast hätte ich ihre Tür aufgerissen, aber ich war zu weit weg.

Roman. Ich brauchte Roman, meinen Partner.

Alles war so heiß. So verdammt heiß. Der Schweiß lief mir die Stirn hinunter und ich wischte ihn mit dem Handrücken ab. Als ich es die Treppe hinaufgeschafft hatte, rannte ich zu Romans Zimmer und stieß die Tür auf. Bereit, markiert und verpartnert zu werden.

Romans Duft schwebte in der Luft, so stark und doch so schwach. Ich betrat das leere Zimmer und schlug die Tür zu. Nachdem ich die kleine Kommode vor die Tür und die hohe Kommode vor sein Fenster geschoben hatte, ballte ich die Fäuste.

Er war nicht hier und das machte alles noch schmerzhafter. Seit ich dieses Gebiet betreten hatte, brannte mein Körper immer heißer. Ich hatte das Gefühl, in einer Feuergrube zu stehen, während mir der Schweiß die Stirn herunterlief und mein Blut unkontrolliert kochte.

Niemand würde mich hier finden und wenn ich mich in meine Wölfin verwandelte, konnte ich nicht mehr weg. Es war perfekt genug, um die Nacht zu überstehen.

Ich wühlte durch Romans Kleiderschrank, steckte meine Nase in seine Kleidung und roch seinen Duft. Es war so beruhigend und doch tat es mir nur noch mehr weh. Ich wollte, dass er mich markiert. Ich brauchte ihn, um mich jetzt zu markieren. Aber wahrscheinlich war er mit Vanessa in dieser verdammten Bar und machte Dinge mit ihr, an die ich nicht einmal denken wollte, aber trotzdem nicht aufhören konnte zu denken.

Meine Wölfin knurrte und fletschte bei dem Gedanken die Zähne. Eine weitere Hitzewelle überkam mich und ließ mich nach etwas Kühlem hecheln.

Ich stieß die Badezimmertür auf, stellte das kalte Wasser an und sah zu, wie sich die Badewanne füllte. Als die Wanne halb voll war, sprang ich hinein, weil ich nicht widerstehen konnte. Es war kalt, fast eiskalt, aber das tat dem anhaltenden Schmerz keinen Abbruch.

Warum zum Teufel tat das so weh? Warum zum Teufel war mein Leben so?

Roman war nicht läufig geworden. Roman wusste nicht, wie scheiße schlimm das war, dass er sich geweigert hatte, mich zu markieren. Roman wusste nicht, wie sehr ich litt. Er wusste es nicht. Er würde es nie wissen. Niemals.

Mein Herz pochte und als mir das Wasser nicht mehr kalt genug war, drehte ich den Wasserhahn wieder auf und hielt meinen Nacken direkt unter den Hahn, damit es mich etwas abkühlte. Die Badewanne füllte sich, bis das Wasser über den Rand schwappte.

Ich lehnte mich zurück und stöhnte laut auf. Das war zu viel. Verdammt noch mal zu viel.

In einem Bad voller kaltem Wasser schwitzte ich. Keine Gänsehaut, nur purer, ekelhafter Schweiß. Meine Wölfin bahnte sich ihren Weg. Ich musste raus. Raus von hier. Und zwar sofort.

Partner. Ich musste einen Partner finden. Meinen Partner. Irgendeinen Partner.

Ich sprang aus dem Wasser und versuchte, meine Wölfin zu bekämpfen, aber es gelang mir nicht. Ich landete auf allen Vieren und verwandelte mich in sie. Ich hörte meine Knochen knacken, aber ich spürte nichts anderes als diese Hitze. Sie sprintete zur Tür, auf Händen und Füßen, wie das verdammte wilde Tier, das sie war.

Sie knurrte die Kommode vor der Tür an, schüttelte den Schweiß ab und kratzte am Holz. Kleine Stücke bohrten sich in die Ballen ihrer Pfoten, aber das war ihr egal. Immer und immer wieder gruben sich ihre Krallen in das Holz, zerstörten es, rissen es in Stücke.

Hör auf, forderte ich, aber meine Wölfin hörte nicht auf mich.

Partner. Brauche Partner. Brauche jetzt einen Partner.

Ich konnte kaum noch atmen. Das ganze Fell ließ mich noch wärmer, heißer und trockener werden. Sie kratzte und kratzte weiter und ich wünschte, Roman würde jeden Moment durch die Tür brechen.

Mein Kopf schmerzte. Meine Sicht verschwamm.

Nachdem es mir wie Stunden vorkam und ich keinen Erfolg hatte, wimmerte ich. Ich flehte meine Wölfin an, aufzuhören. Ich konnte es nicht ertragen. Sie erstickte mich.

Eine Hitzewelle nach der anderen durchflutete mich. Ich drehte mich um und legte mich auf den warmen Boden, Tränen liefen mir über die Wangen. Ich rollte mich zu einem Ball zusammen und streckte mich dann aus, unfähig, eine bequeme Position zu finden.

Ich stolperte auf die Füße und von der Tür weg, damit ich die Kommoden nicht selbst bewegen konnte. Mittlerweile glaubte ich nicht einmal, dass ich genug Kraft dazu gehabt hätte. Ich beäugte die Kommode am Fenster, die von meiner Wölfin nicht angerührt worden war. Ein Teil von mir wollte sich einfach aus dem Fenster stürzen, auf den Boden knallen und ohnmächtig werden.

Alles war noch intensiver als zuvor – und viel heißer. So viel heißer.

Bett, sagte meine Wölfin. *Abkühlung*.

Ich hielt mich an allem fest, was ich erreichen konnte, während meine Beine unkontrolliert zitterten. Ich konnte nichts sehen. Ich bewegte mich durch den Raum, meine Hände an den Wänden, auf der Suche nach dem Thermostat. Als ich ihn fand, drehte ich ihn so weit wie möglich herunter. Ich wollte frieren.

Dann ließ ich mich auf die Bettkante fallen, kroch verzweifelt zu den Kissen und legte mich mit gespreizten Beinen auf Romans Bett. Abkühlen. Ich musste abkühlen.

Ich starrte an die Decke, aber ich konnte nichts als Dunkelheit sehen.

Tränen liefen mir herunter. Alles tat so weh.

Ich brauchte meinen Partner. Ich brauchte ihn.

Konnte er nicht spüren, wie sehr ich leide? Warum war er nicht gekommen, um mich zu holen? Warum war er nicht gekommen, um mich zu retten?

40
roman

CAYDEN DRÜCKTE mir eine Hand auf die Brust, um mich davon abzuhalten, auf das Café zuzustürmen. „Beruhige dich, Roman.“

Ich stieß ihn von mir weg und schnappte nach seinem Kragen. „Ich sage dir ein letztes Mal, dass du mir verdammt noch mal aus dem Weg gehen sollst.“

Mein Körper bebte vor Wut. Isabella war so nah, dass ich sie riechen konnte.

„Oder was?“, fragte er mit großen Augen. „Würdest du mich für deine sinnlosen Fehler töten?“

Mein Wolf knurrte und ich fletschte meinem Beta die Zähne entgegen.

Er schüttelte den Kopf, ohne Angst vor mir zu haben. „Wenn du in die Bar gehst, während sie arbeitet, und sie so ansprichst, wirst du alles zerstören.“

„Sie arbeitet nicht. Sie ist mit einem verdammten Kerl zusammen, der sie verdammt nochmal markiert hat, und hat eine verdammt gute Zeit.“

Ich ließ ihn los und stürmte weiter durch den Wald zur Bar. Musik dröhnte durch den Wald, der Geruch von Alkohol wurde fast unerträglich.

Plötzlich schrie jemand aus vollem Halse und die Musik hörte auf. Ich ließ mich auf alle Viere fallen, meine Nägel wurden zu Krallen und meine Knochen knackten, ich hob meine Nase zum Mond und lief in Richtung Bar, während Cayden uns folgte.

Draußen vor dem Gebäude stand eine Gruppe von Menschen zusammen und flüsterte. Einige hielten Getränke in der Hand, andere weinten. Sie hielten sich in ihren engen Kleidern aneinander fest und Tränen liefen ihnen über die Wangen. Krieger durchkämmten die Gegend und versuchten, alle zu beruhigen. Es war das reinste Chaos.

Ich verwandelte mich in meinen Menschen und suchte die Menge nach Isabella ab. Jane und Vanessa hielten sich am Eingang gegenseitig fest.

Janes Wangen waren mit schwarzen Flecken übersät. Sie starrte mich an, presste eine Hand auf ihre Brust und rannte dann in meine Richtung. „Der Mondgöttin sei Dank, dir geht es gut!" Sie warf ihre Arme um mich. „Ich dachte, ich hätte dich auch verloren."

Ich zog die Stirn in Falten. „Wo ist Isabella?"

Sie wischte sich eine Träne von der Wange und nickte zum Waldrand, wo sich eine Gruppe von Alphas versammelt hatte. Ich schob Jane weg und eilte zu ihnen.

Partnerin. Ich brauchte meine Partnerin.

Cayden folgte mir und versuchte, mit meinem schneller werdenden Tempo Schritt zu halten.

Mein Herz pochte gegen meine Brust, als der Geruch von Alkohol in den Geruch von Blut überging. Blut. Überall Blut. Ich drängte mich durch die Alphas, ohne darauf zu achten, wen ich damit verärgerte, als ich den Gesetzlosen sah. Er war tot und lag in einer Pfütze aus seinem eigenen Blut. Er roch nach ihr.

Wo war sie?

Ein paar Meter von dem Gesetzlosen entfernt lag ein anderer. Sein Gesicht war völlig zerfetzt und nicht mehr zu erkennen. Und ein paar Meter von dem entfernt lag ein weiterer mit einem ausgekugelten Bein. Fünf weitere tote Gesetzlose lagen im Wald verteilt, alle etwas voneinander entfernt.

Und die Partnerkette, die ich Isabella geschenkt hatte, lag mittendrin in diesem Chaos. Sie war in Blut getränkt – nicht mit Isabellas Blut, sondern mit dem eines Gesetzlosen. Ich schnappte mir die Kette und steckte sie in meine Tasche. Ich musste sie finden.

Blut war auf ein paar Bäume gespritzt und über den ganzen Boden verteilt. Das war nicht geplant. Wenn Isabella wegen der Arbeit mit jemandem hier war, hätten sie jeden Gesetzlosen ohne großes Aufsehen erledigt.

Ich schnüffelte in der Luft nach einer Spur meiner Partnerin, um sicherzugehen, dass es ihr gut ging und sie sich nicht mit jemand anderem gepaart hatte. Ich folgte dem einzigen Geruch, den ich aufnehmen konnte und kam zu einem kleinen Bach. Ein Lykaner stand darin und wusch sich das Blut vom Körper. Seine Augenbrauen waren vor Schmerz zusammengezogen und er hielt sich eine offene Wunde am Unterleib.

„Wo ist sie?", fragte ich und trat näher an ihn heran.

Der Lykaner sah zu mir herüber und seine Kiefer krampfte sich zusammen, als er sich aus dem Wasser zog und mehr Druck auf die offene Wunde ausübte, die fast perfekt auf der Linie der Mondblumen lag , die auf seine Seite tätowiert war.

„Wer?"

„Isabella. Wo ist sie?"

Er versteifte sich und lächelte dann verächtlich: „Also … du bist ihr Partner?"

Ich pirschte mich an ihn ran und packte ihn am Hals. „Wo ist sie?"

„Nimm deine Hände von mir, bevor jemand verletzt wird."

„Ich habe dich etwas gefragt."

„Und ich habe dir gesagt, du sollst die Hände von mir lassen."

Ich knurrte und fletschte die Zähne gegen den Mann, der überall nach Isabella roch. Ihr Duft war so stark – zu stark. „Wo?"

„Ich weiß nicht, wo deine Partnerin ist. Ich habe sie gebeten, zu gehen."

„Komm mir nicht mit diesem Scheiß! Ich weiß, ihr Lykaner habt einen Eid geschworen, dass ihr eine Mission nie verlasst. Wo ist sie?"

Er stieß mich weg und griff wieder nach seiner Wunde. „Ich habe sie gebeten, zu gehen, damit ich sie nicht markiere. Sie ist läufig, du Idiot." Er schüttelte den Kopf.

Läufig. Meine Partnerin. Sie war läufig.

„Tu nicht so verdammt überrascht. Wenn überhaupt, solltest du mir dankbar sein. Wenn ich nicht hier wäre, hätten diese Gesetzlosen sie verschlungen."

Sie war läufig und ich war nicht da, um es zu verhindern. Wenn sie die Kontrolle verlor, wenn jemand sie fand …

„Wohin ist sie gelaufen?", fragte ich.

Er zeigte in die Richtung meines Rudels und ich rannte schneller als je zuvor, um meine Isabella zu finden.

41
isabella

MEIN GANZER KÖRPER SCHMERZTE.

Ich drehte mich auf die Seite und stöhnte leise in mein Kissen. Wenigstens war die Hitze vorbei – vorerst. Das war etwas, was ich nie wieder erleben wollte. Ich würde alles tun, um den Schmerz der Läufigkeit zu vermeiden. Es war wie eine Million Messer, die in meinen Bauch stachen und mich aufschlitzten, wie sengende Hitze in einem brennenden Haus, aus dem man nicht flüchten kann.

Aber es war so schnell vorbei. Ich hatte erwartet, dass es zwei oder drei Tage dauern würde, nicht nur eine einzige Nacht.

Jemand legte seinen Arm von hinten um mich und zog mich an sich.

Meine Augen weiteten sich und ich stieß einen Ellbogen zurück, um denjenigen, der es war, hart an der Brust zu treffen. „Geh weg von mir!"

Ich hüpfte aus dem Bett, zog die Decken um mich herum und weigerte mich, denjenigen anzusehen, der letzte Nacht neben mir gelegen hatte.

Das konnte nicht wahr sein. Hatte ich … hatte ich wirklich … hatte ich letzte Nacht wirklich mit jemandem geschlafen. Hatte ich mich auch von ihm markieren lassen? War das der Grund, warum ich keinen Schmerz mehr fühlen konnte?

Meine Sicht war immer noch verschwommen, auf halbem Weg zwischen der Sehkraft meiner Wölfin und meiner eigenen, als ich auf meine nackten Füße starrte. Das Letzte, woran ich mich erinnerte, war, dass ich in Romans Bett lag, versuchte, meine Wölfin zu beruhigen und dass mir tödlich heiß war. Dann war ich ohnmächtig geworden.

Was wäre, wenn sie die Kontrolle über mich übernommen hatte, während ich ohnmächtig war? Was wäre, wenn ich mich mit jemandem gepaart hätte, ohne es zu wissen?

„Oh mein Gott. Ich kann nicht glauben, dass ich das getan habe … ich kann nicht glauben …" Ich brach zusammen, rollte mich zu einer Kugel und bedeckte mein Gesicht mit den Händen. „Ich bin eine schreckliche Partnerin."

Mein Körper hob und senkte sich. Roman würde mir jetzt niemals verzeihen.

Jemand legte seine Hände auf meine Taille und hob mich hoch.

„Runter von mir!" Ich schrie.

Ich befreite mich aus dem Griff des Mannes, drehte mich um und fletschte die Zähne. Aber als ich in die Unschärfe blinzelte, weiteten sich meine Augen.

Roman.

Nachdem ich einige Augenblicke schwer geatmet hatte, schaute ich mich im Zimmer um. Alles war wieder normal. Das Wasser war aufgewischt worden und die Kommoden – obwohl sie fast komplett zerfetzt waren – standen wieder an ihrem ursprünglichen Platz.

Meine Hände wanderten zu meinem Hals hinauf und ich seufzte, als ich kein Markierung spürte. Niemand hatte mich markiert. Tränen stiegen mir in die Augen. Niemand hatte mich markiert. Ich war immer noch ich. Ich war immer noch Isabella. Gehörte niemandem.

Roman beobachtete mich von der Bettkante aus und ich schluckte schwer. Ich hatte ihn seit fast einem Monat nicht mehr gesehen. Und jetzt starrte er mich direkt an, mit einem wilden Lockenwirrwarr auf dem Kopf, dunklen Ringen unter den Augen und dicken, gebräunten Muskeln, die größer geworden zu sein schienen, seit ich ihn das letzte Mal gesehen hatte.

Ich wollte ihn und meine Wölfin wollte ihn immer noch. Trotz allem.

Aber ich konnte mir vorstellen, was er antworten würde, wenn ich ihm das sagte:

Wenn du mich wollen würdest, wärst du nicht gegangen. Wenn du mich wollen würdest, wärst du noch hier bei mir. Wenn du mich wollen würdest, würdest du nicht mit einem anderen Mann unter demselben Dach schlafen.

Ich öffnete meinen Mund und schloss ihn wieder, da ich nicht wusste, was ich sagen sollte. Es war wahrscheinlich das Beste, zu diesem Zeitpunkt nichts zu sagen. In seinem Haus aufzutauchen. Seine Möbel zu zerschlagen. Nackt in seinem Bett zu liegen. Ich stand da, starrte ihn an und wartete darauf, dass er mich zurückweisen würde.

Als ich genug davon hatte, dass er mich mit seinen Augen verurteilte, riss ich meinen Blick von ihm los und kam mir plötzlich dumm vor, weil ich hergekommen war. Es war klar, dass er mich nicht zurückweisen oder markieren würde. Beides hätte er schon längst getan. Er wollte, dass ich mehr leide, dass ich länger leide, weil ich ihn verlassen hatte. Und das würde ich auch.

„Es tut mir leid. Ich sollte nicht hier sein", sagte ich.

Im nächsten Monat, wenn ich läufig werden würde, würde ich mich einfach in meinem Zimmer einschließen, mich an mein Bett ketten und abwarten.

Ich drehte mich zur Tür, in Romans Laken gewickelt, ohne mir Gedanken darüber zu machen, dass jemand sehen könnte, wie ich Romans Haupthaus nackt verlasse. Es war nichts zwischen uns passiert. Bei diesem Tempo würde auch nie etwas zwischen uns passieren.

Roman ergriff meine Hand und zog mich zurück an seine Brust. Dann presste er seine Lippen auf meine. So fest. So leidenschaftlich. So verzweifelt. Sofort entspannte sich mein Körper und ich erwiderte seinen Kuss. All der Stress, all die Wut, sie schmolzen dahin. Es war dumm und ein Klischee, aber so war es .

Ich schlang meine Arme um seinen Hals und zog ihn zu mir herunter. Ich würde alles nehmen, was ich im Moment von ihm bekommen konnte. Ich wusste nicht, ob ich es noch einmal bekommen würde.

Als ich außer Atem war, löste ich mich von ihm und legte meine Stirn an seine. Eine Träne rann mir über die Wange. Mein Herz schmerzte. So sehr. Ich hatte ihn so sehr vermisst und ich wollte ihn nie wieder verlassen.

Wir sagten nichts. Ich stand nur da und genoss es, weil ich Angst hatte, dass er mich nach diesem Kuss auffordern würde, zu gehen. Ohne Markierung. Ohne einen Partner.

Nachdem er seine Lippen noch einmal auf meine gepresst hatte, hob er mich vom Boden auf, ging zum Bett und legte mich sanft darauf ab. Er setzte sich mir gegenüber und wischte mit seinem Daumen eine Träne von meiner Wange. „Dreh dich um", sagte er sanft.

Mein Kinn zuckte. Ich war immer noch nervös und hatte Angst. Aber ich drehte mich um und sah in den Spiegel auf seiner Kommode. Ich war ein totales Durcheinander. Mein Haar stand in widerspenstigen Locken um mein Gesicht, mein Make-up war auf meinen Wangen verschmiert, meine Augen rot. Und mein Hals war kahl. Keine Halskette.

Ich holte tief Luft und berührte mit den Fingern meinen Hals. Nein, sie war letzte Nacht nicht um meinen Hals gewesen … aber ich hatte sie im Wald verloren. Irgendwo. Irgendwo im Wald, in der Nähe des Cafés.

„Roman", flüsterte ich, „ich wollte meine Halskette nicht verlieren. Ich hatte sie bei mir. Ich schwöre, ich hatte sie bei mir."

Ich sprang auf, weil ich sie holen musste. Wahrscheinlich hasste er mich noch mehr, weil ich die Halskette seiner Mutter verloren hatte. Verdammt, ich war ein Wrack. Ich würde es ihm nicht einmal verübeln, wenn er mich jetzt zurückweisen würde.

„Setz dich, Isabella", befahl Roman.

Und ich gehorchte zögernd.

Er saß hinter mir auf den Knien und zog meine Halskette aus der Hosentasche. Meine Augen wurden groß, mein Herz klopfte laut. Er hakte sie auseinander und legte sie mir um den Hals.

„Du gehörst mir, Isabella." Er drückte seine Lippen auf meine Haut, genau dort, wo er mich eines Tages markieren würde. „Meine."

42
isabella

ICH BETRACHTETE LÄCHELND die leuchtende Halskette an meiner Brust und sah dann Roman im Spiegel an. Mit seinen dunklen, goldenen Augen betrachtete er sie ebenfalls. Er wollte mich nicht zurückweisen. Er wollte mich nicht mehr verletzen. Er wollte, dass ich ihm gehöre. Das war alles.

Er legte eine seiner Hände um meinen Hals, zog mich näher an sich heran und drückte dann seine Lippen auf meinen Nacken. Ich holte tief Luft und ein Kribbeln schoss mir über die Arme.

„Meine", murmelte er an meinem Ohr.

Seine Finger wanderten meinen Unterarm hinunter und er legte seine große, schwielige Hand auf meinen Innenschenkel. Zentimeter für Zentimeter schob er das Bettlaken von meinen Beinen, bis ich nackt vor ihm lag.

Er umfasste mein Kinn mit einer Hand und streichelte mit der anderen meine Vulva, lächelte in meinen Nacken, sein Atem hauchte auf meine Haut. „Meine."

Er ließ zwei Finger in mich gleiten und begann, sie langsam und sanft hinein- und herauszuschieben. Ich verkrampfte mich und spürte bereits die Nässe zwischen meinen Beinen.

„Roman", hauchte ich und schloss die Augen.

Er knurrte leise in mein Ohr. „Sieh mich an, Isabella."

Ich öffnete die Augen und schaute ihn durch den Spiegel an, meine Muschi spannte sich wieder um seine Finger.

„Meine." Er packte mein Kinn fester und legte seine Lippen knapp unter mein Kinn. „Du gehörst mir. *Das*", seine Finger kamen für einen kurzen Moment zum Stillstand, „gehört mir."

Pure Lust pulsierte durch mich. Meine Muschi zog sich um seine Finger zusammen und ich nickte. „Es fühlt sich so gut an." Meine Zehen krallten sich in seine Bettlaken. „Bitte hör nicht auf."

Er zog mich näher an sich heran, bis sein Steifer gegen meinen Hintern drückte. Ich öffnete den Mund und versuchte, zusammen-hängende Worte zu formulieren. Er krümmte seine Finger, traf meinen G-Punkt und ich schrie auf.

„Sag es, Isabella", sagte er und sein Daumen strich sanft über mein Kinn.

Goldene Augen starrten mich durch den Spiegel an, verschlangen jeden einzelnen Zentimeter meines Körpers und ich runzelte die Stirn.

„Sag, dass du mir gehörst."

„Ich gehöre dir, Roman." Ich umklammerte seine Finger, als sie sich schneller bewegten und meinen G-Punkt massierten. „Oh Mondgöttin, ich gehöre dir."

Als er an meiner Brustwarze zog, warf ich den Kopf zurück und kam. Ich schloss meine zitternden Beine, als eine Welle der Lust nach der anderen durch mich rollte und aus mir heraus-pumpte. Mein ganzer Körper fühlte sich an, als stünde er in Flammen – die gute Art von Feuer.

Er starrte mich durch den Spiegel an und beobachtete, wie seine Partnerin kam.

Als ich mich ganz an seinen Körper schmiegte, wimmerte ich. Oh Göttin, so gut hatte ich mich seit fast einem Monat nicht mehr gefühlt. Ich drehte mich zu meinem Partner um, meine Wölfin brauchte mehr und mehr von ihm. Sein harter Schwanz drückte gegen die Vorderseite seiner grauen Jogginghose, er stützte sich mit den Händen auf die Kissen hinter ihm und lehnte sich zurück, wobei er meine nackten Brüste betrachtete.

Ich fasste ihn durch seine Hose hindurch an, bewegte meine Hand an ihm auf und ab und wollte ihn in mir spüren, dann beugte ich mich hinunter und drückte meine Lippen auf seinen Hosenbund. Er starrte auf meinen Hintern im Spiegel und ich drückte meinen Rücken durch, weil ich wusste, dass er jeden Moment davon genießen würde.

Er fuhr mir mit der Hand durch die Haare und fluchte leise vor sich hin. „Bück dich tiefer", sagte er und drückte eine Hand auf die Mitte meines Rückens, so dass ich mich noch stärker für ihn hinunterbeugte.

Ich zog seine Hose herunter und nahm ihn in meine Hand.

„Ich will sehen, wie deine Muschi tropft, während du meinen Schwanz lutschst."

Ich erschauderte, beugte mich weiter nach unten, um meinem Partner den Blick zu geben, den er wollte, und legte meine Lippen um die Spitze seines Schwanzes. Nachdem ich ihn mit meiner Zunge umspielt hatte, nahm ich ihn in meinen Hals auf, bis meine Lippen gegen seine Hüften drückten und ich würgte. Er zitterte vor Lust, griff fester in mein Haar und hielt meinen Kopf auf ihn gedrückt.

„Scheiße, Isabella", stöhnte er.

Ich nahm seine Eier in die Hand und drückte sie leicht, während ich mit meiner Zunge über sie strich.

Er lehnte sich wieder gegen das Bett und entspannte sich. „Verdammt, du machst das so verdammt gut."

Nachdem ich ihn so weit wie möglich in meine Kehle gezwängt hatte, sah ich ihn mit tränenverschleierten Augen an. Meine Brustwarzen drückten gegen seine Oberschenkel und ich stöhnte auf, als ich sie über seine Haut gleiten ließ.

Er griff unter meinen Körper, betastete eine meiner Brüste, nahm meinen Nippel zwischen seine Finger und drückte leicht zu. „Deine Titten sind so verdammt schön", sagte er.

Ich presste meine Schenkel zusammen und beobachtete, wie er wieder in den Spiegel grinste.

„Sieh dir deine Muschi an." Er kniff mir fester in den Nippel und ich stöhnte auf. „Sie tropft für mich." Er drückte seine Hand gegen meinen Kopf und drückte mich wieder auf ihn. „Ich wette, du kannst es kaum erwarten, von mir gefickt zu werden, oder?"

Ich wimmerte und er wanderte mit seiner Hand hinunter zu meiner Muschi und strich mit seinen beiden Fingern über meine Perle. Als er sie berührte, zuckte mein Arsch in die Luft, der Druck seiner Finger war fast zu viel.

Er knurrte, hob mich von ihm herunter und ließ mich auf Händen und Knien liegen. Nachdem er mir von hinten in die Haare gefasst hatte, spuckte er auf seine Finger, presste sie gegen meine Perle und zwang mich, ihm im Spiegel dabei zuzusehen, wie er mich berührte.

Meine Muschi spannte sich an, wollte gefüllt werden und ich drückte meine Hüften gegen seine, um zu spüren, wie sein harter Schwanz an meiner feuchten Muschi streifte. „Bitte, Roman", flehte ich und krallte meine Finger in die Matratze. „Ich brauche dich."

Er ergriff meine Hüften und stieß seinen Schwanz fester gegen meinen Eingang, so, dass ich mich zusammenzog. „Meine", sagte er, schob sich in mich hinein und füllte mich aus. Er packte meine beiden Ellbogen und zog mich zurück zu ihm, sodass seine Brust an meinem Rücken lag.

Das war es, wonach ich mich die ganze Nacht gesehnt hatte. Nur nach ihm. Dass er seinen Schwanz tief in mir vergrub. Sich gegen mich stemmte. Mich nahm. Mich *beanspruchte*.

Er zog sich zurück und stieß dann wieder in mich hinein, meine Brüste wippten. Er hielt inne, stöhnte in mein Ohr und begann schließlich, schnell in mich hineinzustoßen und ihn wieder herauszuziehen. Meine Muschi zog sich um ihn zusammen und er zog mich noch enger an sich. Ich beobachtete, wie sich sein Bizeps im Spiegel jedes Mal anspannte, wenn er in mich stieß, wie meine Brüste wippten und wie sich meine Muschi immer fester um ihn schloss.

Sein Körper glänzte unter einer dünnen Schweißschicht und eine dunkle Haarsträhne hüpfte auf der Mitte seiner Stirn. Die

Augenbrauen zusammengezogen, die Augen auf mich gerichtet und nur auf mich, die Eckzähne zwischen seinen Lippen hervorstehend. Er ergriff mein Kinn, presste seine Lippen auf meine und küsste mich intensiv.

„Scheiße", murmelte er auf meinen Lippen. Er zog sich aus mir zurück, hüpfte vom Bett und packte mich am Knöchel. „Komm her."

Ich schlang meine Beine um seine Taille, als er mich hochhob und mich gegen die Wand drückte. Er küsste mich sanft und schob seinen Schwanz wieder in mich hinein. Ich zog ihn näher an mich heran, so nah, wie ich ihn kriegen konnte und küsste ihn hart. Ich wollte nie mehr damit aufhören. Ich wollte nie aufhören, ihn zu küssen, ihn zu lieben.

Roman gehörte mir.

Er küsste meinen Hals hinunter und pumpte immer noch in mich hinein und wieder heraus. Seine verlängerten Eckzähne berührten meine Schwachstelle und meine Muschi zog sich zusammen.

„Bitte, Roman." Ich brauchte seine Markierung.

Als seine Zähne meine Haut berührten, verlangsamte sich alles. Jeder seiner Atemzüge wärmte meinen Hals und machte mich heiß und verlangend nach ihm. Es war wie meine Läufigkeit, aber es fühlte sich tatsächlich *gut* an. Er verlangsamte seine Stöße und umklammerte meinen Hintern fester.

Meine Zehen krümmten sich, während ich darauf wartete und wartete und wartete, dass er endlich seine Zähne in meinem Hals versenkte. Und doch schien er mir immer noch zu widerstehen.

Anstatt mich zu beißen, presste er seine Lippen fest auf meine Haut. Und obwohl die Lust durch meinen Körper pulsierte, konnte ich nicht umhin, mich schlecht zu fühlen. Selbst nach allem, was ich durchgemacht hatte, wollte er mich immer noch nicht markieren. Nach all dem Leid, all dem Herzschmerz und all der Hitze wäre es ihm lieber, wenn ich nicht von ihm markiert wäre.

Er stieß ein letztes Mal in meine enge Muschi, hielt sich an meinen Schultern fest und drückte mich an sich. Als sein Schwanz in mir pulsierte, spürte ich, wie ich losließ.

„Oh Göttin", sagte ich.

Nachdem er in meinen Nacken gestöhnt hatte, zog er sich aus mir zurück und legte mich auf sein Bett. Er starrte mich an, die Brauen zusammengezogen. „Isabella, du bist so schön."

Meine Brust fühlte sich eng an und ich wusste nicht, was ich sagen sollte.

Er lag neben mir, seinen Kopf auf meiner Schulter und legte einen Arm um meine Taille. Obwohl sein Minzduft mich immer beruhigte, schlug mein Herz in meiner Brust schnell. Ich war überwältigt.

Alles, was in der letzten Woche – in den letzten zwei Tagen – geschehen war, war zu viel für mich. Von der Halskette bis dahin, dass ich nicht direkt zum Gebiet der Lykaner gegangen bin, als ich läufig wurde, wie Ryker es mir gesagt hatte. Nach all dem bin ich hier in den Armen meines Partner gelandet.

Und da lief die erste Träne.

43
isabella

ICH WEINTE jede einzelne Emotion heraus, die ich im letzten Monat empfunden hatte.

Verletzung. Verrat. Kummer. Wut. Leidenschaft.

Meine Finger streiften über meine Halskette und schickten eine Welle der Hitze durch meinen Körper. Sie fühlte sich anders an um meinem Hals . Sie bedeutete jetzt etwas.

Roman zog mich an seine Brust, gab mir einen Kuss auf die Stirn und massierte meine Kopfhaut. „Warum weinst du, meine liebe Isabella?"

Ich legte meine Arme um seinen Hals und hielt mich fest, so gut es ging. Roman wollte mich. Das wollte er wirklich. Vielleicht war er immer noch wütend auf mich, ich wusste es nicht, aber diese Halskette und das Liegen in seinem Bett, in seinen starken Armen, bewiesen, dass er mich immer noch wollte.

„Ich dachte, du würdest mich zurückweisen", flüsterte ich durch meine Tränen.

„Dich abweisen? Wie kommst du darauf, dass ich dich zurückweisen würde?"

Meine Lippen bebten. „Weil du dich geweigert hast, mich zu markieren, weil du mir gesagt hast, ich solle gehen, ohne mir die

Halskette anzulegen und du hast Vanessa in dein Haus gelassen. Ich habe fast einen ganzen Monat lang nichts von dir gehört."

Er zog mich näher an seine Brust und presste seine Lippen auf mein Ohr. „Ich habe drei Jahre auf dich gewartet. Ich würde dich nie zurückweisen, zumal das alles meine Schuld ist."

Als ich aufhörte zu schluchzen, löste ich mich von ihm und blickte in seine goldenen Augen. Ich musste ihm alles sagen. Es war mir egal, ob es ihn verletzte. Es war mir egal, wenn er mir nicht sagte, was hier passiert war. Ich wollte, dass die Luft zwischen uns rein war.

„Ich wollte mich von Raj markieren lassen."

„Ich weiß", sagte er angespannt, „I ch konnte ihn an dir riechen."

Ich schluckte schwer und war wieder den Tränen nahe. „Und dieser Gesetzlose ... ich habe es nur für die Arbeit getan. Ich hatte nicht vor, ihn zu küssen. Ich wollte ihn nicht küssen."

„Du hast einen von ihnen geküsst?"

Ich presste meine Lippen aufeinander. Jetzt gab es nichts mehr zu verbergen. Ich wollte reinen Tisch machen. „Ja, ich habe einen von ihnen geküsst und dann habe ich ihn getötet, obwohl meine Mission das nicht erforderte." Ich schluckte schwer. Meine Mission sollte darin bestehen, Informationen aus den Gaunern herauszuholen, nicht sie zu küssen, nicht sie zu töten und nicht danach zu Romans Haus zu rennen. Ich hatte meine einzige Solo-Mission vermasselt, indem ich läufig wurde und den Gesetzlosen tötete. „Ich habe ihn getötet", flüsterte ich.

Was würde Ryker dazu sagen?

„Du hast einen von ihnen *freiwillig* geküsst", wiederholte Roman verletzt.

Ich fuhr mir mit der Hand durch die Haare. Ich sollte jetzt zu den Lykanern zurückkehren und Ryker berichten, dass ich die Mission nicht bestanden hatte, ... aber ich wollte hier bei meinem Partner sein, der jetzt vor Wut schäumte, weil ich ihm erzählt hatte, dass ich diesen Gesetzlosen geküsst hatte.

„Roman, hör auf", flehte ich, „E s war für meinen Job."

Er stand abrupt auf und zerrte an seiner Jogginghose. Seine Zähne wurden zu Eckzähnen und er starrte auf meinen Hals. Mein Körper erschauderte, als ich daran dachte, wie er sie in mein Fleisch stieß und von mir Besitz ergriff. Aber stattdessen stürmte er aus dem Zimmer und knallte die Tür zu.

Ich packte sein Hemd und folgte ihm in den Flur. „Roman, wo willst du hin? Ich habe keine Lust, dieses Spiel weiter zu spielen. Komm her." Das war doch lächerlich. Ich hatte diesen Gesetzlosen nicht einmal küssen wollen, aber ich musste es für die Arbeit tun. „Roman, bitte."

Die Muskeln in seinem Rücken waren angespannt. „Isabella, folge mir nicht. Bitte." Er zog seine Bürotür hinter sich zu und schloss ab.

Und genau in diesem Moment kam die Schlampe aus ihrem Schlafzimmer, nur mit einem T-Shirt bekleidet – Romans T-Shirt, dasselbe von dem Tag im Café. Sie verzog ihre rot geschminkten Lippen zu einem Grinsen.

„Isabella?" Sie zog die Stirn in Falten. „Was machst du denn hier?"

Ich funkelte sie an. „Du musst deine Sachen packen und gehen."

„Gehen?" Sie packte mein Kinn, atmete tief ein und grinste. „Du machst hier nicht die Regeln, Izzy. Roman macht sie und Roman will mich hier haben."

Ich packte ihren Ellbogen und verdrehte ihn, was sie aufschreien ließ. „Erstens: Ich bin nicht in der Stimmung für dich. Zweitens: Ich werde mir deinen Scheiß nicht mehr gefallen lassen, so wie früher. Drittens: Wenn du mich noch einmal so anfasst, reiße ich dir die Schulter so schnell aus dem Gelenk, dass du es nicht mal merken wirst."

Ich ließ ihren Ellbogen los, woraufhin sie ihn zurückzog und an Romans Bürotür klopfte.

„Roman!" Ihre Stimme war so hoch und piepsig, dass ich dachte, ich würde den Verstand verlieren. „Roman!"

„Verschwinde, Vanessa", knurrte er aus seinem Büro.

Sie verzog ihren Mund. „Bitte, Roman.“

„Ich werde es dir nicht noch einmal sagen.“

Sie marschierte geradewegs aus dem Flur und knallte ihre Tür zu. Was war der verdammte Grund? Um mir auf die Nerven zu gehen?

Ich hämmerte mit der Faust gegen die Bürotür. „Roman, lass mich rein.“

Er knurrte wieder und meine Wölfin schnurrte für ihn.

„Hör auf, dich wie ein Kind zu benehmen.“

Plötzlich öffnete sich die Tür, Romans Wolf starrte auf mich herab und beäugte die eine Stelle an meinem Hals, an der meine Wölfin ihn um einen Biss angefleht hatte.

44

roman

ICH WAR aus dem Zimmer gegangen, um sie nicht aus Wut zu markieren. Als ich hörte, wie sie mir sagte, dass sie bereitwillig einen dieser Gesetzlosen geküsst hatte, wurde ich rasend. Ich wollte sie nur noch gegen das Bett drücken und meine Zähne in ihr versenken.

Aber ich hatte drei Jahre gewartet – drei verdammte Jahre. Ich wollte, dass dieser Moment etwas Besonderes würde. Nicht überstürzt.

Ich war nicht Ryker. Ich würde eine Frau nicht aus reiner Wut markieren – selbst, wenn sie meine Frau wäre.

Sie blickte zu mir auf. „Du kannst mir nicht böse sein, Roman. Es war Arbeit. Es war ja nicht so, dass ich jemanden, von dem ich wusste, dass er mich mochte, freiwillig in meinem Rudelhaus wohnen und in meinen verdammten Klamotten herumlaufen ließ, während meine Partnerin ihre Träume verfolgte."

Ich hielt den Mund und versuchte, meinen Wolf zurückzuhalten, der sich nie entspannen konnte, wenn er bei ihr war. Er war immer da, wetteiferte immer um ihre Aufmerksamkeit, wollte immer, dass sie sich ihm unterordnete.

In der Hitze des Gefechts zog ich sie in mein Büro, schlug die Tür zu und drückte sie dagegen. Sie roch so verdammt süß; ich konnte nicht anders, als mein Gesicht in ihre Halsbeuge zu stecken und einzuatmen. Meine Zähne berührten ihre Schwachstelle . „Ich bin nicht wütend auf dich", sagte ich angespannt und kämpfte mit meinem Wolf, um die Kontrolle zu behalten. Ich zog mich kurz zurück. „Ich will dich einfach zu sehr."

Ich musste Abstand zwischen uns bringen, sonst wäre ich nur noch einen Moment davon entfernt, sie aus Wut und purem, angeborenem Bedürfnis zu nehmen. Ich wich zurück, ergriff aber ihre Hände. „Alles, was ich will, ist zu markieren, was mir gehört." Ich betrachtete wieder ihren hübschen kleinen Hals und widerstand meinem Wolf. „Um allen zu zeigen, dass du mir gehörst."

Ihre Wangen erröteten. „Was hält dich davon ab?"

Sie wusste immer genau, was sie sagen musste, um meinen Wolf an die Oberfläche zu bringen. Ich trat einen Schritt zurück, bis ich gegen meinen Schreibtisch stieß, um mich nicht auf sie zu stürzen.

„Ich will dich nicht aus Wut markieren", sagte ich langsam.

Sie runzelte die Stirn und dachte einige Augenblicke lang nach, dann nahm sie meine Hand und legte sie auf ihren zarten Hals. Als meine Finger über ihre Schwachstelle strichen, erschauderte sie vor Genuss und ich knurrte.

Sie gehört mir. Nur mir. Ganz die M eine.

„Isabella", warnte ich.

„Roman", flüsterte sie, „Z wing mich nicht, dich dazu *zu bringen*, mich zu markieren."

Sie strich mit ihrer Hand über die Vorderseite meiner Hose und ich wurde bei ihrer Berührung hart.

„Du weißt, dass ich dich dazu bringen kann, Dinge zu tun."

Sie hatte vom *Moment* ihrer Eltern geschwärmt, als wir als Kinder im Garten meiner Eltern herumgegangen hatten. Sie hatte mir immer erzählt, wie sie sich ihren Moment vorstellte – ihren Partner zu finden, ihn unter dem Mond zu küssen, in einem Garten voller Mondblumen. Ich wollte ihr das geben; sie hatte es verdient, nach allem, was ich ihr angetan hatte.

Aber jetzt … sollte alles zunichte gemacht werden.

Ich knurrte ein letztes Mal und sie neigte ihren Kopf von mir weg, so, dass ich ihren Hals sehen konnte – genau dort, wo sie wollte, dass ich sie markiere.

„Roman", flüsterte sie wieder, „S tell dir deine Markierung genau hier vor." Sie schaute mich mit diesen großen blauen Augen an und zog meine Finger über ihren Hals. „Deine Zähne, die sich in meinen Nacken bohren und mich beanspruchen." Sie errötete und holte tief Luft. „Wie gut das an mir aussehen würde."

Ich fluchte leise vor mich hin. Sie würde mich brechen. Genau hier. Hier und jetzt.

Sie ließ ihre Hand in meine Hose gleiten und griff nach meinem harten Schwanz. „Findest du nicht, dass deine Markierung sexy auf mir aussehen würde, Roman?"

Kontrolle, Roman. Kontrolle.

Sie trat um mich herum, hüpfte auf meinen Schreibtisch und zog mich näher an sich heran, bis ich gegen ihre … feuchte … Muschi drückte. „Markiere mich, Roman."

Markiere Partnerin.

Ich legte meine Hand um ihren Nacken und zog sie näher an mich heran, meine Zähne gegen ihren Hals. Ich strich mit dem Daumen über ihr Kinn und knurrte. Sie gehörte mir.

„Lass mich allen – Cayden, Raj, Ryker – zeigen, dass ich dir gehöre und nur dir."

„Meine", knurrte ich, „*Meine*."

„Deine", sagte sie atemlos.

Meine Eckzähne berührten ihre Haut. Sie gehörte mir und ich wollte sie für mich beanspruchen.

45
isabella

JEMAND KLOPFTE an die Tür und Roman löste sich von mir, hörte aber nicht auf, mich anzustarren. Das Sonnenlicht spiegelte sich in seinen Augen und ließ sie wie ein goldenes Meer erscheinen. Alles, was ich wollte, war, dass er sein hartes Getue aufgab und seine Zähne in meinem Nacken versenkte. Mich beanspruchte.

Roman richtete sich wieder auf und öffnete die Tür.

Cayden stand draußen, fuhr sich mit der Hand durch seine dicken Locken und ging auf und ab. „Wo seid ihr gewesen? Wir haben einen …"

Ryker erschien auf dem Flur und stürmte mit angespanntem Gesicht und geballten Fäusten auf Romans Büro zu. „Isabella, ich muss mit dir reden. Jetzt", sagte er.

Meine Augen weiteten sich. *Scheiße. Scheiße. Verdammt.* Ich hatte gewusst, dass ich ihn hätte anrufen oder zu den Lykanern zurückgehen sollen oder so.

Ohne mir die Chance zu geben, etwas zu sagen, knurrte Roman und zog mich hinter sich. Ryker trat vor, aber Roman wich nicht zurück. Er knurrte erneut und seine Nägel wurden zu Krallen.

Vanessa öffnete ihre Tür. „Was ist denn hier draußen los?",

fragte sie. „Oh, ein Liebesdreieck." Sie lehnte sich gegen den Türrahmen und sah zwischen uns dreien hin und her. „Ich hätte nicht gedacht, dass du das in dir hast, Isabella."

Roman und Ryker knurrten beide, woraufhin sie ihre Lippen zusammenpresste – zum Glück. Denn wenn sie es nicht getan hätten, hätte ich das übernommen.

„Raus aus meinem Haus", sagte Roman durch die Zähne zu Ryker.

„Ich spreche nicht mit dir. Ich spreche mit Isabella, meiner Lykanerin."

Oh nein. Das war schlimm. Schlimm. Schlimm. Schlimm. Schlimm. Schlimm.

Sie gingen aufeinander zu, ich stellte mich zwischen die beiden und legte meine Hände auf ihre Brust, bevor sie sich gegenseitig töten konnten.

Was war mit den beiden los? Verdammt, was stimmte mit all diesen sturen, testosterongeladenen Männern nicht?

Roman zog mein Handgelenk von Rykers Brust weg, aber ich hielt mit meinem Arm stand. „Hört auf."

„Das ist deine Schuld, Roman." Ryker zischte, seine Augen flackerten bösartig schwarz.

„Meine Schuld?" Roman knurrte. „Was zum Teufel ist meine Schuld?"

Ich knabberte an der Innenseite meiner Wange, drehte mich zu Ryker und legte beide Hände auf seine Brust. Sie mussten so weit voneinander entfernt sein, wie es nur ging. Zwei Anführer – zwei gewalttätige und brutale Anführer – die sich mitten in Romans Flur gegenüberstanden, mit mir zwischen den beiden ... das würde böse enden. Roman legte einen Arm um meine Taille und drückte mich fest an sich.

Cayden stand hinter Ryker und fuhr sich mit den Händen durch die Haare. Er sah mich mit Augen an, die mich anflehten, sie zu stoppen, denn das konnte er ganz sicher nicht. „Das ist nicht der richtige Zeitpunkt für ..."

Roman zog mich wieder aus dem Weg und schubste Ryker.

„Runter von meinem Gebiet. Das ist jetzt das zweite oder dritte Mal, dass du ohne meine Erlaubnis hier auftauchst."

„Ich brauche deine Erlaubnis nicht, um mit einer meiner Lykanerinnen zu sprechen."

„Sie gehört nicht dir", knurrte Roman.

Cayden räusperte sich, doch keiner der beiden hörte es. Also ging ich um sie herum zu ihm, um zu sehen, was es mit dem ganzen Trubel auf sich hatte.

Vanessa stand neben ihm, mit großen Augen, und sie hing an jedem einzelnen Wort, das Cayden sagte. „Sie ist was?", fragte sie, ihre Stimme war kaum zu hören. Eine Träne kullerte über ihre Wange.

Cayden sah mich resigniert an. „Jane ist weg, ebenso wie Raj, der Lykaner aus deinem Rudel, Isabella. "

„Was meinst du damit, sie sind weg?"

„Wie kann man einfach verschwinden?", rief Vanessa, wobei ihr schwarze Wimperntusche-Tränen über die Wangen liefen.

„Sie sind weg", sagte Cayden wieder und nickte Ryker zu, der Roman gegen die Wand stieß.

Sie waren nur Sekunden davon entfernt, aufeinander loszugehen, aber das konnte mir in diesem Moment egal sein. Der einzige Grund, warum ich eine Lykanerin geworden bin, war, um zu beschützen, und jetzt waren mein Freund und die Schwester meines Partners entführt worden.

„Ryker sagte, dass die Gesetzlosen sie mitgenommen haben."

„Die Gesetzlosen haben sie mitgenommen?", fragte ich ungläubig.

Als Cayden nickte, marschierte ich direkt zu den beiden Männern hinüber und schubste sie.

„Stopp!", rief ich energisch. Beide Köpfe drehten sich zu mir und ich sah Ryker an. „Ist es wahr?"

Roman knurrte, aber ich legte ihm eine Hand auf die Brust, in der Hoffnung, dass ihn das genug beruhigen würde, damit wir das hier überstehen.

„Wurden sie wirklich beide entführt?", meine Stimme schwankte.

„Wer wurde entführt?", fragte Roman.

Ryker warf ihm einen langen Blick zu, dann nickte er mir zu. Trotz seiner offensichtlichen Wut schien Ryker die Situation gelassen zu sehen, als ob so etwas schon einmal passiert wäre. „Jane und Raj sind weg."

Ich presste die Lippen aufeinander, ein Haufen Schuldgefühle überkam mich. Das war mein Fehler. „Woher weißt du, dass die Gesetzlosen sie mitgenommen haben?"

„Jane? Was hat meine Schwes …", fragte Roman.

„Ihr Geruch war überall an Rajs letztem bekannten Aufenthaltsort."

Mein Herz sank in meine Hose. Ich hätte bei ihm sein sollen. Ich hätte da sein sollen. Das war meine Schuld. Sie waren meinetwegen weg, weil ich Angst gehabt hatte, von ihm oder irgendwelchen Gesetzlosen markiert zu werden. Wenn ich dort gewesen wäre, hätte ich ihm helfen können. Jetzt war er … entführt worden.

Roman spannte sich hinter mir an und wurde plötzlich still. Vanessa wischte sich die Tränen mit dem Handrücken ab, ihr Schluckauf war lauter als zuvor. Cayden klopfte ihr unbeholfen auf die Schulter und versuchte, sie zu beruhigen.

„Vielleicht sind sie nur Partner und haben beschlossen, sich davonzuschleichen", rief sie.

„Das ist meine Schuld", sagte ich. „Wenn ich einfach zu den Lykanern zurückgegangen wäre, als ich läufig wurde, wie wir es beschlossen hatten …, wenn ich dort geblieben und nicht weggelaufen wäre, wie ich es getan habe …"

Es stand Ryker ins Gesicht geschrieben, dass auch er mir die Schuld gab, aber er sagte: „Es ist nicht deine Schuld." Er seufzte tief durch die Nase und sah wieder zu Roman. „Es ist seine."

Die Ader in Romans Hals pulsierte heftig, seine Augen wurden dunkler, als ich sie je gesehen hatte. „Es ist meine Schuld, dass meine Schwester von Gesetzlosen entführt wurde? Na schön.

Erzähl meiner Partnerin weiter deine dreckigen kleinen Lügen, damit sie dich mag." Er zischte.

Ryker knurrte: „Du hast seine Fährte aufgenommen. Du warst die einzige Person an seinem letzten bekannten Aufenthaltsort. Du hast dich verdammt nochmal geweigert, deine eigene Partnerin zu markieren. Wenn du es einfach getan hättest, wären wir jetzt nicht in dieser Situation."

„Hättest du mich nicht hintergangen, um mir meine Partnerin wegzunehmen, wären wir nicht in dieser Situation."

„Wenn du nicht so ein Arschloch wärst …"

Ich hörte nicht mehr hin. Ich konnte mir ihr Gezanke nicht länger anhören. Vor allem, weil es nicht ihre Schuld war. Es war meine.

———

„Ich kann es nicht glauben ", Vanessa schluchzte. Ihre Wangen waren mit schwarzen Mascara-Schlieren verschmiert. „Warum ist das passiert? Warum sollten sie sie mitnehmen?"

Ich saß auf Romans Stuhl in seinem Büro und rieb meine verschwitzten Handflächen aneinander. Es ergab keinen Sinn. Diese Gesetzlosen waren hinter Alphas her, nicht hinter normalen Wölfen. Roman ging im Raum umher und befahl seinen Kriegern, die Umgebung zu bewachen und jeden Geruch aufzuspüren, den sie finden konnten. Ryker hatte sein Handy in der Hand, sprach mit jemandem in seinem Haupthaus und schaute mich alle paar Sekunden an.

Das war meine Schuld. Und er wusste es.

Roman knurrte. „Weinen bringt uns nicht weiter, Vanessa", schnauzte er sie an, wobei sich seine Zähne bereits zu Eckzähnen verlängerten.

Derek kam in den Raum gerannt und seufzte erleichtert auf, als sein Blick meinem begegnete, aber ich sah weg. Er zog mich in eine Umarmung und ich hatte kaum genug Energie, um sie zu erwidern. Mein Magen drehte sich vor Unbehagen.

Warum Jane? Sie war keine Alpha. Das war Raj auch nicht.

Wenn diese Gesetzlosen hinter den Alphas her waren … hätten sie nicht entführt werden dürfen.

Das war nicht der ursprüngliche Plan der Gesetzlosen. Vielleicht taten sie es in der Hitze des Gefechts, nachdem sie erfahren hatten, dass sieben von ihnen auf der Vollmondparty des Night Raider's getötet worden waren. Vielleicht haben sie Hinweise hinterlassen oder vergessen, ihre Spuren zu verwischen.

Ryker blickte von seinem Handy auf und nickte mir zu. „Ja, ihr geht es gut. Wir sprechen uns später."

Als er das Handy ausschaltete, stand ich auf. „Lass uns gehen", sagte ich, „W ir müssen sie finden, bevor etwas passiert." Ich verzog den Mund. „Meinetwegen."

Roman schnappte mein Handgelenk. „Du wirst nicht gehen. Du wirst dieses Haus nicht verlassen."

Ryker knurrte ihn an: „Sie wird gehen. Das ist ihr Job."

Ich verdrehte die Augen. Nicht das schon wieder. Sie waren im Begriff, weitere fünfzehn Minuten damit zu verschwenden, sich gegenseitig anzuknurren und nichts zustande zu bringen. Ich starrte die Krieger im Raum an.

„Können wir kurz allein sein?", fragte ich und nickte in Romans Richtung.

Ryker sah uns an. „Zwei Minuten." Er sah wieder auf sein Handy und tippte darauf. „Dann müssen wir los."

Als alle gegangen waren, schloss ich die Tür und drückte meine Hände gegen Romans Brust, wobei ich meine Stirn an seine lehnte. „Ich muss gehen, Roman", flüsterte ich.

Er ergriff meine Hände. „Nein."

„Doch, muss ich."

„Sie werden dich auch mitnehmen", sagte er mit einer plötzlichen Traurigkeit in der Stimme. Es war, als ob jeder, den er jemals geliebt hatte, ihm genommen wurde, wieder und wieder und wieder, und er konnte nichts dagegen tun. Er drückte meine Hände. „Sie dürfen dich nicht mitnehmen. Ich habe zu lange gewartet."

„Niemand wird mich mitnehmen, Roman." Ich lächelte. „Ich hoffe, du hast genug Vertrauen in meine Fähigkeiten, um das zu glauben."

„Das habe ich." Er nickte und lehnte sich zurück an den Eichenschreibtisch, wobei er mich an seine trainierte Brust zog. „Es tut mir leid, dass ich dich nicht den Kriegern zugeteilt habe. Das tut mir wirklich leid. Ich bereue diese Entscheidung jeden einzelnen Tag meines Lebens und jetzt zahle ich dafür."

Ich strich ihm eine verirrte Haarsträhne aus dem Gesicht und streichelte sanft seine Wange. Dieser Mann.

„Aber du kannst nicht gehen."

Ich verkrampfte. Warum konnte es nicht einfach sein? Warum konnte er nicht zulassen, dass ich ihn und seine Familie beschütze?

„Ich gehe, ob es dir gefällt oder nicht", sagte ich.

„Sie werden dich mitnehmen. Sie haben Jane entführt, um an mich heranzukommen. Wie kommst du darauf, dass sie nicht auch dich mitnehmen?"

„Was glaubst du, warum sie Jane entführt haben?", fragte ich und versuchte, jede Information zu bekommen, die ich kriegen konnte.

Er hielt einen Moment inne. „Um mich zu schwächen. So wie sie Mama mitgenommen hatten, um Papa zu schwächen."

Ich knabberte an der Innenseite meiner Wange und schüttelte den Kopf. „Das haben sie in den letzten sieben Jahren mit niemandem sonst gemacht. Mit keinem anderen Rudel. Was macht dich so besonders?"

Natürlich war er etwas Besonderes für mich, aber warum war er etwas Besonderes für diese Gesetzlosen? Seine Eltern waren vor Jahren gestorben und wenn diese Gesetzlosen eine neue Gruppe waren, wie Ryker mir gesagt hatte, dann sollten sie keine Informationen über den Tod seiner Eltern haben; es sollte sie nicht einmal interessieren.

Roman starrte kurz auf die geschlossene Tür, presste die Kiefer zusammen und knurrte leise: „Ich weiß es nicht."

Ich tätschelte sanft seine Brust. Ich wusste es auch nicht, aber ich wusste, dass etwas nicht stimmte, und ich würde herausfinden, was es war, bevor sich die Dinge zum Schlechten wenden würden.

46
isabella

ICH PACKTE Roman am Kragen und zog ihn in einen langen, leidenschaftlichen Kuss. „Es wird nichts passieren. Ich werde Jane und Raj zurückbringen. Deiner Schwester wird es gut gehen", sagte ich.

Sein Atem wärmte meinen Nacken. Und ich sehnte mich danach, dass er mich jetzt haben wollte, dass er mich jetzt beanspruchen wollte, dass er mich jetzt zu der seinen machen wollte, aber wir befanden uns in einer Situation, die wir nicht eine Sekunde länger ignorieren konnten.

Er strich mir ein paar Haare aus dem Gesicht und fuhr mit dem Daumen über meinen Mund, was mich erschaudern ließ.

„Wenn ich zurückkomme, erwarte ich, dass du mich markierst, Roman. Ich will das volle Programm – einen Strauß Mondblumen, ein Date im Mondschein, deine Zähne in meinem Nacken."

Er gluckste. „Du willst es romantisch?"

Nachdem ich meine Finger um seine Gürtelschlaufen geschlungen hatte, zog ich ihn näher zu mir. „Natürlich nicht. Ich möchte, dass du ein schönes Abendessen für uns vorbereitest und dann meine Beine spreizt und das kostest, worauf du wirklich Lust hast.", sagte ich.

Er knurrte leise und ließ mich zusammenzucken. Am liebsten hätte ich ihn gegen den Schreibtisch gedrückt, wäre auf ihn geklettert und hätte mich von ihm nehmen lassen, aber da klopfte jemand an die Tür und verdarb mir den Moment.

„Isabella", sagte Ryker von draußen, „Zeit zu gehen."

Ich schaute Roman böse an und ging zur Tür.

Er sah mich mit diesen dunklen Augen an. „Wenn du zu mir zurückkommst, meine liebe Isabella, werde ich darauf warten, jeden Zentimeter deines Körpers zu beanspruchen."

„Merk dir das, *Alpha*." Ich grinste ihn an. „Ich erwarte nichts anderes."

Ryker stand vor der Tür, tippte mit den Fingern gegen den Türrahmen und hob eine Augenbraue. Ich schob mich an ihm vorbei und versuchte, meine Freude darüber zu verbergen, dass Roman versprochen hatte, mich zu markieren. Es hätte schon längst geschehen müssen, aber dass er es versprochen hatte, machte mich ganz schwindlig.

Die Fahrt zum Haupthaus verlief schweigend, nur das Geräusch von Rykers Atem erfüllte das Auto. Ich schaute aus der Windschutzscheibe und sah die Bäume vorbeifliegen. Das war nicht richtig. Irgendetwas war furchtbar, furchtbar falsch gelaufen.

„Worüber denkst du nach?", fragte Ryker, eine Hand auf dem Lenkrad, die andere auf dem Schaltknüppel.

„Das ist meine Schuld", sagte ich.

Er seufzte tief. „Bella, es ist nicht deine Schuld. Wenigstens hast du dich nicht von einem dieser Gesetzlosen markieren lassen. Hast du … hast du eine Ahnung, wer es gewesen sein könnte oder warum sie Jane und Raj entführt haben?"

Denk nach, Isabella. Roman hätte entführt werden sollen, nicht seine Schwester. Warum wurden Roman und seine Familie ins Visier genommen?

„Ich glaube, mit Roman ist irgendwas." Ich grub die Finger in meine Handflächen. „Er verhält sich komisch."

Ryker wurde plötzlich still. „Er hat sich seltsam verhalten.

Warum sollte er dich nicht markieren, selbst nach deiner Läufigkeit?" Er fuhr auf das Gebiet der Lykaner.

Lykaner rannten vor unserem Auto hin und her und versuchten, sich so schnell wie möglich zu organisieren, um die umliegenden Rudel vor den Gesetzlosen zu schützen.

„Genau", sagte ich und beobachtete ihn, „F indest du es nicht seltsam, dass sie nicht den Alpha genommen haben, sondern seine Schwester?"

Er nickte, seine Kiefer zuckte ein wenig.

„Mir fällt als einzige Erklärung ein, dass Roman etwas getan hat, was sie verärgert hat. Etwas, das er mir nicht erzählt."

Lüge.

Ich schob meine Füße unter dem Sitz hin und her und blickte aus dem Fenster. „Und er wollte mich nicht markieren, nach allem, was ich durchgemacht habe, nach der Läufigkeit, nach der Flucht vor Gesetzlosen. Er schien mich nicht einmal zu wollen. Er sah mich mit so viel Abscheu und Mitleid an. Er hat mich die ganze Zeit, die ich dort war, kaum berührt." Lüge. „Nur, als du ins Haus kamst."

Ryker runzelte die Stirn. „Sein Wolf schien dich dort behalten zu wollen, aber *er* wirkte ein wenig distanziert. Glaubst du, er hat etwas damit zu tun?"

Ich zuckte mit den Schultern. „Ich weiß es nicht, aber ich will es herausfinden."

Er parkte den Wagen vor dem Haupthaus und stützte eine Hand auf das Lenkrad. „Wir reden hier über deinen Partner, Bella. Wenn du das tust, musst du gegen deine angeborenen Instinkte verstoßen. Und wenn du herausfindest, dass er mit den Gesetzlosen zusammenarbeitet, weißt du, was du zu tun hast, oder?"

„Ich werde ihn umbringen müssen", sagte ich leise.

Er starrte mich an und brachte mich fast dazu, mich zu winden. „Weißt du, wenn es dazu kommt, gibt es viele", er hielt länger als einen Moment inne, „Wölfe hier, die einspringen und der Mann sein würden, den du immer gebraucht hast."

Ich holte tief Luft, mein Blick wanderte kurz zu seinen Lippen. „Ich weiß."

Er nickte. „Warum leitest du dann nicht diese Mission?"

Ich hob eine Augenbraue zu ihm. „Ich? Du willst, dass ich führe?"

„Ja", er lächelte, „Ich denke, es wäre perfekt. Eine Wiedergutmachung für dich."

47
isabella

WÄHREND DIESER FURCHTBAREN Zeit delegierte ich Aufgaben an die Lykaner. Einige sollten auf Roman aufpassen. Andere sollten sich mit Wölfen aus meinem Rudel im Night Raider's Café treffen, um über Janes Verschwinden zu sprechen. Ryker sollte mit mir jede Nacht die Umgebung rund um Romans Gebiet absuchen.

In der ersten Woche lief es gut. Ich brach den Kontakt zu Roman ab und spionierte ihm nach.

Es war alles in Ordnung und ich hoffte, dass er irgendetwas tun würde, um mir Ryker vom Hals zu schaffen, damit ich aufatmen und diese Mission zu Ende bringen konnte. Ich wünschte mir nichts sehnlicher, als dass er mir wieder vertraute. Jane und Raj waren in Schwierigkeiten und wenn mein Verdacht stimmte, *musste* Ryker mir vertrauen.

Das war die einzige Möglichkeit, wie das Ganze funktionieren konnte.

Ryker erschien an meiner Tür, bekleidet mit einem engen, grauen Trainingsshirt. „Bist du bereit?"

Draußen war es dunkel und das Mondlicht flutete durch das Fenster. Ich schob einige Papiere in meine Schreibtischschublade. „Ich muss den Papierkram durchgehen. Treffe ich dich dort?"

Ryker nickte und grinste. „Ich kann sein Gebiet auch allein durchkämmen. Beende deine Arbeit."

Ich stand auf, legte meine Hand auf seine harte Brust und krallte meine Finger in die prallen Muskeln. „Nein. Wenn ich fertig bin, werde ich da sein." Ich lächelte zu ihm hoch, mein Blick wanderte die Narbe an seinem Hals hinunter. So groß, so markant, so sexy. „Ich verspreche es."

Er hielt einige Augenblicke inne und nickte dann. Ich konnte hören, wie sich sein Herzschlag beschleunigte, und schaute einen Moment lang an seinem Körper hinunter, nur einen Moment, *ohne es zu wollen*. Er spannte sich an, sein Bizeps zeichnete sich unter seinem Hemd ab.

Meine Wangen erröteten und ich wandte den Blick ab. Ich sollte mich nicht so fühlen. Ich wollte mich nicht so fühlen. „Ich werde da sein.", sagte ich.

Als er ging, saß ich in meinem Zimmer. Ich hatte keine Arbeit zu erledigen und ich hatte keine Papiere zu lesen. Ich hatte etwas anderes zu tun, etwas, für das Ryker gehen musste, damit ich es tun konnte.

Ich nahm mein Handy und rief Derek an.

Nach dem dritten Klingeln nahm er ab. „Izzy, was gibt's?"

„Du musst etwas für mich tun."

„Alles."

„Hol mir Romans Notizbuch mit den Rudelnotizen. Es liegt auf seinem Schreibtisch. Triff mich in einer halben Stunde im Night Raider's Café ."

Er lachte auf: „Du willst, dass ich Romans Notizbuch stehle?" Ich konnte die Verwirrung in seiner Stimme hören. „Warum? Denkst du, er hat etwas damit zu tun?"

„Bitte, Derek", sagte ich und trommelte mit den Fingern auf meinen hölzernen Schreibtisch.

Nach ein paar Augenblicken seufzte er und ich wusste, dass ich ihn hatte.

„Wir sehen uns dort", sagte er.

———

Derek stand am Eingang des Night Raider's Café mit einem Notizbuch, das er unter sein Hemd gestopft hatte. „Ich kann nicht glauben, dass ich sein verdammtes Notizbuch für dich gestohlen habe. Ich hoffe, du hast einen Grund ..."

„Ist es das richtige?"

Er schaute fragend. „Was meinst du?"

Ich nahm es in die Hand und blätterte durch die Seiten. Ich seufzte, es war das richtige Notizbuch und nicht das mit den Skizzen von mir. Wenn Derek das mitgebracht hätte, wäre ich aufgeschmissen gewesen. Obwohl ich das Notizbuch nicht aus einem bestimmten Grund brauchte. Ich brauchte es, um Ryker noch ein wenig abzulenken. Vielleicht würde es mir sogar helfen, in sein bewachtes Büro zu kommen.

Nachdem ich meine Lippen auf Dereks Wange gedrückt hatte, bedankte ich mich bei ihm, verwandelte mich wieder in meine Wölfin, nahm das Notizbuch zwischen die Zähne und rannte durch den Wald.

„Hey! Du weißt, dass er danach suchen wird!", rief Derek mir hinterher.

Ich heulte als Antwort und rannte auf Rykers Geruch zu.

Als ich ihn an Romans Grenzen fand, verwandelte ich mich in meinen Menschen und stand nackt vor ihm.

Er sah mich mit verdutzt an. „Was ist das?"

„Romans Notizbuch."

Seine Augen weiteten sich. „Woher hast du es?"

„Vanessa – die Schlampe, die mit Roman zusammenlebt – hat es einer der Lykanerinnen gegeben, als sie sich heute Abend im Night Raider's Café trafen. Sie hat es mir gegeben, als ich gerade gehen wollte."

Er nahm mir das Notizbuch ab. „Was steht da drin?"

Ich schluckte schwer und schüttelte den Kopf. „Lass es uns zuhause lesen." Ich sah zu Romans Gebiet und wusste, dass er in diesem Wald war und uns wahrscheinlich beobachtete. „Wenn wir etwas Wichtiges finden, können wir Roman morgen damit konfrontieren."

Ryker nickte zustimmend mit dem Kopf. Nachdem wir Romans Gebiet gründlich durchsucht hatten, führte mich Ryker zurück zu den Lykanern und in sein Büro.

Zum ersten Mal schloss er die Tür für mich auf und ließ mich in den Raum gehen. Im Gegensatz zu Romans Büro war Rykers ein einziges Durcheinander. Überall lagen Papiere herum, seine Trainingsklamotten hingen über einem Stuhl, verschlossene Schränke, die *ordentlich* aussahen.

Ich setzte mich auf einen der freien Stühle und sah zu, wie er die oberste Schublade seines Schreibtisches öffnete und das Notizbuch hineinlegte. Nachdem er die Schublade zugeschoben und abgeschlossen hatte, steckte er den Schlüssel in seine Tasche. So viele Schlösser für jemanden, der so offen mit seinen Lykanern darüber sprach, wer er war und worum es bei den Missionen wirklich ging.

„Wir sollten das Notizbuch heute Abend durchgehen", sagte ich. „Ich kann nicht bis morgen warten."

Er gluckste leise und ging um den Schreibtisch herum, legte seine Hände von hinten auf meine Schultern und drückte sie leicht. „Du brauchst Ruhe, Isabella. Du arbeitest schon viel zu lange an dieser Sache. Ich werde es selbst durchgehen und morgen werde ich dir sagen, was ich gefunden habe."

„Aber ..."

Seine Hände wanderten meine Arme hinunter, leicht genug, um mich erschauern zu lassen. Er hauchte gegen meinen Hals. „Geh, Isabella", flüsterte er in mein Ohr.

Ich bekämpfte meine Angst vor dem, was als Nächstes passieren würde, was ich als Nächstes zulassen würde, und drehte mich zu ihm um. Der Raum war schwach beleuchtet, was seine Gesichtszüge noch verlockender erscheinen ließ. Das war mein Plan und ich wollte mir die Gelegenheit nicht durch die Lappen gehen lassen.

„Du solltest dich auch etwas ausruhen", sagte ich leise und

deutete etwas an, das sündiger war, als ich es mir je vorstellen konnte. Ich strich mit meinen Fingern über seine Unterarme.

Wir starrten uns einige Augenblicke lang an und dann fiel sein Blick auf meine Brust. „Wo ist deine Partnerkette?"

„Ich habe sie abgenommen."

Seine Augen verdunkelten sich. „Warum?"

Ich trat auf ihn zu, sodass wir nur noch Zentimeter voneinander entfernt waren. „Was denkst du?", fragte ich leise und hielt meinen Blick auf ihn gerichtet.

Wieder hielt er inne, starrte mich nur an und ich hatte Angst, dass er mich durchschauen würde. Dass er erkennen würde, dass das alles eine Lüge war. Mein Herz raste, als er näherkam und mich gegen seinen Schreibtisch drückte.

„Dafür?", fragte er.

Ich schluckte schwer und strich mit einem Finger über seine Brust, flirtete, wie Raj es mir gesagt hatte. Und im nächsten Moment schwebten Rykers Lippen über meinen, Millimeter davon entfernt, sich auf mich zu pressen. Die Luft blieb mir weg, ich legte meine Hände auf seine Hüften und fummelte am Bund seiner Hose.

„Dafür", bekräftigte ich.

Er drückte seine Lippen auf meine und ich zog ihn an den Hosentaschen zu mir heran, schob meine Hand in seine rechte Tasche und stahl den Schlüssel zu seinem Büro.

48
roman

ICH HATTE in der letzten Woche nicht geschlafen.

Jeder Tag, an dem Isabella nicht hier war und nicht markiert wurde, brachte mich innerlich um. Sie machte ihren Job, war die Lykanerin, die sie nun war, und versuchte, meine Schwester zu finden. Während ich verzweifelt versuchte, irgendeine Spur zu finden.

Zum ersten Mal seit langer Zeit war ich ganz allein. Keine Partnerin. Keine Schwester. Keine Familie. Und das war meine größte Angst – niemanden bei mir zu haben, den ich liebte und um den ich mich sorgte. Alles, worum ich die Mondgöttin je gebeten hatte, war eine Familie, die mich so sehr liebte wie ich sie, eine Familie, die ich jeden Tag schätzen konnte.

Es war schon komisch, wie sich das Leben entwickelte.

Nein, ich hatte nicht gewollt, dass Isabella geht, aber ich musste sie gehen lassen. Nur so konnte ich ihr zeigen, dass sie mir wirklich am Herzen lag, dass ich ihre Stärke schätzte und Schönheit darin sah.

Ein scharfer, durchdringender Schmerz schoss durch meine Brust. Ich lag in meinem Bett, starrte an die Decke und ließ meinen Wolf wimmern. Es gab nur ein einziges Mal, dass ich diesen Schmerz zuvor gespürt hatte, in der Nacht der Vollmondparty.

Kurz bevor ich aufbrach, um meine Partnerin zu suchen, als sie gerade *arbeitete* und einen dieser unflätigen Gesetzlosen küsste.

Ich wollte nicht darüber nachdenken, was sie dieses Mal tat, denn dieses Mal war es für mich. Was auch immer sie tat, sie wollte Jane und Raj finden und ich musste ihr vertrauen. Ich musste ihr vertrauen, dass sie zu mir nach Hause kommen würde, wenn das alles vorbei war. Ich musste ihr vertrauen, dass sie sich für mich entschied. Ich musste genug für sie sein.

49

isabella

VOM DUNKLEN WALD AUS beobachtete ich Ryker durch sein Bürofenster. Er saß an seinem Schreibtisch im ersten Stock des Haupthauses der Lykaner, fuhr sich mit der Hand durch die Haare und las Romans Notizbuch. Vor genau drei Stunden hatte ich die Gelegenheit gehabt, mich in sein Büro zu schleichen, jedes Stück Papier in seinem Schreibtisch durchzugehen und jeden meiner Verdachtsmomente zu bestätigen.

Ich hatte Ryker um elf Uhr nachts zu mir eingeladen, um über die Informationen in Romans Notizbuch zu *sprechen*. Nur dachte er, dieses Gespräch sei ein Vorwand, um zu ficken. Er hatte dieses kleine, *unschuldige* Grinsen auf den Lippen. Das gleiche wie an dem Tag, als er mir am Bach sagte, dass ich gut zu den Lykanern passen würde.

Obwohl er mich gestern Abend nur einmal geküsst hatte, hatte er mich an sich gezogen, als ob er mich schon viel länger wollte, als ich gedacht hatte – Tage oder sogar Wochen – und mir gesagt, dass er dankbar sei, dass Roman mich nicht markiert hatte. Dass Roman mich nicht verdiente.

Ryker blätterte weiter, klappte das Buch zu und stürmte aus dem Haus. Er erschien an der Hintertür und zog sein Hemd aus.

Mein Herz raste bei diesem Anblick und ich kauerte mich hinter einen Baum. Ich konnte nicht glauben, dass ich das tat.

Als er den Wald überblickte, zog er seine Hose aus. Mein Blick wanderte an seinem Körper hinunter. Körperlich war nichts anders an ihm, aber irgendetwas stimmte nicht.

Irgendetwas war schon immer faul an ihm. Dass er mich hinter Romans Rücken dazu brachte, eine Lykanerin zu werden. Der plötzliche Zustrom von Gesetzlosen, nachdem er Anführer der Lykaner wurde. Er sagte mir, ich solle direkt zum Haupthaus gehen, anstatt zu meinem Partner, als ich läufig wurde. Es war, als wolle er nicht, dass ich mit Roman zusammen bin.

Er trat in das Mondlicht und verwandelte sich in seinen großen schwarzen Wolf. Er blickte sich noch einmal um und sprintete dann in den Wald. Ich wartete ein paar Augenblicke und rannte ihm dann hinterher, wobei ich einen guten Abstand hielt. Ich wollte, dass er mich zu seinem Ziel führte.

Aber er lief in keine ungewöhnliche Richtung, wie ich es erwartet hatte. Er nahm seinen normalen Weg durch das Rudel. Den Weg, den er jede Nacht nahm, vorbei an meinem Zimmer, vorbei am Haupthaus, vorbei an unserem Trainingsgelände. Wir müssen eine Stunde gelaufen sein.

Ich wusste nicht, ob er wusste, dass ich ihn verfolgte, also verlangsamte ich mein Tempo. Und schließlich verließ er das Gebiet. Wir rannten durch die Wälder und drangen immer tiefer in unbekanntes Gebiet vor, das nur in den Mythen als Land der Gesetzlosen bekannt war.

Unter dem wilden Gras verbargen sich Ranken und zerklüftete Felsen. Der Boden war nass, wie ein schmutziger Sumpf. Wir rannten hindurch, der Schlamm verfilzte mein Fell und verdeckte meinen Geruch.

Er lief immer schneller, fand seinen Weg, als wäre er schon eine Million Mal hier durchgelaufen und machte es mir schwer, mit ihm Schritt zu halten, aber noch einmal … er würde mich nicht einfach so abhängen. Ich war dabei, die Wahrheit aufzudecken.

Wir liefen noch eine Viertelstunde, bis eine Steinmauer über dem Gras auftauchte. Er lief langsam daran vorbei, hielt seine Nase über dem Boden und schnüffelte. Ich blieb zurück und versteckte mich hinter einem Baum.

War dies das Versteck des Gesetzlosen? Hatte er die ganze Zeit gewusst, wo es war?

Ich runzelte die Stirn und als er in meine Richtung blickte, versteckte ich meinen Kopf hinter dem Baum und wartete ein paar Augenblicke. Er stieß ein leises Knurren aus, das denjenigen, der ihn beobachtete, erschrecken sollte, aber er schüchterte mich nicht ein. Nicht mehr.

Nach einigen Augenblicken bewegte er sich, ging zur Wand und zog einen der Steine heraus. Auf der anderen Seite befand sich saubere Kleidung. Er zog sie an, sie passte ihm perfekt.

Was zum …

Er schaute sich wieder um und wartete weitere fünf Minuten, bis ein Gesetzloser an dem mit der Steinmauer verbundenen Tor erschien. Es öffnete sich und meine Augen wurden groß.

Es war wahr. Es war alles wahr. Ryker kannte die Gesetzlosen. Verdammt, er könnte mit ihnen zusammengearbeitet haben, wenn es stimmte, was ich vermutete.

Als sie sicher im Versteck waren, kroch ich an die Wand und lehnte mich dagegen, das Ohr an den kalten Stein gepresst.

„Hast du, was wir brauchen?", fragte der Gesetzlose.

„Lass sie frei. Die Leute haben es kapiert", sagte er.

Mein Herz pochte. Ich. Ich war diejenige, die es herausfand. Niemand sonst, denn sie alle vertrauten ihm. Ich hatte ihm irgend-wann einmal vertraut, aber er hatte dieses Vertrauen immer wieder auf die Probe gestellt.

Der Gesetzlose knurrte: „Wir hatten eine Abmachung. Ich liefere euch idiotische Gesetzlose, die keine Ahnung haben, was sie tun, damit ihr sie töten könnt, und ich bekomme mein Geld."

„Der Deal ist geplatzt", sagte Ryker.

Von irgendwoher, tief in den Grenzen, knurrte ein ganzes Rudel von Gesetzlosen, um ihn zu warnen. Ich ging noch tiefer in die Hocke, mein Herz raste. Es waren so viele von ihnen. So viele, die jeden leicht überwältigen konnten – sogar Ryker.

Aber es ergab alles einen Sinn. Von den Gerüchten über Rykers Vergangenheit in Romans Notizbuch bis zum Herumschnüffeln in Rykers Büro, um herauszufinden, dass es wahr war. Es stellte sich heraus, dass er derjenige war, der die Gauner angeheuert hatte, damit er die Früchte ernten konnte, damit *er* seinen Namen reinwaschen konnte, damit er die bösen Gerüchte, er habe eine Frau vergewaltigt und sie während ihrer Läufigkeit geschwängert, aus der Welt schaffen konnte.

Und … ich hätte genau wie diese Frau werden können, genau wie Michelle, wenn ich nicht aufgepasst hätte.

„Wenn wir unser Geld nicht bekommen, muss ich sie behalten oder sogar töten. Sie waren sowieso schon so verdammt nervig mit diesem ganzen Liebeskram.“

Der Gesetzlose sprach über Jane und Raj. Waren sie zusammen? Vielleicht taten sie das, um zu entkommen. Vielleicht hatte Raj einen Plan.

Ein Ast knackte, ich drehte mich um und sah einen Gesetzlosen hinter mir stehen, der sich auf mich stürzen wollte. Sabber tropfte von seinen blanken Zähnen.

Bevor ich die Chance hatte, ihn zu töten, streckte er seine Nase in die Luft und stieß ein bösartiges Heulen aus, das die anderen alarmierte.

Mein Herz pochte. Jeder konnte es hören. Jeder einzelne Gesetzlose hier. Sogar Ryker.

Er würde wissen, dass ich ihm gefolgt war.

Er würde wissen, dass ich Bescheid wusste.

Er würde wissen, dass er mich töten musste.

Also sprang ich in die Luft, versenkte meine Zähne in den Hals des Gesetzlosen und riss ihm die Kehle heraus. Dann sprintete ich durch den Wald, so schnell ich konnte. Ich wusste, dass ich um mein Leben rennen musste.

50

isabella

DAS DONNERNDE ECHO HUNDERTER KLAUEN, die auf den Boden schlugen, folgte mir durch den Wald. Alle waren sie hinter mir her. Alle wollten mich töten.

Ich wusste, dass sie mich finden und tatsächlich töten würden. Ryker war derjenige, der sie anführte. Er hatte mich angelogen, er hatte alle über die Gesetzlosen angelogen. Er ließ zahllose Alphas verfolgen und wie Tiere jagen, sie verletzen, anstatt sie zu schützen.

Und ich sollte die Nächste sein.

Mein Herz schlug wie wild gegen meine Brust. Schweißperlen verfilzten mein Fell. Ich rannte schneller und trieb mich selbst an, überließ meiner Wölfin die Kontrolle. Sie hatte für diesen Moment ewig trainiert. Und obwohl Roman nicht an mich geglaubt hatte, obwohl er mich angelogen hatte, um mich zu beschützen, obwohl ich trotzdem die dumme Entscheidung getroffen hatte, mich den Lykanern anzuschließen, würde ich nicht so abtreten.

Ich würde mich nicht von einer Bande von Gesetzlosen aufhalten lassen, die zu töten ich ausgebildet worden war. Ich würde mich nicht von einem Mann umbringen lassen, der uns alle verraten hatte, aus welchem selbstsüchtigen Grund auch immer.

Die Bäume verhinderten, dass Mondlicht auf den Waldboden

fiel, aber ich rannte im Dunkeln und konzentrierte mich auf den Weg, den ich mir bahnen musste, sprang über Äste und rannte zwischen Bäumen hindurch.

Der stechende Geruch der Gesetzlosen stieg mir schwach in die Nase.

Mondgöttin, hilf mir, bitte.

Alles, was ich wollte, war, Roman zu sehen. Den einzigen Mann, den ich je geliebt hatte, den Mann, bei dem ich schon vor Wochen gerne geblieben wäre. Ich wollte nicht, dass mein Leben so endete. Ich wollte ihn ein letztes Mal sehen.

Ein Ast schnitt in mein Fell und ich jaulte, aber blieb nicht stehen. Ich rannte noch eine Meile weiter, sprintete direkt aus dem Gebiet der Gesetzlosen heraus und auf den vertrauten Geruch zu, den ich schon immer mein Zuhause genannt hatte. Minze.

Als das Hämmern langsamer und schwächer wurde, hielt ich hinter einem Baum inne und verwandelte mich in einen Menschen. Blut spritzte aus meiner Seite und ich drückte so fest wie möglich darauf. Ich lehnte mich an den Baum und dämpfte mein Wimmern mit meiner Hand.

Als die Gesetzlosen wieder lauter wurden, nahm ich meine ganze Energie zusammen und rannte in menschlicher Gestalt zu Romans Haupthaus. Die nächste Meile war länger und härter als die Meilen, die ich durch das Gebiet der Gesetzlosen gelaufen war. Aber ich kämpfte mich durch und schrie, als ich nur noch einige Meter von Romans Gebiet entfernt war.

Der Schmerz schoss in meiner Seite hoch und runter, mir wurde schwindelig und mein Blick wurde unscharf.

Derek – einer der Grenzsoldaten heute Abend – hielt meinen Arm fest, bevor ich zu Boden fiel und meine Gedanken mit Roman verband. *Gesetzlose.*

Ich befreite mich aus seinem Griff und stolperte in Richtung Haupthaus.

Roman. Ich wollte Roman sehen. Ich musste Roman sehen. Ich liebte Roman.

Nachdem ich die Hintertür des Haupthauses aufgerissen hatte, sprintete ich in den Raum – nackt und mit einer Mischung aus Blut und Schlamm bedeckt. Ich konnte nicht glauben, dass das alles geschah. Wofür sollte das alles gut sein? Jeder einzelne Tag, den ich damit verbracht hatte, Ryker kennen zu lernen, war eine Lüge.

„Roman!", rief ich. „Roman!" Mein Roman.

Oben ging ein Licht an und jemand bewegte sich. Ich sprintete die Treppe hinauf, nahm zwei Stufen auf einmal. Roman erschien am Ende des Flurs, stürmte aus seinem Zimmer und trug nichts als eine Jogginghose.

Als er mich sah, eilte er zu mir und zog mich an seine Brust. „Isabella? Isabella, was ist los?"

„Gesetzlose", hauchte ich und schaute aus dem Fenster. „Gesetzlose – sie kommen."

Mein erster Instinkt war es, ihn zu küssen und das tat ich dann auch. Ich drückte meine Lippen auf seine, getröstet von dem Gefühl, ihn zu spüren, ihn zu wollen und uns zu wollen und zu hoffen, dass dies nicht der letzte Moment war, in dem ich mit ihm zusammen sein würde.

Er stieß mich leicht weg. „Du bist mit Schlamm bedeckt, Isabella." Er starrte auf meinen Körper hinunter. „Und Blut. Du bist verletzt. Was …"

„Sie kommen, um mich zu töten", sagte ich.

Ich wusste, dass sie versuchen würden, mich zu töten, dass sie versuchen würden, sein ganzes Rudel mit sich zu reißen. Und wieder war das meine Schuld. Ich hätte zu den Lykanern rennen sollen … und Roman nicht noch mehr in Gefahr bringen.

Aber ich wollte ihn, ich brauchte ihn und ich wusste nicht, wem ich außer ihm noch vertrauen konnte.

Wenn Ryker vorher nicht gewusst hatte, wer ich war, wusste er jetzt, da ich direkt zu meinem Partner gelaufen war. Der Mann, den er hasste. Der Mann, der ihn hasste.

Roman zog die Stirn in Falten. Dann zuckten seine Ohren zurück, als er das Heulen der Gesetzlosen hörte. Sie näherten sich schnell den Grenzen. Mein Magen verkrampfte sich. Romans

Augen wurden glasig, als er über die Gedankenverbindung zu seinen Kriegern sprach.

Als er sich zu mir umdrehte, hatten sich seine Zähne zu Eckzähnen verlängert, seine Augen waren aus purem Gold, und sein Minzgeruch war stärker denn je. „Warum sind sie hier?"

Ich ergriff seine Hand und drückte sie sanft. „Weil ich weiß, warum sie deine Schwester entführt haben. Und ich weiß auch, wie sie es getan haben." Ich strich ihm mit der Hand über das Gesicht. „Du hattest Recht, Roman. Du hattest immer Recht."

„Was soll ich tun?", fragte er.

Es war eine so einfache Frage und ich wusste genau, was er mit diesem Mann vorhatte, wenn er ihn erwischen würde.

Ich nahm sein Kinn, presste meine Lippen auf seine und schob ihn weg. „Sei der Alpha, den ich immer geliebt habe. Führe dieses Rudel an. Töte sie."

„Wir sind nicht bereit, es allein mit einem ganzen Rudel von Gesetzlosen aufzunehmen", sagte er. Er zog mich die Treppe hinunter zur Tür. Der Wald war dunkel und so verdammt unheimlich. „Du wirst uns anführen, Isabella." Er presste die Kiefer zusammen und wandte sich dem Wald zu. „Also, ich frage noch einmal. Was soll ich für dich tun?"

Roman wollte, dass ich die Führung übernehme.

Der Gedanke ließ mich Schmetterlinge im Bauch spüren, aber ich konnte nicht lange darüber nachdenken. Ich klinkte mich in die chaotische Gedankenverbindung des Rudels ein und versuchte, die Millionen und Abermillionen von Dingen zu sortieren, die dort gesagt wurden.

Gib mir die verdammte Kraft, das zu lösen, Mondgöttin.

Nachdem ich den Wald betreten hatte, schluckte ich. *Greift sie nicht an*, befahl ich über die Gedankenverbindung.

Roman und ich gingen weiter in die Nacht hinein und sahen das ganze Rudel der Krieger in voller Aufmerksamkeit vor dem Haupthaus stehen.

„Sie sind meinetwegen hier."

Ich trat vor, aber Roman packte mein Handgelenk.

„Was machst du da?"

„Was ich tun muss. Vertraue mir." Ich löste mich aus seinem Griff. „Du willst Befehle? Ich befehle dem ganzen Rudel, sich zurückzuhalten. Greift nicht an, es sei denn, ich sage euch, dass ihr angreifen sollt."

Die Krieger teilten sich, damit ich durch sie hindurchgehen konnte. Ryker stand am Rande des Waldes und beobachtete und wartete auf mich, mit dem ganzen Rudel wilder Gesetzloser hinter ihm.

Er trat in das Mondlicht, aber keiner der anderen Wölfe rührte sich. Sie standen alle da und starrten. Und ich ging auf ihn zu. Er nahm eine defensive Haltung ein, nicht nervös, aber vorsichtig.

„Ich habe die Lykaner bereits kontaktiert", sagte ich. „Sie wissen, wo sich das Versteck der Gesetzlosen befindet."

Niemand sagte ein Wort und dann trat er wieder vor. „Du lügst."

„Du schüchterst mich nicht ein, Ryker." Meine Nägel verlängerten sich zu Krallen. „Ist Michelle in dem Versteck?", fragte ich.

Er spannte sich an, seine Kiefer zusammengepresst. „Woher weißt du von ihr?"

Meine Zähne verlängerten sich zu Eckzähnen. „Oder hast du sie getötet?"

„Stopp." Seine Stimme war leise und er zitterte vor Wut.

„Michelle, die Frau, die vor mir eine Lykanerin war, die Frau, die du in deinem Haupthaus hast wohnen lassen, die Frau, die du markiert hast, als sie läufig wurde, die Frau, die dir ein Kind geschenkt hat."

Er knurrte.

„Es lag alles in deinem Schreibtisch. Alles, was ich brauchte, um es herauszufinden." Ich schüttelte den Kopf und musste tatsächlich lachen. „Weißt du, das ist nicht mal der lustige Teil. Der lustige Teil ist, dass sie versucht hat, dich umzubringen." Meine Finger strichen über die Seite meines Halses und ahmten die Narbe an seinem Hals nach. „Schade, dass sie es nicht geschafft hat."

Er verwandelte sich und rannte mit voller Wucht auf mich zu. Die Wölfe hinter mir gingen in Stellung, aber ich rührte mich nicht.

Stattdessen ließ ich ihn in meine Richtung springen und dann schlug ich mit meinen Krallen direkt in seine Narbe. Seine schwächste Stelle. Sie schnitten in seine Haut und zerfetzten sie fast augenblicklich. Er sprang zurück. Seine Wunde blutete stark und ich hielt mir die Seite fester, um mein Blut zu stillen.

„Du hast mir immer gesagt, ich soll nicht kämpfen, wenn ich wütend bin, Ryker. Du hättest auf deinen eigenen Rat hören sollen." Ich verwandelte mich in meine Wölfin und sprintete auf ihn zu.

Der Unterschied zwischen uns war, dass ich nicht wütend war. Ich war eine Beschützerin, geboren unter dem zweiten Wolfsmond, um Menschen Sicherheit zu geben, und das würde ich jetzt tun.

Ich sprang auf ihn zu, krallte meine Zähne in seine Schulter und machte einen Salto über ihn, wobei ich ihn mitriss. Ryker versenkte seine Zähne in meinem Arm und ich heulte auf. Roman kam immer näher an mich heran und als er mich schreien hörte, verwandelte er sich und packte Ryker am Hals.

Wie vor ein paar Tagen auf dem Flur kämpften sie, aber diesmal kratzten die Krallen, Blut spritzte, Fleisch flog.

Romans Meute stürzte sich auf die Gesetzlosen, obwohl ich ihnen sagte, sie sollten sich zurückhalten, aber die Gesetzlosen wollten sich nicht an einem Krieg beteiligen, den sie zwangsläufig verlieren würden. Sie rannten durch die Wälder und Romans Rudel folgte ihnen.

Bevor ich reagieren konnte, biss Ryker in Romans Oberschenkel und riss ein großes Stück Fleisch aus ihm heraus. Roman verwandelte sich zurück in seine menschliche Gestalt und hielt sein Bein. Mein Herz raste, ich knurrte laut und versenkte meine Zähne in Rykers Oberschenkel und riss auch ihm den Muskel aus dem Leib.

Ein Schenkel für einen Schenkel.

Ryker verwandelte sich in seinen Menschen und stolperte gegen einen Baum.

Ich fletschte die Zähne und joggte zu Roman, der sich mühsam aufrichtete. Nachdem ich mich verwandelt hatte, presste ich meine Hand auf die Wunde, um die Blutung zu stoppen. Als ich mich wieder zu Ryker umdrehte, war er verschwunden. Roman schüttelte den Kopf, stand auf und versuchte, ihm zu folgen. Aber ich wusste, dass es zu spät war.

Ich wollte Roman nicht so zurücklassen, nur um Ryker zu jagen. Wir würden ihn heute Abend vernichten, aber nicht bevor wir unsere Freunde gefunden hatten .

51
isabella

DER WEG ins Gebiet der Gesetzlosen war zwar schwer zu finden, aber die Spur meines Blutes erleichterte es . Ich führte Romans gesamtes Rudel durch den Wald, damit wir Jane und Raj retten konnten, bevor die Gesetzlosen sie töteten.

Hunderte von Pfoten schlugen auf den Waldboden, donnernd, wie der Klang des Regens. Aber dieses Mal gehörten die Pfoten zu Romans Wölfen, Wölfen aus meinem Rudel, Wölfen, denen ich vertraute.

Je näher wir ihrem Territorium kamen, desto mehr streunende Gesetzlose liefen durch den Wald, Gesetzlose, die so schwach waren, dass ich einen nach dem anderen ausschaltete und nicht aufhörte, bis wir in der Nähe ihrer Grenzen waren.

Etwa eine halbe Meile vor uns war die Steinmauer schwer bewacht. Ich blieb stehen und alle hinter mir machten es mir nach, sogar Roman. Er wollte, dass ich vorangehe, weil ich annahm, dass dies seine Art war, mir zu zeigen, dass er mir vertraute, dass er mich endgültig zurückhaben wollte. Der ängstliche Blick in seinen Augen verriet mir, dass es das Schwierigste war, was er je getan hatte, aber er beschwerte sich nicht.

Wir versteckten uns hinter einigen Bäumen, um nicht gesehen zu werden. Wie ich es schon so oft mit Ryker getan hatte, befahl ich der Gruppe, die Grenzen zu umzingeln. Wir waren nicht so viele, wie ich gehofft hatte, da wir immer noch die Grenzen zu Hause schützen mussten, aber ich musste es schaffen.

Als alle in Position waren, wandte ich mich an Vanessa. Sie war nicht die Person, die ich für diesen Job gewollt hatte und sie würde ihn mir wahrscheinlich versauen, aber Roman hatte darauf bestanden.

„Du weißt, was du tun musst, oder?", fragte ich sie.

Sie schluckte und starrte zur Wand hinüber. Sie hatte sich Mondblumen auf den Arm gemalt, bevor wir gegangen waren, um so zu tun, als wäre sie eine Lykanerin. „Ja", sagte sie leise, „für Jane tue ich alles."

Ich blickte zu Roman hinüber, der ein paar Bäume entfernt stand. *Bist du sicher, dass sie die richtige Person dafür ist? Ich kann …*

Das ist sie.

Ich hob eine Augenbraue. Laut Roman war sie die schnellste Läuferin unter den Kriegern. Ich habe es nicht geglaubt, aber ich musste es glauben. Sie war unsere einzige Hoffnung. Ich schob sie in Richtung der Wölfe und beobachtete, wie sie auf sie zuging.

Langsam näherte sie sich den Gesetzlosen. Sie sollte ihre Aufmerksamkeit erregen, sie dazu bringen, sie zu jagen, damit ich jeden einzelnen von ihnen töten konnte.

Als sie ein paar Bäume von der Steinmauer entfernt war, brach sie absichtlich einen Ast unter ihrem Fuß. „Ups."

Von wegen Ups.

Alle Gesetzlose an den Grenzen drehten sich in ihre Richtung. Sie hielten einen Moment lang inne. Dann sahen sie die lykanischen Tätowierungen auf ihrem Arm und rannten sofort in ihre Richtung. Sie sollte lieber schnell sein und es nicht vermasseln.

Sie musste nur den ganzen Weg zu unserem Rudel zurücklaufen und durfte nicht ein einziges Mal anhalten.

Sie stand da und wartete und dann, gerade als einer nach ihr schnappen wollte, machte sie auf dem Absatz kehrt und rannte so schnell sie konnte durch den Wald. Sie sauste an mir vorbei und ich hörte das Stampfen der Pfoten auf dem Boden.

Als sie alle an mir vorbeigezogen waren, wartete ich ein paar Augenblicke. Dann sprang ich hinter dem Baum hervor, schlug dem langsamsten Gesetzlosen eine Hand auf den Mund, damit er nicht schreien konnte und schnitt ihm mit meinen Krallen die Kehle durch. Ich tötete ihn auf der Stelle.

Ich folgte der Gruppe. Ich schnappte mir einen nach dem anderen, während der Rest von Romans Rudel über die Grenzen zog, um jeden zu bekämpfen, der sich innerhalb der Steinmauern befand. Über die Gedankenverbindung gab Roman dem Rudel die Befehle, wie ich es ihm zuvor gesagt hatte, und führte es wie der wahre Alpha, der er war.

Vanessa rannte schneller, als ich es ihr zugetraut hätte, ohne zu straucheln. Nachdem sie eine Viertelstunde durch den Schlamm gerannt waren, bemerkten die Gesetzlosen, dass ihre Freunde fehlten. Einer drehte sich um, sah, wie ich seinen Freund tötete, und heulte auf. Die anderen hörten auf, Vanessa zu jagen und stürzten sich auf mich.

Sie sah mit Angst in ihren Augen zu mir.

„Geh!", rief ich ihr zu.

Sie würde sonst getötet werden.

Sie schüttelte den Kopf und stürzte sich auf einen der Männer. Dann sprang sie in die Luft und versenkte ihre Zähne in seinem Nacken.

In einem Moment des puren Chaos drehten sich die Gesetzlosen um und stürzten sich auf uns beide. Schaum tropfte aus ihren Mäulern, Regenwasser verfilzte ihr rattiges Fell, Verderben flammte in ihren dunklen Augen auf. Ich fletschte meine blutigen Zähne und packte einen, als er auf mich zusprang. Ich schlug ihn zu Boden, riss ihm den Hals auf und sah einen Moment lang zu, wie er nach der Mondgöttin rief und sich in seinen Menschen verwandelte, tot.

Während Vanessa es mit einem Gesetzlosen allein aufnahm, kümmere ich mich um die beiden anderen. Ich warf mein Hinterbein zurück, trat dem einen direkt in die Kiefer und versenkte meine Eckzähne in dem vor mir. Sie wimmerten beide, aber ich war noch nicht fertig. Sie würden nur für ihre Sünden bezahlen, sondern auch für die von Ryker.

Meine Krallen gruben sich in eine ihrer Unterseiten, schlugen immer wieder zu, rissen eine Wunde nach der anderen auf und tränkten meine Pfoten mit ihrem Blut. Dafür hatte ich trainiert, seit ich vier war, seit Luna Raya an mich glaubte, seit der alte Beck mir seine Kriegsgeschichten erzählte.

Vanessa spuckte eine Halsader aus, knurrte in meine Richtung und sprang dann über mich, um den letzten Gesetzlosen zu töten. Sie riss ihm das Ohr ab, schlug ihre Pfote in die Seite seines Gesichts und tötete ihn kaltblütig.

Vanessa stand über einem der toten Wölfe und sah mich an, wobei ihr Blick auf meiner Seite verweilte. Obwohl es immer noch stark blutete, konnte ich es nicht mehr spüren. Alles, was ich spürte, war der starke Drang, zu beschützen. Mich selbst zu schützen. Vanessa zu schützen. Meinen Partner zu schützen. Meine Rudelmitglieder zu schützen.

Als wir uns in Menschen verwandelten, drückte sie auf meine Wunde, um die Blutung zu stoppen. „Wie kann ich dir helfen?“, fragte sie mit gerunzelter Stirn.

Ich lächelte sie an und zuckte zusammen. Trotz allem machte sie als Kriegerin Fortschritte. Und ein kleiner Teil von mir – ein sehr kleiner Teil – war froh, dass sie trainierte. Sie konnte sich jetzt selbst beschützen.

„Such mir etwas Kiefernsaft. Ich werde fünfzig Meter weiter am Bach sein und die Wunde auswaschen.“ Ich fasste mir an die Seite.

Mit frischem Bachwasser und Kiefernsaft wusch und versiegelte ich die Wunde, so gut ich konnte. Wenigstens hatte ich etwas gelernt, als ich im Krankenhaus arbeitete. Dr. Jakkobs wäre stolz.

Das Knurren aus dem Gebiet der Gesetzlosen hallte durch den Wald und mir drehte sich der Magen um. Die Gesetzlosen, die Vanessa und ich getötet hatten, waren nicht annähernd so viele wie die, die uns zuvor gejagt hatten. Es mussten Hunderte von ihnen sein, die sich in dieser Dunkelheit versteckten und die Roman und sein Rudel bekämpften.

„Ich möchte, dass du zurück zum Haupthaus gehst und Dr. Jakkobs und meine Mutter für unsere Ankunft zu Hause vorbereitest. Sorge dafür, dass sie an den Grenzen warten und dass das Krankenhaus so viele freie Betten wie möglich hat."

Sie weitete die Augen und zog die Brauen zusammen. „Glaubst du, dass es noch mehr Gesetzlose gibt?", fragte sie und griff nach meinen Fingern. „Glaubst du, Jane geht es gut?"

„Ich weiß es nicht, Vanessa. Ich möchte nur, dass du gehst, bitte."

Sie blickte in Richtung des Versteckes der Gesetzlosen. „Bist du sicher?"

„Ja."

Sie zog mich dicht an sich heran, ihr Erdbeerduft war ausnahmsweise beruhigend. „Bring Jane zurück."

Ich nickte und sah zu, wie sie in Richtung von Romans Gebiet lief. Als sie hinter den Hunderten von Bäumen in der Ferne verschwand, verwandelte ich mich in meine Wölfin und rannte zurück zu den Steintoren.

Außerhalb der Grenzen war der Wald völlig leer. Ich stieß das kalte Tor auf und fand ein Meer von toten Gesetzlosen vor, die in Blut getränkt waren. Nachdem ich mich durch die Leichen hindurchgeschlängelt hatte, folgte ich den Geräuschen von Romans Knurren in ein zweistöckiges Steinhaus. Menschen schrien, Gesetzlose fielen, Welpen rannten durch das Haus.

Mein Herz raste, als ich das Chaos erfasste. Roman betrat das Foyer und trug eine Frau, die nur noch Haut und Knochen war. Ihre Arme lagen um seinen Hals, rutschten aber immer wieder an seiner nackten Brust herunter. Ich hatte den Drang, sie anzuknurren, aber ich hielt mich zurück.

Roman hatte nur getan, worum ich ihn gebeten hatte. Er hatte die Menschen hier gerettet.

„Hast du Jane gefunden?", fragte ich ihn und zog die Brauen zusammen.

Die Frau sah stark unterernährt aus, ihre Lippen waren blau und die Rippen ragten aus ihrem Brustkorb. Er nickte und sah zurück in den Raum. „Jemand schließt gerade ihren Käfig auf."

Ich drückte meine Lippen auf seine und seufzte erleichtert. Er war in Sicherheit. *Wir* waren in Sicherheit. Fürs Erste.

Er lächelte mich an und blickte auf die Frau in seinen Armen hinunter. „Das ist Michelle."

Meine Augen weiteten sich bei ihrem Anblick. Michelle. Das war sie. Die Frau, die Ryker vergewaltigt hatte. Die Frau, die Ryker während ihrer Läufigkeit markiert hatte. Die Frau, die er versteckt in einem Käfig zurückgelassen hatte.

Ihre Augen waren stumpf und fast leblos.

Ich krallte meine Finger in seine Brust. „Finde jemanden, der sie so schnell wie möglich nach Hause bringt. Sie braucht Nahrung und Wasser und ein Bett zum Ausruhen." Ich lächelte sie an und ging ins Hinterzimmer, um den Rest der Krieger zu suchen.

Silberne Hundekäfige säumten den Rand des Raumes. Raj saß in dem kleinsten in der Ecke, sein nackter Körper war unbeholfen zusammengekauert. Sein Gesicht war schwer geprellt und er hatte eine große Wunde in der Seite.

Nachdem ich einen Schlüssel bei einem der toten Gesetzlosen gefunden hatte, zog ich ihn aus dem Käfig und umarmte ihn. „Ich bin so froh, dass du in Sicherheit bist."

Roman kam allein zurück in den Raum und drückte Jane an seine Brust. Tränen liefen ihr über das Gesicht.

„Es tut mir so leid", weinte sie. „Ich hätte vorsichtiger sein müssen. Ich hätte ..." Sie warf einen Blick über Romans Schulter und knurrte mich leise an.

Ich ließ meine Hand von Rajs Schulter rutschen und warf ihm ein Hemd zu, das ich einem Gesetzlosen abgenommen hatte. Jane sah mich beleidigt an und kuschelte sich an Rajs Seite. Er küsste sie auf die Stirn und ich lächelte.

Partner. Sie waren wirklich zusammen.

„Es tut mir leid, dass ich so zickig zu dir war, Isabella", sagte Jane. „Ich hätte mehr von dir halten sollen."

Roman legte mir eine Hand auf die Schulter und drückte sie. „Wir sollten zurück zum Rudel gehen und einen Plan ausarbeiten, wie wir weiter vorgehen."

Raj zog die Stirn in Falten. „Ein Plan? Wofür? Du hast doch gerade alle Gesetzlosen getötet."

Ja, wir hatten die Gesetzlosen getötet, aber wir hatten nicht den Mann getötet, der all das verursacht hatte.

Aber wir würden es tun. Gemeinsam.

52
isabella

VANESSA UND CAYDEN warteten mit Jakkobs, Mama und Papa und ein paar anderen Leuten an der Grenze zu Romans Gebiet auf uns.

Als Vanessa uns sah, warf sie sich in Janes Arme und vergrub ihr Gesicht in ihrem Nacken. „Ich danke der Mondgöttin, dass du in Sicherheit bist."

Mama brachte einige Kriegerwölfe ins Krankenhaus und Papa half ihr beim Transport der Verwundeten. Als er mich sah, zwinkerte er mir zu und formte lautlos mit den Lippen : *Ich bin stolz auf dich, Kleine* . Er winkte, mit einer Mondblume aus seinem Garten in der Hand und warf sie mir zu.

Als Vanessa ihren festen Griff um Jane löste, drehte sie sich zu Roman um und schlang ihre Arme um ihn. „Danke!"

Roman stand ganz still da und traute sich nicht, die Umarmung zu erwidern. Ich presste meine Lippen zusammen und räusperte mich.

Vanessa löste sich sofort von ihm und zog *mich* in eine Umarmung. „Isabella, ich danke dir! Ich danke dir so sehr. Ich kann dir gar nicht genug dafür danken, dass du meine beste Freundin gefunden hast."

Ich erstarrte, aber klopfte ihr unbeholfen auf den Rücken.

„Wir müssen reden", sagte ich zu Raj und Roman.

Raj nickte, zog Jane zu sich und drückte ihr einen langen Kuss auf die Lippen. Sie strich sich das Haar hinter das Ohr und zum ersten Mal sah ich den Fleck an ihrem Hals, der von Raj stammen musste.

Meine Augen weiteten sich beim Anblick der großen Narbe. Sie hatten sich erst seit ein paar Tagen kennengelernt – in einem Gefängnis – und Jane war bereits markiert. Ich starrte Roman an. Ich kannte Roman mein ganzes Leben lang und mein Hals war immer noch leer.

„Komm zu mir, bevor du gehst, Babe", sagte Jane zu ihm.

Mit einem lüsternen Funkeln in den Augen lächelte sie und wandte sich ab.

Komm zu mir , bevor du gehst , bedeutete eigentlich, *Du sollst mich ficken, bevor du gehst*. Und wenn diese sechs kleinen Worte nicht mein ganzes Leben beschrieben, wusste ich nicht, was es tat.

Ein Teil von mir war eifersüchtig auf sie und auf die beiden. Ich wünschte, ich hätte Roman in sein Zimmer bringen und nur einen Moment des Friedens mit ihm verbringen können, aber Ryker plagte meine Gedanken und verfolgte mich.

Während Vanessa und Jane sich auf den Weg zum Krankenhaus machten, ging ich zum Haupthaus.

„Was ist der Plan?", fragte Raj. „Ryker kontaktieren und ihm sagen, dass wir die Gesetzlosen getötet haben?"

„Ryker hat den Gesetzlosen befohlen, dich zu holen", sagte ich.

Er unterdrückte ein Lachen. „Nein, hat er nicht", sagte er. Ich schwieg und er runzelte die Stirn. „Meinst du das ernst?"

„Ich bin ihm gestern Abend von den Lykanern aus gefolgt. Er ist direkt ins Gebiet der Gesetzlosen gelaufen und hat mit ihnen über Geschäfte gesprochen. Ich glaube, er hat ihnen Geld gegeben, damit sie Leute umbringen."

Raj erstarrte. „Warum sollte er das tun? Er ist unser Anführer."

„Vielleicht wollte er Macht. Vor ein paar Jahren haben die

Lykaner fast alle Gesetzlosen ausgerottet, nicht wahr?", fragte Roman.

Raj nickte.

„Keine Gesetzlosen. Keine Lykaner. Keine Macht für ihn."

Seine Beweggründe hatten vorher keinen Sinn ergeben, aber jetzt wurden sie immer klarer.

Ich umklammerte Papas Mondblume in meiner Hand. „Vielleicht fühlte er sich machtlos, nachdem Michelle beschlossen hatte, uns zu verlassen. Vielleicht dachte er, dass seine Männlichkeit und seine Alpha-Qualitäten bedroht waren. Er wollte sich beweisen."

Raj schüttelte den Kopf und starrte auf das Haupthaus, in dem die Krieger ein und aus gingen .

„Weißt du, ich habe mir schon gedacht, dass es zu einfach für die Gesetzlose war, uns zu finden. Als du das Night Raider's Café verlassen hast, habe ich alle Gesetzlose dort getötet. Niemand aus ihrem Versteck hätte gewusst, dass ich dort war, es sei denn, sie hatten einen Insiderkontakt. Ich habe herausgefunden, dass Jane meine Partnerin ist, gleich nachdem Roman gegangen war und wir sind zum See spaziert."

„Was ist passiert, während du und Jane eingesperrt wart?", fragte Roman und öffnete mir die Tür des Haupthauses.

„Sie haben uns wie Gefangene behandelt, aber nicht gefoltert." Er lachte leise. „Zumindest war Ryker so fürsorglich, dass er uns nicht verletzt hat." Raj ging in Romans Büro, das mit Skizzen von mir übersät war, und verschränkte die Arme. „Wir müssen die Lykaner warnen. Wenn er da ist, wird er allen sagen, dass es deine Schuld war, Isabella. Er wird ihnen sagen, dass du diejenige bist, die das Rudel verraten hat. Und er wird auch Lügen über mich verbreiten, weil ich es jetzt weiß."

Roman presste seine Kiefer zusammen, seine Muskeln waren angespannt. „Lass uns gehen."

Ich schüttelte den Kopf und reichte ihm die Mondblume. „Nein, du bleibst hier." Ich strich ihm mit der Hand über die Wange. „Du bist verletzt und dein Rudel braucht dich jetzt."

Roman hielt einen langen Moment inne und starrte mich mit so viel Stolz und … Glück an. „Du machst das nicht allein."

Obwohl ich ihn vor Ryker schützen wollte, nickte ich.

Wir waren ein Team. Wir mussten anfangen, wie eines zu handeln.

53

isabella

„RYKER WIRD MIR NICHTS TUN", sagte Raj leise zu Jane, als wir im Wald darauf warteten, dass sich alle versammelten.

Aber weder er noch ich glaubten das. Ryker hatte Hunderte seiner eigenen Leute getötet und sowohl Raj als auch ich waren die nächsten auf seiner Todesliste . Eine weitere Blume, die er seinem ständig wachsenden Tattoo-Garten hinzufügen wollte.

Raj strich mit den Fingerknöcheln über Janes Kinn und lächelte.

Roman ergriff meine Hand, lenkte meine Aufmerksamkeit auf sich und führte mich tiefer in den Wald, um ungestört zu sein. „Du wusstest die ganze Zeit über ihn Bescheid, oder?"

Ich lächelte zu ihm hoch und krallte meine blutigen Finger in seinen Hemdkragen. „Wann hast du das herausgefunden?"

Er kicherte, drückte mich gegen einen Baum und legte seine Hände auf meine Hüften. „Also, erzähl mir, wie hast du es gemacht?"

Meine Finger tanzten an seinem Bauch hinauf zu seinem Hals. „Das passt alles nicht zusammen."

Das mitternächtliche Mondlicht spiegelte sich in Romans Gesicht und ich bekam Schmetterlinge im Bauch. Selbst mit seinem schlammverfilzten Haar, dem blutdurchtränkten Hemd und den müden Augen war er der attraktivste Mann, den ich je getroffen hatte.

„Was hat nicht gepasst?", fragte er.

„Von dem Moment an, als ich ihn kennenlernte, wollte er mich vor dir verstecken. Er hat immer Dinge versteckt, hat seine Bürotür verschlossen, seinen Schreibtisch verschlossen, sein Schlafzimmer verschlossen." Ich zog Roman näher an mich heran, atmete seinen Duft ein, den ich so sehr vermisst hatte. „Ich bin nicht ohne Verdacht zu den Lykanern gegangen. Ich hoffe, du weißt das. Ich habe ihn die ganze Zeit beobachtet, aber … der Schmerz über meinen Liebeskummer hat mich ein wenig geblendet, um ehrlich zu sein."

„Er hat versucht, dich mir wegzunehmen." Er holte tief Luft, schloss die Augen und atmete ein. „Er konnte nicht widerstehen, jemanden wie dich zu seiner Partnerin zu machen und die Lykaner mit ihm anzuführen. Du bist stark und mächtig. Die perfekte Frau zum Anführen."

Ich lehnte meinen Kopf an sein Kinn. „Er hat versucht, Michelle durch mich zu ersetzen." Ich drückte seine Hände in meinen, spürte seine Schwielen an meinen Fingerknöcheln . „Sie sieht genauso aus wie ich", sagte ich und erinnerte mich daran, wie Roman sie aus dem Versteck der Gesetzlosen trug. „Und ihre Daten … er hatte sie in seinem Schreibtisch versteckt, aber als ich sie fand, sah ich, dass sie fast identisch sind mit meinen."

Nachdem ich ein leises Knurren ausgestoßen hatte, presste ich meine Kiefer zusammen. Ryker würde es bereuen, mich bei den Lykanern aufgenommen zu haben. Er würde es bereuen, Michelle während ihrer Läufigkeit markiert zu haben. Er würde es bereuen, jeden einzelnen Lykaner angelogen zu haben, weil ich ihn vernichten würde. Er hatte mich darauf trainiert, stark zu sein; er hatte nur nicht geahnt, dass ich stärker werden würde als er.

Danke an Roman, dass er mir meinen Traum verwehrt hatte.

Danke an Ryker, dass er an mich geglaubt hatte.

Danke an mein verdammtes Ich, dass ich nicht auf meine angeborenen Instinkte vertraue.

„Nun, du gehörst mir", sagte Roman und hob mein Kinn an. „Und was mir gehört, wird mir niemand mehr wegnehmen." Er hielt einen Moment inne. „Aber ich habe eine Menge Scheiße wiedergutzumachen, Isabella, ich weiß."

Ich strich ihm ein paar seiner schlammverschmierten Haare hinters Ohr und lächelte. „Wir können alles klären, wenn Ryker tot ist", sagte ich, weil ich es nicht länger ertragen konnte, dass er die Lykaner belog oder damit prahlte, wie viele Gesetzlose er getötet hatte.

Er hatte die Angriffe angeordnet. Er hat die Gesetzlosen fürs Töten bezahlt. Er war die Wurzel seines eigenen Übels.

Gerade als ich mich losreißen wollte, packte Roman meine Handgelenke und hielt sie an seine Brust. „Nein." Er schüttelte den Kopf. „Ich mache denselben Fehler nicht ein drittes Mal." Er blickte auf mich herab, seine Augen leuchteten so golden wie die Sonne.

Ich presste die Lippen aufeinander, doch mein Bauch flatterte vor lauter Schmetterlingen, als ich seine Eckzähne unter seinen Lippen hervorkommen sah. „Roman, wir haben darüber gesprochen. Ich muss gehen."

„Ich lasse dich nicht ohne meine Markierung gehen."

Ohne sein Zeichen.

Ohne seine Zähne in meinem Nacken.

Ohne seinen Anspruch auf mich.

Mein Herz hämmerte gegen meinen Brustkorb. Obwohl ich mit Blut, Schlamm und Schmutz bedeckt war, weil ich die Gesetzlosen getötet hatte, hätte dieser Moment nicht perfekter sein können. Wir waren beide Krieger inmitten der größten Schlacht, die uns wahrscheinlich jemals bevorstand. Mich während eines Krieges zu markieren, war die ultimative Proklamation der Akzeptanz.

Ich legte meine Hand auf seine Brust und spürte, wie sein Herz so schnell schlug wie mein eigenes. Seine Finger gruben sich leicht in meine Hüften, er zog mich an sich und küsste mich. Ein langer, leidenschaftlicher Kuss auf den Mund.

Und ich habe ihn nicht gereizt, geneckt, verspottet oder ihm einfach sein Vergnügen verwehrt.

Dieses Mal wollte ich ihn. Ich wollte ihn wirklich. Mehr als ich in den letzten Nächten gewollt hatte. Mehr als ich ihn verletzen wollte, so wie er mich verletzt hatte. Mehr als ich Sex gewollt hatte. Ihn. Ich wollte jeden Teil von ihm. Das Gute. Das Schlechte. Das Schlimmste.

Ich lehnte meinen Kopf zurück an den Baum und schloss die Augen. Er küsste mich sanft vom Kinn bis zum Hals. Ich erschauderte, als seine Bartstoppeln meine Haut kitzelten, und drehte meinen Kopf weiter zur Seite, damit er mich beanspruchen konnte.

Er streifte seine Nase an meinem Hals hoch und atmete unregelmäßig in mein Ohr, als würde er sich zurückhalten, als würde er darauf warten, dass ich ihm sage, dass es in Ordnung ist, dass ich ihn brauche.

„Markiere mich, Roman", sagte ich atemlos, „Ich warte schon so lange."

In dem Moment fuhr er mit der Hand durch mein Haar, bog meinen Kopf zur Seite und streifte mit den Zähnen mein Schlüsselbein. Mein Atem stockte und ich krallte meine Finger in seine Brust. Meine Wölfin war still und wartete auf seinen Biss.

„Ich liebe es, wie du auf mich reagierst, meine liebe Isabella."

Er zog seine Eckzähne an meinem Hals hoch, bis er meine Schwachstelle fand. Ich stöhnte auf, mein Herz raste. Und ohne eine Sekunde länger zu warten, bohrte er seine Zähne in meine Haut und beanspruchte mich *endlich*.

Mein Körper bebte vor Lust. Jedes Gefühl, das ich jemals für ihn empfunden hatte, traf mich wie ein Schlag und meine Augen füllten sich mit Tränen. Dieser Moment … das war der Moment, an den ich mich für immer erinnern würde.

Eine Träne floss aus meinem Auge. Ich hätte nie gedacht, dass ich diesen Moment erleben würde.

Mama hatte Recht gehabt. Das war die reine Freude.

Er versenkte seine Zähne tiefer in mir und verstummte. Nachdem er mich näher herangezogen hatte, atmete er meinen

Duft ein, nahm mich in sich auf und verband sich mit meiner Wölfin auf einer tieferen Ebene als Alpha und Omega. Wir waren Alpha und Luna. König und Königin. Krieger und Kriegerin.

Als er seine Zähne aus mir herauszog, tropfte Blut von ihnen. Meine Wunde schloss sich fast augenblicklich, aber seine Markierung blieb. Ich konnte spüren, wie ein Teil von ihm in mir herumwirbelte.

Ich strich mit den Fingern darüber und grinste. Wir hatten uns gegenseitig belogen, Dinge voreinander verheimlicht, waren so verdammt wütend aufeinander gewesen … aber wir waren hier gelandet. Zusammen.

„Meine", flüsterte er gegen meine Lippen.

„Isabella", rief Raj durch den Wald.

Ich drehte meinen Kopf in seine Richtung, aber Roman drehte ihn wieder zu sich.

„Meine."

„Isabella! Wir müssen gehen."

Roman hielt mich auf der Stelle fest. „Meine."

„Deine, Roman. Nur deine."

Raj erschien hinter einem Baum. „Isabella?", fragte er. „Wenn dein Plan funktionieren soll, müssen wir jetzt gehen."

Nachdem ich Romans Hände in meine gedrückt hatte, drückte ich ihm einen Kuss auf die Lippen. „Weißt du, was du tun sollst?", fragte ich.

Er nickte und schob eine Haarsträhne hinter mein Ohr, um sein Zeichen zu sehen.

„Und Derek? Wird er in der Lage sein, …"

Roman nahm mein Gesicht in seine Hände, strich mit seinen Daumen über meine Wangen und lächelte. „Ja, er ist mit Michelle im Krankenhaus. Sie werden uns dort treffen."

„Gut. Das wird funktionieren." Ich löste mich von ihm. „Es wird die perfekte Rache sein."

Raj ging in den leeren Wald, weg vom Haupthaus.

Roman zog mich ein letztes Mal zu sich heran und drückte mir einen langen Kuss aufs Ohr. „Wenn das hier vorbei ist, werde ich …“

„Mich vernaschen?“, fragte ich schmunzelnd.

„Nein“, sagte er, „dich ficken.“

Ich ging ein paar Schritte weg und blickte zu ihm zurück. „Nur Worte, Roman … immer nur leere Worte.“

54
isabella

OBWOHL ES SCHON SPÄT IN der Nacht war, wenn die Lykaner trainierten und jagten, war der Wald unheimlich ruhig. Keine Wachen umrundeten die Grenzen von Rykers Gebiet. Keine Krieger liefen auf den Pfaden. Niemand – und ich meine, niemand – war draußen.

Zumindest wollten sie uns das glauben lassen .

Raj und ich führten Roman und seine Krieger in Richtung Haupthaus, ohne auch nur einen Blick auf die Lykaner zu werfen, die in den Bäumen hockten und sich in den Büschen versteckten. Wir brauchten gar nicht zu versuchen, unsere Seite der Geschichte zu erzählen. Ryker hatte ihren Verstand bereits mit Lügen über uns verdorben. Sie brauchten Beweise und die würden wir ihnen liefern.

Bevor wir uns dem Haupthaus mehr als 50 Meter nähern konnten, tauchten sie wie die Geier auf, umzingelten uns und pirschten sich an ihren Feind heran. Sie fletschten die Zähne. Verengten ihre Augen. Gingen in Angriffshaltung. Sie machten sich bereit, mit allem zu kämpfen, was sie hatten, um die Menschen vor Gesetzlosen zu schützen. Aber wir waren nicht hier, um zu kämpfen.

„Dachtest du, du könntest hier einfach hereinspazieren, nach dem, was du getan hast?", fragte Ryker, der hinter den Bäumen hervorkam. „Ihr zwei seid nichts als Gesetzlose und Verräter an den Lykanern."

Ich trat vor und presste meine Lippen aufeinander. „Ich bin nicht hier, um mit dir zu reden, Ryker. Ich bin hier, um jedem einzelnen Lykaner zu zeigen, dass du sie belogen hast", sagte ich.

Die Lykaner blieben standhaft, unbeeindruckt von dem Gerede einer Verräterin.

„Er hat hinter eurem Rücken Gesetzlose angeheuert, um Alphas zu töten, um sich mächtig zu fühlen, nachdem er Michelle und ihren Namen brutal zerstört hat."

Bei der Erwähnung ihres Namens brach ein kurzes Getuschel aus, bevor Ryker spottete: „Du willst wirklich meine Ex-Freundin benutzen, um sie von deiner traurigen Geschichte zu überzeugen? Streng dich mehr an."

„Michelle war nie seine Partnerin. Oder etwa doch, Michelle?", fragte ich und richtete meinen Blick auf Ryker, für den Fall, dass er dieses Mal versuchte, sie zu töten.

Sie in einen Käfig zu sperren, damit sie nicht redete, war schon schlimm genug.

Michelle hatte ihren Arm unter Dereks Arm gehakt, um sich aufrecht zu halten, doch sie schritt vorwärts – durch Romans Rudel – mit so viel Anmut und einem Ausdruck, der von reinem Hass erfüllt war. Rykers Augen weiteten sich und er stürzte sich auf sie, aber Raj stieß ihn weg und hielt ihn an der Kehle fest.

Die Lykaner fingen wieder an zu tuscheln und starrten sie überrascht an.

„Sie lebt."

„Die Gesetzlosen haben sie also doch nicht entführt."

„Ryker sagte, die Gesetzlosen hätten sie getötet."

Ryker knurrte erneut, das Geräusch hallte durch den Wald, und versuchte, Raj von sich wegzustoßen. Er stürzte sich wieder in ihre Richtung, so viele Emotionen flimmerten über sein Gesicht. Sie ging auf ihn zu und hob kaum ihren Blick zu den anderen Lykanern. Obwohl sie noch schwach war, bewunderte ich ihre Stärke, sich Ryker zu stellen.

„Sie sagen die Wahrheit", sagte sie mit leiser Stimme. „Ryker hat mich in den letzten fünf Jahren in einen Käfig gesperrt."

Ryker knurrte und starrte Michelle an. Raj grub seine Krallen in seinen Hals und zwang ihn auf die Knie.

„Sie lügt. Sie sind beide verdammte Lügnerinnen."

Das war der echte Ryker. Das war der Mann, den er die ganze Zeit über versteckt hatte. Er war kein starker Lykaner; er war ein schwacher Mann, der die Schwächen der Menschen gegen sie ausnutzte, der eine Lüge nach der anderen erzählte, um sich selbst besser aussehen zu lassen, als er tatsächlich war.

Michelle ballte ihre Fäuste, ihre Krallen gruben sich in ihre Handflächen und ließen Blut fließen. „Ich bin froh, dass sie klüger ist, als ich es je war. Dass sie sich weigerte, mit dir zusammen zu sein. Sich weigerte, dir zu glauben. Es sah so aus, als wären diese fünf verdammten Jahre, in denen ich dort gefangen war, nicht umsonst gewesen." Sie trat näher an ihn heran. „Du kommst in die *Hölle*."

Die Lykaner waren plötzlich still, jeder von ihnen ließ die neue Information sacken, dass Ryker sie die ganze Zeit angelogen hatte. Wenn er in diesem Punkt gelogen hatte, dann hatte er noch mehr zu verbergen.

„Deshalb habe ich dich bei den Lykanern rausgeworfen", sagte er zu ihr. „Du denkst dir die haarsträubendsten Lügen aus, Michelle."

Ich trat vor, wollte nicht länger zuhören, wie er versuchte, sie runterzumachen.

„Es ist mir egal, ob ihr *mich* deswegen bei den Lykanern rauswerft", sagte ich. „Ich werde den Befehl geben, Ryker zu töten und wenn mich jemand deswegen bekämpfen will, dann werde ich kämpfen."

Ein Moment verging.

Zwei Momente.

Drei Momente.

Niemand wagte es, vorzutreten.

Also lächelte ich den Mann an, der Michelle das Leben zur

Hölle gemacht hatte, strich mit den Fingern über Michelles zerbrechliche Schulter und sagte: „Töte ihn".

Michelle schrie, Tränen stiegen ihr in die Augen und sie schlug ihre Krallen in seinen Hals. Sie hielt sich nicht zurück, sondern krallte sie sich in seinen Hals, immer und immer wieder, bis Blut aus ihm heraussprudelte.

Sie war stark und starke Frauen ließen sich von unbedeutenden Männern nicht einschüchtern.

Mit einer Hand griff sie in sein Haar und zog es grob zurück. „Erinnerst du dich daran, wie du das mit mir gemacht hast, Ryker? Erinnerst du dich daran, dass ich dich angefleht habe, aufzuhören?"

Tränen strömten ihr über das Gesicht. Sie starrte auf seinen blutigen Hals, biss direkt in sein Fleisch und riss ihm die Kehle heraus. Sein Körper schlug schlaff auf dem Boden auf und Michelle heulte vor lauter Glückseligkeit auf.

55

isabella

RYKER WAR TOT. Michelle duschte im Badezimmer des Lykaner-Rudels. Und ich lag auf meinem Bett, starrte an meine Decke und dachte darüber nach, wie anders plötzlich alles war. Ich fühlte mich frei. Ohne Ryker, der mir im Nacken saß, und ohne den Schmerz, dass Roman sich weigerte, mich zu markieren.

Also tat ich das einzig Logische, was man tun konnte, nachdem man den Anführer der Lykaner getötet, Hunderte von Gesetzlosen abgeschlachtet und sich markieren lassen hat – und alles innerhalb von vierundzwanzig Stunden. Ich lehnte meinen Kopf an das Kopfteil, spreizte meine Beine und ließ meine Hand in meine Unterwäsche gleiten.

Meine Augen schlossen sich langsam, während ich mit meiner Perle spielte und mit meinen Fingern in kleinen Kreisen rieb. Nässe sammelte sich zwischen meinen Schenkeln. Ich brauchte das. Etwas, das mir half, mich nach heute Abend zu entspannen.

„Du bist deine eigene Frau, was?", fragte Roman.

Ich öffnete meine Augen und sah Roman in der Tür stehen. Er trat in mein Zimmer, schloss die Tür hinter sich, verschränkte die Arme vor der Brust und lehnte sich gegen die Tür.

Mondblumen funkelten auf meiner Fensterbank, genau wie im Haus meiner Eltern, und spiegelten sich in seinen goldenen Augen wider. Ich grinste ihn an, als er so langsam auf mich zuging, dass es fast schon beängstigend war.

Er stand über dem Bett, schob seine Hand an meinen Schenkeln hoch und spreizte sie, damit er einen besseren Blick auf meine Muschi hatte. „Du erinnerst dich daran, was ich versprochen habe, mit dir zu machen, oder?"

„Mich vernaschen", neckte ich, während ich mich immer noch für ihn berührte.

Seine Fingerspitzen tanzten an der Innenseite meiner Oberschenkel hinauf und ich erschauderte. Sie schwebten über meiner Unterwäsche und reizten mich mit ihrer Wärme. Ich hob meine Hüften und versuchte, seine Hand dazu zu bringen, meine Muschi zu berühren, aber er gluckste nur leise und zog seine Hand weg.

„Nein", sagte er und legte den Finger unter mein Kinn. „Ich habe gesagt, dass ich dich ficken werde." Er strich mit dem Daumen über mein Mal und ich stöhnte auf. „Jetzt zieh dein Höschen aus."

Ich klimperte mit den Wimpern und fuhr fort, mich durch meine Unterwäsche hindurch zu berühren, wobei ich spürte, wie die Hitze sich in meinem Schoß ausbreitete. Alles, was ich wollte, war, dass seine Finger mich berührten, dass ich mich gut fühlte.

„Zieh dein Höschen aus", sagte er wieder mit härterer Stimme.

„Zieh du es aus …"

Er legte sich neben mich aufs Bett, legte eine Hand um meinen Hals und drückte leicht zu. „Sei einmal brav", er strich mit den Fingern über den Saum meiner Unterwäsche. „Und vielleicht belohne ich dich", murmelte er gegen meine Lippen.

Ich schluckte und schloss meine Beine, da ich nicht in der Lage war, den Druck, der in mir aufstieg, zu bewältigen. Er fuhr fort, mit seinen Fingern am Saum meiner Unterwäsche entlang zu tanzen, wobei er zwei von ihnen unter den Stoff schob.

Ich stöhnte leise vor mich hin, spannte mein Gesicht an und zog mein Höschen herunter, weil ich mich danach sehnte, dass er mich berührte. Er schmunzelte und nahm es mir ab, spielte mit ihm in seinen Fingern. Dann warf er es auf die Seite des Bettes und zog einen meiner Schenkel leicht über sein Bein, so dass sie weit gespreizt waren.

Als er mit seinen Fingern an der Innenseite meines Oberschenkels entlangfuhr, krampfte sich meine Muschi zusammen. Er drückte seinen Steifen gegen mein Bein und ich stöhnte auf. Meine Finger schwebten über meiner Perle , während ich darauf wartete, dass er mich berührte.

„Hör nicht auf, dich zu berühren", murmelte er gegen meine Lippen, seine Hand immer noch um meinen Hals.

Seine Finger strichen weiter leicht über die Innenseite meines Oberschenkels und jagten mir einen Schauer über den Rücken.

„Bitte, Roman", sagte ich.

„Bitte was?"

„Ich will dich", sagte ich.

Er schmunzelte gegen meine Lippen. „Du willst mich?" Er ergriff die Hand, die meine Muschi berührte, und legte sie um seinen harten Schwanz. „Willst du das?"

Ich nickte verzweifelt und streichelte ihn durch seine Hose. Ich wartete. Seine Fingerknöchel berührten meinen Kitzler und ich stöhnte leise.

„Bitte."

„Wem gehörst du?", fragte er, während seine Finger über mir schwebten.

Ich presste meine Lippen aufeinander, mein Herz raste, und ich hob meine Hüften vom Bett, um ihn dazu zu bringen, meine Perle zu berühren, aber er zog seine Hand weiter weg.

Er nahm mein Kinn in seine Hand. „Gehörst du mir, meine liebe Isabella?"

Ich saugte an meiner Unterlippe und kaute darauf, mein Inneres zog sich zusammen.

„Gehörst du mir, Isabella?", fragte er und seine Stimme wurde fordernder.

„Ja", hauchte ich. Ich starrte hinauf in seine wunderschönen goldenen Augen. „Ja, Roman, ich gehöre dir."

Er schob seine Finger in meine Muschi, bewegte sie hinein und wieder heraus, um mich langsam zu quälen. Aber ich wollte nicht mehr nur seine Finger. Ich versuchte, uns umzudrehen, aber Roman drückte seine Hand um meine Kehle und drückte mich auf das Kissen.

„Bleib ruhig, Isabella. Genieße das."

Als er sie ganz in mich hineingeschoben hatte, krümmte er sie immer wieder, sodass der Druck in meinem Inneren anstieg. Ohne aufzuhören, nahm er eine meiner Nippel in den Mund und biss sanft in das Fleisch.

Mein Körper richtete sich auf, mein Rücken wölbte sich und er grinste mich an. Hitze stieg in meinem Inneren auf. Er biss fester zu und ich umklammerte mit einer Hand das Bettlaken und mit der anderen seinen Schwanz. Er fuhr fort, seine Finger in mich zu stoßen, härter, schneller, rauer.

Es fühlte sich so verdammt gut an, zu wissen, dass ich ihm gehörte, zu wissen, dass er mich nur auf diese Weise berührte. Niemanden sonst. Mich.

Er ließ meinen Nacken los und schlang seinen Arm unter meinen Oberkörper, hob mich vom Bett und schob seine Finger tief in mich hinein. Ich legte meine Hände auf seine Schultern, um mich zu stützen, während er mich immer wieder in die Luft stieß. Mein Schoß zog sich um ihn zusammen und eine Lustwelle nach der anderen durchströmte meinen Körper.

Ich schrie auf und lehnte mich einen Moment lang an ihn. Als er mich wieder auf dem Bett absetzte, drückte ich ihn auf den Rücken, zog seine Hose herunter und schlang meine Lippen um seinen Schwanz. Göttin, ich hatte seit Wochen darauf gewartet, dass er wieder in mir war.

Als ich ihn ganz in mich aufgenommen hatte und mir die Spucke aus dem Mund tropfte, ergriff ich seine Hand und legte sie um meinen Hals. Ich ließ ihn spüren, wie groß er in mir war. Ich schob meinen Kopf auf ihm auf und ab, bis seine Hüften langsam zu krampfen begannen. Als er kurz vor dem Höhepunkt war, setzte ich mich auf und kroch zu ihm hoch.

Er packte meine Hüften, als ich über seinem harten Schwanz

schwebte. Ich griff nach seinem Ansatz, drückte seine Spitze gegen mein Loch und senkte mich langsam auf ihn.

Er knurrte leise: „Du bist so verdammt sexy, Isabella."

Seine Finger glitten über meine Markierung und als sie das taten, hob er seine Hüften und schob sich ganz in mich hinein. Er stieß weiter in mich hinein, aber ich schob seine Hände von meinen Hüften und legte meine auf seinen Unterleib, bewegte meine Hüften auf seinen und übernahm die Kontrolle. Wieder und wieder und wieder. Ich ritt ihn, bis meine Beine zitterten.

Er zwickte meine beiden Brustwarzen zwischen seinen Fingern, zog mich zu sich heran, bis meine Brust an seine gepresst war, und nahm dann meinen Hintern in seine Hände. „Dein Arsch ist so verdammt schön." Er zog meine Backen auseinander und stieß so hart in mich hinein.

Meine Zähne verlängerten sich zu Eckzähnen und streiften seinen Hals. Als seine Bartstoppeln meine Markierung streiften, versenkte ich meine Zähne tief in seinem Hals und riss den Muskel durch. Ich atmete seinen Duft ein und mein Verstand wurde unscharf.

Ihn zu markieren war genau so, wie ich es mir vorgestellt hatte.

Pure Glückseligkeit.

Er stöhnte laut in mein Ohr, sein Körper zitterte vor Lust. Ich fuhr fort, ihn zu reiten, bis sein Schwanz pulsierte. Meine Muschi presste sich fester an ihn und er zog sich aus mir heraus. Seinen Kopf auf meiner Schulter, einen Arm über meinen Körper, lag er auf dem Bett, sein Unterleib entblößt, sein Schwanz glitzerte von meinen Säften.

Das Mondlicht flutete durch das Fenster und schimmerte auf seiner Haut. Ich lehnte mich an das Kopfende des Bettes, lehnte meinen Kopf an das Holz und seufzte. Auf eine seltsame Art und Weise war alles wieder in Ordnung.

Jemand klopfte an die Tür und ich zog mir Romans Hemd über den Körper und ging hinüber, um zu öffnen. Roman setzte sich im Bett auf und verschränkte einen Arm hinter dem Kopf, sein Bizeps spannte sich an.

Ich steckte meinen Kopf aus der Tür und sah Derek mit Raj dort stehen.

Er hatte die Arme vor der Brust verschränkt und warf mir einen misstrauischen Blick zu. „Seid ihr *fertig*?", fragte er.

Ich kniff meine Augen zusammen. „Komm mir nicht so, Derek."

„Du wirst gebraucht", sagte Raj, „D ie Lykaner halten eine Versammlung ab."

„Wir sind in einer Minute draußen." Ich schloss die Tür und warf Roman seine Kleidung zu.

Bevor wir mein Zimmer verließen, betrachtete er seinen Hals in meinem Spiegel und lächelte, während seine Finger an der Markierung entlangfuhren.

Ich lehnte meinen Kopf an seine Schulter und lächelte. *„Meiner."*

„Für immer deiner, Isabella", sagte er.

Er ergriff meine Hand und zog mich zur Tür hinaus und zum Trainingsbereich, wo alle Lykaner miteinander Krieg führten. Als sie mich sahen, wurden alle still und Raj ging nach vorne.

„Isabella", sagte Raj, „W ir haben eine Weile darüber geredet, was mit den Lykanern passieren wird, jetzt wo Ryker weg ist, und wir sind zu einer Entscheidung gekommen."

Michelle packte Rajs Arm. „Warte. Kann ich es ihr sagen? Als Dankeschön?" Als er nickte, sah sie mich mit einem sanften Lächeln auf dem Gesicht an. „Möchtest du die Lykaner anführen?"

Meine Augen weiteten sich und ich drückte Romans Hand. Ich sah mir all die Männer und Frauen an, mit denen ich im letzten Monat unermüdlich trainiert hatte. Sie waren allesamt gute, loyale Menschen gewesen. Mein Volk. Lykaner.

Ich sah zu Roman hoch und überlegte. Aber ich hatte meinen Partner gefunden und wir hatten uns wirklich gepaart. Ich hatte nicht vor, das wieder aufzugeben. Ich würde meinen Partner nie wieder aufgeben. Ich wusste jetzt, dass er mich respektierte.

Roman hielt einen Moment inne und lächelte dann. „Ich denke, du solltest es tun, Isabella. Du bist unfassbar stark."

„Aber … aber ich werde nicht bei dir sein können."

Raj trat wieder vor. „Eigentlich war das eine Regel, die Ryker aufgestellt hat. Es steht dir frei, bei Roman zu bleiben, wann immer du willst, solange du dich verpflichtest, uns zu helfen."

Roman stupste mich an und ich lächelte ihn mit so vielen Schmetterlingen im Bauch an. Ich konnte nicht glauben, dass dies das wahre Leben war. Das war mein Moment und mein Partner unterstützte mich dabei.

Ich nickte. „Ich werde es tun."

Fortsetzung Den Alpha verteidigen

über den autor

Emilia Rose ist eine USA-Today-Bestsellerautorin für heißblütige Liebesromane. Inspiriert von ihrer Auslandsreise nach Griechenland im Jahr 2019, liebt Emilia es, die griechische und römische Mythologie in ihren Romanen zu verarbeiten.

Im Jahr 2020 schloss sie ihr Studium der Psychologie an der University of Pittsburgh mit einem Nebenfach Kreatives Schreiben ab und schreibt nun hauptberuflich Romane.

Mit mehr als 18 Millionen Online-Buchaufrufen und einer wachsenden Präsenz auf Lese-Apps hofft sie, andere junge Autoren mit ihren Geschichten über Wachstum und Fantasie zu inspirieren, damit sie die Geschichten schreiben, die erzählt werden müssen.

Melde dich für Emilias Newsletter an und erhalte exklusive Werbegeschenke, vorzeitige Kapitelveröffentlichungen und vieles mehr!

9 781960 052056